Elizabeth von Arnim, geboren am 31. August 1866 in Sydney, ist am 9. Februar 1941 in Charleston/South Carolina gestorben.

Wenn einer eine Reise tut, dann kann er nicht nur was erzählen, sondern auch sein blaues Wunder erleben. So ergeht es auch Baron Otto von Ottringel. Über seine anstehende Silberhochzeit möchte er nicht einfach hinweggehen, auch wenn die dazugehörige Jubilarin schon seit fünf Jahren nicht mehr unter den Lebenden weilt. Schließlich hat er wieder geheiratet und kann nun auf insgesamt fünfundzwanzig Ehejahre zurückblicken. Eine Reise ins Ausland wäre durchaus das Passende. Doch viel darf sie nicht kosten, denn im Hause des Barons herrscht eiserne Sparsamkeit. Da kommt die Einladung einer jungen Witwe aus der Nachbarschaft, die mit Pferd und Wohnwagen campen und Sussex erkunden möchte, wie gerufen. Mit Edelgard, seinem trauten Weib, begibt er sich im August nach Südengland und erlebt in einer bunt zusammengewürfelten Reisegesellschaft einen Urlaub besonderer Art. Was sich während der Wohnwagentour so alles ereignet, erfährt der Leser aus der Sicht dieses merkwürdigen und gewiß nicht untypischen Exemplars preußischen Junkertums um die Jahrhundertwende. Dünkelhaft, deutschnational, demokratie- und frauenfeindlich mokiert sich Ottringel über nahezu alles, was ihm in England begegnet, und tappt in seiner Borniertheit in jedes Fettnäpfchen, ohne es zu merken – und die Leserinnen und Leser erleben die außergewöhnlichen Geschehnisse auf dieser Tour hautnah...

Mit beißender Satire und gnadenlosem Spott attackiert Elizabeth von Arnim den male chauvinism nicht nur der Jahrhundertwende.

Elizabeth von Arnim hat mittlerweile ihre deutschen Leser verzaubert. Der verfilmte Roman ›Verzauberter April‹ sowie ihre Romane ›Elizabeth und ihr Garten‹, ›Elizabeth auf Rügen‹, ›Alle meine Hunde‹, ›Einsamer Sommer‹, ›Liebe‹, ›Die Reisegesellschaft‹, ›Jasminhof‹, ›Vera‹ und ›Sallys Glück‹ zählen in den gebundenen wie in den Taschenbuchausgaben zu den Bestsellern des Insel Verlags. In der Bibliothek Suhrkamp erscheint: ›Der Garten der Kindheit‹.

insel taschenbuch 1763
Elizabeth von Arnim
Die Reisegesellschaft

Elizabeth von Arnim
Die Reisegesellschaft
Roman
Aus dem Englischen von
Angelika Beck
Insel Verlag

insel taschenbuch 1763
Erste Auflage 1995
© Insel Verlag Frankfurt am Main und Leipzig 1994
Alle Rechte vorbehalten
Hinweise zu dieser Ausgabe am Schluß des Bandes
Vertrieb durch den Suhrkamp Taschenbuch Verlag
Umschlag nach Entwürfen von Willy Fleckhaus
Satz: Otto Gutfreund GmbH, Darmstadt
Druck: Ebner Ulm
Printed in Germany

2 3 4 5 6 – ∞ 99 98 97 96 95

Die Reisegesellschaft

I

Im Juni dieses Jahres gab es ein paar schöne Tage, und wir meinten, der Sommer sei nun endlich gekommen. Das hatte zur Folge, daß es uns in unserer Wohnung (eine wirklich sehr hübsch geschnittene Eckwohnung im zweiten Stock mit Blick auf den Friedhof und überhaupt nicht stickig) schließlich doch etwas langweilig wurde und uns eine gewisse Sehnsucht nach ländlicher Umgebung erfaßte. Es war das Jahr unseres fünften Hochzeitstages, und da wir beschlossen hatten, diesen Anlaß mit einer Auslandsreise im eigentlichen Ferienmonat August zu begehen, konnten und wollten wir es uns nicht leisten, Geld für Landpartien im Juni auszugeben. Meine Frau schlug daher vor, daß wir ein paar Nachmittage einer Reihe kurzer Ausflüge im Umkreis von sagen wir mal fünf bis zehn Meilen widmen und nacheinander jene unserer Bekannten besuchen sollten, die nahe genug bei Storchwerder leben und ihre Güter bewirtschaften. ›Auf diese Weise‹, sagte sie, ›kriegen wir viel frische Luft für wenig Geld.‹

Nach einer Weile stimmte ich zu. Nicht sofort, natürlich, denn ein vernünftiger Mann wird sich bemühen, die Vorschläge seiner Frau unter jedem Gesichtspunkt zu betrachten, ehe er ihnen zustimmt oder ihr erlaubt, sie zu befolgen. Frauen können nicht logisch denken; sie haben Instinkte, und diese Instinkte würden sie manchmal in Teufels Küche bringen, wären da nicht ihre Ehemänner, die ihnen wie eine Art hilfsbereiter und gewitzter Glühwürmchen, wenn ich mich so ausdrücken darf, auf ihrem Weg leuchten. Was nun diejenigen betrifft, die keine Ehemänner kriegen konnten, die Sitzengebliebenen, das Strandgut ihres Geschlechts gewissermaßen, so kann ich nur sagen, Gott steh' ihnen bei.

In diesem Fall allerdings war gegen Edelgards Idee nichts einzuwenden; im Gegenteil, es gab viel, was für sie sprach. Wir würden frische Luft schnappen; wir würden verpflegt werden (gut verpflegt, und wenn wir wollten, bis zum Übermaß, aber natürlich wissen wir Maß zu halten); und wir würden nichts dafür bezahlen müssen. Als Major des in Storchwerder stationierten Artillerieregiments bin ich ohnehin verpflichtet, zwei Pferde zu halten (sie werden auf Kosten des Regiments gefüttert), und wie es sich gehört, habe ich einen Mann aus meinem Bataillon als Diener und Kutscher in meiner Wohnung, der mich wenig mehr als seinen Unterhalt kostet und der nicht kündigen kann. Also brauchten wir nur noch ein Fahrzeug, und wir konnten uns, wie Edelgard bemerkte, ohne weiteres den offenen Wagen des Obersten für ein paar Nachmittage ausleihen, so daß unsere Ausrüstung komplett war, ohne daß wir einen Pfennig ausgegeben hätten.

Die Güter um Storchwerder sind groß, und als wir sie aufzählten, stellten wir fest, daß fünf Besuche unseren gesamten Bekanntenkreis auf dem Lande abdecken würden. Es wäre wohl noch ein sechster möglich gewesen, aber aus Gründen, mit denen ich vollkommen übereinstimmte, wollte ihn meine liebe Gattin nicht mit einbeziehen. Man muß schließlich auch nein sagen können, und ich halte es durchaus für keine schlechte Definition eines Herrn beziehungsweise einer Dame, wenn er beziehungsweise sie es kann. Ja, Edelgard hatte sogar ihre Zweifel, ob es fünf werden sollten, da ein Mitglied der fünften Familie – in diesem Fall nicht einmal der Gutsbesitzer, sondern der Bruder der verwitweten Gutsherrin, der bei ihr lebt und sich um ihre geschäftlichen Belange kümmert – ein Mensch ist, den keiner von uns beiden besonders schätzt. Nicht nur deshalb, weil er ein politischer Wirrkopf ist, mit einer entschiedenen und bei einem Mann seiner Herkunft schmachvollen Vorliebe, die er nicht einmal zu verbergen versucht, für jene Ansichten, die die Mittelschicht und sozialistisch angehauchte Leute (Gott schütze die Mark Brandenburg) aufgeklärt nennen, sondern auch weil er nicht in der Lage oder willens ist – Edelgard und ich konnten uns nie entscheiden, was nun –, auf seine Schwester aufzupassen. Doch auf die Frau aufzupassen, für die man Verantwortung trägt, ob es sich dabei um die Schwester oder Frau oder Mutter oder Tochter oder auch nur unter gewissen günstigen Bedingungen um die Tante handelt – ein schwieriges Unterfangen zuweilen, wie man an Edelgards Tante Bockhügel sieht, von der vielleicht später noch die Rede sein wird –, ist wirklich ganz einfach. Man muß nur rechtzeitig damit anfangen, wenn man wirklich Fortschritte erzielen möchte, und immer dann besondere Entschiedenheit an den Tag legen, wenn es einem gar nicht danach zumute ist. Es ist so einfach, daß ich, als mir meine Frau an dieser Stelle mein zweites Frühstück, bestehend aus Brot, Speck und Butter, brachte und mich durch einen Blick über meine Schulter unterbrach, lächelnd zu ihr aufschaute, in Gedanken immer noch bei diesem Thema, und die

Hand, die den Teller absetzte, ergriff und sagte: »Ist es das etwa nicht, liebe Frau?«

»Ist was nicht?« fragte sie – ziemlich einfältig, fand ich, denn sie hatte meine Aufzeichnungen schließlich ganz gelesen; dann, ohne mir Zeit für eine Antwort zu lassen, sagte sie: »Willst du nun doch nicht die Geschichte unserer Erlebnisse in England niederschreiben, Otto?«

»Doch gewiß«, sagte ich.

»Um sie unseren Verwandten im nächsten Winter reihum auszuleihen?«

»Gewiß.«

»Solltest du dann nicht besser damit anfangen?«

»Liebe Frau«, sagte ich, »das tue ich ja gerade.«

»Dann«, sagte sie, »vergeude die Zeit nicht mit Nebensächlichkeiten.«

Und sie setzte sich in die Fensternische und nahm ihre Arbeit wieder auf, die darin bestand, die Armlöcher meiner Hemden zu vergrößern.

Das, darf ich bemerken, war eine bissige Antwort. Bevor sie nach England ging, war sie niemals bissig. Doch lassen Sie mich fortfahren.

Ich frage mich, was sie mit Nebensächlichkeiten meint. (Ich werde das alles natürlich überarbeiten und vermutlich bestimmte Partien streichen.) Ich frage mich, ob sie meint, ich sollte mit Namen und Adresse beginnen. Das erscheint mir unnötig, denn ich bin natürlich den Leuten in Storchwerder ebensogut bekannt wie der Briefträger. Andererseits ist das mein erster Versuch (was erklärt, warum ich mich immerzu frage, was Edelgard vielleicht dazu meint oder nicht, Anfänger tun gut daran, denke ich, sich in Demut zu üben), wobei, glaube ich, Dichter und Literaten und andere fragwürdige Leute die Muse anrufen. Was für ein Ausdruck! Und ich frage mich, welche Muse. Ich würde gern Edelgard fragen, ob sie – aber nein, das sähe ja fast so aus, als suchte ich ihren Rat, was die geziemende Rollenverteilung zwischen Mann und Frau geradezu umkehren würde. Anstatt einen Weg einzuschlagen, der so leicht ins Verderben führen könnte, wandte ich also den Kopf und sagte seelenruhig:

»Liebe Frau, unsere englischen Erfahrungen fingen ja schließlich mit unseren Besuchen bei den Nachbarn an. Ohne sie hätten wir wahrscheinlich Frau von Eckthum letzten Sommer überhaupt nicht zu Gesicht gekriegt, und wenn wir nicht in Reichweite ihrer Überredungskünste gekommen wären, hätten wir uns auf unserer Silberhochzeitsreise nach Italien oder in die Schweiz begeben, wie wir so oft vorgehabt hatten, und diese verfluchte Insel jenseits des Kanals links liegengelassen.«

Ich wartete einen Moment; und als Edelgard nichts sagte, was sie immer dann tut, wenn sie nicht überzeugt ist, erläuterte ich ihr so geduldig, wie ich ihr gegenüber stets so lange bin, bis aus Geduld Schwäche zu werden droht, den Unterschied zwischen den methodischen und gründlichen Vorgehensweisen der Männer, ihrer Vorliebe, der Sache auf den Grund zu gehen und ganz von vorne anzufangen, und der sprunghaften Art der Frauen, die sich auf eine Sache stürzen und voreilige Schlüsse ziehen, ohne all die wichtigen Stationen auch nur im geringsten zu beachten, über die sie hinwegflogen, als sie sich sozusagen in der Luft befanden.

»Aber wir sind als erste dort«, sagte Edelgard.

Ich zog die Stirn etwas in Falten. Vor ein paar Monaten – das heißt vor unserer Zeit auf britischem Boden – hätte sie mir keine derart schnippische Antwort gegeben. Nie pflegte sie, schnippisch zu antworten, und die Harmonie unseres Ehelebens war daher ungetrübt. Ich glaube, sie sah mein Stirnrunzeln, aber sie nahm keine Notiz davon – auch das war neu an ihrem Verhalten; und so beschloß ich, nachdem ich einen Augenblick gewartet hatte, mit meinem Bericht fortzufahren.

Aber ehe ich ohne weitere Abschweifungen damit weitermache, würde ich doch gern erläutern, warum wir, ein Offizier und seine Frau, die von Natur aus nicht gern Geld ausgeben, einen so kostspieligen Urlaub wie eine Auslandsreise ins Auge gefaßt hatten. Tatsache ist, daß wir schon vor langem beschlossen hatten, im fünften Jahr unserer Eheschließung eine solche zu machen, und zwar aus folgendem Grund. Bevor ich Edelgard heiratete, war ich ein Jahr lang Witwer und davor nicht weniger als zwanzig Jahre verheiratet gewesen. Das klingt, als müsse ich schon sehr alt sein, aber meinen Lesern, die mich ja fortwährend sehen, brauche ich wohl nicht zu sagen, daß ich es nicht bin. Die Augen sind schließlich die untrüglichsten Zeugen; zudem habe ich mit dem Heiraten ungewöhnlich früh angefangen. Meine erste Frau war eine Mecklenburg-Lünewitz, die ältere (und unendlich vornehmere) Linie. Wenn sie noch am Leben gewesen wäre, hätte ich letztes Jahr am ersten August unsere Silberhochzeit gefeiert, und es wären für uns eine Menge Schmausereien und Lustbarkeiten arrangiert worden, und von unseren Verwandten, Freunden und Bekannten hätten wir viele willkommene Geschenke aus Silber bekommen. Das Regiment wäre verpflichtet gewesen, sich erkenntlich zu zeigen, und unsere beiden Dienstboten hätten sich vielleicht zusammengetan und ihre Verehrung in Gestalt eines metallenen Gefäßes zum Ausdruck gebracht. All dies ist mir nun entgangen, und zwar ohne jede eigene Schuld. Ich kann nicht einsehen, warum ich um alle mit einem solchen Jahrestag verbundenen Vorteile gebracht werden sollte, denn war ich etwa nicht, mit einer mir aufgezwungenen Unterbrechung von zwölf Monaten, tatsächlich fünfundzwanzig Jahre verheiratet? Und warum sollte ich, nur weil meine arme Marie-Luise nicht in der Lage war, weiterzuleben, die enorme Zahl von (praktisch) fünfundzwanzig Jahren Ehe erreichen, ohne daß davon die geringste Notiz genommen würde? Lange Zeit hatte ich dies Edelgard klarzumachen versucht, und je näher der Termin rückte, an dem ich bei normalem Verlauf der Dinge eine silberne Ernte in die Scheuer hätte fahren und so auch die Hochschätzung taxieren können, die ich genoß, desto nachdrücklicher wurde ich. Edelgard schien anfangs nicht verstehen zu können, aber sie war sehr gelehrig, und allmählich fand sie die Logik meiner Argumentation unwiderstehlich. Ja, nachdem sie erst einmal den springenden Punkt erfaßt hatte, war sie sogar noch mehr als ich der Meinung, daß zur Feier des Tages etwas getan werden müsse, und sie sah vollkommen ein, daß ich ja nichts dafür konnte, wenn Marie-Luise mich im Stich ließ, und daß zumindest ich meine Schuldigkeit getan hatte und seither ohne Unterbrechung verheiratet war. Von dieser Einsicht zur Empörung, daß unsere Freunde von dem Hochzeitstag wahrscheinlich keine Notiz nehmen würden, war für sie nur ein Schritt; und wir führten zusammen viele Gespräche über das Thema, und zahlreich waren die Vorschläge, die jeder von uns machte, um unsere Freunde zu unserer Sicht der Dinge zu bekehren. Wie sehr sie den Tag auch ignorieren mochten, wir jedenfalls beschlossen endlich, daß wir tun würden, was recht und billig ist, und so planten wir eine Silberhochzeitsreise in das Land, dem Romantik eigentümlich ist, nach Italien. Beginnen sollte sie am 1. August, dem Tag, an dem ich vor fünfundzwanzig Jahren Marie-Luise geheiratet hatte.

Ich bin auf diese Angelegenheit ziemlich ausführlich eingegangen, weil ich denjenigen unserer Verwandten, denen ich diesen Bericht aushändigen werde, genau erklären wollte, warum wir eine im landläufigen Sinne so ausgefallene Reise unternahmen; und da ich dies, wie ich hoffe, hiermit hinreichend getan habe, will ich mit dem Bericht fortfahren.

Wir liehen uns also den Jagdwagen des Obersten; ich schrieb fünf Briefe, in denen ich unseren Besuch ankündigte und fragte (eine bloße Formalität selbstverständlich), ob er genehm sei; die Antwortschreiben trafen ein und versicherten uns in allen Tönen gesitteter Begeisterung, daß er es sei; ich zog meine Paradeuniform an; Edelgard legte ihren neuen Sommerstaat an; wir gaben Clothilde, unserer Köchin, genaue Anweisungen, und halfen ihr, sie zu befolgen, indem wir alles wegsperrten; und in Ferienlaune brachen wir auf, kutschiert von meinem braven Hermann und begafft von der ganzen Straße.

In jedem Haus wurden wir mit geziemender Gastfreundschaft aufgenommen. Es handelte sich sämtlich um Familien unseres Standes, Mitglieder jener tapferen, gottesfürchtigen und edlen Schar, die die besten Traditionen des Vaterlandes aufrechterhält und sich im Geiste, wenn auch (aufgrund der Umstände) nicht leibhaftig, wie eine schützende Phalanx um den Thron unseres Kaisers versammelt. Zuerst bekamen wir immer Kaffee und Kuchen und eine Auswahl belegter Brötchen vorgesetzt (in einem der Häuser gab es keine belegten Brötchen, nur Kuchen, und wir besprachen diese unbegreifliche Unterlassung während der Heimfahrt); dann wurde ich vom Gastgeber entführt, um mir die Schweine anzuschauen oder die Kühe oder was immer zufällig sein besonderer Stolz war, aber in vier von fünf Fällen waren es Schweine, und während meiner Abwesenheit saß Edelgard auf dem Rasen oder der Terrasse oder wo immer die Familie gewöhnlich saß (nur eine verfügte über eine Terrasse), und konversierte über Dinge, die das Weibervolk interessierten, wie zum Beispiel über Clothilde und Hermann, und ich weiß nicht, was; dann, nachdem ich das Thema »Schweine« erschöpfend behandelt und dieses wiederum mich völlig erschöpft hatte, denn freilich kann man von einem preußischen Offizier im aktiven Dienst nicht erwarten, daß er sich für diese Geschöpfe – zumindest solange sie noch nicht zubereitet sind – ebenso interessiert wie ein Mann, der ihnen sein Leben widmet, gesellten wir uns wieder zu den Damen und schlenderten, mit Rücksicht auf unsere Zuhörerinnen anspruchslosere Gesprächsthemen aufgreifend, durch die Gartenanlagen und bemühten uns nach Kräften, mit unseren Taschentüchern die Stechmücken zu vertreiben, bis wir zum Abendessen gerufen wurden; und nach dem Abendessen, das gewöhnlich aus einem ausgezeichneten warmen und einer Reihe kalter Gerichte bestand, denen *Bouillon* in Tassen voranging und einige erlesene Süßigkeiten nebst schönem Obst folgten (außer bei Frau von Eckthum, unserer hiesigen Witwe, wo es ein regelrechtes Dinner mit sechs oder sieben Gängen gab, da sie das ist, was man als hypermodern bezeichnet, und ihre Schwester einen Engländer geheiratet hat), nach dem Abendessen, wie gesagt, nachdem wir eine Weile rauchend auf dem Rasen oder der Terrasse gesessen, Kaffee und Liköre getrunken und uns insgeheim beglückwünscht hatten, in unserer Stadt nicht mit so vielen und so hungrigen Stechmücken zusammenleben zu müssen, verabschiedeten wir uns und fuhren nach Storchwerder zurück, stets erholt und manchmal auch gutgelaunt.

Der letzte dieser Besuche galt Frau von Eckthum und ihrem Bruder Graf Flitz von Flitzburg. Da dieser, wie man weiß, unverheiratet ist, lebt er bei ihr und kümmert sich um den vom verstorbenen Eckthum hinterlassenen Besitz, wodurch er in Schuhe schlüpfte, die so bequem sind, daß man sie wohl treffender als Pantoffeln bezeichnen darf. Bis dahin war alles gutgegangen, und erst viel später wurde mir bewußt, daß auch das nicht gutgegangen war: denn erst im Rückblick sehen wir die Strecke, die wir hinter uns haben, und wie uns die Straße, die zuerst so vielversprechend wirkte, ehe wir uns versahen, in eine Wüstenei voller Steine führte. Während unserer ersten vier Besuche hatten wir natürlich über unseren Plan gesprochen, im August eine Reise nach Italien zu machen. Unsere Freunde, offensichtlich überrascht, und mit einem Gesichtsausdruck, der von Erbschaftsüberlegungen herrühren mochte, zollten anfangs begeistert Beifall und wiesen uns sodann darauf hin, daß es dort heiß sein werde. Der August, sagten sie, sei ein unmöglicher Monat in Italien: wo wir auch hingingen, wir würden keinem einzigen Deutschen begegnen. Das war uns noch gar nicht in den Sinn gekommen, und nach unserer ersten Enttäuschung hörten wir uns bereitwillig ihren Rat an, lieber die Schweiz zu wählen mit ihren erstklassigen Hotels und den dort massenhaft anzutreffenden Landsleuten. Mehrmals versuchten wir im Verlauf dieser Gespräche darauf hinzuweisen, daß es sich bei der Reise um eine Art Flitterwochen handele, aber man begegnete uns mit so viel – den starken Verdacht hatte ich jedenfalls – mutwilliger Beschränktheit, daß wir zu unserer Enttäuschung die Vergeblichkeit unseres Bemühens allmählich einsehen mußten. Wenn sie uns schon aufgrund der ungewöhnlichen Umstände keine anständigen Rauchgarnituren schenken wollten, meinte Edelgard, so könnten sie doch wenigstens auf den Gedanken kommen, zusammenzulegen und die Kosten der Hochzeitsreise solch ehrenwerter Silberflitterwöchner zu tragen; aber ich glaube nicht, daß sie zu irgendeinem Zeitpunkt auch nur die geringste Absicht hatten, überhaupt irgend etwas für uns zu tun – im Gegenteil, sie versetzten uns in ziemliche Unruhe durch die Summen, die wir, wie sie erklärten, zu berappen hätten; und als wir während unseres letzten Besuchs (bei Frau von Eckthum) zufällig das viele gute deutsche Geld beklagten, das uns die niederträchtige Schweiz aus den Taschen ziehen würde, sagte sie – Frau von Eckthum –: »Warum kommen Sie nicht nach England?«

In diesem Augenblick war ich innerlich so damit beschäftigt zu tadeln, wie sie sich in dem niedrigen Gartenstuhl zurücklehnte, einen Fuß über den anderen gekreuzt und beide Füße umhüllt von Strümpfen, die man eigentlich nicht als solche bezeichnen konnte, so dünn waren sie, wie gesagt, ich war so beschäftigt damit, daß mir das ungewöhnliche Verb »kommen« nicht sogleich auffiel. »Fahren« wäre natürlich das gebräuchliche und zu erwartende Verb gewesen; aber der Ersatz desselben entging mir, wie gesagt momentan, weil meine Aufmerksamkeit anderweitig in Anspruch genommen war. Nie sah ich derartig kleine Schuhe. Hat eine Frau das Recht, die Aufmerksamkeit so auf ihre Extremitäten zu lenken? So sehr – Frau von Eckthums Hände zogen einen ebenso leicht in ihren Bann –, daß man dem Gespräch einfach nicht mehr folgen konnte? Ich bezweifle das: aber sie ist eine attraktive Dame. Dort saß Edelgard, aufrecht und sittsam, die vollkommene Blume eines strengeren Typs tugendhaften deutschen Frauentums, die Füße schicklich nebeneinander auf das Gras gesetzt und, wie ich wußte, in anständige Wolle gehüllt, mit den flachen Stiefeln der ehrbaren Christin, und ich muß sagen, dieser Typ ist – das heißt, bei der eigenen Frau – vorzuziehen. Ich fragte mich eigentlich, ob Flitz den Gegensatz zwischen den beiden Damen bemerkte. Ich warf einen Blick auf ihn, aber sein Gesicht war, wie gewöhnlich, völlig ausdruckslos. Ich fragte mich, ob er seine Schwester dazu hätte bringen können, sich aufrecht hinzusetzen, wenn er gewollt hätte; und zum hundertsten Mal spürte ich, daß ich den Mann nie richtig würde mögen können, denn vom Gesichtspunkt eines Bruders aus sollte die Schwester zweifellos aufrecht sitzen. Sie ist freilich eine attraktive

Dame: nur leider sind ihre Strümpfe so unverschämt dünn.

»England«, hörte ich Edelgard sagen, »ist, glaube ich, nicht der richtige Ort.«

Da fiel mir bewußt auf, daß Frau von Eckthum gesagt hatte »Kommen Sie.«

»Warum nicht?« fragte sie; und ihre schlichte Art, Fragen zu stellen oder sie mit eigenen zu beantworten, ohne sich Zeit zu nehmen, sie in schmückende Worte zu kleiden oder sie mit dem Titel der angesprochenen Person abzurunden, hatte, wie ich weiß, dazu beigetragen, sie in der Storchwerder Gesellschaft unbeliebt zu machen.

»Ich habe gehört«, sagte Edelgard vorsichtig, da sie bestimmt nicht vergaß, daß man zu Gastgebern, deren Schwester einen Engländer geheiratet hatte und noch immer bei ihm lebte, nicht all das sagen konnte, was man eigentlich gern gesagt hätte, »ich habe gehört, daß man nicht gerade dort hinfährt, wenn es einem um Landschaft geht.«

»Oh?« sagte Frau von Eckthum. Dann fügte sie – geistreich, wie ich fand – hinzu: »Aber Landschaft gibt es überall.«

»Edelgard meint erhabene Landschaft«, sagte ich sanft, denn beide hielten wir gerade Tassen mit Eckthumschem Tee (das war das einzige Haus, in dem man uns Tee vorsetzte anstatt unseres aromatischen und weitaus sättigenderen Nationalgetränks) in den Händen hielten, und ich war stets der Meinung, daß man den Leuten um den Bart gehen sollte, deren Gastfreundschaft man zufällig gerade genoß – »Oder ertrug«, sagte Edelgard gewitzt, als ich auf unserer Heimfahrt die Rede darauf brachte.

»Oder erträgt«, stimmte ich nach einer kurzen Pause zu, genötigt von der Überlegung einzusehen, daß es nicht wahre Gastfreundschaft ist, wenn man seine Besucher dazu zwingt, ohne ihren gewohnten Kaffee zu gehen, indem man das unwürdige und barbarische Mittel anwendet, ihn nicht auftauchen zu lassen. Aber das war natürlich Flitz. Er benimmt sich, finde ich, allzusehr, als gehöre das Anwesen ihm.

Flitz, der England gut kennt, da er etliche Jahre dort an unserer Botschaft verbracht hat, sagte, es sei das wundervollste Land der Welt. Der unpatriotische Geist, der in dieser Behauptung steckte, veranlaßte Edelgard und mich, Blicke zu tauschen, und zweifellos dachte sie ebenso wie ich, daß es ein trauriger und schlimmer Tag für Preußen wäre, wenn viele seiner Besten Schwestern hätten, die fehlgeleitete Ehen mit Ausländern eingingen, ist doch der ausländische Schwager so oft das dünne Ende jenes Keils, an dessen anderem uns das Recht abgesprochen wird, als vom Allmächtigen auserwähltes Volk den ersten Platz unter den Nationen einzunehmen; und der glorreiche Mörtel aus Blut und Eisen, mittels dessen wir uns dort zu behaupten gedenken, wird von solchen Leuten (wie ich mit eigenen Ohren bei einer Versammlung gehört habe), auf geradezu schändliche Weise verächtlich gemacht.

»Aber ich habe dabei vor allem an das gedacht«, sagte Frau von Eckthum, den Kopf in die Kissen zurückgelegt und die Augen gedankenverloren auf die Sommerwolken geheftet, die über unseren Köpfen dahinzogen, »was Sie über die Reisekosten sagten.«

»Liebe gnädige Frau«, sagte ich, »von allen, die selbst dort waren, habe ich gehört, daß Reisen in England der teuerste Urlaub ist, den man sich vorstellen kann. Die Hotels sind ebenso baufällig wie schlecht, die Mahlzeiten ebenso ungenießbar wie teuer, die Taxen kosten ein Vermögen, und die Einwohner sind ungehobelt.«

Ich sprach hitzig, weil ich (zu Recht) erregt war wegen Flitzens unpatriotischer Haltung, aber es war eine gedämpfte Hitzigkeit, zurückzuführen auf die unbestreitbare (Storchwerder kann es nicht leugnen) äußere Attraktivität unserer Gastgeberin. Warum sind nicht alle Frauen attraktiv? Unser Geschlecht bestünde nur noch aus wahren Lämmern, wenn sie es wären.

»Lieber Baron«, sagte sie mit ihrer sanften Stimme, »kommen Sie doch her und sehen Sie selbst. Ich würde Sie wirklich gern bekehren. Schauen Sie sich das hier an –«, sie hob ein paar Zeitungen vom Gras neben ihrem Stuhl auf, breitete sie aus und zeigte mir eine Abbildung, »finden Sie das nicht hübsch? Und wenn Sie sparen möchten, er kostet nur vierzehn Pfund für den ganzen Monat.«

Die Abbildung, die sie mir hinhielt, hatte starke Ähnlichkeit mit den Zigeunerkarren, die von unserer örtlichen Polizei dauernd (und sehr zu Recht) irgendwo anders hingeschickt werden; vielleicht ein bißchen weniger geschmacklos, etwas breiter und solider, aber unzweifelhaft sehr verwandt damit.

»Es ist ein Wohnwagen«, sagte Frau von Eckthum zur Antwort auf die Frage, die aus meinen Augenbrauen sprach; und sie drehte das Blatt herum und zeigte mir ein anderes Bild, das das Innere desselben Fahrzeugs darstellte.

Edelgard stand auf und guckte mir über die Schulter.

Was wir da sahen, war wirklich sehr nett. Edelgard sagte das sofort. Es gab darin geblümte Vorhänge und ein Brett mit Büchern und einen bequemen Stuhl mit einem Kissen neben einem großen Fenster, und am Ende zwei hübsche Betten, die wie in einem Schiff übereinander standen.

»Mit einem solchen Ding«, sagte Frau von Eckthum, »ist man mit einem Mal Hotels, Kellner und Kosten los. Es kostet für zwei Personen vierzehn Pfund für einen ganzen Monat, und alle Ihre Tage verbringen Sie in der Sonne.«

Sodann erläuterte sie ihren Plan, der darin bestand, eines dieser Fahrzeuge für den Monat August zu mieten und während dieser Zeit ein völlig freies bohemienhaftes Leben zu führen, über die englischen Feldwege zu ziehen, die sie als blütenbesetzt beschrieb, und für die Nacht an einer abgelegenen Stelle in der Nähe eines Bächleins anzuhalten, von dessen leisen Plätschern, wie Edelgard, die immer schon zur Gefühlsduselei neigte, meinte, sie wahrscheinlich in den Schlaf gelullt werde.

»Kommen Sie doch auch«, sagte sie und lächelte zu uns empor, als wir ihr über die Schulter blickten.

»Vierzehn Pfund sind zweihundertachtzig Mark«, sagte ich, indem ich Kopfrechnungen anstellte.

»Für zwei Leute«, sagte Edelgard, die offensichtlich dasselbe tat.

»Keine Hotels«, sagte unsere Gastgeberin.

»Keine Hotels«, wiederholte Edelgard wie ein Echo.

»Nur liebliche grüne Felder«, sagte unsere Gastgeberin.

»Und keine Kellner«, sagte Edelgard.

»Ja, keine gräßlichen Kellner«, sagte unsere Gastgeberin.

»Kellner sind so teuer«, sagte Edelgard.

»Sie würden keinen einzigen zu Gesicht bekommen«, sagte unsere Gastgeberin. »Nur ein niedliches Kind in einer sauberen Schürze von einem Bauernhof, das Eier und Rahm bringt. Und Sie fahren die ganze Zeit über umher und erleben das Land auf eine Weise, wie Sie es nie erleben würden, wenn sie mit dem Zug von Ort zu Ort führen.«

»Aber«, sagte ich gewitzt, »wenn wir umherfahren, muß uns doch irgend etwas ziehen oder schieben, und dieses Etwas muß ja ebenso bezahlt werden.«

»O ja, man braucht ein Pferd. Aber bedenken Sie all die Eisenbahnfahrscheine, die Sie nicht kaufen werden, und all die Träger, denen Sie kein Trinkgeld geben werden«, sagte Frau von Eckthum.

Edelgard war unverkennbar beeindruckt. Ja, wir beide waren beeindruckt. Wenn die Frage lautete, in England für wenig Geld oder in der Schweiz für viel zu sein, waren wir einmütig der Meinung, daß es besser sei, nach England zu fahren. Und dann dort in einem dieser Fortbewegungsmittel zu reisen, war so ungemein originell, daß wir während der nachfolgenden Winterlustbarkeiten in Storchwerder das lebhafteste Interesse auf uns ziehen würden. »Die von Ottringels sind wirklich der Inbegriff allermodernster Lebensart«, hörten wir bereits unsere Freunde zueinander sagen, und konnten schon vor unserem geistigen Auge sehen, wie sie sich bei Soireen um uns drängen und uns mit Fragen bombardieren würden. Wir stünden dann im Mittelpunkt des Interesses.

»Und denk nur an die Nachtigallen!« rief Edelgard, der urplötzlich diese poetischen Vögel einfielen.

»Im August sind sie wie Deutsche in Italien«, sagte Flitz, dem gegenüber ich den Grund erwähnt hatte, warum wir die Idee, in dieses Land zu reisen, aufgegeben hätten.

»Wie das?« sagte Edelgard und wandte sich ihm mit jener leichten instinktiven inneren Versteifung zu, die jede wirklich tugendhafte deutsche Frau erfaßt, wenn sie zu einem Mann spricht, der nicht mit ihr blutsverwandt ist.

»Sie sind nicht da«, sagte Flitz.

Nun ja, sobald wir zu Hause in unsere Enzyklopädie schauen konnten, wußten wir natürlich so gut wie er, daß sie im August nicht singen, aber ich sehe nicht ein, warum Stadtleute solchen Krimskrams an Information ständig abrufbereit in ihren Köpfen herumtragen sollten. In Storchwerder haben wir den Vogel nicht und sind daher, anders als Flitz, nicht in der Lage, seine Gewohnheiten aus erster Hand zu studieren, aber ich weiß, daß alle Gedichte, die mir untergekommen sind, Nachtigallen erwähnen, ehe sie enden, und infolgedessen blieb der vollkommen natürliche Eindruck in meinem Gedächtnis zurück, daß sie immer irgendwie da sind. Aber Flitzens Ton gefällt mir nicht und wird mir nie gefallen. Zwar habe ich ihn nicht wirklich dabei ertappt, aber man hat instinktiv das Gefühl, daß er über einen lacht; und es gibt verschiedene Arten des Lachens, und nicht alle machen sich auf dem Gesicht bemerkbar. Was die Politik betrifft, so würde, wenn mir nicht als Offizier jegliche Stellungnahme untersagt wäre, und ich mit ihm darüber diskutieren dürfte, bestimmt jede Diskussion in einem Duell enden. Das heißt, wenn er kämpfen würde. Gerade ist mir der entsetzliche Verdacht gekommen, daß er es nicht tun würde. Er gehört zu jenen schrecklichen Leuten, die ihre Feigheit hinter dem Mantel der Philosophie verbergen. Schön, schön, ich merke, ich werde wütend auf einen Mann, der zehn Meilen weg ist, den ich seit Monaten nicht gesehen habe – ich, ein Mann von Welt, in der Stille meiner Wohnung sitzend, umgeben von häuslichen Dingen wie meiner Frau, meinem Hemd und meiner kleinen Mahlzeit aus Brot und Schinken. Ist das etwa vernünftig? Gewiß nicht. Ich will das Thema wechseln.

Kurz und gut, das wesentliche Ergebnis unseres Besuchs bei Graf Flitz und seiner Schwester im letzten Juni bestand darin, daß wir mit dem Entschluß nach Hause zurückkehrten, uns Frau von Eckthums Gesellschaft anzuschließen, und nicht wenig erfüllt von angenehmen Vorahnungen. Wenn sie redet, vermag sie zu überzeugen. Sie redete dieses Mal mehr als je zuvor, aber natürlich gab es dafür Gründe, die ich enthüllen darf oder auch nicht. Geradezu hingerissen lauschte Edelgard ihren wirklich malerischen Beschreibungen oder Prophezeiungen – denn sie selbst hatte es ja noch nicht gemacht – der Freuden des Campinglebens; und ich möchte deutlich machen, daß Edelgard, die seitdem den Leuten zu erzählen pflegt, ich sei es gewesen, diejenige war, die ihre sonstige Vorsicht über Bord warf und die, ohne auf meine Reaktion zu warten, Frau von Eckthum bat, einen dieser Karren für uns zu mieten.

Frau von Eckthum lachte und sagte, sie sei sicher, es

werde uns gefallen. Flitz rauchte schweigend vor sich hin. Und Edelgard entwickelte eine plötzliche Beredsamkeit im Hinblick auf Naturerscheinungen wie Mond und Mohnblumen, die einem jungen und sentimentalen Mädchen Ehre gemacht hätte. »Stell dir vor, im Schatten einer mächtigen Buche zu sitzen«, sagte sie zum Beispiel (sie schlug sogar die Hände zusammen), »und die Strahlen der untergehenden Sonne fallen schräg durch ihre Zweige, und man macht Handarbeiten dabei.«

Und sie sagte noch anderes dieser Art, woraufhin ich sie, der ich doch wußte, daß sie am nächsten Geburtstag dreißig werden würde, höchst erstaunt anschaute.

II

Ich habe beschlossen, Edelgard mein Manuskript nicht mehr zu zeigen, weil ich so ungezwungener schreiben kann. Aus demselben Grund will ich es nicht, wie wir anfangs vorhatten, kommentarlos reihum an unsere Verwandten verschicken, sondern es ihnen entweder selbst übergeben oder sie zu einem gemütlichen Bierabend mit etwas Kaltem hinterher einladen und die Passagen daraus vorlesen, die ich für geeignet halte, und dabei natürlich viel von dem auslassen, was ich über Edelgard schreibe und wahrscheinlich auch eine ganze Menge von dem, was ich über andere schreibe. Ein vernünftiger Mann ist ja schließlich keine Frau und leistet nicht gern der Klatschsucht Vorschub. Außerdem ist, wie ich bereits angedeutet habe, die Edelgard, die aus England zurückkam, keineswegs mehr die Edelgard, die dorthin fuhr. Ich bin zuversichtlich, daß es mit der Zeit wieder vergeht und wir zu dem *status quo ante* – (wie selbstverständlich mir das aus der Feder floß: es befriedigt mich, daß ich es noch nicht vergessen habe) – zurückkehren werden, ein *status quo* voller Vertrauen und Gehorsam auf der einen Seite und kluger Führung auf der anderen. Habe ich etwa nicht das Recht, mich einer Gängelung zu widersetzen, es sei denn einer solchen mittels eines silbernen Fadens? Da ich an Edelgard eine Neigung bemerkte, diesen durch, wenn ich mich so ausdrücken darf, einen Lederriemen zu ersetzen, stellte ich ihr die obige Frage, und man höre und staune, das einzige, was sie darauf antwortete, war: »Quatsch«.

Es versetzte mir einen gewaltigen Schock, sie so reden zu hören. Quatsch ist überhaupt kein richtiges deutsches Wort. Es ist reinstes Englisch. Und es verblüffte mich, wie schnell sie diese und ähnliche Redewendungen aufschnappte und damit ihre bereits vorhandenen Sprachkenntnisse enorm erweiterte, ziemlich perfekte Sprachkenntnisse (besitzt sie doch eine gute Schulbildung), zu denen der freilich Wörter dieser Art nicht gehörten. Ich bin mir natürlich bewußt, daß das alles auf Jellabys Konto geht – aber mehr von ihm an geeigneter Stelle; ich will mich jetzt nicht mit späteren Vorfällen aufhalten, da doch mein Bericht erst an dem Punkt angelangt ist, wo noch alles gespannte Erwartung und Vorbereitung war.

Der Wohnwagen war gemietet worden; auf Frau von Eckthums Anweisung hin hatte ich dem Besitzer das Geld geschickt, da die Summe (unglücklicherweise) im voraus entrichtet werden mußte; und am 1. August, genau dem Tag meiner Hochzeit mit der armen Marie-

Luise, wollten wir aufbrechen. Naturgemäß gab es viel zu tun und zu veranlassen, aber es war eine Arbeit, die Spaß machte. So mußte zum Beispiel ein Anzug in Zivil angeschafft werden, der für die vorgesehenen Verwendungszwecke geeignet sein würde, Strümpfe mußten gefunden werden, die zu den Knickerbockers paßten, und ein Hut, der sowohl bei Regenwetter als auch bei Sonnenschein von Nutzen sein würde.

»Es wird immer nur Sonnenschein geben«, sagte Frau von Eckthum mit ihrem wirklich ungemein hübschen Lächeln (dabei tauchen dann immer plötzlich zwei Grübchen auf), als ich Befürchtungen zum Ausdruck brachte, wie sich wohl Regen auf den Panama auswirken würde, den ich endlich doch noch kaufte und der, da er kein echter war, mir Sorgen machte.

Wir besuchten sie mehrmals, weil wir Tips wegen des Gepäcks, des Treffpunkts etc. brauchten, und jedesmal kam sie mir bezaubernder vor. Überdies verbarg, wenn sie stand, das Kleid die Schuhe; und sie war wirklich hilfsbereit und freute sich anscheinend sehr darauf, uns die Schönheiten des Landes zu zeigen, das mehr oder weniger die Heimat ihrer Schwester war.

Sobald mein Anzug fertig war, zog ich ihn an und fuhr zu ihr. Die Strümpfe waren ein Problem gewesen, da ich nun einmal an baumwollene Socken gewöhnt bin und deshalb die wollenen Fußteile nicht ertragen konnte. Dieses Problem wurde schließlich dadurch behoben, daß man ihre Füße kurzerhand abschnitt und den Fußteil meiner gewohnten Socken an die wollenen Beine annähte. Sie paßten hervorragend, und Edelgard versicherte mir, daß bei einiger Sorgfalt nichts von den Socken (die nicht dieselbe Farbe hatten) hervorschauen würde. Sie selbst hatte sich nach einem Katalog von Wertheim bei diesem Berliner Versandhaus ein Schneiderkostüm bestellt, das sich als wirklich erstaunlich preiswert erwies, und in dem sie sehr hübsch aussah. In einer buntkarierten Seidenbluse und einem Tirolerhütchen mit einer Fasanenfeder war sie so verwandelt, daß ich erklärte, ich könne gar nicht glauben, daß es unsere Silberhochzeitsreise sei, und daß ich mich genau wie vor fünfundzwanzig Jahren fühle.

»Aber es ist ja auch nicht unsere Silberhochzeitsreise«, sagte sie etwas spitz.

»Liebe Frau«, entgegnete ich überrascht, »du weißt sehr gut, daß es meine ist, und daß, was mein ist, von Rechts wegen auch dein ist, und daß sie daher ohne den geringsten zulässigen logischen Zweifel die deine *ist*.«

Sie machte eine plötzliche Bewegung mit den Schultern, die fast nach Ungeduld aussah; aber da ich ja weiß, daß selbst die untadeligsten Frauen zuweilen Opfer unbegreiflicher Launen werden, ging ich weg und kaufte ihr einen hübschen kleinen Beutel mit einem ledernen Gurt, den man über der Schulter trägt, und der ihren Aufzug vervollständigte, und zeigte ihr auf diese Weise, daß ein vernünftiger Mann kein Kind ist und weiß, wann und wie er Nachsicht walten lassen muß.

Frau von Eckthum, die zwei Wochen bei ihrer Schwester bleiben wollte, ehe beide sich zu uns gesellten (die Schwester, hörte ich mit Bedauern, würde also auch kommen), reiste Mitte Juli ab. Mir damals unverständlich entschuldigte sich Flitz, nicht an der Wohnwagentour teilzunehmen, aber seitdem ist Licht auf sein Verhalten gefallen: er sagte, so entsinne ich mich, daß er seine Schweine nicht allein lassen könne.

»Es wäre viel besser, wenn er seine Schwester nicht allein ließe«, sagte Edelgard, die, bilde ich mir ein, damals gerade ein bißchen eifersüchtig auf Frau von Eckthum war.

»Liebe Frau«, sagte ich sanft, »wir werden doch dasein, um uns ihrer anzunehmen, und er weiß, daß sie in unseren Händen gut aufgehoben ist. Außerdem brauchen wir Flitz nicht. Er ist der letzte, von dem ich mir vorstellen könnte, daß ich ihn brauche.«

Es war ganz natürlich, daß Edelgard ein bißchen neidisch war, und ich merkte es und unternahm daher nichts, sie daran zu hindern. Ich brauche die Verwandten, die im nächsten Winter diesem Bericht lauschen werden, wohl nicht daran zu erinnern, daß die Flitze von Flitzburg, zu denen Frau von Eckthum gehört, eine überaus alte und noch mittellosere Familie sind. Frau von Eckthum und ihre spindeldürre Schwester (beim letzten Mal, als sie sich in Preußen aufhielt, erschraken Edelgard und ich richtig über ihre extreme Magerkeit) heirateten beide durch außergewöhnliche Glücksfälle reiche Männer; denn welcher Mann wird heutzutage ein Mädchen heiraten, das, wenn schon nicht den Löwenanteil, nicht zumindest einen ganz erheblichen Teil der Haushaltskosten übernehmen kann? Wozu ist ein Vater gut, wenn er seine Tochter nicht mit dem Geld ausstatten kann, das sie braucht, um für ihren Mann und dessen Kinder standesgemäß zu sorgen? Ich selbst bin nie Vater gewesen, so daß ich absolut unparteiisch sprechen kann; das heißt, genau gesagt, zweimal war ich Vater, aber jedesmal nur für ein paar Minuten, was ja kaum zählt. Die beiden von Flitz-Mädchen heirateten so frühzeitig und so vorteilhaft und sind seither, ohne es in irgendeiner Weise wirklich zu verdienen, derart auf Rosen gebettet (Frau von Eckthum verlor ihren Mann ja schon zwei Jahre nach der Hochzeit und erbte dessen gesamten Besitz), daß man von Edelgard natürlich keine große Sympathie erwarten kann. Edelgard ihrerseits bekam eine Mitgift von sechstausend Mark im Jahr neben einer ungewöhnlichen Menge an Tisch- und Bettwäsche, weshalb sie schließlich doch noch – sie war vierundzwanzig, als ich sie heiratete – einen guten Ehemann bekam; und es ist ihr unbegreiflich, wie die beiden Schwestern ohne einen Pfennig oder ein Tischtuch es anstellten, sich die ihren schon mit achtzehn zu angeln. Sie merkt nicht, daß sie attraktiv sind – »waren« sollte man im Fall der spindeldürren Schwester besser sagen; aber andererseits ist sie vom Typ her den beiden so völlig entgegengesetzt, daß sie es wahrscheinlich nicht einsehen wird. Freilich bin auch ich der Ansicht, daß eine verheiratete Frau, die auf die Dreißig zugeht, wie es bei der Schwester der Fall sein muß, so weit zur Ruhe kommen sollte, daß sie ihr Haar glatt trägt und zumindest allmählich ein paar kleidsame Rundungen bekommt. Wir wollen keine Ehefrauen, die wie Leutnants in einem Kavallerieregiment aussehen; und Edelgard hat nicht ganz unrecht, wenn sie sagt, daß sie bei Frau Eckthum und ihrer Schwester immer an jene mageren, eleganten jungen Männer denken müsse. So eine magere Frau mit ihrer körperlichen und geistigen Unrast hat in der Tat kaum etwas mit der weichen Fülle und den langsamen Bewegungen derer gemein, die jeder

Deutsche von Stand als Ideal einer Ehefrau im Herzen trägt. Insgeheim allerdings kann ich zumindest verstehen, daß zuweilen etwas für das Verhalten des Engländers spricht, und das des verblichenen Eckthum kann ich mehr als nur verstehen. Niemand kann leugnen, daß seine Witwe zweifellos – nun, ja; kehren wir zu meinem Bericht zurück.

Natürlich hatten wir jedem, den wir trafen, erzählt, was wir vorhatten, und es war äußerst amüsant zu sehen, welches Erstaunen dies auslöste. Angeschlagene Gesundheit für den Rest unserer Tage war noch das geringste Übel, das man uns voraussagte. Auch unsere Verdauungsorgane wurden sehr bemitleidet. »Oh«, sagte ich hierauf mit kecker Unbekümmertheit, »wir werden von gesottenen Igeln leben mit Maussuppe vorher« – ich hatte in unserer Enzyklopädie den Abschnitt über *Zigeuner* studiert und daraus entnommen, daß sie oft die oben erwähnte Kost essen.

Die Gesichter unserer Freunde, wenn ich mich zufällig in dieser ausgelassenen Stimmung befand, mußte man gesehen haben! »Großer Gott«, riefen sie, »was wird aus Ihrer armen Frau werden?«

Aber mit Sinn für Humor übersteht ein Mann alles, und ich ließ mich nicht einschüchtern. Es ist in der Tat unwahrscheinlich, sagte ich mir manchmal, wenn mir nachts Bedenken kommen wollten, daß eine so offensichtlich verwöhnte Person wie Frau von Eckthum sich bereit erklären würde, Igel zu essen, oder ein jahrelanges Krankenlager riskieren würde, bei dem ihre ganze Attraktivität dahinschwände.

»Oh, aber Frau von Eckthum –!« erwiderten die

Damen unseres Bekanntenkreises stets achselzuckend, wenn ich sie durch diesen Hinweis beruhigen wollte.

Ich bin mir bewußt, daß Frau von Eckthum in Storchwerder unbeliebt ist. Vielleicht deshalb, weil die Kunst der Konversation dort beträchtlich entwickelt ist, und sie nicht reden will. Ich weiß, daß sie nicht zu den dortigen Bällen gehen mag, Einladungen zum Dinner ausschlägt und den Kaffeekränzchen die kalte Schulter zeigt. Ich weiß, daß man sie nur mit Mühe dazu bewegen kann, in den philanthropischen Ausschüssen der Stadt zu sitzen, und wenn man sie schließlich dazu gebracht hat, tut sie es am Ende doch nicht, sondern bleibt zu Hause. Ich weiß, sie unterscheidet sich grundlegend von dem in unserer Stadt vorherrschenden Frauentyp: der schlichten, strenggescheitelten, sauber zugeknöpften, gottesfürchtigen Ehefrau und Mutter, die zu ihrem Mann aufschaut und sich um ihre Kinder kümmert, die in der Küche äußerst intelligent und überhaupt nicht intelligent außerhalb derselben ist. Ich weiß, das ist der Typ Frau, der unsere große Nation zu dem gemacht hat, was sie ist, der sie auf breiten Schultern zum ersten Platz in der Welt hochgehoben hat, und ich weiß, daß wir den Himmel um Hilfe anrufen müßten, wenn wir das jemals ändern sollten. Aber – sie ist eine attraktive Dame.

Es ist in der Tat eine feine Sache, wenn man seine Ansichten so zu Papier bringen kann, wie sie einem gerade in den Sinn kommen, ohne ärgerliche Unterbrechungen zu riskieren – ich hoffe, meine Zuhörer werden mich nicht unterbrechen, wenn ich ihnen daraus vorlese –, und nun, da ich schließlich doch noch begonnen habe, ein Buch zu schreiben – seit Jahren trage ich mich schon mit dem Gedanken –, wird mir die Überlegenheit des Schreibens gegenüber dem Reden ganz deutlich. Es ist dieselbe Überlegenheit, derer sich die Kanzel gegenüber den (sehr zu Recht) geknebelten Kirchenbänken erfreut. Jedesmal, wenn ich während meines Aufenthalts auf britischem Boden etwas, wie kurz auch immer, im Sinne der obigen Bemerkungen über unsere deutschen Frauen und Töchter äußerte, empfand ich die Art, wie man mich unterbrach und die Art von Fragen, die mir sofort und hauptsächlich von der dürren Schwester gestellt wurden, als höchst störend. Aber davon mehr zu seiner Zeit. Ich bin ja nach wie vor an dem Punkt, wo sie noch nicht in meinem Gesichtsfeld aufgetaucht und alles eitel Vorfreude war.

Wir verließen unser trautes Heim am 1. August, pünktlich, wie wir es vereinbart hatten, nach ein paar sehr arbeitsreichen Tagen, während welcher die Polstermöbel ausgeklopft und mit Naphtalin (gegen die Motten) bestreut, die Vorhänge abgenommen und ordentlich in Haufen gestapelt, Bilder mit Zeitungen bedeckt und Lebensmittel sorgfältig gewogen und weggeschlossen wurden. Ich verbrachte diese Tage im Klub, denn mein Urlaub hatte am 25. Juli begonnen, und es gab nichts für mich zu tun. Und ich muß sagen, obwohl es in unserer Wohnung ausgesprochen ungemütlich war, wenn ich abends dorthin zurückkehrte, um zu Bett zu gehen, ließ ich gegenüber der unappetitlich erhitzten und zerzausten Edelgard stets Nachsicht walten. Und sie merkte es und war dankbar. Schwer zu sagen, was sie jetzt zu Dankbarkeit veranlassen könnte. Diese letzten schlimmen Tage fanden jedoch ihr natürliches Ende, und der Morgen des

1. August kam, und gegen 10 Uhr hatten wir von Clothilde Abschied genommen und ihr zum Schluß noch alles mögliche eingeschärft. Sie zeigte sich über unsere Abreise so besorgt, daß wir uns geschmeichelt fühlten, und wir standen auf dem Bahnsteig mit Hermann, der sich respektvoll im Hintergrund hielt, unser Handgepäck in seinen behandschuhten Händen trug, und das, was er nicht tragen konnte, um seine Füße herum aufgeschichtet hatte, während ich am Gesichtsausdruck der wenigen anwesenden Fremden ablesen konnte, daß diese uns für Leute von guter Familie oder, wie man in England sagen würde, der oberen Zehntausend ansahen. Wir hatten kein Gepäck zum Aufgeben wegen des neuen Gesetzes, wonach man für jedes *Kilo* bezahlen muß, aber jeder von uns beiden hatte eine wohlgefüllte, stattliche Reisetasche und einen ledernen Handkoffer, und in diese hatten wir die meisten Dinge hineinbekommen, von denen Frau von Eckthum ab und an gemeint hatte, wir könnten sie vielleicht brauchen. Edelgard ist eine gute Kofferpackerin und kriegte viel mehr hinein, als ich für möglich gehalten hätte; und was noch übrigblieb, wurde in verschiedenen Taschen und Körben verstaut. Auch nahmen wir eine reichliche Portion Vaseline und Bandagen mit. »Denn«, wie ich zu Edelgard bemerkte, als sie in ihrem Leichtsinn darauf verzichten wollte, und aus dem allermodernsten (wenn auch in Storchwerder zu Recht nicht geschätzten) englischen Schriftsteller zitierte: »man kann ja nie wissen – «, außerdem noch eine gewaltige Ochsenzunge, die von unserem Storchwerder Metzger extra für uns geräuchert worden war, und die später in unserem Wohnwagen zu heimlichem Gebrauch versteckt

werden sollte, für den Fall, daß wir sie in der Nacht brauchten.

Der Zug zwar fuhr erst um 10 Uhr 45, aber wir wollten früh dasein, um zu sehen, wer kommen würde, um uns das Geleit zu geben; und es war sehr gut, daß wir uns so frühzeitig eingefunden hatten, denn noch war keine Viertelstunde vergangen, da fiel mir zu meinem Entsetzen ein, daß ich meinen Panama zu Hause gelassen hatte. Es war Edelgards Schuld, die mich überredet hatte, während der Reise eine Mütze auf dem Kopf und meinen Panama in der Hand zu tragen, und ich hatte ihn auf irgendeinen Tisch gelegt und ihn in der Hitze des Aufbruchs vergessen. Ich war sehr verärgert, denn der ganze Pfiff an dem Typ von Anzug, den ich gewählt hatte, wäre ohne den Hut dahin gewesen, und auf meinen plötzlichen Ausruf und die nachfolgende Erläuterung meines Ausrufs hin gab Edelgard zu erkennen, daß sie sich ihrer Lage bewußt war, indem sie furchtbar rot wurde.

Es blieb mir nichts anderes übrig, als sie dort allein zu lassen und in einer Droschke zu unserer verlassenen Wohnung zu rasen. Zwei Stufen auf einmal nehmend eilte ich die Treppe hoch, verschaffte mir mit Hilfe meines Wohnungsschlüssels Zutritt und entdeckte den Panama sogleich auf dem Kopf eines der gemeinen Soldaten meines eigenen Bataillons, der in meinem Stuhl am Frühstückstisch lümmelte, den ich erst vor kurzem verlassen hatte, und von der nichtsnutzigen Clothilde mit unserem Essen gefüttert wurde, die ihrerseits auf Edelgards Stuhl saß und auf höchst schamlose Weise ihre Herrin nachäffte, wenn diese mich liebevoll zu überreden versucht, noch ein bißchen zu essen.

Der niederträchtige Soldat bemühte sich vermutlich, mich nachzumachen, denn er nannte sie liebes Häschen, ein Kosenamen, den ich manchmal auf meine Frau anwende, nachdem ihn Clothilde, wie es Edelgard in ihren sanfteren Augenblicken mir gegenüber manchmal tut (oder vielmehr tat), als süßen Schneck angeredet hatte. Der Mann bot mit seinem Versuch, mich zu imitieren, ein jämmerliches Schauspiel, aber Clothilde traf meine Frau erstaunlich gut, und beide Geschöpfe amüsierten sich so ausgelassen, daß sie nicht bemerkten, daß ich, wie vom Donner gerührt, in der Tür stand. Die Uhr an der Wand jedoch, die die halbe Stunde schlug, erinnerte mich daran, daß sofortiges Handeln angesagt war, und vorwärtsstürmend riß ich dem verblüfften Mann den Panama vom Kopf, schleuderte Clothilde eine wütende Entlassung ins Gesicht und war aus dem Haus und in der Kutsche, ehe sie auch nur um Gnade bitten konnten. Unmittelbar nach meinem Eintreffen am Bahnhof nahm ich Hermann beiseite und gab ihm Anweisungen, Clothilde binnen einer Stunde auf die Straße zu setzen. Sodann schluckte ich meinen Groll hinunter wie ein Mann von Welt und war nun in der Lage, höflich und liebenswürdig mit den Freunden zu plaudern, die sich versammelt hatten, um uns zu verabschieden, und sogar kleine Scherze zu machen, als sei überhaupt nichts passiert. Freilich, kaum war am Fenster des Eisenbahnwagens das letzte Lächeln erstorben und das letzte Taschentuch geschwenkt und das letzte Versprechen, viele Postkarten mit Bildern zu schicken, gegeben und unsere Freunde zu einer schwarzen, formlosen Masse ohne Körperteile oder Leidenschaften auf dem Grau des zurückweichenden

Bahnsteigs geworden, da erzählte ich Edelgard die ganze Geschichte, und sie war so fassungslos, daß sie tatsächlich am nächsten Bahnhof aussteigen, unseren Urlaub aufgeben und zurückfahren und in ihrem Hause nach dem Rechten sehen wollte.

Mehr als der Umstand, daß der Soldat auf unsere Kosten gemästet worden war und bei der Völlerei meinen neuen Hut aufgehabt hatte, regte sie merkwürdigerweise die Tatsache auf, daß ich Clothilde entlassen hatte.

»Wo und wann soll ich denn eine andere herkriegen?« lautete ihre Frage, wiederholt mit einer Weinerlichkeit, daß es mir schließlich auf die Nerven ging. »Und was wird aus unseren ganzen Sachen, während wir weg sind?«

»Dann hätte ich sie deiner Meinung nach also nicht auf der Stelle entlassen sollen?« rief ich am Ende, gereizt von dieser Hartnäckigkeit. »Soll man denn jede Schamlosigkeit hinnehmen? Nun, wenn die Frau ein Mann wäre und von meinem Stand, würde es die Ehre gebieten, daß ich mich mit ihr duelliere.«

»Aber du kannst dich doch nicht mit einer Köchin duellieren«, sagte Edelgard einfältig.

»Habe ich nicht ausdrücklich gesagt, daß ich nicht kann?« erwiderte ich scharf; und da ich hier den Punkt erreicht hatte, wo Nachsicht zu Schwäche wird, sah ich mich gezwungen, keine mehr zu üben und Edelgard mit Nachdruck zu erklären, daß ich nicht nur kein Narr sei, sondern es auch ablehnte, wie ein solcher behandelt zu werden. Und als ich damit fertig war und sie keine weitere Diskussion mehr anfing, schwiegen wir beide während der restlichen Fahrt nach Berlin.

Dies war freilich kein vielversprechender Urlaubsbeginn, und etwas trübsinnig dachte ich über den Unterschied zwischen diesem und jenem vor fünfundzwanzig Jahren nach, als ich mit meiner armen Marie-Luise in die Flitterwochen aufbrach. Damals gab es keine Clothilde und keinen Panamahut (denn diese Hüte waren damals noch nicht in Mode), und alles war friedlich. Da ich jedoch Edelgard nicht länger mehr die kalte Schulter zeigen wollte, wie die Engländer sagen – wie meine Zuhörer wissen, sind wir beide gute Englischschüler –, als wir in Berlin in die Droschke stiegen, die uns zum Potsdamer Bahnhof (von welchem wir über Flushing nach London abfuhren) hinüberbringen sollte, nahm ich ihre Hand und wandte ihr (nicht ohne eine gewisse Überwindung) ein heiteres Gesicht zu, sagte ein paar Kleinigkeiten, an denen sie merken konnte, daß ich wieder einmal bereit war, ein Auge zuzudrücken und zu verzeihen.

Ich gedenke nun keineswegs, die Reise nach London zu beschreiben. So viele unserer Freunde kennen Leute, die eine solche schon gemacht haben, daß ich mich nicht weiter damit aufhalten muß. Ich möchte nur anmerken, daß sie, da alles neu für uns war, durchaus ihre Reize hatte – zumindest bis zu dem Augenblick, als es so spät wurde, daß im Speisewagen keine Mahlzeiten mehr serviert und an den Bahnhöfen, die wir passierten, keine verlockenden Tabletts zu unseren Fenstern hochgehalten wurden. Über das, was dann später in der Nacht geschah, möchte ich eigentlich nicht sprechen: es mag genügen, wenn ich sage, daß ich mir bis dahin über die ungeheure und scheinbar endlose Entfernung, die England vom guten trockenen Festland trennt, nicht im klaren gewesen war. Edelgard freilich benahm sich während der gesamten Fahrt nach London, als sei sie überhaupt noch nicht in England; und ich fühlte mich schließlich gezwungen, ihr über ihr Benehmen sehr ernste Vorhaltungen zu machen, denn ich konnte mich nicht erinnern, ein so mutwilliges je an ihr erlebt zu haben.

Wir erreichten London zur unwirtlichen Stunde von etwa acht Uhr morgens, ausgekühlt, unpäßlich und durchgeschüttelt. Obwohl es erst der 2. August war, durchströmte den Bahnhof ein feuchter herbstlicher Luftzug. Fröstelnd gingen wir in eine Art von Pferch, in dem unser Gepäck nach zollpflichtigen Waren durchsucht wurde, wobei Edelgard höchst rücksichtslos mir die ganze Last, unsere Sachen auf- und wieder zuzumachen, überließ, während sie sich in eine Ecke drängte und (sehr passend) eine Leidensmiene aufsetzte. Einmal mußte ich sie recht scharf anfahren, als ich den Schlüssel ihres Handkoffers nicht in sein Schloß brachte, und sie daran erinnern, daß ich schließlich kein Dienstmädchen sei, aber selbst das konnte sie nicht aufrütteln, und sie drängte sich weiter mit apathischer Miene in die Ecke. Es ist absurd, daß eine Ehefrau ausgerechnet in dem Moment zusammenbricht, wenn sie am meisten gebraucht wird; die ganze Theorie von der Gehilfin geht bei einem solchen Benehmen zu Bruch. Und was kann ich schon über den Zoll wissen? Sie schaute ganz unbewegt zu, während ich mich damit abkämpfte, den durchwühlten Inhalt unserer Taschen wieder zu ordnen, und meine Blicke, in denen Entsetzen und Empörung einander abwechselten, konnten sie nicht einmal bewegen, den Kopf zu heben. Zwischen uns standen zu viele fremde

Leute, als daß ich mehr hätte tun können, als sie anzuschauen, so bewahrte ich mir das, was ich zu sagen hatte, für einen Augenblick auf, wo wir für uns wären, und verschloß die Gepäckstücke so gut es ging, befahl dem dümmsten Gepäckträger (der zudem anscheinend auch noch taub war, denn jedesmal, wenn ich etwas zu ihm sagte, antwortete er vollkommen unpassend mit dem ersten Buchstaben des Alphabets), der mir jemals untergekommen ist, mich und das Gepäck zum Erfrischungsraum zu bringen, und da ich viel zu verärgert über Edelgard war, um noch weiter von ihr Notiz zu nehmen, lief ich dem Mann hinterher und stellte es ihr anheim, ob sie nachkommen wollte oder nicht.

Als ich so dahinschritt, müssen die Leute wohl gemerkt haben, daß ich ein preußischer Offizier bin, denn viele schauten mich interessiert an. Hätte ich doch meine Uniform und meine Sporen angehabt, damit die memmenhafte Insel einmal einen richtigen Soldaten gesehen hätte! Ich kam mir komisch vor inmitten von lauter Zivilisten. Obwohl es noch so früh am Morgen war, spie jeder ankommende Zug Myriaden derselben beiderlei Geschlechts aus. Keinen einzigen Uniformknopf sah man blitzen, keinen einzigen Säbel hörte man klirren; aber – wird man mir das glauben? – mindestens einer von dreien, die ankamen, trug, oftmals in Seidenpapier gewickelt und stets so vorsichtig wie ein besonders gutes *belegtes Brötchen*, einen Blumenstrauß. Das schien mir für die verweichlichte, unmilitärische Nation sehr charakteristisch zu sein. In Preußen tragen manchmal nutzlose Personen wie alte Frauen Blumensträuße von einem Punkt zum anderen –, aber daß man einen Mann so sehen würde, einen Mann, der augenscheinlich in sein Büro ging, mit seiner Aktentasche und ernstem Gesicht, das war ein Anblick, mit dem ich nicht gerechnet hatte. Dieses unmännliche Gebaren verblüffte mich ungemein. Ich könnte ja verstehen, daß man sich ein Päckchen mit etwas zum Naschen mitbringt, um es zwischen den Mahlzeiten zu verzehren, irgendeinen Leckerbissen aus der häuslichen Küche – aber einen Blumenstrauß! Na schön, sollen sie doch weitermachen mit ihrer Verweichlichung. Zu allen Zeiten war sie es, die dem Untergang eines Volkes vorausging, und das fette kleine Land wird eines Tages ein köstlicher Bissen im kräftigen Rachen eines kontinentalen (und mit nahezu absoluter Sicherheit deutschen) Raubtiers sein.

Wir hatten vereinbart, noch am selben Tag direkt zu dem Ort in Kent weiterzufahren, wo die Wohnwagen und Frau von Eckthum mit ihrer Schwester auf uns warteten, und uns die Sehenswürdigkeiten von London für das Ende unserer Ferien aufzuheben. Inzwischen würde sich unser bereits jetzt schon ausgezeichnetes, wenn auch langsames und leicht literarisches Englisch (womit ich meine, daß wir mehr als andere Leute die Sprache so sprachen, wie sie geschrieben wird, und daß wir in Sachen Slang völlig unbeleckt waren) zu einer zeitgemäßen Sprachgewandtheit entwickeln; und da noch eineinhalb Stunden Zeit war, ehe der Zug nach Wrotham abfuhr – was er bequemerweise vom selbem Bahnhof, an dem wir angekommen waren, tat –, wollten wir zuerst frühstükken und uns danach vielleicht waschen. Das taten wir denn auch im Bahnhofsrestaurant und machten die verblüffende Bekanntschaft mit britischem Kaffee und britischer Butter. Nun, solches Zeug würde in Deutschland selbst in der ärmlichsten Straßenkneipe keinen Augenblick lang geduldet werden, und das sagte ich dem Ober mit sehr deutlichen Worten; aber er machte nur ein außerordentlich dummes Gesicht und sagte, als ich zu Ende gesprochen hatte: »Ah?«

Genau das hatte der Gepäckträger jedesmal gesagt, wenn ich ihn anredete, und ich hatte es daher bereits gründlich satt, da ich damals nicht wußte, was es bedeutete oder wie es buchstabiert wird.

»Sir«, sagte ich und versuchte den Mann mit einem Scherz, dieser unfehlbaren Waffe, am Boden zu zerstören, »was hat der erste Buchstabe des Alphabets mit irgendeiner meiner Äußerungen zu tun?«

»Ah?« sagte er.

»Nehmen Sie an, Sir«, sagte ich, »ich beschränkte mich in meinen Bemerkungen Ihnen gegenüber auf eine streng logische Folge und würde, wenn Sie A sagen, lediglich mit B antworten – meinen Sie, daß wir jemals zu einer befriedigenden Verständigung kämen?«

»Ah?« sagte er.

»Und doch, Sir,« fuhr ich fort, wobei mir der Zorn hochstieg, denn dies war vorsätzliche Unverschämtheit, »taugt dieser eine Buchstabe des Alphabets mit Sicherheit kein bißchen besser zu Konversationszwecken als ein anderer.«

»Ah?« sagte er und blickte sich nun hilfesuchend um.

»Dies«, sagte ich zu Edelgard, »ist typisch. Damit muß man in England rechnen.«

Hier fing der Oberkellner einen Blick des Mannes auf und eilte herbei.

»Dieser Herr«, wandte ich mich an den Oberkellner und deutete auf seinen Kollegen, »ist sowohl unverschämt als auch dumm.«

»Ja, Sir. Deutscher, Sir«, sagte der Oberkellner und schnellte mit dem Finger einen Krümel weg.

Nun, ich gab keinem der beiden ein Trinkgeld. Der Deutsche bekam keines, weil er nicht auf der Stelle erklärt hatte, daß er auf seine alphabetischen Antworten angewiesen war, und so verschämt die Nationalität verheimlichte, über die er sich offen hätte freuen sollen, und der Oberkellner wegen des folgenden Gesprächs:

»Kriege sie einfach nicht dazu, ihre Muttersprache zu sprechen, Sir«, sagte er, als ich empört wissen wollte, warum er dies nicht getan hatte. »Keiner von ihnen hat Lust dazu, Sir. Ich höre, daß sie deutsche Herrschaften, die kein Englisch verstehen, in größte Ungelegenheiten bringen. ›Ah?‹ sagt der hier – das schnappt er in seiner ersten Woche auf, Sir. ›Verflucht noch mal‹, sagen die deutschen Herrschaften oder etwas ähnliches. ›In Ordnung‹, sagt der Kellner – das hat er in seiner zweiten Woche aufgeschnappt – und macht es noch schlimmer. Dann geraten die deutschen Herrschaften richtig aus dem Häuschen, und ich sehe, wie ihnen fast der Schaum vor den Mund tritt. Ungeduldige Leute, Sir. –«

»Ich schließe daraus«, unterbrach ich ihn finster dreinblickend, »daß diese armen heimatvertriebenen Burschen so schnell wie möglich die Sprache erlernen und dann in ihre Heimat zurückkehren möchten.«

»Oder aber sie schämen sich ihrer Muttersprache, Sir«, sagte er und kritzelte die Rechnung hin. »Brötchen, Sir? Acht, Sir? Danke, Sir –«

»Schämen?«

»Ganz recht, Sir. Scheußliche, verfluchte Sprache. Ein junger Mann sollte sie sich gar nicht erst angewöhnen. Die meisten Wörter haben irgendwo etwas mit Flüchen zu tun, Sir.«

»Vielleicht ist Ihnen nicht bewußt«, sagte ich eisig, »daß Sie in diesem Augenblick gerade mit einem deutschen Ehrenmann sprechen.«

»Tut mir leid, Sir. Habe ich nicht gemerkt. Keine böse Absicht. Zwei Kaffee, vier gekochte Eier, acht – Sie sagten acht Brötchen, Sir? Wirklich, Kompliment, Sir.«

»Kompliment!« entfuhr es mir, als er mit dem Geld zum Tresen huschte; und als er zurückkam, steckte ich das Wechselgeld Stück für Stück sorgfältig und bedacht in meine Jackentasche.

»So«, sagte ich zu Edelgard, während er mir dabei zusah, »muß man diese Burschen behandeln.«

Worauf sie, durch den heißen Kaffee wieder so weit hergestellt, daß sie reden konnte, (ziemlich einfältig, wie ich fand) erwiderte: »Wirklich?«

III

Je weiter jedoch der Vormittag fortschritt, desto normaler wurde sie, und gegen elf Uhr interessierte sie sich angelegentlich für Hopfendarren.

Diese Dinger, die in häufigen Abständen immer wieder auftauchen, wenn man durch die Grafschaft Kent reist, bereichern die Landschaft auf auffällige und malerische Weise, und da unser Reiseführer sie sehr ausführlich beschreibt, wußte ich eine ganze Menge über sie zu erzählen. Kent gefiel mir sehr gut. Es sah aus, als sei hier Geld zu Hause. Viele blühende Dörfer, viele behagliche Bauernhäuser und viele altersgraue Kirchen lugten scheu zwischen Baumgruppen hervor, die gewiß schon lange dort standen, und die Tatsache, daß man sie noch nicht abgeholzt und verkauft hatte, war an sich schon ein Zeichen für den allenthalben herrschenden Wohlstand. Man brauchte nicht viel Phantasie, um sich den wohlbestallten Pfarrer bildlich vorzustellen, wie er in den stillen Winkeln seines gemütlichen Pfarrhauses auf der Lauer liegt, sich die feisten Hände reibt und seines Lebens freut. Nun, soll er sie sich ruhig reiben. Eines Tages vielleicht – und wer weiß, wie bald schon? – werden wir in jede dieser Kirchen einen anständigen lutherischen Pfarrer setzen, der in seinem schwarzen Talar den rechten Glauben predigt.

Kurz und gut also, Kent ist offensichtlich ein Landstrich, in dem Milch und Honig fließen, und dessen Einwohner wohlhabend sind; und als ich in unserem Reiseführer nachschlug und es darin als Garten Englands beschrieben fand, war ich nicht im geringsten überrascht und Edelgard auch nicht. Wie wir wußten, würden wir bei unserem Zigeunerleben durch dieses Land kommen, auf jeden Fall aber durch einen Teil desselben, denn die Wohnwagen waren in einem Dorf etwa drei Meilen von Wrotham stationiert, und es erfüllte uns mit großer Befriedigung, daß wir es näher kennenlernen sollten, weil diese Landschaft, obzwar keineswegs majestätisch zu nennen, allem Anschein nach eine üppige Natur versprach. Ich stellte zum Beispiel fest, daß die Straßen befestigt und in gutem Zustand zu sein schienen, was fraglos wichtig war; auch gab es so zahlreiche Ortschaften, daß man keine Angst zu haben brauchte, seine Lebensmittelvorräte nicht auffrischen zu können. Leider war das Wetter kein richtiges Augustwetter, das sich, wie ich meine, mit dem Adjektiv mild treffend beschreiben läßt. Dies hier war nicht mild. Der heftige Wind, der uns von Flushing herübergetrieben hatte, war zwar mittlerweile abgeflaut, pfiff aber noch hier und da ganz gehörig, und kurze sonnige Abschnitte wichen nur allzuoft schweren Regen- und Hagelschauern. Es war ein Tag, mit dem man eher im stürmischen Oktober rechnen würde als mitten im Hochsommer, und da die Abteilfenster schlugen und klapperten, konnten wir beide nur hoffen, daß unser Wohnwagen schwer genug sein würde, um der Versuchung zu widerstehen, sich während der Nacht selbständig zu machen, fortgerissen durch die unbarmherzigen Naturgewalten. Dennoch, jedesmal, wenn die Sonne gegenüber den dunklen Wolken die Oberhand gewann und der Garten Englands uns in seiner Pracht von anmutigen Hopfenfeldern und reifendem Korn anlachte, konnten wir einem Gefühl froher Urlaubserwartung nicht widerstehen. Edelgards Stimmung hob sich von Meile zu Meile, und ich, der ich ihr verziehen hatte, nachdem sie mich darum gebeten und zugegeben hatte, daß sie selbstsüchtig gewesen war, ich, wie gesagt, fühlte mich ganz wie ein kleiner Junge; und als wir in Wrotham ausstiegen, unter einem blauen Himmel und einer heißen Sonne, und sich die Hagelwolken über den Hügeln verzogen und wir feststellten, daß wir uns und unsere vielen Gepäckstücke in einen Einspänner* unterbringen mußten, der, wie ich scherzhaft in Englisch bemerkte, für eine Fliege viel zu klein und daher allenfalls ein Insekt sei, belustigte das Edelgard so sehr, daß sie sich mehrere Minuten lang regelrecht bog vor Lachen.

Da wir die Adresse in lateinischen Buchstaben sauber auf einen Umschlag geschrieben hatten, fiel es uns nicht schwer, den Fahrer zum Losfahren zu bewegen. Er tat so, als wisse er, wohin er fahren solle, aber nachdem wir etwa eine halbe Stunde unterwegs gewesen waren, wurde er unruhig und fing an, sich auf seinem Bock nach mir umzudrehen und mir unverständliche Fragen zu stellen. Vermutlich redete und verstand er nur einen bäuerlichen Dialekt, denn ich hatte nicht die geringste Ahnung, was er wollte, und als ich ihn bat, sich klarer auszudrücken, konnte ich an seinem einfältigen Gesicht ablesen, daß er dazu geistig nicht in der Lage war. So zeigte ich ihm den adressierten Briefumschlag ein zweites Mal, was ihn für eine Weile besänftigte, und weiter ging's auf und ab auf den kreideweißen Straßen, über deren beidseitig wachsende Hecken der Wind pfiff und uns den Hut vom Kopf zu wehen versuchte. Die Sonne blendete uns, der Staub trieb uns in die Augen, der Wind wehte uns ins Gesicht. Als wir zurückschauten, war Wrotham verschwunden. Vor uns lag eine kalkige Einöde. Nichts war zu entdecken, was einem Dorf ähnlich sah, und doch lag Panthers, unser Bestimmungsort, nur drei Meilen vom Bahnhof entfernt, und, wohlgemerkt, keine drei vollblütigen deutschen Meilen, sondern die degenerierte und blut-

---

* Im englischen »fly« = Fliege. Anm. d. Übers.

arme englische Version, die, wie so vieles andere auch, typisch ist für die Seele und das Wesen dieser Nation. Daher wurde uns nun allmählich unbehaglich zumute, und wir fragten uns, ob wohl der Mann vertrauenswürdig sei. Mir fiel ein, daß sich die Kalkgruben, an denen wir dauernd vorüberfuhren, nicht schlecht dazu eignen würden, in sie hineingezerrt und drinnen ausgeraubt zu werden, und ich konnte ohne Zweifel nicht schnell genug Englisch sprechen, um einer Situation gewachsen zu sein, die einen raschen Dialog erforderte, und in meinem Deutsch-Englischen Sprachführer finden sich auch keine Hinweise darauf, was man sagen muß, wenn man umgebracht wird.

Immer noch scherzhaft, aber, wie meine Zuhörer merken werden, scherzhaft mit einem grimmigen Unterton, eröffnete ich Edelgard diese beiden linguistischen Tatsachen, worauf sie erschauderte und vorschlug, dem Fahrer erneut den adressierten Briefumschlag unter die Nase zu halten. »Außerdem ist längst Zeit zum Mittagessen«, fügte sie besorgt hinzu. »Das weiß ich, weil *mein Magen knurrt.*«

Durch wiederholtes Rufen und mittels meines Regenschirms lenkte ich die Aufmerksamkeit des Fahrers auf uns und teilte ihm mit, daß ich keinen weiteren Unsinn mehr dulden werde. Ich sagte ihm dies sehr deutlich und so langsam, wie es mir meine mangelnde Sprachpraxis gebot. Er hielt an, um mich ausreden zu lassen, dann grinste er bloß und fuhr weiter. »Der jüngste Storchwerder Droschkenkutscher«, rief ich Edelgard empört zu, »würde vor Scham in den Boden versinken auf seinem Kutschbock, wenn er nicht jedes Dorf, nein: jedes Haus im Umkreis von drei Meilen genausogut kennte wie das Innere seiner Westentasche.«

Dann forderte ich den Mann erneut zum Reden auf, und da mir einfiel, daß nichts unserem Hermann zu Hause schneller den Kopf zurechtsetzte, als wenn man ihn als *Esel* anredete, sagte ich:

»Frage, Esel.«

Mit einem sehr überraschten Gesichtsausdruck schaute er über seine Schulter auf mich herab.

»Was?« sagte er.

»Was?« sagte ich, verwirrt über diese geistige Beschränktheit.

»Was? Den Weg natürlich.«

Er hielt wieder an und drehte sich auf seinem Kutschbock ganz zu uns herum.

»Schauen Sie hier –«, sagte er und hielt inne.

»Schauen wohin?« sagte ich, da ich natürlich annahm, er habe mir etwas zu zeigen.

»Zu wem sprechen Sie?« sagte er.

Die Frage war allem Anschein nach so dämlich, daß mich ein banges Gefühl beschlich, wir könnten es mit einem Verrückten zu tun haben. Edelgard empfand dasselbe, denn sie rückte näher zu mir heran.

Zum Glück sah ich in diesem Augenblick einen Passanten ein Stück vor uns auf der Straße, und ich sprang aus dem Einspänner und ging ihm eilends entgegen, obwohl Edelgard bat, ich solle sie nicht allein lassen. Als ich bei ihm war, zog ich den Hut und ersuchte ihn höflich, uns den Weg nach Panthers zu zeigen, wobei ich zugleich meiner Überzeugung Ausdruck gab, daß der Kutscher nicht normal sei. Er lauschte mit der ernsthaften und angestrengten Aufmerksamkeit, die Engländer meinen Äußerungen stets entgegenbrachten, eine Aufmerksamkeit, die, wie ich glaube, zurückzuführen ist auf die etwas ungeübte Aussprache im Verein mit der Anzahl und Mannigfaltigkeit der mir zu Gebote stehenden Wörter, und dann ging er (ganz furchtlos) zum Kutscher hin und deutete in die Richtung, die der, die wir eingeschlagen hatten, genau entgegengesetzt war, und bat ihn, dorthin zu fahren.

»Ich werde ihn nirgendwohin fahren«, sagte der Kutscher merkwürdig erregt, »er nennt mich einen Esel.«

»Das ist ja nicht Ihre Schuld«, sagte ich (sehr nett, wie ich fand). »So sind Sie eben. Sie können ja nichts dafür.«

»Ich werde ihn nirgendwohin fahren«, wiederholte der Kutscher, allenfalls noch erregter.

Mit kaum merklichem Lächeln schaute der Passant von einem zum anderen.

»Diese Bezeichnung«, sagte er zum Kutscher, »ist in der Heimat des Gentleman lediglich ein Ausdruck der Hochachtung. Dagegen können Sie doch ernsthaft nichts einwenden. Fahren Sie wie ein vernünftiger Mann, und Sie kriegen Ihren Fahrpreis.«

Und er lüpfte vor Edelgard den Hut und setzte seinen Weg fort.

Nun ja, schließlich trafen wir doch noch am vereinbarten Treffpunkt ein – freilich werden das meine Zuhörer im nächsten Winter schon die ganze Zeit über wissen; warum sonst sollte ich dies hier vorlesen? –, nachdem wir von dem Kutscher gezwungen worden waren, die letzten zwanzig Minuten einen Hügel hinaufzulaufen, den, wie er erklärte, sein Pferd sonst nicht hochkäme. Die Sonne knallte auf uns herab, während wir langsam dieses letzte Hindernis überwanden – ein gehöriges, wenn die Zeit zum Mittagessen längst überschritten ist. Ich weiß, daß das nach englischer Uhrzeit nicht der Fall war, aber was ging mich das an? Meine Uhr zeigte an, daß es in Storchwerder, dem Ort, auf den sich unsere innere Uhr eingestellt hatte, halb drei war, eine gute Stunde über dem Zeitpunkt, zu dem wir täglich unseren Hunger zu stillen pflegen, und keine willkürliche Theorie wird einen Mann gegen die Evidenz seiner Sinne davon überzeugen können, daß er nicht hungrig ist, weil eine fremde Uhr sagt, daß es noch nicht Zeit zum Essen ist, wenn es Zeit zum Essen ist.

Panthers besteht, wie wir feststellten, als wir die Höhe des Hügels erklommen hatten und eine Pause einlegten, um unsere Fassung wiederzugewinnen, nur aus ein paar Häusern hier und dort, verstreut über eine öde, unfreundliche Gegend. Als Standort für Wohnwagen schien es mir ein sonderbarer, viel zu hochgelegener Landstrich zu sein, und ich blickte auf den steilen, engen Weg zurück, den wir hochgestiegen waren, und fragte mich, wie ein Wohnwagen da wohl heraufkommen würde. Später merkte ich, daß sie tatsächlich nie hier hochfahren, sondern aus der entgegengesetzten Richtung nach Hause zurückkehren, und zwar auf einer schönen Straße, eben der, auf der uns jeder nicht schwachsinnige Fahrer hergebracht hätte. Wir erreichten unseren Bestimmungsort sozusagen durch die Hintertür; und wir standen immer noch auf dem Gipfel des Hügels und machten das, was als »verschnaufen« bekannt ist, denn ich bin nicht gerade das, was man verschnitzt nennt, sondern eher, wie ich immer scherzhaft zu Edelgard sage, ein wandelndes Kompliment ihrer Kochkünste, und sie selbst war von kräftiger Statur, nicht übertrieben, sondern durchaus gefällig – wir standen also da, sage ich, und rangen nach Luft, als jemand hurtig aus einem nahe gelegenen Tor trat und bei unserem Anblick mit einem Begrüßungslächeln stehenblieb.

Es war die dürre Schwester.

Wir freuten uns sehr. Hier waren wir nun also, wohlbehalten angekommen und zumindest mit einem Teil unserer Reisegesellschaft vereint. Begeistert ergriffen wir beide Hände der Dame und schüttelten sie. Sie lachte, als sie unsere Begrüßung erwiderte, und ich war so erfreut, jemanden zu treffen, den ich kannte, daß mir an ihrem, wie mir schien, höchst eleganten Kleid nichts weiter auffiel, obwohl sich Edelgard hinterher etwas streng darüber äußerte, weil es so kurz war, daß es nirgendwo den Boden berührte. Was nun diesen Umstand betrifft, so zog Edelgards Rock, wohin sie auch ging, eine Wolke von Kalkstaub hinter sich her, was höchst unangenehm war.

Aber warum freuten wir uns eigentlich so, diese Dame wiederzusehen? Warum in der Tat freuen sich Leute immer, wenn sie einander wiedersehen? Ich meine Leute, die sich bei ihrer letzten Begegnung nicht ausstehen konnten. Es muß nur genügend Zeit verstreichen, und ich habe beobachtet, daß selbst jene, die in einer Atmosphäre voneinander schieden, in der man sich alles Schlechte an den Hals wünscht, dann lächeln und fragen, wie es dem anderen geht. Ich habe das beobachtet, wie gesagt, aber ich kann es mir nicht erklären. Freilich war unser eingeschränkter Umgang mit dieser Dame bei den wenigen Gelegenheiten, bei denen sie sich so weit von richtigem Empfinden leiten ließ, daß sie ihr eigen Fleisch und Blut in Preußen besuchte, durch keinerlei dicke Luft beeinträchtigt gewesen – unsere Haltung ihr gegenüber war schlicht und einfach eine gesittete kühle Distanz gewesen, kühle Distanz, weil, um es vorwegzunehmen, jeder vernünftige Deutsche voreingenommen sein muß gegen eine Person, die – gelinde gesagt – die unpatriotische Handlung begeht, ihr unschätzbares deutsches Geburtsrecht für den Schlamassel einer englischen Ehe zu verkaufen. Auch war sie persönlich nicht das, was in Storchwerder Gefallen erregen konnte, denn es fehlte ihr gänzlich an den Reizen und Rundungen, die das Mindeste sind, was man von einem Wesen erwarten darf, das eine Frau sein will. Auch hatte sie eine Art zu reden, die Storchwerder aus der Fassung brachte, und niemand läßt sich schließlich gern aus der Fassung bringen. Der Grund, weshalb wir uns mit ihr in der Wohnwagenangelegenheit zusammentaten, war erstens, weil wir es nicht ändern konnten, da wir herausgefunden hatten, daß sie mitkommen würde, als es schon zu spät war, und zweitens, weil es eine billige und bequeme Möglichkeit war, ein neues Land zu sehen. Sie mit ihrer intimen Kenntnis des Englischen sollte, so sagten wir uns im stillen, unsere unbezahlte Reiseleiterin sein – ich erinnere mich an Edelgards Amüsement, als ihr zum ersten Mal die tröstliche Klugheit dieser Möglichkeit auffiel.

Aber ich bin immer noch um eine Erklärung verlegen, wie es kam, daß wir beide, als sie unvorhergesehen oben auf dem Hügel erschien, mit einer Überschwenglichkeit auf sie zustürzten, die kaum größer hätte sein können, wenn es Edelgards Großmutter Podhaben gewesen wäre, die da plötzlich vor uns stand, eine alte Frau von zweiundneunzig, die wir beide außerordentlich mögen und die, wie man ja weiß, meiner Frau ihr Geld vermachen wird, wenn sie stirbt (was sie, wie ich aufrichtig hoffe, noch lange nicht tun wird). Wie gesagt, ich kann es mir nicht erklären, aber so ist es nun einmal. Hingestürzt sind wir tatsächlich, und überschwenglich waren wir, und erst später dann, in einem ruhigeren Augenblick, stellten wir, verständlicherweise etwas verwirrt, fest, daß wir weitaus mehr Begeisterung zu erkennen gegeben hatten als sie. Nicht, daß sie nicht nett gewesen wäre, aber zwischen Nettigkeit und Begeisterung besteht ein himmelweiter Unterschied, und wenn man diejenige von zwei Personen ist, die sich am meisten freut, begibt man sich in die Position des Unterlegenen oder des Bittstellers, dessen, der hofft oder sich unbedingt einschmeicheln will. Wird man es mir glauben, daß, als ich später in einem anderen Zusammenhang während des allgemeinen Gesprächs etwas diesbezüglich sagte, die dürre Schwester sofort rief: »Oh, aber das ist nicht gerade großzügig«?

»Was ist nicht großzügig?« fragte ich überrascht, denn es war am ersten Tag unserer Rundreise, und ich hatte mich damals noch nicht, wie dann im weiteren Verlauf derselben, daran gewöhnt, von ihr in allem, was ich sagte, kritisiert zu werden.

»Diese Art zu denken«, sagte sie.

Edelgard wurde sofort kratzbürstig – (ach, was würde sie wohl jetzt kratzbürstig machen?).

»Otto ist der großzügigste Mann, den man sich nur vorstellen kann«, sagte sie. »Jedes Jahr am Silvesterabend erlaubt er mir, daß ich sechs Waisenkinder einlade, damit sie sich die Reste unseres Christbaums ansehen und, ehe sie gehen, Krapfen und Grog bekommen.«

»Was! Grog für Waisenkinder?« rief die dürre Schwester, weder zum Schweigen gebracht noch beeindruckt; und hierauf entspann sich eine hitzige Diskussion über, wie sie es ausdrückte, a) die Wirkung von Grog auf Waisenkinder, b) die Wirkung von Grog auf Krapfen, c) die Wirkung von Grog auf Waisenkinder in Verbindung mit Krapfen.

Aber ich greife nicht nur vor, ich schweife ab.

Innerhalb des Gatters, aus dem diese Dame aufgetaucht war, standen die Wohnwagen und ihre liebenswürdige Schwester. Ich war so hocherfreut, Frau von Eckthum wiederzusehen, daß ich unsere zukünftigen Behausungen anfangs gar nicht wahrnahm. Sie sah bemerkenswert gut aus und war gut gelaunt und genauso gekleidet wie ihre Schwester. Doch da bei ihr zu der Aufmachung noch all jene Reize hinzukamen, die ihr so unverwechselbar eigen sind, erzielte sie eine völlig andere Wirkung. Zumindest fand ich das. Edelgard sagte, sie könne zwischen ihnen keinen Unterschied entdecken.

Nach den ersten Begrüßungsworten wandte sie sich halb zur Reihe der Wohnwagen und sagte mit einer kleinen Handbewegung und einem hübschen Lächeln voller Besitzerstolz: »Da stehen sie.«

Da standen sie in der Tat.

Es waren drei; alle gleich, schlichte braune Gefährte, unschwer, wie ich erfreut feststellte, von gewöhnlichen

Zigeunerkarren zu unterscheiden. Saubere Vorhänge flatterten in den Fenstern, die Metallteile glänzten, und ihre fein säuberlich darauf gemalten Namen lauteten »Elsa«, »Ilsa« und »Ailsa«. Es war ein eindrucksvoller Moment, der Moment, als wir sie zum ersten Mal in Augenschein nahmen. Unter diesen zerbrechlichen Dächern sollten wir die nächsten vier Wochen glücklich sein, wie Edelgard sagte, und gesund und weise – »Oder«, verbesserte ich sie gewitzt, als ich sie das sagen hörte, »*vice versa.*«

Frau von Eckthum jedoch gab Edelgards Prophezeiung den Vorzug und warf ihr einen zustimmenden Blick zu – meine Zuhörer werden sich sicher erinnern, wie ansprechend ihre dunklen Augenwimpern mit dem Hellblond ihres Haares kontrastieren. Die dürre Schwester lachte und meinte, wir sollten die bereits auf den Wohnwagen stehenden Namen übermalen und in großen Buchstaben durch Glück, Gesundheit und Weisheit ersetzen, aber da ich dies nicht besonders witzig fand, machte ich mir nicht die Mühe zu lächeln.

Drei große Pferde, die sie und uns ziehen sollten, standen friedlich eines neben dem anderen in einem Schuppen und wurden von einem wettergegerbten Menschen, den uns die dürre Schwester als den alten James vorstellte, mit Hafer gefüttert. Dieser Alte, ein überaus schlampiges, staubig aussehendes Subjekt, faßte sich an die Mütze, die unzulängliche englische Art, Vorgesetzten Respekt zu bezeigen – ebenso unzulänglich an ihrem Ende der gesellschaftlichen Hierarchie wie die britische Armee am andern –, und schlurfte davon, um unser Gepäck zu holen, und da die dürre Schwester meinte, wir sollten hinaufklettern und uns unser neues Zuhause von innen ansehen, taten wir das mit einiger Mühe, wobei uns eine kleine Leiter behilflich sein sollte, die uns freilich weder damals noch später von Nutzen war, da man während der gesamten Rundtour kein Mittel ausfindig machen konnte, sie in einem passenden Winkel richtig zu befestigen.

Ich glaube, das Hochklettern wäre mir leichter gefallen, wenn Frau von Eckthum nicht zugeschaut hätte; außerdem war ich in diesem Augenblick weniger versessen darauf, die Wohnwagen zu inspizieren als zu erfahren, wann, wo und wie wir zu unserem verspäteten Mittagessen kämen. Edelgard allerdings führte sich auf wie ein sechzehnjähriges Mädchen, nachdem sie es erst einmal geschafft hatte, ins Innere der »Elsa« zu gelangen, und äußerst rücksichtslos ließ sie auch mich dort ausharren, während sie jede Ecke genau inspizierte und mit ermüdender Monotonie ausrief, daß es *wundervoll, herrlich* und *putzig* sei.

»Ich wußte, es würde Ihnen gefallen«, sagte Frau von Eckthum von unten, anscheinend belustigt über dieses kindische Getue.

»Gefallen?« schrie Edelgard zurück. »Es ist herrlich – so sauber, so ordentlich, so niedlich.«

»Darf ich fragen, wo wir unser Mittagessen einnehmen?« wollte ich wissen und bemühte mich dabei, die Schöße meines neuen Regenmantels aus der Tür zu befreien, die zugefallen war (da der Wohnwagen nicht ganz eben stand) und sie fest eingeklemmt hatte. Ich brauchte meine Stimme nicht zu erheben, denn in einem Wohnwagen kann man selbst bei geschlossener Tür und geschlossenen Fenstern von draußen ebenso deutlich hören, was gesagt wird, wie drinnen, es sei denn, man bindet sich etwas Dickes um den Kopf und flüstert. (Ich spreche hier wohlgemerkt von einem stehenden Wohnwagen: wenn er in Bewegung ist, kann man ruhig seine Geheimnisse hinausschreien, denn das Geräusch des in der Speisekammer – mit Mühe gewöhnten wir uns diese Bezeichnung an – hin und her hüpfenden und zerbrechenden irdenen Geschirrs übertönte wirklich alles.)

Die beiden Damen achteten nicht auf meine Frage, sondern kamen hinter uns hoch – sie wären nie reingekommen, wenn sie nicht so dünn gewesen wären – und füllten den Rollwagen bis zum Bersten, während sie die verschiedenen Vorrichtungen erklärten, durch die unsere Qualen unterwegs gemildert werden sollten. Es redete hauptsächlich die dürre Schwester, da sie sehr zungenfertig war, aber ich muß sagen, Frau von Eckthum beschränkte sich bei dieser Gelegenheit nicht auf das Verhalten, das ich so sehr an ihr bewunderte, das ideale weibliche Verhalten: zu lächeln und den Mund zu halten. Währenddessen versuchte ich, mich so klein wie möglich zu machen, was Leute in Wohnwagen die ganze Zeit über versuchen. Ich saß auf einer blankgeputzten gelben Holzkiste, die an der einen Seite unseres »Zimmers« stand, mit Löchern in ihrem Deckel und einer Klappe am Ende, wodurch sie, wenn Not am Mann war, ausgezogen und in ein Bett für einen dritten Leidensgenossen verwandelt werden konnte. (Beim Vorlesen werde ich wahrscheinlich Leidensgenossen durch Mitreisenden ersetzen und irgendein glimpflicheres Wort wie etwa Unbequemlichkeiten statt des Wortes Qualen im ersten Satz des Abschnitts wählen.) In der Kiste befanden sich eine Matratze, außerdem zusätzliche Bettlaken, Handtücher und dergleichen, so daß, wie die dürre Schwester meinte, eventuellen Hausparties an den Wochenenden nichts im Wege stand. Da ich derartige Bemerkungen nicht einmal im Scherz mag, bemühte ich mich, dies durch meinen Gesichtsausdruck zu zeigen, aber zu meiner Überraschung lachte Edelgard, die immer als erste witterte, wenn das Eis dünn wurde, von Herzen, während sie mit übertriebener Begeisterung fortfuhr, den Wohnwageninhalt in Augenschein zu nehmen.

Man kann schließlich von keinem Mann erwarten, daß er in verkrampfter Haltung eine Stunde nach seiner Mittagessenszeit auf einer gelben Kiste sitzt und sich für Kindereien interessiert. Edelgard schien den Wohnwagen für eine Art Puppenstube zu halten, und sie, die gänzlich die Tatsache vergaß, an die ich sie so oft erinnere, daß sie nämlich an ihrem nächsten Geburtstag dreißig wird, benahm sich fast so wie ein Kind, das von irgendeiner närrischen, verschwenderischen Verwandten soeben ein solch kostspieliges Spielzeug geschenkt bekommen hat. Auch Frau von Eckthum schien mir weniger intelligent, als ich sie immer gehalten hatte. Sie lächelte über Edelgards Begeisterung, als fände sie daran Gefallen, und schwatzte auf eine Weise, die ich kaum wiedererkannte, während sie die Aufmerksamkeit meiner Frau auf Gegenstände lenkte, die zu bemerken diese noch keine Zeit gehabt hatte. Edelgards Lebhaftigkeit verblüffte mich. Sie fragte und forschte und bewunderte, ohne auch nur ein einziges Mal davon Notiz zu nehmen, daß ich da auf dem Deckel der Holzkiste offensichtlich recht nüchternen Gedanken nachhing. Ja, sie war so vernarrt, daß sie mich in Abständen immer wieder bat, doch auch bei diesem kindischen Getue mitzumachen; und erst als ich sehr entschieden sagte, daß ich zumindest kein kleines Mädchen sei, kam sie wieder zur Besinnung.

»Der arme Otto ist hungrig«, sagte sie und hielt plötzlich in ihrem wilden Streifzug durch den Wohnwagen inne und sah mir ins Gesicht.

»Tatsächlich? Dann muß er gefüttert werden«, sagte die dürre Schwester, so gleichgültig und mit so wenig wirklicher Anteilnahme, als bestünde keine besondere Eile. »Schauen Sie – sind diese beiden hier nicht süß? – jede an ihrem eigenen kleinen Haken – alle sechs und die Untertassen dazu in einer Reihe darunter.«

Und es wäre wohl endlos so weitergegangen, wenn nicht eine ungemein hübsche, nette, freundliche, kleine Dame ihren Kopf zur Tür hereingestreckt und mit einem Lächeln, das wie Öl auf das aufgewühlte Wasser meines Gemüts fiel, gefragt hätte, ob wir uns nicht nach etwas Eßbarem sehnten.

Nie zuvor hatte ich der britischen Eigenart, Förmlichkeit und gesellschaftliche Umgangsformen in den Wind zu schlagen, etwas abgewinnen können. Nun erschien sie mir vortrefflich. Ich sprang auf und stieß mit dem Ellenbogen so unsanft gegen einen Messingleuchter, der eine Kerze hielt und an einem Haken an der Wand hing, daß ich einen Schmerzensschrei nicht völlig unterdrücken konnte. Da ich mich jedoch darauf besann, was sich in Gesellschaft ziemt, verwandelte ich ihn geschickt in eine etwas überstürzte und gequälte Antwort auf die Frage der kleinen Dame, und da sie mich mit bezaubernder Gastfreundschaft drängte, in ihren angrenzenden

Garten zu kommen und etwas zu mir zu nehmen, nahm ich eilfertig an und bedauerte lediglich, daß ich ihr aufgrund des Umstandes, daß sie als erste hinabkletterte, nicht die Leiter hinunterhelfen konnte. (In Wirklichkeit mußte am Ende sie mir helfen, weil die Tür hinter mir zufiel und wieder die Schöße meines Regenmantels einklemmte.)

Edelgard, völlig versunken in die verzückte Betrachtung einer Ecke unterhalb der sogenannten Speisekammer, vollgestopft mit Besen und Staubwedeln, die ebenso an Haken aufgereiht hingen, schüttelte nur den Kopf, als ich sie fragte, ob sie mitkommen wolle; also überließ ich sie ihren Schwärmereien und ging mit meiner neuen Beschützerin weg, die mich fragte, warum ich einen Regenmantel trage, wo doch kein Wölkchen am Himmel sei. Ich wich einer direkten Antwort aus, indem ich ausgelassen (wenn auch durchaus höflich) erwiderte: »Warum denn nicht?« – und meine Gründe, die mit Falten und anderen Beeinträchtigungen zu tun hatten, wie sie auftreten, wenn man einen Mantel in der beengenden Reisetasche beläßt, waren freilich allzu häuslicher und privater Natur, als daß man sie einer so bezaubernden Fremden hätte erklären können. Aber meine Gegenfrage belustigte sie zum Glück, und sie lachte, als sie das kleine Tor in der Mauer öffnete und mich in ihren Garten führte.

Hier wurde ich von ihr und ihrem Mann mit größter Gastfreundschaft bewirtet. Die Flotte von Wohnwagen, die alljährlich diesen Teil von England durchfährt, ist, wenn nicht in Aktion, auf dem Grundstück der beiden abgestellt. Von hier fährt der fröhliche Wohnwagenfahrer ab, begleitet von guten Wünschen; hierher kehrt er ernüchtert zurück und wird mit Balsam und Bandagen empfangen – zumindest würde er sie und jede andere Form von Linderung bestimmt in diesem kleinen Garten auf dem Hügel finden. Ich verbrachte eine sehr angenehme und belebende halbe Stunde in einer geschützten Ecke desselben, genoß meinen Imbiß *al frecso* und erhielt viele Auskünfte. Auf meine Frage, ob meine Gastgeber mit von der Partie sein würden, verneinten sie zu meiner Enttäuschung. Ihre Aufgaben beschränkten sich darauf, dafür zu sorgen, daß wir gut loskamen, und zur Stelle und Hilfe zu sein, wenn wir wieder zurückkehrten. Von ihnen erfuhr ich, daß unsere Gesellschaft außer uns und Frau von Eckthum und dieser Schwester, die ich bisher durch das Adjektiv dürr gekennzeichnet habe, und so die Notwendigkeit, ihren Namen zu erwähnen so lange wie möglich beiseite schob, da sie, wie sich meine Zuhörer vielleicht erinnern werden, eine Person mit einem Namen geheiratet hatte, der, wenn man ihn geschrieben sieht, unaussprechbar und wenn man ihn als Menzies-Legh ausgesprochen hört, nicht zu buchstabieren ist – von diesen vieren abgesehen, sollte die Gesellschaft, sage ich, aus Menzies-Leghs Nichte und einer ihrer Freundinnen, aus Menzies-Legh selbst und zwei jungen Männern bestehen, über die ich nichts Genaueres erfahren konnte.

»Aber wie? Aber wo?« sagte ich, da mir einfiel, wie beschränkt die Unterbringungsmöglichkeiten der drei Wohnwagen waren.

Mein Gastgeber beruhigte mich mit dem Hinweis, daß die beiden jungen Männer nachts in einem Zelt schliefen, das tagsüber in einem der Wohnwagen befördert würde.

»In welchem?« fragte ich besorgt.

»Das müssen Sie schon untereinander ausmachen«, sagte er lächelnd.

»Das macht man den lieben langen Tag lang, wenn man mit dem Wohnwagen unterwegs ist«, sagte meine Gastgeberin und reichte mir eine Tasse Kaffee.

»Was macht man?« fragte ich neugierig.

»Dinge untereinander festlegen«, sagte sie. »Jedenfalls macht man das im allgemeinen.«

Ich schreibe es meiner mangelnden Praxis in den redensartlicheren Verkürzungen der Sprache zu, daß ich ihren Worten nicht ganz folgen konnte; aber da einer meiner Grundsätze lautet, die Leute nie wissen zu lassen, daß ich sie nicht verstanden habe, verbeugte ich mich leicht und zog mein Notizbuch heraus und bemerkte, daß, wenn es so sei, ich mir erlauben würde, eine Liste unserer Reisegesellschaft anzufertigen, um mir ihre verschiedenen Mitglieder genauer im Gedächtnis zu bewahren.

Wie folgt sollten wir aufgeteilt sein:

1) Ein Wohnwagen (die »Elsa«) mit Baron und Baronin von Ottringel aus Storchwerder in Preußen.

2) Ein weiterer Wohnwagen (die »Ailsa«) mit Mr. und Mrs. Menzies-Legh, unter verschiedener Anschrift, da sie unverschämt reich sind.

3) Ein weiterer Wohnwagen (die »Ilsa«) mit Frau von Eckthum, der Nichte der Menzies-Legh und deren (wie ich vermutete Schul-) Freundin. In diesem Wohnwagen sollte die gelbe Kiste Verwendung finden.

4) Ein Zelt mit zwei jungen Männern, Name und Stand unbekannt.

Der schlechtgekleidete Alte, James, kam auch mit, würde aber jede Nacht bei den Pferden schlafen, da sie unter seiner besonderen Obhut standen; und noch war die Gesellschaft (abgesehen von uns und Frau von Eckthum sowie deren Schwester, die ja schon da waren, wie ich nicht zu sagen brauche) nicht vollständig. Die anderen wurden jeden Moment erwartet, und waren schon den ganzen Tag erwartet worden. Falls sie nicht bald kämen, würden wir, mutmaßte mein Gastgeber, bei unserem ersten Tagesmarsch höchstens am Ende der Straße kampieren, denn es war bereits vier Uhr vorbei. Dies erinnerte mich daran, daß mein Gepäck ausgepackt und in Sicherheit gebracht werden mußte, und so bat ich, mich zu entschuldigen, damit ich gehen und die Operation beaufsichtigen könne, denn ich habe längst die Beobachtung gemacht, daß die Dinge sehr leicht unwiderruflich schieflaufen, wenn das kontrollierende Auge des Familienoberhauptes anderswo ruht. »Gegen Dummheit«, sagte irgendein großer Deutscher – es muß Goethe gewesen sein, und wenn nicht der, so war es zweifellos Schiller, da die beiden alles gesagt haben, was zu sagen ist –, »gegen Dummheit kämpfen Götter selbst vergebens.« Ich möchte das freilich nicht als eine Spitze gegen meine liebe Frau verstanden wissen, sondern eher als eine allgemeingültige Schlußfolgerung. Jedenfalls fühlte ich mich eingedenk dessen veranlaßt, schwungvollen Schritts zu den Wohnwagen zurückzukehren.

IV

Es war zwar noch nicht eigentlich dunkel, aber es dämmerte doch schon merklich, wozu noch die tiefhängenden Sturmwolken ein übriges taten, als wir abmarschbereit waren. Nicht daß wir tatsächlich jemals abmarschbereit gewesen wären, hatten es doch die beiden zur Reisegesellschaft gehörenden Mädchen mit echt britischer Rücksichtslosigkeit vorgezogen, nicht »aufzukreuzen«, wie sich Menzies-Legh, merkwürdig verstiegen, ausdrückte. Ich hörte ihn das mehrmals sagen, ehe ich durch sorgfältiges Vergleichen mit dem Kontext dahinterkam, was er damit meinte. Als ich dahinterkam, leuchtete mir natürlich sofort ein, wie treffend diese Wendung war: aufgekreuzt waren sie in der Tat noch nicht, und wenn er mit zunehmendem Nachdruck die Mädchen »zum Kuckuck« wünschte, pflichtete ich ihm jedesmal im stillen bei, obwohl mir meine gute Kinderstube verbot, dies offen auszusprechen.

Während der ersten beiden Stunden hatte kein Mensch Zeit, sie zum Kuckuck zu wünschen, und um eine Vorstellung von dem geschäftigen Treiben zu bekommen, das der Platz bot, müssen sich meine Zuhörer ein Feldlager während unserer Manöver vorstellen, bei dem die Soldaten alle eben erst eingezogene Rekruten sind und kein Vorgesetzter da ist, der ihnen Anweisungen gibt. Ich weiß, dazu bedarf es einer gewissen Phantasie, aber nur derjenige, der sie hat, wird sich ein annähernd zutreffendes Bild machen können, wie der Platz aussah und wie es sich anhörte, als die ganze Gesellschaft (außer den beiden Mädchen, die nicht da waren) ihre Sachen auspackte.

Wenn man einen Augenblick nachdenkt, leuchtet es sofort ein, daß Handkoffer und dergleichen auf der nackten Erde, inmitten der ungezähmten Natur sozusagen, geöffnet werden mußten, unter drohenden Wolken, die darüber hinwegfegten, und rauhen Winden, die von dem Inhalt der Koffer erfaßten, was sie nur kriegen konnten, und mit den Stücken ihr mutwilliges Spiel auf dem Platz trieben. Es wird ebenso einleuchten, daß diese Stücke aus den Koffern von der untenstehenden Person einzeln zur Person im Wohnwagen hochgereicht werden mußten, die sie wegräumte, und daß die untenstehende Person, da sie weniger zu tun hatte, sich schneller bewegte, während die Person oben, da sie mehr zu tun hatte – naturgemäß, vermute ich, aber ich glaube, mit ein wenig Selbstbeherrschung müßte es nicht so sein –, innerlich aufgedrehter sein würde; und das war sie auch, und zwar auf eine nicht zu rechtfertigende Weise, denn obwohl sie die doppelte Arbeit haben mochte mit dem Sortieren und Wegräumen der Sachen, mußte ich mich andererseits ja so unentwegt bücken, daß ich kurz vor dem Zusammenbruch stand. Die jungen Männer, die hätten helfen können und die Frau von Eckthum anfangs auch tatsächlich halfen (obgleich sie sich dabei, wie ich meine, auf mehr als heiklem Terrain bewegten), konnten sich nicht lange nützlich machen, weil der eine einen Bullterrier mitgebracht hatte, ein lebensgefährlich aussehendes Tier, und der andere – wahrscheinlich, um uns zu schmeicheln – einen weißen Spitz; und der Bullterrier, ohne vorher irgendein warnendes Knurren von sich zu geben, wie es unsere anständigen deutschen Hunde tun, ehe sie zur Tat schreiten, schlug plötzlich seine Zähne in den Spitz und ließ sie dort. Das Geheul des Spitzes kann man sich wohl vorstellen. Der Bullterrier andererseits äußerte sich überhaupt nicht. Sofort hatte sich das Durcheinander auf dem Platz verzehnfacht. Alle Bemühungen seines Herrn, den Bullterrier zum Loslassen zu bewegen, waren vergebens. Menzies-Legh schrie nach Pfeffer, und das Weibervolk durchwühlte die Schubladen im rückwärtigen Bereich der Rollwagen. Dort fand sich zwar Essig und Öl, aber kein Pfeffer. Schließlich kam die kleine Dame vom Garten nebenan, deren besondere Gabe es zu sein schien, immer im rechten Moment aufzutauchen. Zweifellos war sie zu der Auffassung gelangt, daß sich der Lärm auf dem Platz mit auspackenden Wohnwagentouristen allein nicht mehr erklären lasse, und hatte einen ganzen Topf voll Pfeffer mitgebracht, und da sie ihn dem Bullterrier ins Gesicht schüttete, mußte der loslassen, um zu niesen.

Im weiteren Verlauf des Nachmittags konnten die jungen Männer niemandem mehr behilflich sein, weil sie sich um ihre Hunde kümmern mußten. Der Besitzer des Spitzes versorgte dessen Wunden, und der Besitzer des Bullterriers verhinderte, daß sich das Verhalten seines Hundes wiederholte. Und Menzies-Legh kam zu mir und sagte mit seiner merkwürdig schleppenden, melancholischen Stimme, ob ich nicht finde, daß das fröhliche Hunde seien, die uns viel Freude machen würden.

»So ist es«, sagte ich, da ich nicht genau verstand, was er damit meinte.

Noch weniger verstand ich das Gebaren der Hundehalter untereinander. So hätten sich unsere feurigen deutschen Jünglinge bestimmt nicht verhalten. In einer ähnlichen Situation wäre es bei ihnen zweifellos zu Handgreiflichkeiten oder jedenfalls zu Wortwechseln der Art gekommen, die nur im Blut eines Duells ehrenhaft ausgelöscht werden können. Aber diese saft- und kraftlosen Engländer, alle beide ungekämmte, blasse Kerle, in Klamotten, die so abgetragen und viel zu weit waren, daß ich gar nicht begreifen konnte, wie sie sich darin in Gegenwart von Damen zu zeigen wagten, diese beiden, wie gesagt, klammerten sich schweigend an ihren Hunden fest, und als es vorüber war und der Besitzer des Aggressors sagte, es täte ihm leid, versuchte der Besitzer des Spitzes, anstatt ihm mit der Wut eines Mannes entgegenzutreten, dem Unrecht geschehen und der es seiner Mannesehre schuldig ist, dies nicht hinzunehmen, versuchte, sage ich, der Besitzer des Spitzes doch tatsächlich, so zu tun, als sei irgendwie in gewisser Weise alles die Schuld seines Hundes oder seine eigene, weil er ihn an den anderen herangelassen habe und deshalb er es sei, dem es, in ihrem Kauderwelsch, »schrecklich leid täte«. So steht es um die Verweichlichung dieser viel zu reichen und viel zu bequemen Nation. Der bloße Anblick dieses Vorgangs erfüllte mich mit Scham, ein Mann zu sein; aber ich beruhigte mich wieder, als mir einfiel, daß die Gattung Mann, der ich zufällig, Gott sei Dank, angehöre, der deutsche Mann ist. Und später stellte ich fest, daß keiner von beiden je einen anständigen Humpen Bier anrührte, sondern beide statt dessen – ist es die Möglichkeit? – Wasser tranken.

Nun darf man freilich nicht glauben, daß ich in diesem Stadium meines Urlaubs schon aufgehört hatte, ihn zu genießen. Im Gegenteil, auf meine ruhige Art amüsierte ich mich prächtig. Nicht nur interessiert mich das Charakterstudium ungemein, nein, ich bin ja auch mit einem Sinn für Humor gesegnet, verbunden mit jener inneren Stärke, die einen Mann daran hindert, jemals nachzugeben, wie sehr er es auch vielleicht möchte. Ohne zu murren ertrug ich daher das Auspacken und Ordnen und die Ratschläge, die ich von allen Seiten bekam, und die Fragen, die mir von jedem gestellt wurden, und die Rufe hier und die Rufe dort und den Wind, der keinen Augenblick lang aufhörte, und den Regen, der in Abständen niederprasselte. Ich hatte meinen Urlaub bezahlt, und ich wollte ihn auch genießen. Aber es kam mir merkwürdig vor, daß wohlhabende Leute wie die Menzies-Legh an so etwas Spaß finden konnten, Leute, die ins beste Hotel im heitersten Badeort hätten gehen können und die sich statt dessen doppelt so tief wie ich über ihre Handkoffer beugten und Arbeiten verrichteten, die ihre Diener mit Verachtung von sich gewiesen hätten; und als wir während eines besonders heftigen Windstoßes überstürzt unsere Handkoffer zuklappten und alle in unsere – Hundehütten hätte ich fast gesagt, aber ich will gerecht sein und sagen: in unsere Wohnwagen krochen, und ich gegenüber Edelgard meine Überraschung hierüber zum Ausdruck brachte, meinte sie, Mrs. Menzies-Legh habe ihr gesagt, während ich beim Vespern war, daß sowohl sie als auch ihre Schwester sich eine Weile soweit wie möglich von dem, was sie Beaufsichtigung des Gesindes nannten, zurückziehen möchten. Sie wollten, sagte Edelgard, Mrs. Menzies-Legh zitierend, nach Kräften die Gebote der Heiligen Schrift erfüllen und mit ihren eigenen Händen die Dinge bearbeiten, die gut sind; und Edelgard, über die

Bezugnahme auf die Bibel sehr amüsiert, stimmte mit mir, der ich nicht minder belustigt war, darin überein, daß dieses Arbeiten mit den eigenen Händen bloß ein Spiel ist, das nur denen erstrebenswert erscheint, die mit allen erstrebenswerten Gütern so übersättigt sind, daß sie sie nicht mehr zu schätzen wissen, und daß es interessant wäre zu beobachten, wie lange die beiden verhätschelten Damen an diesem Spiel Gefallen fänden. Um sich selbst war es Edelgard natürlich nicht bange, denn sie ist eine bewundernswert geübte *Hausfrau*, und es würde ihr leichtfallen, unser winziges Heim auf Rädern in Ordnung zu halten, nachdem sie unsere Wohnung zu Hause in Ordnung gehalten und dauernd Clothilde beaufsichtigt und an Waschtagen sogar angetrieben hatte. Aber die beiden Schwestern hatten nicht den Vorteil gehabt, einen Ehemann zu besitzen, der sie von Anfang an zur Arbeit anhielt, und Mrs. Menzies-Legh war eine richtige Drohne, faul und verzogen, und wurde in ihrem Nichtstun bestärkt. Die einzige Tätigkeit, der sie sich, soweit ich sehen konnte, befleißigte, bestand darin, einen möglichst gescheiten Eindruck zu machen.

Gegen sechs waren wir startbereit. Von sechs bis sieben wünschten wir die Mädchen zum Kuckuck. Um sieben begannen Beratungen, was nun zu tun sei. Losfahren mußten wir, denn so freundlich unsere Gastgeber auch waren, glaube ich doch nicht, daß sie uns in ihrem Vorgarten kampieren lassen wollten; jedenfalls sagten sie nichts dergleichen, und mit jedem Augenblick wurde es offensichtlicher, daß eine stürmische Nacht über dem Hügel heraufzog. Zunehmend beunruhigt fragte Menzies-Legh seine Frau, ein dutzendmal vermute ich, was um alles in der Welt, wie er sich ausdrückte, aus den Mädchen geworden sei; ob sie meine, er solle sich auf den Weg machen und nach ihnen suchen; ob sie meine, sie hätten einen Unfall gehabt; ob sie meine, sie hätten die Adresse oder sich gegenseitig verloren; auf alle diese Fragen antwortete sie, daß sie überhaupt nichts meine, außer, daß es ungezogene Mädchen seien, die entsprechend ausgescholten würden, wenn sie denn endlich kämen.

Hier betrat mit ihrem üblichen trefflichen Einfühlungsvermögen die kleine Dame aus dem Garten den Schauplatz und schlug vor, daß wir, da es schon spät sei und wir Neulinge seien und daher zum Aufschlagen unseres Nachtlagers an diesem ersten Abend zweifellos länger bräuchten als später dann während der Reise, aufbrechen und der Straße entlang zu einem Stück Gemeindeland etwa eine halbe Meile von hier folgen und uns dort, ohne noch lang zu marschieren, für die Nacht niederlassen sollten. Wir würden dann entweder den Mädchen begegnen, erklärte sie, oder, falls diese einen anderen Weg nähmen, wolle sie sie zu uns rüberschicken.

Solch vernünftige Vorschläge konnten, wie die Engländer sagen, nur mit beiden Händen ergriffen werden. Im nächsten Augenblick setzte allseits hastige Betriebsamkeit ein. Wir hatten trostlos auf unseren Leitern gesessen und diskutiert (nicht ohne Anzeichen einer gewissen Gereiztheit, die in gegenseitige Beschuldigungen auszuarten drohte), und nun räumten wir sie flink beiseite und rüsteten uns zum Aufbruch. Mit einiger Mühe wurden die Pferde, die nicht wegwollten, eingespannt, die Hunde hinter jeweils einem Wohnwagen angekettet und die Leitern darunter festgezurrt (dies war kein leichtes Stück Arbeit, aber einer der zerzausten jungen Männer kam uns zu Hilfe, gerade als Edelgard unter unseren Wohnwagen kriechen und herausfinden wollte, wie man das bewerkstelligt, und er legte eine solch unvermutete Geschicklichkeit an den Tag, daß ich ihn für einen Schlosser oder dergleichen hielt). Hierauf nahmen wir wortreich Abschied von unseren freundlichen Gastgebern, und los ging's.

An der Spitze marschierte der alte James, der das Pferd der »Ilsa« führte, und neben ihm ging Menzies-Legh. Mrs. Menzies-Legh, den Kopf sehr merkwürdig in viele Ellen durchsichtigen, wehenden Stoffs höchst unpraktischer weiblicher Art gehüllt und mit der Hand einen Spazierstock auf höchst aggressiv männliche Art umfassend, marschierte hinterdrein und erteilte mir, der ich folgte (zu meinem Erstaunen stellte ich fest, daß ich entgegen meiner Erwartung, in unserem Wohnwagen sitzen zu dürfen, mich mühsam fortschleppen und das Pferd führen sollte), viele unnötige und ungebetene Ratschläge. Wegen ihres albernen Kopfputzes, den man, wie ich hinterher erfuhr, Motorradschleier nennt, konnte ich nur unerhört lange Wimpern und die Spitze einer vorwitzigen und, und mit Befremden spreche ich es aus, nicht gerade übermäßig aristokratischen Nase sehen – die von Edelgard ist, getreu ihrer vielen Vorfahren, der reinste Haken. Größer und dürrer denn je in ihrem von oben nach unten gerade geschnittenen Kostüm stakste sie neben mir her, ihr Kopf auf einer Höhe mit dem meinen (und ich bin gewiß kein kleiner Mann), und sagte mir, was ich beim Führen eines Pferdes zu tun und zu lassen hätte; und als sie das *ad nauseam, ad libitum* und *ad infini-*

tum getan hatte (ich glaube, ich habe überhaupt nichts von meinen Klassikern vergessen), wandte sie sich zu meiner friedlich auf der Plattform der »Elsa« sitzenden Frau und verkündete ihr, daß es ihr wahrscheinlich bald leid täte, wenn sie dort oben sitzen bliebe.

Im nächsten Moment tat es Edelgard leid, denn unglücklicherweise hatte mein Pferd entweder zuviel Hafer oder nicht genug Bewegung bekommen, und kaum war der erste Wagen durchs Tor gerumpelt und links um die Kurve unseren Blicken entschwunden, machte es einen plötzlichen und furchterregenden Versuch, ihm im Galopp zu folgen.

Diejenigen, die etwas von Wohnwagen verstehen, wissen, daß sie niemals im Galopp fahren dürfen: nicht, das heißt, wenn das, was drinnen ist, ganz und die Insassen heil bleiben sollen. Sie wissen auch, daß kein Tor nicht einen einzigen Zentimeter breiter ist, als sie gerade eben durchzulassen, und daß, wenn die Durchfahrt nicht haarscharf genau berechnet und ausgeführt wird, der Wohnwagen, der rauskommt, nicht mehr der sein wird, der hineinfuhr. An diesem ersten Abend hatte ich die Vorsehung auf meiner Seite, denn durch keines der später folgenden Tore kam ich mit gleicher Gewandtheit durch. Mein Herz hatte kaum Zeit, mir in die Hosentasche zu fallen, da waren wir auch schon hindurch und draußen auf der Straße, und Mrs. Menzies-Legh, die den Zügel ergriff, konnte das Tier daran hindern, das zu tun, was in seinen Augen ganz selbstverständlich war, nämlich hinter seinem Genossen so scharf nach links zu biegen, daß die »Elsa« entzweigerissen worden wäre.

Ziemlich blaß kletterte Edelgard herunter. Der Anblick unseres Wohnwagens, wenn er sich über Unebenheiten dahinquälte oder so, wie eben, um die Ecke schwankte, schnürte mir immer – ich konnte mich nie daran gewöhnen – die Kehle zu. Als das Pferd wieder hinter der Rückseite der »Ilsa« hertrottete und sich beruhigt hatte, fragte ich Mrs. Menzies-Legh besorgt, was denn passieren würde, wenn ich das nächste Tor nicht mit gleicher Geschicklichkeit bewältigen sollte.

»Passieren kann alles mögliche«, sagte sie, »angefangen damit, daß der Lack abgekratzt wird, bis dahin, daß ein Rad abgeht.«

»Aber das ist ja schrecklich«, rief ich. »Was würden wir machen, mit einem Rad zuwenig?«

»Wir könnten gar nichts machen, bevor wir kein neues hätten.«

»Und wer würde zahlen –?«

Ich hielt inne. Die Reise zeigte sich mir plötzlich in einem Licht, das mir bis dahin noch nicht aufgegangen war.

»Das kommt darauf an«, sagte sie auf meine nicht zu Ende gesprochene Frage, »wessen Rad es war.«

»Und angenommen, meine liebe Frau«, erkundigte ich mich nach kurzem Schweigen, während desselben mir viele Gedanken kamen, »sollte das Pech haben, eine, sagen wir mal, Tasse zu zerbrechen?«

»Es müßte eine neue Tasse angeschafft werden.«

»Würde ich auch – aber angenommen, Tassen gehen zu Bruch durch Umstände, über die ich keine Kontrolle habe?«

Schnell ergriff sie die Zügel. »Heißt das das Pferd?« fragte sie.

»Heißt was das Pferd?«

»Die Umstände. Wenn ich es nicht festgehalten hätte, wäre es mit Ihrem Wohnwagen in den Graben gefahren.«

»Meine liebe gnädige Frau«, rief ich gereizt, »es hätte nichts dergleichen getan, ich habe ja schließlich aufgepaßt. Sie müssen doch zugeben, daß ein Offizier wie ich nicht so unbedarft in Sachen Pferde sein kann, wie Sie anzunehmen scheinen.«

»Lieber Baron, wann würde eine Frau je etwas zugeben?«

Ein Schrei von hinten übertönte die Antwort, die sie gewiß zum Schweigen gebracht hätte, denn damals wußte ich noch nicht, daß keine Antwort je dazu in der Lage sein würde. Der Schrei kam von einem der blassen jungen Männer, der uns von hinten her Zeichen gab.

»Laufen Sie zurück und schauen Sie, was er will«, befahl Mrs. Menzies-Legh, die am Kopf meines Pferdes weitermarschierte, Edelgard, leicht außer Atem, neben sich.

Ich stellte fest, daß unsere Speisekammer aufgegangen und unsere Ochsenzunge, die wir zu verstecken gehofft hatten, vor den Augen Frau von Eckthums und der beiden jungen Männer auf die Straße gefallen war. Das war auf Edelgards Nachlässigkeit zurückzuführen, und ich war sehr ungehalten darüber. Auf der Rückseite eines jeden Wagens befanden sich zwei verschließbare Kästen. Der eine enthielt einen Ölofen und Kochtöpfe, und der andere, mit Luftlöchern versehen, war die Speisekammer, in der wir unsere Lebensmittel aufbewahren mußten. Beide hatten Türen, bestehend aus Klappen, die nach außen und unten aufgingen und mit einem Vorhängeschloß verriegelt wurden. Edelgard hatte die Ochsenzunge dort hineingelegt und dann, grob fahrlässig, die Tür der Speisekammer lediglich zugeklappt, ohne sie richtig zu verschließen, und nach entsprechend langem Geholpere ging die Klappe auf und die Zunge fiel heraus. Ihr folgten ein paar für den persönlichen Gebrauch bestimmte Biskuits, die wir uns mitgebracht hatten.

Begreiflicherweise war ich aufgebracht. Jedesmal, wenn Edelgard nachlässig oder vergeßlich ist, fällt sie in meiner Achtung um etwa ein Jahr zurück. Sie muß sich ein Jahr lang anstrengen und fleißig sein, um sich den Platz in meiner Zuneigung, den sie zuvor innegehabt hatte, wieder zu erobern. Sie wußte das und bemühte sich stets beflissen, mit meiner Liebe, wenn ich es so nennen darf, Schritt zu halten, und zu dem Zeitpunkt, an dem ich in meinem Bericht angelangt bin, hatte sie dieses Bemühen noch nicht aufgegeben, so daß sie, als ich Mrs. Menzies-Legh durch Schreien zu verstehen gab, sie müsse die »Elsa« zum Halten bringen, nach hinten eilte, um zu fragen, was los sei, und entsprechend betroffen war, als sie die Folgen ihrer Nachlässigkeit sah. Nun ja, Reue mag ja ganz schön und gut sein, aber unsere Ochsenzunge war für immer dahin; bevor man es anhalten konnte, hatte das Pferd der »Ailsa«, das dicht dahinter folgte, seinen riesigen Huf auf sie gesetzt, und sie war jetzt nur noch ein einziger Brei.

»Wie schade«, sagte Frau von Eckthum mit einem Blick auf diese traurigen Überreste. »Aber wie nett von Ihnen, liebe Baronin, daran zu denken. Sie hätte uns vielleicht alle vorm Verhungern retten können.«

»Na, das kann sie jetzt wohl nicht mehr«, sagte einer

der jungen Männer, spießte sie mit der Spitze seines Stocks auf und schleuderte sie in den Straßengraben.

Schweigend begann Edelgard, die rings umher verstreuten Biskuits aufzusammeln. Sofort schossen beide junge Männer nach vorn, um es für sie zu tun, wobei sie plötzlich zu einer Energie erwachten, die sehr seltsam wirkte an Leuten, die, Hände in den Hosentaschen, dahinschlurften. Das brachte mich auf den Gedanken, ob sie Edelgard nicht vielleicht für jünger hielten, als sie war. Als wir unseren Marsch wieder fortsetzten, kam ich zu dem Schluß, daß es wohl so sein mußte, denn eine derartige Hilfsbereitschaft wäre sonst nicht normal gewesen, und ich nahm mir vor, die nächste Gelegenheit zu ergreifen, um das Gespräch auf Geburtstage zu bringen und dann so nebenbei einfließen zu lassen, daß der nächste Geburtstag meiner Frau ihr dreißigster sei. Gerade auf diesem Gebiet bin ich nicht der Mann, der etwas nicht gleich im Keime erstickt.

Wir waren noch keine zehn Minuten unterwegs, da kamen wir zu einem Schotterweg, der nach rechts abzweigte und, wie der alte James sagte, der aus dieser Gegend stammte, die Auffahrt zur Allmende bildete. Es war schon etwas merkwürdig, daß wir unser Lager einen Katzensprung entfernt von unserem Ausgangspunkt aufschlagen sollten, aber in diesem Augenblick prasselte der Regen auf unsere ungeschützten Köpfe herab, und Leute, die zu ihren behaglichen Behausungen eilten, blieben trotzdem stehen, um uns derart erstaunt und mitleidig anzusehen, daß wir alle so schnell wie möglich von der Straße weg und in den Schutz der Ginsterbüsche kommen wollten. Der Feldweg war durchaus nicht steil; er führte sanft nach oben und fast sofort wieder auf flaches Gelände; aber er war aufgeweicht und steinig, und nachdem das Pferd der »Ilsa« seinen Wohnwagen ein paar Meter hinaufgezogen hatte, kam es nicht weiter, und als Menzies-Legh den Bremsklotz unter das Hinterrad klemmte, damit die »Ilsa« nicht wieder dorthin zurückkehre, woher sie soeben gekommen war, riß die Kette des Klotzes. Der Klotz, nun befreit, rollte weg, und die »Ilsa« setzte sich nach rückwärts in Bewegung auf die »Elsa« zu, die ihrerseits auf die »Ailsa« zurückzurollen begann, die wiederum sich nun rückwärts über die Straße in Richtung auf den Graben zu bewegen begann.

Es war ein nervenaufreibendes Schauspiel; denn man darf nicht vergessen, daß die Wohnwagen, so klein sie einem auch vorkamen, wenn man im Innern stand, von außen wie riesige Ungeheuer wirkten, die die Hecken weit überragten, die ganze Breite einer normalen Landstraße einnahmen und sogar die Automobilisten mit ehrfurchtsvoller Scheu erfüllten. Diese wichen ihnen stets mit jener beflissenen Höflichkeit aus, die ansonsten rüde Leute an den Tag legen, wenn sie sich Kräften gegenübersehen, die noch unangenehmer sein können als sie selbst.

Auf einige Anweisungen hin, die ihnen der alte James zugerufen hatte, stürzten sich Menzies-Legh und die beiden jungen Männer auf die herumliegenden Steine, suchten die größten aus und legten sie, ich muß schon sagen, lobenswert flink, hinter die Räder der »Ilsa«, und was eine schreckliche Katastrophe zu werden drohte, war abgewendet. Ich, der ich Edelgard beruhigen mußte, konnte nicht helfen. Mit kaum verhohlener Besorgnis hatte sie mich gefragt, ob sich wohl die Wohnwagen nachts, wenn wir uns in ihnen befänden, nach rückwärts in Bewegung setzen würden, und ich tat mein möglichstes, sie zu beruhigen, mußte aber freilich darauf hinweisen, daß es extrem windig sei; und da sich gerade in diesem Moment ein richtig schmutziger und lästiger Arbeiter vorbeischleppte mit seinem Sack voll Werkzeugen auf dem Rücken und heimwärtsgewandtem Gesicht, starrte sie ihm nach und sagte: »Otto, wie schön, in ein richtiges Haus gehen zu können!«

»Na, na, komm schon«, sagte ich aufmunternd – aber das Wetter war wirklich deprimierend.

Wir mußten den Weg zur Allmende mit »Zugriemen« bewältigen. Dies war das erste Mal, daß mir dieses unheilvolle Wort zu Ohren kam; wie oft es das noch tun sollte, werden sich diejenigen meiner Landsleute ohne weiteres vorstellen können, die je die englische Grafschaft Sussex bereist haben, vorausgesetzt, was ich bezweifle, es gibt solche. Dies bedeutet nämlich, daß man für mindestens eine Stunde am Fuß eines jeden Hügels aufgehalten wird, während alle Pferde gemeinsam einen Wohnwagen nach dem anderen zum Gipfel hochziehen. Diesmal verhielten sich die Zugriemen, die wir mitgebracht hatten, genauso wie die Kette des Bremsklotzes, das heißt: sie rissen sofort, und Menzies-Legh, in Wut geraten, fragte den alten James in strengem Ton, wie es käme, daß alles, was er anfasse, in Stücke ginge; aber dieser war einfältig und daher nicht sehr zungenfertig, und Menzies-Legh ließ ihn bald in Ruhe. Zum Glück hatten wir noch ein weiteres Paar Zugriemen dabei. All das jedoch bedeutete große Verzögerungen, und als der erste Wohnwagen wohlbehalten die Allmende erreichte, hatte es fast aufgehört zu regnen, und die Sonne ging gerade in einer düsteren, bleigrauen Wolkenbank über einer trostlosen Weite unter und schickte ihre letzten blassen Strahlen durch spärlicher werdende Regentropfen.

Falls einer von Ihnen durch irgendeinen Zufall, wie fernliegend auch immer, Panthers besuchen sollte, so gehen Sie bitte zu Gribs (oder Grips – trotz wiederholter Nachfragen habe ich nie herausgefunden, welche Schreibweise von beiden die richtige ist) Allmende und machen Sie sich selbst ein Bild von unserer ersten Nacht an jenem öden Zufluchtsort. Denn es war ein Zufluchtsort – bestand doch die einzige Alternative darin, bis zum nächsten Morgen blindlings darauf loszumarschieren, was natürlich gleichbedeutend damit war, daß es im Grunde überhaupt keine Alternative gab –, aber was für ein trauriger! Graue Schatten senkten sich auf ihn herab, kalte Winde wirbelten um ihn, das Gras triefte natürlich vor Nässe, und in den Ginsterbüschen und außerhalb derselben lagen die leeren Ölsardinen- und andere Büchsen glücklicherer Gäste verstreut. Letztere Gegenstände fanden ihre Erklärung in einem Hopfenfeld, das sich auf der einen Seite der Allmende entlangzog, einem Hopfenfeld, das zum Glück noch nicht in dem Zustand war, der Hopfenpflücker anzieht, sonst wäre die Allmende wohl kaum ein Ort gewesen, an den anständige Männer gern ihre Ehefrauen bringen. Auf der dem Hopfenfeld gegenüberliegenden Seite fiel der Boden ab, und die Spitzen zweier Hopfendarren lugten über den Rand. Vor uns, verdeckt von Ginster und anderem Buschwerk stacheliger, klettenhafter Art lag die Straße, auf der heimwärtsstrebende Leute, wie Edelgard es ausdrückte, ununterbrochen dahineilten. Von allen Seiten, außer der mit dem Hopfenfeld, konnten wir weiter, als uns lieb war, über eine trostlose Landschaft schauen. Die Wohnwagen waren in einer Reihe mit Blick auf den wässerigen Sonnenuntergang aufgestellt, weil der Wind hauptsächlich aus Osten kam (obwohl er eigentlich von überall herkam), und die Rückseiten der Wagen boten seinem Ungestüm mehr Widerstand als irgendeine ihrer anderen Seiten, weil sich in diesem Teil nur ein kleines Holzfenster befand, das überhaupt nicht hätte dort zu sein brauchen, da es während der gesamten Reise sorgfältig geschlossen gehalten wurde.

Ich hoffe, meine Zuhörer *sehen* die Wohnwagen vor sich: wenn nicht, habe ich das Gefühl, umsonst vorzulesen. Würfelförmige – oder fast würfelförmige – braune Kästen auf Rädern, vorne die Tür mit einer großen Öffnung daneben, die nachts durch einen hölzernen Fensterladen geschlossen wurde und tagsüber einen hübschen Ausblick (wenn es denn einen solchen gab) bot, ein viel zu großes Fenster auf jeder Längsseite, die kahle Rückwand ohne irgendwelche Unterteilung, es sei denn, man betrachtet die verschließbaren Kästen als solche, denn das kleine Klappenfenster, das ich erwähnte, war ja nicht zu sehen, wenn es geschlossen blieb, und drinnen der Eindruck (ich wähle meine Worte stets mit Vorbedacht), der Eindruck, sage ich also, von Behaglichkeit, hervorgerufen von dem grünen Teppich, dem grünen Arras-Leinen an den Wänden, den grünen Daunendecken auf den Betten, der grünen Portiere, die den Hauptraum von dem kleinen Teil vorn abtrennte, den wir als Ankleidezimmer benutzten, den geblümten Vorhängen, der Reihe bunt gebundener Bücher auf einem Brett und dem Glanz der Kerzenleuchter aus Messing, die mich jedesmal, wenn ich mich bewegte, zu stoßen schienen. Wie lange dieser Eindruck einen vernünftigen Mann blenden konnte, einen Mann, der viel zu ausgeglichen ist, um sich durch flüchtige Begeisterungsausbrüche hierhin und dorthin treiben zu lassen, mag der weitere Bericht erweisen.

Währenddessen herrschte auf der Allmende ein unbeschreibliches Durcheinander. Selbst jetzt kann ich nur vor Erstaunen die Hände über dem Kopf zusammenschlagen, wenn ich mir dies alles ins Gedächtnis rufe. Die vier Pferde auszuschirren, war an sich schon keine leichte Aufgabe für Leute, die eine solche Arbeit überhaupt nicht gewohnt sind, aber die drei Tische herauszukriegen und sie auseinanderzuklappen und sie auf dem unebenen Rasen gerade aufzustellen, war noch viel schlimmer. Alle Gegenstände in einem Wohnwagen sind mit Klappen und Scharnieren versehen, da sie wenig Platz beanspruchen sollen; aber wenn sie wenig Platz beanspruchen, beanspruchen sie viel Zeit, und an diesem ersten Abend, als es nicht viel davon gab, vergrößerten diese Patentvorrichtungen, die jeden Stuhl und jeden Tisch zu einem eigenen Problem machen, das herrschende Chaos beträchtlich. Nachdem man sie endlich auf nassem Gras aufgestellt hatte, mußten Tischtücher aus den Tiefen der gelben Kisten in jedem Wohnwagen hervorgekramt und über sie gebreitet werden, und gleich darauf flogen sie davon in die Ginsterbüsche. Wieder eingesammelt und erneut ausgebreitet, machten sie sofort das gleiche. Als ich zu äußern wagte, daß ich nicht aufstehen und sie holen würde, wenn sie es das nächste Mal täten, empfahl mir Mrs. Menzies-Legh, sie mit Messern und Gabeln zu beschweren, aber niemand wußte, wo diese sich befanden, und nachdem wir unsere vereinte Intelligenz aufgeboten hatten und enorm viel kostbare Zeit verstrichen war, entdeckten wir sie schließlich durch bloßen Zufall, denn wer hätte sich träumen lassen, daß sie zwischen dem Bettzeug versteckt waren? Was Edelgard betrifft, so verlor ich völlig die Kontrolle über sie. Wie Wasser schien sie mir durch die Finger zu rinnen. Sie war überall und doch nirgends. Ich weiß nicht, was sie tat, aber ich weiß, daß sie mich ganz mir selbst überließ, und ich sah mich die niedrigsten Arbeiten verrichten, im höchsten Maße unpassend für einen Offizier, wie zum Beispiel Tassen und Untertassen holen und Löffel auflegen. Und wenn ich nicht Zeuge gewesen wäre, hätte ich auch niemals geglaubt, daß die Zubereitung von Eiern und Kaffee so schwierig ist. Was konnte anspruchsloser sein als ein solches Abendessen? Und doch bedurfte es fast zwei Stunden lang der vereinten Anstrengungen von sieben hochzivilisierten und hochintelligenten Wesen, dieses Essen hervorzubringen. Edelgard meinte, daß es gerade deshalb so lange dauerte, aber ich sagte ihr sofort, daß das Argument, die Ungebildeten und Wenigen seien fähiger als die Klugen und Vielen, kindisch ist.

Als unter ungeheurer Anstrengung und unendlicher Rederei dieses karge Mahl schließlich auf die Tische gestellt wurde, war es so spät, daß wir unsere Laternen anzünden mußten, damit wir es überhaupt sehen konnten; und meine Zuhörer, die die geschützten Behausungen

Storchwerders nie verlassen und keine Ahnung haben, was ihnen zustoßen kann, wenn sie es täten, werden sich wohl nur mit Mühe vorstellen können, wie wir an diesem windigen Ort um die Tische versammelt saßen, vergebens bemüht, unsere Hüllen um uns herum festzuhalten, mit den Füßen im nassen Gras und den Köpfen in einer stürmischen Finsternis. Unruhig flackerte der Schein der Laternen über schnell kalt werdenden Eiern und ernsten Gesichtern. Es war fürwahr ein schlimmer Anfang, schlimm genug, um den wackersten Urlauber zu entmutigen. Das hier war kein Urlaub; dies war Entbehrung und noch dazu unter freiem Himmel. Frau von Eckthum schwieg beharrlich. Selbst Mrs. Menzies-Legh, obwohl sie zu lachen versuchte, gab bloß hohlklingende Laute von sich. Edelgard redete nur ein einziges Mal, und das war, um zu sagen, daß der Kaffee sehr schlecht sei und ob sie ihn noch einmal ohne Hilfe machen solle, eine Bemerkung und eine Frage, die mit düsterer Zustimmung aufgenommen wurden. Menzies-Legh machte sich mittlerweile große Sorgen um die Mädchen, und obwohl seine Frau immer noch sagte, sie seien ungezogen und würden ausgescholten, so tat sie dies doch mit immer schwächer werdender Überzeugung. Die beiden jungen Männer, die Schultern bis zu den Ohren hochgezogen, saßen in totalem Schweigen da. Keiner jedoch verdiente auch nur halb soviel Mitgefühl wie ich und Edelgard, die seit dem vorangegangenen Morgen unterwegs waren und mehr als irgend jemand sonst gutes Essen und vollkommene Ruhe benötigten. Aber es gab kaum genug Rühreier, da die meisten Eier während des Gerumpels auf dem Feldweg zur Allmende hoch zu Bruch gegangen waren, und nach dem Essen, anstatt in der relativen Ruhe und absoluten Trockenheit unseres Wohnwagens eine Zigarre zu rauchen, merkte ich, daß jeder anpacken und – ist es zu glauben? – abwaschen mußte.

»Es gibt ja keine Dienstboten – so richtig frei, nicht wahr?« sagte Mrs. Menzies-Legh, drückte mir ein Geschirrtuch in die eine und eine Gabel in die andere Hand und deutete mit ihrem Zeigefinger bedeutungsvoll auf den Kochtopf mit heißem Wasser.

Nun, ich mußte. Meine Zuhörer dürfen nicht allzu hart mit mir ins Gericht gehen. Ich weiß, es war ein für einen Offizier ungehöriges Verhalten, aber die Umstände waren eben nicht normal. Menzies-Legh und die jungen Männer machten es auch, und ich war verblüfft. Als mich Edelgard auf diese Weise beschäftigt sah, guckte sie zuerst ganz erstaunt und sagte dann, sie werde es für mich tun.

»Nein, nein, lassen Sie ihn nur«, schaltete sich Mrs. Menzies-Legh schnell ein, fast so, als gefalle es ihr, daß ich im selben Topf abwusch wie sie.

Aber ich will mich nicht mit den Gabeln aufhalten. Wir waren immer noch mit der erstaunlich schwierigen und abstoßenden Säuberungsarbeit beschäftigt, als der Regen plötzlich mit erneuter Heftigkeit niederging. Das war zuviel. Ich stahl mich von Mrs. Menzies-Leghs Seite in die Dunkelheit davon, flüsterte Edelgard zu, sie solle nachkommen, und bat sie, nachdem ich meinen Wohnwagen gefunden hatte, hinter mir hochzuklettern und die Tür zu verriegeln. Was aus den Gabeln wurde, weiß ich nicht – es gibt Grenzen dessen, was ein Mann tun wird, um eine saubere zu bekommen. Verstohlen zogen wir uns im Dunkeln aus, damit man uns in den erleuchteten Fenstern nicht sehen konnte, »Sollen sie doch denken«, sagte ich zu mir mit grimmigem Humor, »daß wir uns gegenseitig helfen« – und dann, nachdem Edelgard ins obere Bett gestiegen und ich ins untere gekrochen war, lagen wir da und lauschten dem lauten Geprassel des Regens auf dem Dach, das unseren Gesichtern (besonders Edelgards) so nahe war, und wunderten uns, daß er einen solchen Heidenlärm machte, der nicht nur jedes Geräusch von draußen übertönte, sondern auch unsere Stimmen, als wir uns laut schreiend miteinander zu verständigen versuchten.

V

Da ich den Eindruck gehabt hatte, die ganze Nacht lang kein Auge zugetan zu haben, war ich am Morgen, als ich sie öffnete, überrascht, daß ich es offenbar doch getan hatte. Ich mußte geschlafen haben, und zwar ziemlich fest; denn Edelgard stand bereits vollständig angezogen da und drängte mich aufzustehen, wobei sie den Vorhang zuhielt, der mich, wenn ich im Bett lag, vor den Blicken irgendwelcher Neugieriger schützte, sollte die Tür des Wohnwagens zufällig aufgehen. Zwar hatte ich geträumt, ich befände mich noch immer zwischen Flushing und Queenboro', so daß ich im Schlaf gewiß das Schwanken des Wohnwagens gespürt hatte, während sie sich anzog; denn ein Wohnwagen gibt sozusagen jede Körperbewegung wieder, und sollte einer von Ihnen jemals in einen solchen geraten, so kann ich nur hoffen, daß die Person im Bett darüber einen ruhigen Schlaf hat. In der Tat stellte ich fest, daß es letztlich kein Vorteil war, das untere Bett zu belegen. Während der Regen mit dem ohrenbetäubenden Lärm unendlich vieler und großer Steine aufs Dach schlug, hörte ich nichts von Edelgard, obwohl ich jedesmal merkte, wenn sie sich bewegte. Als er jedoch aufhörte, wurden das Quietschen und Rascheln ihres (nur wenige Zoll von meinem Gesicht entfernten) Betts und Bettzeugs so beängstigend, daß mir unangenehme Vorstellungen durch den Kopf gingen. Wäre es wohl denkbar, daß das Bett, auf Dauer untauglich, ein Gewicht zu tragen, das vielleicht die vorgesehene Maximallast überschritt, bei einer dieser heftigen Bewegungen *in toto* auf den hilflos darunter ausgestreckten Körper (meinen eigenen nämlich) herabstürzte? In diesem Fall würde ich natürlich lebensgefährliche Verletzungen davontragen und sehr wahrscheinlich ersticken, ehe Hilfe geholt werden könnte. Obwohl ich den starken Eindruck hatte, mit offenen Augen dazuliegen, mußten diese Halluzinationen jedoch schließlich in einem barmherzigen Schlaf untergegangen sein, und da mein Bett sehr bequem und ich nach dem gestrigen Tag mit meinen Kräften am Ende war, schlief ich, als ich erst einmal eingeschlafen war, fest und anscheinend auch lang; denn Sonnenstrahlen fielen durchs offene Fenster, begleitet vom appetitanregenden Duft heißen Kaffees, als Edelgard mich mit dem Hinweis aus dem Bett scheuchte, daß das Frühstück fertig sei und ich gar nicht erst zu kommen bräuchte, wenn ich mich nicht beeilte, da alle hungrig zu sein schienen.

Sie hatte mir meine Kleidungsstücke rausgelegt, aber

kein heißes Wasser gebracht, weil sie behauptete, die beiden Schwestern hätten ihr gesagt, es sei zu kostbar, da man das vorhandene für den Abwasch brauche. Etwas ungehalten wollte ich wissen, ob ich dann wohl weniger wichtig sei als Gabeln, und zu meiner Verblüffung erwiderte Edelgard, es käme darauf an, ob sie aus Silber seien; was natürlich einer Widerrede gefährlich nahekam. Sofort nachdem sie diese von sich gegeben hatte, verließ sie den Wohnwagen, und da ich nicht zur Tür gehen konnte, um sie zurückzurufen – wie sie zweifellos wußte –, blieb ich mit meinem kalten Wasser und meiner Verblüffung allein. Denn obwohl ich schon des öfteren eine gewisse in diese Richtung weisende Veranlagung an ihr bemerkt hatte (meine Zuhörer werden sich an Beispiele erinnern), hatte diese sich noch nicht gegen mich persönlich gerichtet. Spitze Retourkutschen sind am rechten Ort nicht verkehrt, aber der eigene Ehemann ist niemals der rechte Ort. Ja, insgesamt halte ich sie bei einer Frau für bedenklich, und man überhört sie am besten. Denn ist es nicht die Weiblichkeit, die wir an einer Frau schätzen? Und Weiblichkeit, worauf allein schon der Klang des Wortes hindeutet, ist der Inbegriff alles dessen, was rund und weich und geschmeidig ist. Das Wort, wenn man es auf der Zunge zergehen läßt, hat einen einschmeichelnd wohltönenden Klang wie süßes Öl oder eine kostbare Salbe oder Balsam, was unser Ideal sehr gut zum Ausdruck bringt. Eine scharfe Zunge, ein scharfer Verstand – was sind sie anderes als Mängel und Flecken auf diesem Bild?

Dies waren (grob gesagt) meine Gedanken, während ich mich mit sehr wenig und sehr kaltem Wasser wusch, und als ich meine Kleider anzog, bemerkte ich erfreut, daß Edelgard sie zumindest ausgebürstet hatte. Ich mußte die Vorhänge sorgfältig zuziehen, weil draußen direkt davor das Frühstück im Gange war und Köpfe eilig hin und her huschten, zweifellos auf der Suche nach wichtigen Bestandteilen der Mahlzeit, die entweder vergessen worden oder nirgendwo zu finden waren.

Ich gebe zu, ich fand durchaus, daß sie mit dem Frühstück auf mich hätten warten können. Möglicherweise dachte Frau von Eckthum genauso; aber soweit es die anderen betraf, hatte ich es eben, fiel mir wieder ein, mit Angehörigen der rücksichtslosesten Nation Europas zu tun. Und außerdem, ging es mir durch den Kopf, ist es nutzlos, die Höflichkeit, die wir in Deutschland so gern Leuten von Rang und Namen entgegenbringen, von solchen zu erwarten, die selbst keines von beiden haben. Denn was war denn schon Menzies-Legh? Ein Mann mit viel Geld (was vulgär ist) und ohne jeglichen Titel. Weder in der Armee noch in der Marine noch im diplomatischen Dienst, ja, er war nicht einmal der jüngere Sohn einer adligen Familie, was in England, wie meine Zuhörer vielleicht mit Erstaunen vernommen haben, manchmal Grund genug ist, einem Mann den Titel zu entziehen, den er in jedem anderen Land behalten würde, und ihn als einen nackten Mr. Sowieso in die Welt hinauszuschicken – Menzies-Legh sah vermutlich, wie unser Freund, der Fuchs in der Fabel, in einer ähnlichen Situation nichts Erhabenes in adligen fremden Trauben und auch keine Veranlassung, warum er zu ihnen höflich sein sollte. Und das ursprünglich gute deutsche Blut seiner Frau war durch das Treiben britischer Mikroben so geschwächt worden, daß ich sie nicht länger als eine Tochter einer unserer ältesten Familien betrachten konnte; was hingegen die beiden jungen Männer betraf, so erfuhr ich, als ich Menzies-Legh am Abend zuvor bei jenem feuchten und trübseligen Mahl mit den spärlichen Eiern fragte, wer sie seien, wozu ich mich genötigt sah, da er mir nicht, wie es jeder deutsche Ehrenmann getan hätte, von sich aus bei der ersten Gelegenheit jede Auskunft erteilt hatte, mit allen Einzelheiten über Einkommen, Familienverbindungen und ähnlichem, so daß ich genau gewußt hätte, wieviel Herzlichkeit in meinem Benehmen ihnen gegenüber am Platze wäre – als ich Menzies-Legh fragte, wiederhole ich, sagte er mir lediglich, daß der eine mit der Brille und den hohlen Wangen und dem Bullterrier Browne sei, der in den geistlichen Dienst eintreten werde, und daß der andere mit dem Spitz und dem runden bartlosen Gesicht Jellaby heiße.

Bezüglich Jellaby sagte er weiter nichts. Wer und was er war, außer einfach Jellaby, hätte man mich wohl, so gut es ging, allmählich selbst herausfinden lassen, wenn ich nicht weiter in Menzies-Legh gedrungen wäre und gefragt hätte, ob auch Jellaby in die Kirche eintreten wolle oder, falls nicht in diese, wohin dann?

Menzies-Legh erwiderte – nicht mit dem lebhaften und ins einzelne gehenden Interesse, das ein deutscher Ehrenmann beim Gespräch über die persönlichen Angelegenheiten eines Freundes gezeigt hätte, sondern mit einer gelangweilten Miene, die ihn sehr ausgeprägt immer dann überkam, wenn ich mich mit ihm über wirklich interessante Themen zu unterhalten versuchte, und die immer dann verschwand, wenn er entweder Stumpfsinniges tat wie etwa dahinmarschieren oder seinen Wohnwagen reinigen oder mit den anderen über langweilige Nebensächlichkeiten redete, zum Beispiel über ein läppisches, vor kurzem erschienenes Gedicht oder die Frage erörterte, welche Art von Küchenherden man am besten in die Hütten stellen sollte, die er zur Zeit auf seinen Besitzungen für alte Frauen errichten ließ – er erwiderte, sage ich, daß Jellaby nirgendwo eintreten werde, da er bereits eingetreten sei; und das, wo er eingetreten sei, war das Unterhaus, und zwar nicht nur als Mitglied der Labour Party, sondern als Sozialist.

Ich brauche wohl nicht zu erwähnen, daß ich einigermaßen bestürzt war. Hier sollte ich also geraume Zeit Wange an Wange, wie die Engländer sagen, mit einem sozialistischen Parlamentsmitglied leben, und schon damals war mir klar, daß das Wohnwagenleben einen vertraulichen Umgang, wenn ich es so ausdrücken darf, fördert, und zwar in einem Maße, das alles mir Bekannte dieser Art übertrifft, nein, in den Schatten stellt. Läßt man sich auf dieses Gleichnis ein und nimmt einen preußischen Offizier als die eine Wange, wie schrecklich für ihn, daß die andere Wange unter allen Menschen auf Gottes Erdboden ausgerechnet einem Radikalen gehören muß! Da ich ein Offizier und von Adel bin, bedarf es keiner weiteren Erklärung, daß ich auch ein Konservativer bin. Man kann in Deutschland nicht eines ohne die beiden anderen sein, zumindest nicht, ohne gewisse Schwierigkeiten zu bekommen. Wie die drei Grazien gehen auch diese drei anderen Hand in Hand. Der König von Preußen ist mit Sicherheit im Herzen ein leidenschaftlicher Konservativer. Das ist auch, wie ich allen Grund zu glauben habe, Gott der Allmächtige. Und vom konservativen Standpunkt aus (dem einzig richtigen) sind alle Liberalen schlecht – schlecht, unwürdig und untauglich; Leute, mit denen zu essen oder auch nur zu reden, einem nicht im Traume einfallen würde; Leute, die sich in solch tiefen geistigen und moralischen Abgründen bewegen, daß man sich ein Leben in noch tieferen Gefilden überhaupt nicht vorstellen kann. Und dennoch, in dieser tieferen Tiefe, umherkriechend wie jene blinden Ungeheuer, die, wie uns die Wissenschaft erzählt, in der ewigen Finsternis am Grunde der Meere leben, wohin kein Licht, keine Luft und kein christlicher Anstand vordringt, dort haust der Sozialist. Und wer könnte ein unparteiischerer Kritiker sein als ich? Aufgrund meines Berufs von jeder politischen Meinung oder Teilhabe ausgeschlossen, bin ich in der Lage, mit der ungetrübten Objektivität des Unbeteiligten zuzuschauen und diese Leute als eine Gefahr für mein Land, eine Gefahr für meinen König und eine Gefahr für meine Nachkommenschaft (wenn ich eine hätte) zu betrachten. Infolgedessen war ich zu Jellaby sehr kühl, als er mich beim Abendessen bat, ihm irgend etwas – ich glaube, es war das Salz – zu reichen. Freilich hindert ihn seine Nationalität daran, unseren Reichstag mit seinen vergiftenden Theorien anzustecken (nicht einen Tag hätte ich seine Gesellschaft ertragen, wenn er ein Deutscher gewesen wäre), aber der Grundgedanke blieb, und als ich mich anzog, dachte ich sehr niedergeschlagen darüber nach, daß sogar unter den gegebenen Umständen seine Gegenwart fast kompromittierend war, und ich konnte Frau von Eckthum den Tadel nicht ersparen, mir nicht schon zuvor gesagt zu haben, daß sie drohe.

Und der andere – der zukünftige Pfarrer, Browne. Ein Pfarrer ist nötig und sogar sehr angebracht bei einer Taufe, einer Hochzeit oder einer Beerdigung; aber bei allen sonstigen gesellschaftlichen Anlässen fehl am Platz. Bei öffentlichen Banketten in Storchwerder geisterte manchmal einer im Hintergrund herum, aber dort blieb er dann auch, ganz wie es sich gehört; und als wir bei unseren Gutsnachbarn aßen, waren ein paarmal ihr Pfarrer und dessen Frau zugegen, und der Pfarrer sprach den Segen und seine Frau überhaupt nichts, und sie spürten, daß sie nicht zu unserer Schicht gehörten, und wenn sie es nicht gespürt hätten, wären sie sehr schnell von anderen darauf hingewiesen worden. Genau so sollte es sein: völlig natürlich und richtig; und es war ebenso natürlich und richtig, daß ich mich weigerte, als ich merkte, man verlangte von mir, mit einem zukünftigen Pfarrer Pferde zu stehlen, wie die Engländer sagen. Ich war dagegen. Entschieden. Und während ich mich anzog, beschloß ich, sowohl gegenüber Jellaby als auch gegenüber Browne die eisigste Reserviertheit an den Tag zu legen.

Nun soll in diesem Bericht ja nichts unter den Teppich gekehrt werden, denn ich möchte, daß er ein echtes und aufrichtiges menschliches Dokument wird, und ich bin der letzte, der, wenn er einen Fehler gemacht hat, diesen mit Stillschweigen übergeht. Meine Freunde sollen mich so sehen, wie ich bin, mit all meinen menschlichen Schwächen und, ich hoffe, zumindest einigen meiner menschlichen Stärken. Nicht, daß ich mich irgendwie schämen müßte, vielmehr hätte sich Menzies-Legh schämen sollen, daß er mich durch seine Verschlossenheit auf einen durchaus verständlichen Irrweg geführt hatte;

denn wie hätte ich wissen sollen, daß diese sonderbare Nation die Kirche als Beruf auf praktisch dieselbe Ebene stellt wie die einzigen drei Berufe, die in unseren Augen überhaupt Niveau haben, nämlich die Armee, die Marine und der Staatsdienst?

Als ich schließlich aus meinem Wohnwagen in das triefend nasse Gras hinabkletterte, das mich unten erwartete, und Browne allein frühstückend vorfand, da die anderen in jener fieberhaften und doch einförmigen, für das Wohnwagenleben so typischen Geschäftigkeit überall verstreut waren, verhielt ich mich daher ihm gegenüber ganz so, wie es einem gewöhnlichen Pfarrer gebührt hätte, der anfangen würde, sich mit mir sozusagen von Mensch zu Mensch zu unterhalten – das heißt, ich war außerordentlich abweisend.

Er schob mir die Kaffeekanne hin: ich nahm sie mit einer kühlen Verbeugung. Er sprach vom Regen in der Nacht und seiner Angst, meine Frau sei dadurch in ihrer Nachtruhe gestört worden: ich erwiderte mit einem ausweichenden Achselzucken. Er sprach fröhlich von der Heiterkeit des Morgens, die einen schönen Tag verheiße: ›vielleicht‹ oder ›in der Tat‹ war das Geselligste, was ich darauf antwortete – jetzt weiß ich nicht mehr, welches von beiden. Er schlug vor, ich solle etwas von einer dicken, widerwärtigen Masse zu mir nehmen, von der er gerade aß und die er als Porridge und als das Werk Jellabys bezeichnete und die, sagte er, sich bei langen Fußmärschen außerordentlich bewährt habe: mit finsterer Miene unterdrückte ich eine sehr scharfsinnige und treffende Erwiderung, die mir in den Sinn kam, und lehnte einsilbig ab. Mit einem Wort, ich war sehr abweisend.

Stellen Sie sich nun meine Verlegenheit und meine Bestürzung vor, als ich zehn Minuten später, während mich Mrs. Menzies-Legh zu einem Bauernhof mitnahm, damit ich das Gemüse, das sie dort zu kaufen gedachte, zurücktrüge, ganz zufällig erfuhr, daß der junge Mann nicht nur einen Titel habe, sondern der Sohn einer der bedeutendsten englischen Familien ist. Er ist der jüngere Sohn des Herzogs von Hereford, jenes wohlhabenden und weithin bekannten Adligen, dessen Schwester letztlich nicht für unwürdig befunden wurde, unseren Fürsten von Großburg-Niederhausen zu heiraten, und weit davon entfernt, bloß ein Mr. Browne zu sein, so wie Jellaby bloß ein Mr. Jellaby war und blieb, war der junge Mann, den ich vorsätzlich abweisend behandelt hatte, in der Tat Browne, aber mit den veredelnden Zusätzen Sigismund und Lord.

Mit derselben nachlässigen Gleichgültigkeit, die ich an ihrem Mann beobachtet hatte, nannte Mrs. Menzies-Legh ihn kurz und knapp Sidge. Er war, wie sich herausstellte, ein entfernter Vetter ihres Mannes. Ich mußte sie eingehend und beharrlich befragen, ehe ich diese Einzelheiten aus ihr herausbekam, da sie anscheinend viel mehr an der Frage interessiert war, ob uns die Frau vom Bauernhof nicht nur Gemüse, sondern auch ein großes gußeisernes Gefäß verkaufen würde, um es darin zu verstauen. Und doch ist es zweifellos von großer Bedeutung, erstens, daß man in guter Gesellschaft ist, und zweitens, daß man das auch gesagt bekommt, denn, wenn man das nicht erfährt, wie um alles in der Welt soll man es dann wissen? Und meine Zuhörer werden bestimmt mit mir mitfühlen in dieser unangenehmen Lage, in die ich mich gebracht sah, denn nie, da bin ich ganz sicher, gab es einen höflicheren Menschen als mich, einen Mann, der besser weiß, was er seiner eigenen Herkunft und Bildung und der von anderen schuldig ist, ein Mann, der mehr bedacht darauf ist, all die kleinen (aber so wichtigen) namenlosen Gesten der Höflichkeit pedantisch genau zu erfüllen, wo und wann immer sie fällig sind, und der Gedanke, daß ich den Annäherungsversuch des Neffen einer Tante unwissentlich zurückgewiesen hatte, der die ganze deutsche Nation einräumt, ihre Briefumschläge mit ›Durchlaucht‹ zu versehen, bekümmerte mich zutiefst.

Während ich das gußeiserne Gefäß, genannt Schmortopf, das uns zu verkaufen Mrs. Menzies-Legh unglücklicherweise die Frau des Bauern überredet hatte, zurücktrug und dazu noch einen Korb (in meiner anderen Hand) voll mit großen ausgesprochen unhandlichen Gemüsesorten wie Kohlköpfen, und glatten grünen Dingern, die mir unbekannt waren, aber abgeschnittenen, dickeren Gurken ähnelten, die nicht stillhalten wollten und dauernd auf die Straße kullerten, wünschte ich mir, doch zumindest den Haferflockenbrei gegessen zu haben. Er hätte mich bestimmt nicht umgebracht, und es war grob unhöflich gewesen, ihn abzulehnen. Die Art meiner Ablehnung hatte meine ursprüngliche Grobheit noch verschlimmert. Ich beschloß, unverzüglich Lord Sigismund ausfindig zu machen und mich zu bemühen, durch ein feinfühliges Wort die Dinge zwischen uns zurechtzurücken, denn einer meiner Grundsätze lautet, mich niemals zu schämen zuzugeben, wenn ich gefehlt hatte; und ich war so sehr mit der Überlegung beschäftigt, welche Form das feinfühlende Wort konkret annehmen sollte, daß ich kaum Zeit hatte, gegen die Art und die Größe meiner Lasten Einspruch zu erheben. Zudem begann ich zu begreifen, daß Lasten mein Schicksal sein würden. Es bestand wenig Hoffnung, ihnen zu entgehen, da die anderen Mitglieder der Reisegesellschaft ähnliche trugen und das anscheinend normal fanden. Mrs. Menzies-Legh trug gerade selbst ein Bündel kleiner Reiser zum Feueranzünden, zusammengebunden in einem großen roten Taschentuch, das ihr die Bauersfrau verkauft hatte, und außerdem ein Päckchen mit Butter, und lief dahin, völlig unbekümmert, welch komische Figur sie machen und welch falschen Eindruck sie erwecken würde, wenn wir durch irgendeinen Zufall jemandem vom hiesigen Adel begegnen sollten. Und man darf nie vergessen, denke ich, wenn man sich gehenläßt, daß die Welt sehr klein und es zumindest möglich ist, von der Person, die man sich am allerwenigsten als Zeuge wünscht, aus einer scheinbar verlassenen Hecke mit dem Fernglas beobachtet zu werden. Außerdem macht es überhaupt keinen Spaß, sich zu benehmen als sei man ein Dienstbote, und der alte James hätte uns natürlich begleiten und unsere Einkäufe zurücktragen sollen. Was nutzt einem ein Diener, mag er auch noch so unordentlich sein, der nirgendwo zu sehen ist, wenn der Abwasch beginnt oder ein Einkauf ansteht? Da ich eine kurze Pause einlegen und den Schmortopf abstellen mußte, damit meine Hand (die weh tat) ausruhen könne, fragte ich meine Begleiterin etwas bissig, was ihrer Meinung nach wohl die Bewohner von Storchwerder sagen würden, wenn sie uns in diesem Augenblick sehen könnten.

»Sie würden überhaupt nichts sagen«, erwiderte sie –

aber ihr Lächeln kann mit dem ihrer Schwester nicht mithalten, weil sie nur ein Grübchen hat –, »sie würden in Ohnmacht fallen.«

»Genau«, sagte ich bedeutungsvoll; und fügte nach einer Pause, lang genug, um meinen Worten Nachdruck zu verleihen, hinzu, »und durchaus zu Recht.«

»Lieber Baron«, sagte sie, setzte eine Miene unschuldiger Überraschung auf und wölbte ihre Wimpern nach oben, »halten Sie es für falsch, Schmortöpfe zu tragen? Dann brauchen Sie sie nicht zu tragen. Niemand braucht etwas zu tun, was er für falsch hält. Das nennt man, seine Seele verkaufen – etwas schrecklich Verwerfliches. Meinen Sie denn, ich möchte, daß Sie sich selbst untreu werden wegen eines elenden Schmortopfes? Setzen Sie ihn ab. Rühren Sie das verfluchte Ding nicht mehr an. Lassen Sie es im Graben stehen. Hängen Sie es an die Hecke. Ich werde Sidge danach schicken.«

Sidge schicken? Sofort nahm ich ihn wieder auf und meinte, was Lord Sigismund holen könne, das könne hoffentlich auch Baron von Ottringel tragen, worauf sie nichts sagte, sondern, als wir unsere Wanderung fortsetzten, hinter ihrem Motorradschleier einen schwachen Laut von sich gab, ob nun der Zustimmung und Billigung oder der Mißbilligung und des Widerspruchs, das kann ich nicht sagen, denn als ich zu ihr hinsah, wie sie so neben mir lief, war nichts zu sehen außer der Spitze einer leicht vorwitzigen Nase und die Spitze eines leicht trotzigen Kinns und die abfallende Linie einer Reihe unglaublich langer Wimpern auf der mir zugewandten Seite.

Als wir zum Lager zurückkamen, fanden wir es im gleichen Zustand vor, in dem wir es verlassen hatten – das heißt in einem Durcheinander. Jeder schien sehr hart zu arbeiten, und nichts schien anders als vor einer vollen Stunde. Wahrhaftig, eine Stunde schien im Wohnwagenleben merkwürdig wenig zu bewirken, selbst viele Stunden hinterlassen wenig Spuren; und erst nach sehr vielen Stunden sieht man eine Veränderung. Bei unseren allmorgendlichen Aufbruchsvorbereitungen hatte ich immer den Eindruck, sie kämen nie zu einem Ende, wenn man nicht plötzlich und verzweifelt den einmütigen Beschluß fassen würde, sie abzubrechen und loszufahren.

Die beiden jungen Mädchen, die noch nicht erschienen waren, als ich mich am Vorabend zur Ruhe begeben hatte, waren nun endlich aufgekreuzt, wie Menzies-Legh sagen würde. Das waren sie, wie ich vermutete, früh am Morgen, nachdem sie mit ihrer Gouvernante in einem Gasthaus in Wrotham geschlafen hatten, da sie eine umsichtige Person war, die es vorzog, nicht in Regen und Dunkelheit nach etwas zu suchen, was, wenn man es fand, wahrscheinlich nicht besonders erbaulich sein würde. Sie war nach dem Frühstück eingetroffen, hatte ihre Schützlinge übergeben und sich auf den Heimweg gemacht; und die jungen Mädchen, wie ich sogleich sah, waren überhaupt keine jungen Mädchen, sondern jene schwer zu definierenden Geschöpfe, denen ein dicker Zopf den Rücken hinunterfällt und die einen auf eine verwirrende Art anzustarren pflegen. In Deutschland nennt man sie *Backfische*, und die Engländer bezeichnen sie, wie ich erfuhr, als *Teenager*.

Lord Sigismund war gerade beim Schuheputzen; in Hemdsärmeln saß er auf dem Rand eines Tisches, und diese beiden undefinierbaren Personen standen nebeneinander und schauten ihm zu, und ich war tief gerührt, als ich merkte, daß der Stiefel, mit dem er sich im Moment unseres Herannahens gerade zu schaffen machte, Edelgard gehörte.

Dies war Großmut. Mehr denn je bedauerte ich die Sache mit dem Haferflockenbrei. Hastig setzte ich Schmortopf und Korb ab und eilte zu ihm hinüber.

»Bitte lassen Sie mich«, sagte ich und schnappte mir einen anderen Stiefel, der neben ihm auf dem Tisch stand und tauchte eine Ersatzbürste in die Schuhcreme.

»Der ist schon geputzt«, sagte er, die Pfeife im Mund.

»O ja – ich bitte um Verzeihung. Sind diese hier –?«

Etwas unsicher hob ich ein anderes Paar hoch, denn die geputzten und die ungeputzten hatten eine merkwürdige Ähnlichkeit untereinander.

»Nein. Aber Sie sollten lieber Ihren Mantel ausziehen, Baron – ist 'ne schweißtreibende Arbeit.«

Das tat ich denn auch. Und sehr erleichtert, aus seinem Ton herauszuhören, daß er keinen Groll gegen mich hegte, gesellte ich mich zu ihm auf den Tischrand; und wenn mir irgend jemand eine Woche vorher gesagt hätte, daß der Tag nahe sei, da ich Stiefel putzen würde, hätte ich ihn ohne zu zögern gefordert, da mir die Ungeheuerlichkeit dieser Behauptung keine andere Wahl gelassen hätte, als sie für eine bewußte Beleidigung zu halten.

Unter diesen Umständen festigte sich also mittels Stiefelputzen meine Freundschaft mit Lord Sigismund. Ich glaube, er hielt mich im Grunde genommen für einen gutmütigen Kerl, der, wie so viele Leute, nur etwas einsilbig beim Frühstück ist, als ich so dasaß und ihm half, den Hut aus der Stirn geschoben und ein Bein baumeln ließ, und während ich bürstete und mit schwarzer Schuhcreme hantierte, fröhlich über die untergeordnete Stellung plauderte, die die Geistlichkeit nach Ansicht der Deutschen einnehme. Ich bin sicher, er war interessiert, denn er hielt mehrmals bei seiner Arbeit inne und schaute mich über seine Brille hinweg sehr aufmerksam an. Die beiden Undefinierbaren indessen fixierten mich ungerührt mit ihren Kulleraugen und wandten keine Sekunde lang den Blick von mir.

VI

Es wurde zwölf Uhr, ehe wir Gribs (oder Grips) Allmende verließen. Über einen anderen, diesmal grasbewachsenen Feldweg torkelten wir auf die Straße in Richtung Mereworth davon und ließen dabei, wie wir hinterher feststellten, etliche Teile unserer Ausrüstung zurück.

»Welch herrliche, funkelnde Welt!« sagte Mrs. Menzies-Legh, kam her und lief neben mir.

Ich kämpfte gerade mit den Launen meines sehr eigensinnigen Pferdes, so daß ich nur eine kurze Zustimmung hervorstoßen konnte.

Die Straße war schmal und wand sich mühsam und eben zwischen Hecken dahin, die sie anscheinend reizvoll fand, denn alle paar Meter blieb sie stehen, um irgend etwas Grünes aus ihnen hervorzupfen und mitzunehmen. Vom heftigen Regen in der Nacht war natürlich noch alles naß, und da die Sonne schien, blieb den Grashalmen und den Blätterspitzen gar nichts anderes übrig, als zu funkeln, aber daran war überhaupt nichts Ungewöhnliches, und es wäre mir nicht aufgefallen, wenn sie nicht mit solch offenkundig überschwenglicher Begeisterung um sich geblickt und in die Luft geschnuppert hätte, als befände sie sich in einer erstklassigen Parfümerie *Unter den Linden*, wo es wirklich Dinge gibt, die zu schnuppern sich lohnt. Auch den Himmel schien sie ganz erstaunlich zu finden, dabei war er schlicht und einfach blau, wie man es im Sommer schließlich erwarten darf, übersät mit der üblichen Anzahl weißer Federwölkchen, denn auch dorthin richtete sie den Blick und offenbar mit größtem Entzücken.

»*Schwärmerisch*«, sagte ich zu mir; und war innerlich leicht amüsiert.

Meine Zuhörer werden mit mir darin übereinstimmen, daß ein solcher Freudentaumel bei einem jungen Mädchen durchaus angehen mag – einem Mädchen im weißen Kleid mit blauen Augen und dem blassen jungfräulichen Teint, der einem bei einer Achtzehnjährigen nicht mißfällt, ehe sich Amor, der Künstler, daraufgestürzt und es rosarot angemalt hat. Und sie werden mir wohl auch darin zustimmen, daß sich die älteren und verheirateten Frauen stets um Gelassenheit bemühen müssen. Ausrufe romantischer oder schwärmerischer Art sollten in der Regel nicht über ihre Lippen kommen. Frauen mögen vielleicht über ein kleines Baby (wenn es ihr eigenes ist) in Freudenschreie ausbrechen, aber das ist die einzige Ausnahme; und für diese eine gibt es einen triftigen Grund, denn mit einem Säugling stellt sich normalerweise auch bei dessen Mutter eine entsprechende Jugendlichkeit ein. Ich halte es allerdings nicht für gut, wenn eine Frau über ihr, sagen wir mal, zehntes Baby in

Freudenschreie ausbricht. Das Baby wird natürlich immer jung genug dafür sein, denn es ist ja immer ein neues, aber es ist keine neue Mutter, und sie sollte sich mit der Zeit einen gewissen Gleichmut angewöhnt haben und außer in den Stunden, die sie der Unterweisung ihrer Dienstboten widmet, schweigen. In der Tat, die vollkommene Frau gibt keinen Ton von sich. Wer will sie auch hören? Alles, was wir von ihr verlangen, ist, daß sie uns aufmerksam zuhört, wenn wir ihr zur Abwechslung unsere eigenen Gedanken schildern möchten, und daß sie zur Hand ist, wenn wir etwas brauchen. Das ist wirklich nicht viel verlangt. Streichhölzer, Aschenbecher und die eigene Frau sollten sozusagen immer griffbereit sein; und ich behaupte, daß sich die perfekte Ehefrau das Verhalten der Streichhölzer und Aschenbecher zum Vorbild nimmt und Nützlichkeit mit Stummsein verbindet.

Das sind meine Ansichten, und als ich mit meinem Wohnwagen die Schotterstraße dahinzog, sann ich darüber nach. Der große Lümmel von einem Pferd, überfüttert und unterfordert, versuchte fortwährend, die vor uns fahrende »Ailsa« zu überholen, und da das auf dieser engen Fahrbahn bedeutet hätte, daß die »Elsa« zuerst auf die Böschung gedrückt worden wäre, versuchte ich mit der gleichen Ausdauer, ihn daran zu hindern. Und da die Sonne heiß war und ich (wenn ich mich so ausdrücken darf) sehr leicht ins Schwitzen komme, wurde ich des dauernden Gezerres schnell müde und schaute mich nach Edelgard um, damit sie käme und mich ablöste.

Sie war nirgendwo zu sehen.

»Haben Sie etwas fallen gelassen?« fragte Frau von Eckthum, die gerade ein kleines Stück hinter mir ging.

»Nein«, sagte ich und fügte sehr schlagfertig hinzu, »aber meine Frau hat mich fallengelassen.«

»Oh?« sagte sie.

Ich hielt das Pferd an, bis sie mich eingeholt hatte, während ihre dürrere Schwester, die ihren Schritt nicht verlangsamte, weiterlief. Dann erläuterte ich Frau von Eckthum meine Theorie über Ehefrauen und Streichhölzer. Sie hörte aufmerksam zu, eben wie eine wirklich kluge Frau, die genau weiß, wie man einen günstigen Eindruck auf uns Männer macht. Während sie meinen Ausführungen lauschte, war sie eifrig damit beschäftigt, ein paar Blumen, die sie gepflückt hatte, zu einem Strauß zu binden, und etwas so Blödsinniges, wie mir ins Wort zu fallen, kam ihr nicht in den Sinn.

Ab und zu, als ich mich ereiferte und ihr meine verschiedenen Standpunkte klarmachte, schaute sie mich nur mit nachdenklichem Interesse an. Ich vergaß das mißliche Pferd, die Sonnenhitze, den kalten Wind, das schlechte Frühstück und all die anderen Unzulänglichkeiten und merkte, wie bezaubernd eine Wohnwagentour sein kann. »Vorausgesetzt«, dachte ich, »es sind die richtigen Leute und das Wetter ist schön, muß ein solcher Urlaub einfach angenehm werden.«

Der Tag war unbestreitbar schön, und was die richtigen Leute betraf, so wurden sie von der Dame an meiner Seite vollauf vertreten. Nie zuvor hatte ich eine so gute Zuhörerin gefunden. Sie hörte sich alles an. Wenn man mal eine Atempause einlegen mußte, nutzte sie das nicht hinterhältig aus, um gleich eilig eigene Beobachtungen einzustreuen, wie es so viele Frauen tun. Und an der Art, wie sie mich ansah, wenn sie etwas besonders erstaunte, merkte ich deutlich, wie überaus verständnisvoll sie war. Im Grunde gibt es doch nichts Erfreulicheres, als ein Gespräch mit einem Zuhörer, der richtig zuzuhören versteht. Die ersten fünf Meilen vergingen wie im Flug. Ich hatte den Eindruck, daß wir Grips Allmende soeben erst verlassen hatten, als wir bei einem am Wege liegenden Gasthof anhielten, auf die Bank davor niedersanken und etwas zu trinken bestellten.

Alle anderen tranken Milch oder eine graue, schäumende Flüssigkeit, die sie Ginger-Beer nannten – kindisches, süßes Zeug, das weiß der Himmel recht wenig mit Bier zu tun hatte, und, wie man meinen sollte, für den Magen eines richtigen Mannes gänzlich ungeeignet ist. Jellaby brachte Frau von Eckthum ein Glas davon und versorgte sogar die beiden Undefinierbaren mit Erfrischungen, und sie nahmen diese Aufmerksamkeiten als ganz selbstverständlich entgegen, anstatt sich den geziemenden deutschen Brauch zu eigen zu machen, das stärkere und daher durstigere Geschlecht zu bedienen.

Weiß und schnurgerade zog sich die Straße rechts und links hin, so weit das Auge reichte. Auf ihr standen hintereinander die Wohnwagen mit dem alten James, der den Pferden in der Sonne Wasser gab. Unter dem Schatten des Gasthauses saßen wir und ruhten uns aus, die drei Engländer zu meiner Überraschung in Hemdsärmeln, einem Zustand, in dem sich kein deutscher Ehrenmann jemals einer Dame zeigen würde.

»Warum? Haben sie denn so viele Löcher in ihren Hemden?« fragte die jüngere der Undefinierbaren, die einen Teint wie Milch und Blut hatte, als sie hörte, daß ich Mrs. Menzies-Legh auf diesen Unterschied in den

Umgangsformen hinwies; und sie schaute mich mit ernster, interessierter Miene an.

Natürlich antwortete ich nichts darauf, aber innerlich ging ich mit der englischen Art der Kindererziehung hart ins Gericht. Es ist typisch für diese Nation, daß Mrs. Menzies-Legh nicht einmal »Still!« zu ihr sagte.

Rechter Hand, in der Richtung, die wir nehmen wollten, senkte sich die Straße in ein Tal mit weit dahinter liegenden Hügeln, und meine Reisegefährten unterhielten sich ausgiebig über die Bläue dieser Ferne, während sie ihre Milch schlürften. Auch machten sie viel Aufhebens vom Grün der Wälder um Mereworth, die gegenüber rauschten, und der Art, wie die Sonne schien; als ob Wälder im Sommer je anders als grün wären, und als ob die Sonne, wenn sie sich überhaupt zeigt, etwas anderes tun könnte als scheinen!

Ich war schon drauf und dran, über diesem Gerede die Geduld zu verlieren und ihnen zu verstehen zu geben, daß sie die Dinge wohl mit anderen Augen sähen, wenn sie nur aufhören wollten, Milch zu trinken, als Frau von Eckthum herkam und sich neben mich auf die Bank setzte, ihr Ginger-Beer in der einen Hand und einen ebenfalls aus Ingwer hergestellten Keks in der anderen (beim Gedanken, wie beides zusammen schmecken mußte, schüttelte es mich), und in ihrer einnehmenden Stimme sagte:

»Ich hoffe, Sie genießen Ihren Urlaub. Ich fühle mich ja dafür verantwortlich.« Und sie sah mich mit ihrem bezaubernden Lächeln an.

Die Vorstellung von der liebenswürdigen Dame als einer Art Schutzpatronin gefiel mir nicht schlecht, und ich gab die entsprechende Antwort, galant und honigsüß, und fragte mich gerade, woher die Ehefrauen anderer Leute einen Charme haben, den die eigene nie besaß, niemals besitzen kann und niemals besitzen wird, als der Vorhang an der Tür der »Elsa« beiseite gezogen wurde und Edelgard, deren Abwesenheit bei unserer *siesta* ich gar nicht bemerkt hatte, auf die Plattform heraustrat.

Lord Sigismund und Jellaby standen sofort auf und lösten das Treppchen aus seiner Halterung und hielten es für sie, damit sie hinabsteigen konnte. Auch Menzies-Legh ging hinüber und reichte ihr seine Hand. Nur ich blieb ruhig sitzen, wozu ich ja auch das Recht hatte; denn nicht genug, daß ich ihr Mann bin, es ist auch lächerlich, einer Frau mit irgendwelchen Aufmerksamkeiten einen Floh ins Ohr zu setzen, die seit ihrem achtzehnten Lebensjahr, das heißt seit sie das war, was wir *appetitlich* nennen, keine solchen mehr erfahren hat.

Außerdem saß ich vor lauter Staunen über ihr ungewöhnliches Äußeres wie angewurzelt auf der Bank. Kein Wunder, daß sie nicht zu sehen gewesen war, als ihr Pflichtgefühl ihr hätte gebieten sollen, an meiner Seite zu sein und mir mit dem Pferd zu helfen. Sie hatte keine einzige dieser fünf heißen Meilen zu Fuß zurückgelegt. Sie hatte im Wohnwagen gesessen, eifrig ihren Rock abgeschnitten, ihre Frisur geändert und sich, so gut es ging, in eine Kopie von Mrs. Menzies-Legh und deren Schwester verwandelt.

Gering war nun in der Tat die Ähnlichkeit mit der christlichen Dame, die man sich als Ehefrau wünscht. Wenig wies da noch auf Preußen hin. Ich erkläre feierlich, daß ich sie nicht wiedererkannt hätte, wenn sie mir zufällig auf der Straße begegnet wäre; und wenn man bedenkt, daß sie das gewagt hatte, ohne ein Wort, ohne mich um Erlaubnis zu bitten, ja selbst ohne mich um meine Meinung zu fragen! Ihr schöner neuer Filzhut mit seiner Fasanenfeder war fast verschwunden unter einem Gazeschleier, den sie nach Art der beiden Schwestern drapiert hatte. Weiß der Himmel, woher sie den hatte oder aus welchem anderen Kleidungsstück sie ihn geschnitten und fabriziert hatte; und wozu hat man denn eine Fasanenfeder, wenn man sie versteckt? Ihr Haar, bisher so straff zurückgekämmt und unauffällig, war gelöst, ihr Rock zeigte fast alles von ihren Stiefeln. Die ganze Gestalt sah denen der beiden Schwestern merkwürdig ähnlich, nur war sie ein bißchen dicker, ein bißchen rundlicher.

Was mich so erbitterte, war die völlige Gleichgültigkeit gegenüber meiner Autorität, die daraus sprach. Mein empörtes inneres Auge sah, wie sie mir gegenüber trotzig mit den Fingern schnippte. Auch die eigene Frau ist unbestreitbar ein eigener Mensch. Daß die Frauen anderer attraktiv sind, ist ganz in Ordnung und entzückend, aber die eigene sollte nur geschmückt sein mit dem Schmuck einer holden und stillen Seele, verbunden mit jenem anderen Schmuck, dem dauernden Verlangen, für das Wohlergehen und somit das Glück des Ehemanns zu sorgen, den ihr Gott gegeben hat. Ohne diese beiden Dinge kann eine Frau nicht als geeignetes Objekt für die Achtung ihres Ehemanns betrachtet werden. Ich sah ganz deutlich, daß es mir unmöglich sein würde, die meine in diesem Rock zu achten. Ich weiß nicht, was sie mit ihren Füßen gemacht hatte, aber sie wirkten viel kleiner, als ich immer angenommen hatte, wie sie da, assistiert von den drei Herren, die Stufen herunterkam. Mein volles Bierglas, das ich achtlos in der Hand hielt, ergoß sich unbemerkt auf die Straße, als ich benommen auf diese Erscheinung starrte. Rasch suchte ich die ersten paar Sätze zusammen, die ich an sie richten wollte, sobald wir unter uns wären. Dieser Untergrabung des großen und schützenden Baums, als den man sich die Autorität eines Ehemannes vorzustellen hat, mußte ein sofortiges Ende bereitet werden.

»Armes dummes Schaf«, murmelte ich unwillkürlich, da mir diese Tiere im Zusammenhang mit dem Bild vom schützenden Baum blitzartig einfielen.

Sodann fand ich, daß hier ein Zitat angebracht sei, und war sicher, Horaz oder Virgil – schwer faßbare Schreckgespenster meiner Knabenzeit – mußten irgend etwas gesagt haben, was so anfing und entsprechend weiterging, wenn es mir nur eingefallen wäre. Ich bedauerte, daß ich es auf Grund meiner Vergeßlichkeit nicht zitieren konnte, mir selbst gewissermaßen, aber doch so laut, daß die Dame neben mir es hören würde. Sie allerdings hörte, was ich tatsächlich sagte, und schaute mich fragend an.

»Wenn ich es Ihnen erklären müßte, verehrte gnädige Frau«, konterte ich ihren Blick, »würden Sie es doch nicht verstehen.«

»Oh?« sagte sie.

»Ich habe gerade in Symbolen gedacht.«

»Oh«, sagte sie.

»Das ist eine Eigenheit von mir«, sagte ich, wobei jedoch mein Blick, als er auf Edelgards herannahende Gestalt fiel, strenger wurde.

»Oh?« sagte sie.

Gewiß, sie war eine zurückhaltende Dame. Aber wie anregend! In ihren vereinzelten »Ohs« steckte mehr Aussagekraft als in den stundenlangen Tiraden anderer Frauen.

Auch sie beobachtete Edelgard, wie diese über das Stück Straße, das in der prallen Sonne lag, auf uns zukam; dabei wandte sie den Kopf leicht von mir ab, aber nicht so sehr, daß ich nicht gesehen hätte, wie sie über meine Frau lächelte. Eine solch sklavische Nachahmung mußte sie natürlich amüsieren; aber in ihrer üblichen Zuvorkommenheit machte sie für sie Platz auf der Bank und bot ihr, ohne auf die Verwandlung anzuspielen, eine Erfrischung an.

Als Edelgard sich hinsetzte, schoß sie mir durch ihren Kopfputz heraus einen sehr merkwürdigen Blick zu. Ich war überrascht, aus der Art, wie sie sich hinsetzte, so wenig herauszulesen, was man Rechtfertigung hätte nennen können, und suchte vergebens nach den roten Flecken, die zu Hause immer auf ihren Wangen erschienen, wenn sie sich bewußt war, daß sie etwas Falsches getan hatte und nicht einfach so darüber hinweggegangen würde. Vor unmittelbaren Schritten meinerseits war sie durch Frau von Eckthum geschützt, die zwischen uns saß, und als Jellaby sich ihr mit einem Glas Milch näherte, nahm sie es doch tatsächlich, ohne auch nur das ehrenwerte Wort Bier zu hauchen.

Das war zuviel. Ich warf den Kopf zurück und lachte so herzhaft, wie ich noch nie jemanden habe lachen hören. Edelgard und Milch! Nun ja, ich glaube nicht, daß sie sie jemals pur trank, seit dem Tag, da sie sich von den

Fläschchen ihrer Kinderzeit getrennt hat. Edelgard, die zickig wurde; Edelgard, die sich in Pose setzte – und was für eine Pose; großer Gott, was für eine Pose! Edelgard, eine Tochter Preußens, eine Tochter aus preußischem Adel, trank Milch anstatt Bier, und nahm sie aus den Händen eines Sozialisten in Hemdsärmeln. Vor meinen Augen tauchten die Gesichter in Storchwerder auf, wenn sie all das sehen könnten. Natürlich lachte ich. Freilich nicht ohne eine leichte Spur von Bitterkeit, denn lachen kann ja herzhaft und bitter zugleich sein, aber insgesamt tat ich, wie ich meine, meinem unfehlbaren Sinn für Humor alle Ehre, trotz ungeheurer Provokation, und ich lachte, bis sogar die Pferde ihre Ohren spitzten, ihre Köpfe wandten und große Augen machten.

Sonst lächelte niemand. Im Gegenteil – es stimmt also nicht, daß Lachen ansteckt –, sie betrachteten mich mit ernstem, auf belustigende Weise ernstem Staunen. Edelgard schaute mich nicht an. Sie hatte Besseres zu tun. Sorgfältig verbarg sie ihr Gesicht in dem Glas Milch, da sie zweifellos fand, daß es nirgendwo besser aufgehoben sei, und konnte nicht aufhören, das Zeug zu trinken, weil sie nicht wußte, wie sie danach meinem Blick begegnen sollte. Frau von Eckthum sah mich mit fast demselben aufmerksamen Interesse an, das sie zu erkennen gegeben hatte, als ich ihr während des Fußmarsches einige meiner Ansichten erläutert hatte –, ich meine natürlich meine Ansichten über Ehefrauen, aber die Sprache ist voller Fallen. Die Nichte der Menzies-Legh (sie nannten sie Jane) hielt mitten im Verzehren einer Banane inne, um zu gaffen. Ihre Freundin, die auf den eigentümlichen Namen Jumps hörte (wir wollen hoffen, daß es nur ein Spitzname war), vergaß, sich weiter gierig Kekse in den Mund zu stopfen, und da sie auch vergaß, daß ihr Mund offenstand, um sie in Empfang zu nehmen, beließ sie ihn in dieser Stellung. Mrs. Menzies-Legh stand auf und machte einen Schnappschuß von mir. Menzies-Legh beugte sich vor, als ich mit meinem Lachen fast am Ende war, und sagte: »Hören Sie, Baron, lassen Sie uns doch an dem Scherz teilhaben.« Aber seine melancholische Stimme strafte seine Worte Lügen, und als ich zu ihm hinsah, schien er mir kaum in der Laune, an irgend etwas teilzuhaben. Nie habe ich ein so feierliches, fades Gesicht gesehen; bei seinem bloßen Anblick blieb mir das Lachen im Halse stecken. So zuckte ich nur die Schultern und sagte, es sei ein deutscher Scherz.

»Ah«, sagte Menzies-Legh und drang nicht weiter in mich. Und da Jellaby, indem er sich über die Stirn wischte (auf der unentwegt eine lange, dünne Haarsträhne lag, die er ebenso unentwegt mit der Hand beiseite schob, da er sie scheinbar nicht dort haben wollte, aber nur scheinbar, denn fünf Minuten bei irgendeinem tüchtigen Frisör hätten ihn ein für allemal davon befreit), da Jellaby, sage ich, in seiner weibischen Tenorstimme Menzies-Legh fragte, ob ihn die grünen Schatten im gegenüberliegenden Wald nicht an irgendein Bild eines befreundeten Malers erinnerten, begannen sie sich über Bilder zu unterhalten, als sei jedes einzelne so wichtig wie die bedeutsamen Fragen des Lebens – wie man Reichtümer erwirbt, Krieg führt und die Völker in die Knie zwingt.

Nun, ich konnte es mir einfach nicht verkneifen, die Schwerfälligkeit dieser Leute mit einer Gesellschaft von

Deutschen unter ähnlichen Bedingungen zu vergleichen. Edelgard wäre mit einer ungeheueren Lachsalve begrüßt worden, als sie plötzlich in ihrer neuen Aufmachung erschien. Sie wäre mit Fragen bestürmt, mit spöttischen Kommentaren bombardiert worden, und ich hätte meine Mißbilligung frank und frei zum Ausdruck bringen können, und niemand hätte es für irgendwie absonderlich gehalten. Dort jedoch, in diesem Land der Heuchler taten sie allesamt, als hätten sie überhaupt keine Veränderung bemerkt; und die vielen unbeweglichen und zusammengekniffenen Mundwinkel, wohin ich auch den Kopf wandte, hatten etwas so Niederdrückendes, daß ich mich nach meinem Ausbruch in homerisches Gelächter nicht mehr in der Lage sah weiterzumachen. Ein Scherz wird schnell schal, wenn keiner ihn versteht. Schweigend trank ich mein Bier, und mir wurde endgültig klar, daß ich keine hohe Meinung von dieser Nation hatte.

Es waren vor allem Menzies-Legh und Jellaby, die das Barometer zum Fallen brachten, ging es mir durch den Kopf, als wir den Fußmarsch fortsetzten. Man bekommt so seine Eindrücke, man weiß nicht, wie oder warum, und man weiß auch nicht, wann. Ich hatte mich mit keinem der beiden länger unterhalten, aber die Eindrücke waren da. Es ist unwahrscheinlich, daß ich mich irre, denn ein preußischer Offizier ist der allerletzte, bei dem man das vermuten sollte. Er ist zu gewitzt, zu gewandt, hat einen zu disziplinierten Verstand. Diese Eigenschaften sind es, auf Grund derer er sich an der Spitze des Baumes Europa halten kann, verbunden freilich mit seiner Fähigkeit, sein gesamtes Sein zu konzentrieren auf das eine edle Ziel, dort zu bleiben. Indem ich mich erneut auf das Gebiet der Allegorie begebe, sehe ich Menzies-Legh und Jellaby und all die anderen maul- und denkfaulen Engländer kraftlos zwischen den unteren und bequemeren Zweigen des Baumes der Nationen herumflattern. Ja, dort sind sie geschützter; sie haben geräumigere Nester, weniger Wind und Sonne, müssen nicht so weit fliegen, um sich die wartende Raupe vom Moos darunter zu holen; aber was ist mit dem preußischen Adler, der auf dem Wipfel sitzt, dessen Schnabel im Licht blitzt, der sein wachsames Auge nie von ihnen läßt? Eines Tages wird er sich auf sie stürzen, wenn sie, wie gewöhnlich, schlafen, ihre und andere gut gefüllte Nester leeren, und den Platz selbst einnehmen – und, wie das wohlbekannte Bild es ausdrückt (denn auch ich verstehe mich auf Symbole), in all seiner Herrlichkeit *enfin seul* sein.

Die Straße senkte sich schnurgerade und weiß in die Ebene. Hohe staubige Hecken schlossen uns von beiden Seiten ein. Jenseits der Ebene, was unendlich weit weg aussah, lag die blaue Ferne, die die Milchtrinker bewunderten. Knarrend rollten die drei Wohnwagen über die losen Steine. Ihr brauner Lack glänzte blendend in der Sonne. Die Pferde trotteten dahin mit hängenden Köpfen, ohne Zweifel gezähmt von der wachsenden Anzahl der Stunden. Es war halb vier, und nichts wies auf ein Lager oder ein Mittagessen hin; nichts wies darauf hin, daß wir etwas anderes tun würden, als so im Staub dahinzulaufen, dabei taten uns die Füße weh, unsere Kehlen trockneten aus, unsere Augen brannten, und das alles immerzu bei leerem Magen.

VII

Ein Mann, der ein Buch schreibt, sollte freie Hand haben. Als ich meinen Bericht begann, war mir das nicht so recht bewußt, aber mittlerweile weiß ich es. Edelgard darf mir jetzt nicht mehr über die Schulter schauen. Ich lasse die Blätter nicht mehr offen auf meinem Schreibtisch liegen. Ich schicke Edelgard weg und vertröste sie mit dem Versprechen, daß sie den Bericht vorgelesen bekommt, wenn er fertig ist. Ich schließe das Manuskript weg, wenn ich ausgehe. Und ich schreibe einfach weiter, ohne Zeit mit Nachdenken zu vergeuden, was dieser oder jener Person gefallen mag und was nicht.

Am Ende freilich muß ein Rotstift her – ein eifriger Zensor, der die Seiten durchgeht und gefährliche Stellen ankreuzt, und immer, wenn ich dann bei unseren Bierabenden zu diesen Markierungen komme, werde ich eine Pause einlegen und wahrscheinlich husten, bis mein Auge die Stelle gefunden hat, wo ich ruhigen Gewissens weiterlesen kann. Unsere Gäste werden meinen, ich hätte eine Erkältung, und ich werde ihnen nicht widersprechen; denn was immer man auch einem Freund irgendwann im Vertrauen über zum Beispiel die eigene Frau sagen mag, so muß man sie doch vor allen anderen in Schutz nehmen.

Ich hoffe, mich klar auszudrücken. Manchmal kommen mir diesbezüglich Zweifel; aber die Sprache, wie ich neulich in der Zeitung las, ist nur ein schwerfälliger Träger des Gedankens, und so wollen wir die ganze Schuld auf diesen schwerfälligen Träger legen, der schon überladen ist von all dem, was ich zu sagen habe, und ihn (um mich einer etwas wunderlichen Formulierung zu bedienen), wie eine Art Ölzeug oder eine andere wasserdichte Hülle benutzen und sorgfältig an den Ecken einschlagen. Ich meine die Schuld. Außerdem darf man nicht vergessen, daß es sich um den Jungfernflug meiner Muse handelt, und auch wenn es nicht so wäre, kann man von einem Ehrenmann schließlich nicht erwarten, daß er so leichtfertig schreibt wie ein Journalist oder ein anderer berufsmäßiger Federfuchser.

An diesem ersten Tag kamen wir erst gegen sechs zum Lagerplatz (viel zu spät, meine lieben Freunde, wenn Sie jemals vor der traurigen Notwendigkeit stehen sollten, zu einem solchen zu kommen), und wir hatten große Mühe, überhaupt einen zu finden. Das ist in der Tat ein sehr düsteres Kapitel des Wohnwagenlebens: Lagerplätze sind rar, wenn man sie braucht, und umgekehrt, häufig, wenn man sie nicht braucht. Nicht einmal, nicht zweimal, nein, etliche Male habe ich mich, die Mittagssonne knallte mir senkrecht auf den Kopf, an einem für solche Zwecke höchst geeigneten Feld vorüberschleppen müssen, das genau die richtige Form hatte und die abschirmenden Bäume nach Norden hin, das Bächlein zum Geschirrspülen, das dahinplätscherte und wartete, den Hof voller Hühner und Sahne und Eier, die zum Kauf bereitstanden – bloß weil es, sagten die anderen, zu früh auftauchte auf unserem Marsch, und wir uns unser Essen noch nicht verdient hatten. Unser Essen verdient? Wenn sie damit Erschöpfung auf Grund von Überarbeitung meinen, so hatte ich mir das meine schon lange, bevor wir das Lager der vergangenen Nacht verließen, verdient, und zwar redlich. Pedanten können mir nur leid tun; die Leute tun mir leid, die morgens einen Entschluß fassen, so wie man als erstes sein Bett macht, und den ganzen Tag lang grimmig daran festhalten und sich weigern, ihn aufzugeben, bis eine bestimmte, vorher festgelegte Abendstunde erreicht ist; und ich behaupte, daß es ein Zeichen für geistige Beweglichkeit und Größe ist, typisch für den echten Mann von Welt, nicht so starre und unabänderliche Entschlüsse zu treffen und stets bereit zu sein, ein Lager aufzuschlagen. Wenn ich mir selbst überlassen wäre und die richtige Stelle zehn, nein, fünf Minuten nach Verlassen des letzten Lagerplatzes entdeckte, würde ich sofort darauf zustürzen. Aber kein Mensch kann sofort auf etwas zustürzen, wenn er sich nicht vorher von seinen Vorurteilen befreit hat.

An jenem zweiten Tag staubigen Bemühens, nach Sussex zu gelangen, das in der vielbesprochenen blauen Ferne lag und blieb, passierten wir nur eine einzige Stelle, die in Frage kam. In den Augen von Leuten freilich, die seit dem Morgen Sonne und Hunger ertragen hatten, kam diese eine jedoch sehr wohl in Frage – ein im Schatten liegendes Bauernhaus, das von seinem Äußeren her den Damen gefiel, wegen der verschwenderischen Fülle der Blumen, die sich an ihm rankten, der vielen von Früchten schweren Obstbäume, bei denen ich gleich an Kompott denken mußte, eines Bachs, dessen klares Wasser ein ausgezeichnetes Fußbad versprach, und fetter Hühner in großer Zahl, bei deren bloßem Anblick einem schon kleine Schinkenbrötchen und Spritzer von Brottunke und sogar Salatstückchen vor dem geistigen Auge tanzten.

Aber die Bauersfrau war mürrisch. Schlimmer noch,

sie war unmenschlich. Sie war ein Ungeheuer an Gleichgültigkeit gegenüber den Wünschen ihrer Mitmenschen, taub gegenüber ihren finanziellen Angeboten, gefühllos gegenüber ihren Schmerzen. Während des scharfen Wortwechsels mit ihr gaben wir von unseren ersten üppigeren Visionen eine nach der anderen auf. Und als sie uns so kurz angebunden abfertigte, traten wir den Rückweg an, ließen zuerst den Gedanken an das Lager unter den Pflaumenbäumen fahren, dann den an den Nachtisch, dann die Hühner mit ihren *etceteras*, dann wichen wir noch weiter zurück und kämpften um jedes einzelne Ei von jenen vielen Eiern, mit denen wir so fest gerechnet hatten, da wir ganz sicher gewesen waren, sie würde sie uns verkaufen, und wir jeden Preis dafür gezahlt hätten.

Dreist schwor sie, keine Eier zu haben, während da unter unseren Augen Hühner herumliefen, randvoll mit den Eiern des nächsten Tages gefüllt. Wo waren die Eier von heute morgen und wo die Eier von gestern? Auf diese von mir gestellte Frage erwiderte sie, das gehe mich nichts an. Verfluchte Britin – gewiß nicht Dame, fraglich ob überhaupt Frau, sondern ganz entschieden *Weib* – von wirrem Äußeren und streitsüchtigem, knorrigem Alter! Auch dir soll man Ruhe und Nahrung verweigern, wenn du arg bedrängt bist und bereit zu zahlen und nachdem du fünf Stunden in der Sonne marschiert bist und dauernd aufpassen mußtest, daß dir ein großes störrisches Pferd nicht in einer seiner unberechenbaren Anwandlungen auf die Füße tritt.

Sie schloß die Tür, noch während wir protestierten. Schweigend marschierten wir den mit Ziegeln belegten

Weg zwischen Rosenbüschen hinunter, gepflegt mit einer Fürsorglichkeit, die sie Menschen versagte, und dorthin zurück, wo die drei Wohnwagen auf der Straße hoffnungsvoll der Aufforderung harrten, hereinzukommen und sich auszuruhen.

In gedämpfter Stimmung setzten wir unseren Weg fort. Es ist ein typisches Merkmal derer, die eine Wohnwagentour machen, daß sie nachmittags gedämpfter Stimmung sind. Bis zu diesem Zeitpunkt sind so viele Dinge passiert; und ganz abgesehen davon befinden sie sich zu diesem Zeitpunkt in einem körperlichen Zustand, den die Ärzte als Erschöpfung bezeichnen – oder, wenn ich, um diesem besonderen Fall gerecht zu werden, verbessern darf: als Nieder-gang. Niedergeschlagen also trotteten wir auf langweiligen, gar nicht ländlich anmutenden Straßen dahin, die einen mit den häufig auftauchenden Landhäusern eher an die Außenbezirke einer großen Stadt erinnerten als an die Abgeschiedenheit, die wir hatten suchen wollen und immer noch suchten, und auf diese Weise kamen wir schließlich zu einer breiten und höchst ausgefallenen Brücke, die einen Fluß überquerte, der, wie irgend jemand murmelte, der Medway war.

Häuser und Läden reihten sich rechts an ihrer Zufahrt. Links lag ein weites und kahles Feld mit zwei Eseln, die Mühe hatten, sich aus dem spärlichen Gras ein kärgliches Abendessen zusammenzuzupfen. Am Rinnstein, gegenüber eines Wirtshauses stand eine Drehorgel, die schrille Töne aufgesetzter Fröhlichkeit von sich gab, typisch für solche Instrumente, und in diese Klänge mischte sich das Schnarren einer laufenden Maschine und ein so durchdringender Geruch, daß sich Frau von

Eckthum zu einem ganzen Satz veranlaßt sah – einem klagenden und kaum hörbar gesprochenen, aber einem langen –, der ihre Überzeugung zum Ausdruck brachte, daß es irgendwo in der Nähe eine Gerberei geben müsse und dies sehr unangenehm sei. Der klagende Ton ihrer Stimme wurde noch unendlich klagender, als Menzies-Legh ankündigte, daß wir, koste es, was es wolle, unser Nachtlager hier aufschlagen müßten, sonst kämen wir in die Dunkelheit hinein.

Wir hielten mitten auf der Straße an, während Lord Sigismund eifrig Erkundigungen einzog, welcher der Anwohner bereit sei, uns ein Feld zu vermieten.

»Aber doch bestimmt nicht hier?« murmelte Frau von Eckthum und hielt sich ihr kleines Taschentuch an die Nase.

»Doch, genau hier, und zwar auf dem Feld mit den Eseln«, sagte Lord Sigismund, als er zurückkehrte. Für das Vorrecht, mit diesen Tieren ihr kahles und schutzloses Feld zu teilen, derart ausgesetzt all den Schönheiten und Errungenschaften der Gegend, unter Einschluß der Drehorgel, der Läden gegenüber, des Geruchs von in der Bearbeitung befindlichem Leder und der Gesellschaft unzähliger Scharen von Kindern, solange es noch Tag war, würde der Besitzer uns pro Wohnwagen eine halbe Krone für die Nacht berechnen, aber dies nur unter der Voraussetzung, daß wir uns nicht, wie er anscheinend allen Ernstes mutmaßte, als ein Circus entpuppten.

Mit einer Entschiedenheit, die ich ihr gar nicht zugetraut hätte, weigerte sich Frau von Eckthum, eine Nacht auf dem Eselfeld zu verbringen; und Mrs. Menzies-Legh, die völlig damit beschäftigt war, von der ständig wachsenden Schar von Kindern und Gaffern Schnappschüsse zu machen, stampfte plötzlich mit dem Fuß auf und sagte, auch sie werde das nicht tun.

»Die Pferde können keinen Schritt mehr machen«, gab Menzies-Legh zu bedenken.

»Ich will nicht bei den Eseln schlafen«, sagte seine Frau und machte einen weiteren Schnappschuß.

Ihre Schwester sagte nichts, hielt aber ihr Taschentuch wie vorher.

Hierauf meinte Jellaby, der eine Hecke mit Weiden dahinter am fast entgegengesetzten Ende des Feldes entdeckte und sich zweifellos auf seine parlamentarische Überredungskunst einiges zugute hielt, er werde die Erlaubnis bekommen, für die Nacht dorthin zu gehen, und verschwand. Lord Sigismund zog seinen Erfolg in Zweifel, denn der Mann, sagte er, war offenbar der leibliche Bruder der Frau auf dem Bauernhof oder stehe ihr jedenfalls geistig sehr nahe; aber Jellaby kam tatsächlich nach einer Weile zurück, während der die Walzer der Drehorgel die öde Trostlosigkeit des Ortes noch verstärkt hatten, und sagte, es sei alles in Ordnung.

Später dann stellte ich fest, daß das, was er alles in Ordnung nannte, bedeutete, genau doppelt soviel pro Wohnwagen bezahlen zu müssen, wie man uns für das Eselfeld abknöpfen wollte, nur um in den unerhörten Genuß des Weidenfelds zu kommen. Nun, er mußte ja nicht bezahlen, war er doch Menzies-Leghs Gast, also fand er es natürlich ganz in Ordnung; aber ich nenne es ungeheuerlich, daß ich für die Benutzung einer von Stechmücken verseuchten, mit Brennesseln übersäten, tiefliegenden, sumpfigen Wiese den gleichen Betrag zu bezahlen hatte, für den ich ein völlig trockenes Zimmer ohne Gras in einem erstklassigen Berliner Hotel bekommen hätte.

Die Ungeheuerlichkeit fiel mir erst im nachhinein auf. An jenem Abend war ich zu müde, als daß mir etwas aufgefallen wäre, und ich hätte, glaube ich ernsthaft, fünf Shilling dafür bezahlt, mich einfach, egal wo, hinsetzen und sitzen bleiben zu dürfen; aber es gab noch, wie ich fürchtete, genug zu tun und zu erleiden, bevor ich alle viere von mir strecken konnte – zum Beispiel mußte das Tor durchfahren werden, das zu dem Feld mit den Eseln führte, wobei die gesamte Einwohnerschaft zuschaute, und das mit der reizenden Aussicht, für jeden Schaden aufkommen zu müssen, der an einem Wohnwagen entstand, den man mit Müh und Not gerade noch durchkriegte. Dann mußte Edelgard der Kopf zurechtgerückt werden, und was, wenn sie sich widersetzte? Es mußte schnell geschehen; denn mir war nicht bange, daß ich sie am Ende doch wieder zur Vernunft bringen würde.

Nun, das Tor kam als erstes dran, und da es meine gesamte Aufmerksamkeit erforderte, schob ich das andere von mir, bis ich mehr Muße dazu haben würde. Der alte James brachte, mit Hilfe von Menzies-Legh, die »Ailsa« sicher durch, und unter dem Beifall der Zuschauer schwankte sie über die Maulwurfshügel in Richtung auf die Weiden am Horizont davon. Dann rief Menzies-Legh Jellaby herbei und half mir, die »Elsa« hindurchzuziehen, während Lord Sigismund mit dem dritten Pferd wartete, das den ganzen Tag über unter seiner besonderen Obhut gestanden hatte. Daß man mir half, schien ja recht gut und schön, aber jeder Kratzer, den die beiden Gentlemen in ihrem Eifer auf dem Lack verursachten, würde auf meine Rechnung gesetzt werden, nicht auf die ihre, und im Flüsterton rief ich einen wohl bekannten Pommerschen Fluch besonders schlimmer Art auf all jene Idioten herab, die bei der Herstellung der engen britischen Tore mitgewirkt hatten.

Wie ich fürchtete, war da zuviel von jenem *zèle*, von dem irgend jemand (ich glaube, er war Franzose) jemandem anderen (er muß wohl Engländer gewesen sein) abriet, und unter einem Durcheinander von »whoas«– was das insulare Äquivalent für unser so viel klareres *brrr* ist –, Zurufen der Zuschauer und einem ein- oder zweimaligen Aufkreischen Edelgards, die nicht ungerührt mit anhören konnte, wie unser Geschirr zu Bruch ging, zogen Menzies-Legh und Jellaby zusammen das Biest so weit auf die eine Seite, daß nur dank meiner heftigen Bemühungen ein schrecklicher Unfall abgewendet wurde. Wenn man sie hätte gewähren lassen, wäre das ganze Ding gegen den rechten Torpfosten geprallt – man kann sich wohl vorstellen, wie das gekracht hätte und wie die Räder abgegangen wären –, aber dank meiner Umsicht war der Wagen gerettet, obwohl der linke Torpfosten tatsächlich eine gehörige Menge Lack von der linken Flanke (sozusagen) der »Elsa« abschürfte.

»Ich meine«, sagte der Sozialist, als alles vorbei war, und strich sich seine Haarsträhne aus der Stirn, »Sie hätten an diesem Zügel dort nicht so ziehen sollen.«

Diese schamlose Unverfrorenheit, die Schuld auf mich zu schieben, machte mich sprachlos.

»Nein«, sagte Menzies-Legh, »Sie hätten überhaupt nichts ziehen sollen.«

Auch er! Wieder stand ich sprachlos da – stand da in der Tat, ganz allein, denn sie blieben sofort zurück, um (du meine Güte!) Lord Sigismund zu helfen, die »Ilsa« durchzukriegen.

So wankte nun die »Elsa« davon, ängstlich von mir über die Maulwurfshügel geleitet, und jeder Maulwurfshügel wurde, als wir über ihn hinwegfuhren, von den Innereien unserer Speisekammer mit einem gewaltigen Geklapper begrüßt, als ob sogar die Tassen, da es englische waren, in die Hände, oder besser gesagt, Henkel klatschten und in einem Hochgefühl boshaften Vergnügens zu Bruch und auf meine Rechnung gingen.

Sie, die Sie Tassen nur in ihrer normalen Funktion kennen, gefüllt mit Flüssigkeiten und unbeweglich in Reihen stehend, machen sich wahrscheinlich nicht klar, wozu sie fähig sind, wenn man sie in einem Wohnwagen sich selbst überläßt. Manchmal habe ich den Eindruck – aber zweifellos einen recht abstrusen –, daß sogenannte unbelebte Gegenstände nicht so unbelebt sind, wie man meinen möchte, sondern auch einen Charakter besitzen, nur einen so ungemein schäbigen und abartigen, wie man ihn bei den Menschen selten findet. Ich glaube, die meisten Leute, die an jenem Abend im vergangenen August an meiner Stelle gewesen wären und die »Elsa« über die Buckel gelotst hätten, die zwischen uns und dem Feld mit den Weiden in der Ferne lagen, und dem, was die Tassen taten, zugehört hätten, wären davon überzeugt gewesen. Was mich betrifft, so kann ich nur sagen, daß jedesmal, wenn ich eine Tasse oder ein anderes Stück Geschirr anfasse, dies den Gegenstand aus der Fassung zu bringen scheint, und häufig ist die Folge davon, daß er zu

Bruch geht; und es ist sinnlos, wenn Edelgard mich ermahnt, vorsichtig zu sein, und mir zu verstehen gibt (was sie tut, wenn sie deprimiert ist), daß ich ungeschickt sei, weil ich vorsichtig bin; und was meine vermeintliche Ungeschicklichkeit betrifft, so weiß doch jeder, daß ich das schärfste Auge habe und der beste Schütze in unserem Regiment bin. Aber es geht mir nicht nur bei Tassen so. Wenn ich beim Anziehen (oder Ausziehen) einen Teil meiner Kleidungsstücke oder anderer Dinge, die ich momentan benutze, auf einen Tisch oder einen Stuhl werfe, wie sorgfältig ich auch dabei zu Werke gehe, er fällt unweigerlich entweder sofort herunter oder gleitet nach kurzem Zögern auf den Boden, von wo aus er mich in seiner schieren Hilflosigkeit zu verspotten scheint. Und je mehr ich mich beeilen muß, desto sicherer stellt sich dieses Verhalten ein. Wunderlich? Vielleicht. Aber denken Sie nur an das, was Shakespeare seinen Hamlet dem Horatio ins Ohr flüstern läßt, und lassen Sie mich dem Wunsch Ausdruck verleihen, daß auch Sie das wirklich triumphierende Klappern der Tassen in unserer Speisekammer gehört haben, als wir die Maulwurfshügel überquerten.

Edelgard blieb zurück, weil sie sich schuldig fühlte, und so stellte sie nicht, wie es sonst ihre Art ist, besorgt Rechnungen darüber an, was uns diese Geräusche kosten würden. Einem Mann, der zu einem Urlaub überredet wurde, weil dieser billig sei, mag man seine Besorgnis verzeihen, wenn er feststellt, daß derselbe wahrscheinlich teuer wird. Neben anderen Gedanken beschäftigten mich einige sehr erbitterte über den Besitzer des Feldes, der es, wie ich meine (obwohl ich meine Überzeugung nicht genau belegen kann, da ich ja kein Landwirt bin), alle Regeln der Gesundheit und Nützlichkeit mißachtend, so sehr von Maulwürfen verwüsten ließ. Wenn er seine Pflicht getan hätte, wären meine Tassen nicht zu Bruch gegangen. Die von diesen Tieren aufgeworfenen Erdhügel waren so zahlreich, daß sich während der gesamten Durchquerung zumindest ein Rad der »Elsa« immer auf einem Hügel befand, und manchmal zwei ihrer Räder gleichzeitig auf der Spitze von zweien aufsaßen.

Es ist schade, daß die Leute nicht wissen, was andere Leute über sie denken. Man kann ihnen das leider nicht ins Gesicht sagen, weil es grob unhöflich wäre, aber wenn nur Mittel und Wege ersonnen werden könnten – vielleicht durch einen Marconi des Geistes –, sie davon in Kenntnis zu setzen, ohne es ihnen sagen zu müssen, wie nett und bescheiden würden sie dann alle werden! Mit tierischem Wohlbehagen verleibte sich wahrscheinlich jener Bauer gerade in seinem gemütlichen Wohnzimmer sein Abendessen ein und hatte keine Ahnung, daß ich mich im selben Augenblick durch seinen Acker kämpfte und dabei, oh, hätte er es nur geahnt!, eine solche Schimpfkanonade auf ihn niedergehen ließ, daß jeder Mann, vorausgesetzt, er hätte davon gewußt, erschaudert wäre und auf der Stelle ein neues Leben angefangen hätte.

Mrs. Menzies-Legh hielt mir das hintere Tor auf. Der alte James hatte bereits sein Pferd ausgeschirrt, und als er mich kommen sah, faßte er meines am Zaumzeug und führte es durch. Sodann brachte er es parallel zur »Ailsa« zum Stehen, wodurch die Türen der beiden Wohnwagen auf den Fluß schauten; und mit dem Geschick und der

Behendigkeit eines alten Menschen, der sein Leben lang nichts anderes gemacht hatte, spannte er hierauf mein Pferd aus und ließ es frei.

Mrs. Menzies-Legh zündete sich eine Zigarette an und reichte mir ihr Etui. Dann ließ sie sich in das hohe und sehr feucht aussehende Gras fallen und winkte mir, mich neben sie zu setzen; so saßen wir also gemeinsam da, ich war so müde, daß ich weder ablehnen noch plaudern konnte, während der schmutzige Fluß keinen Meter von uns entfernt zwischen Weidenzweigen träge dahinfloß und Myriaden von Stechmücken in den schräg einfallenden Sonnenstrahlen tanzten.

»Müde?« sagte sie nach einem Schweigen, das sie zweifellos wegen seiner Länge überraschte.

»Todmüde«, sagte ich sehr kurz angebunden.

»Doch nicht im Ernst?« sagte sie, wandte den Kopf, um mich anzuschauen, und legte in gespielter Überraschung die Stirn in Falten.

Das brachte mich auf die Palme. Die Frau war grausam. Denn unter dem gespielten Erstaunen ihrer Augenbrauen sah ich sehr wohl das Lachen in den Augen, und seit der Einführung des Christentums gilt es als Gipfel der Unmenschlichkeit, sich über körperliche Gebrechen lustig zu machen.

Das sagte ich ihr auch. Ich warf die kaum angerauchte Zigarette weg, die sie mir gegeben hatte, da ich keine Lust hatte, weiter eine Zigarette von ihr zu rauchen, und sagte ihr das mit soviel preußischer Gründlichkeit, wie es sich mit gleichzeitig gewahrter tadelloser Höflichkeit eines Ehrenmannes verträgt. Keine Frau (mit Ausnahme meiner eigenen natürlich) soll jemals sagen können, daß ich mich ihr gegenüber nicht wie ein Kavalier benahm; und meine Zuhörer werden mehr denn je von Mrs. Menzies-Leghs unerklärlicher Widerborstigkeit und ihrer verblüffenden Gabe, sich durch nichts auch nur im geringsten beeindrucken zu lassen, überzeugt sein, wenn ich ihnen sage, daß sie mich am Ende einer langen Rede meinerseits, die, wie ich glaube, durchaus eloquent und doch so deutlich war, wie die Rede eines Mannes innerhalb des Rahmens, der ihn stets umgeben sollte, sein kann, dem geschnitzten und vergoldeten und – ich muß es hinzufügen – teueren Rahmen der Höflichkeit des Ehrenmannes, bloß erneut ansah und sagte:

»Lieber Baron, woher kommt es, daß Männer, wenn sie ein bißchen weiter gelaufen sind, als sie eigentlich wollten, oder ein bißchen länger hungern müssen, als ihnen lieb ist, immer so entsetzlich mürrisch sind?«

Da nun die »Ilsa« mit der übrigen Reisegesellschaft heranholperte, konnte ich nicht gleich darauf erwidern.

»Hallo?« sagte Jellaby, als er uns, wie es schien, im Gras ausruhen sah. »Amüsiert ihr euch gut?«

Ich vermute, das ist eine sozialistische Wendung, denn so kurz meine Bekanntschaft mit ihm auch währte, hatte er sie mir gegenüber doch schon dreimal gebraucht. Vielleicht ist das die Art, wie sein Verein Außenstehende an die Existenz seiner öden und freudlosen Vorstellungen von den Verpflichtungen anderer Leute erinnert. Ein Sozialist ist, soweit ich erkennen kann, ein Mensch, der sich nie hinsetzen darf. Wenn er es tut, wird der düstere Gegenstand, den er Gemeinschaft nennt, laut, weil sie meint, daß er sie durch sein Hinsetzen um das betrügt, was er durch seine Arbeit erzeugen würde, wenn er nicht säße. Einmal bemerkte ich (ganz gutmütig) gegenüber Jellaby, daß in einer sozialistischen Welt die Stühleindustrie als erste Konkurs ginge (oder vor die Hunde – wohin ich sagte, daß sie ginge, weiß ich nicht mehr genau) aus Mangel an Leuten, die sich hinsetzten, und er erwiderte ungehalten – aber das war erst zu einem späteren Zeitpunkt der Reise, und ich werde natürlich an passender Stelle darauf zurückkommen.

Mrs. Menzies-Legh stand sofort auf, als er fragte, ob wir uns gut amüsierten, so, als habe sie ein schlechtes Gewissen, und ging hinüber zur Speisekammer ihres Wohnwagens und begann eifrig, Töpfe herauszuzerren; und auch ich, da ich merkte, daß man es von mir erwartete, schickte mich an aufzustehen (denn die englische Gesellschaft ist nach derartig gekünstelten Richtlinien organisiert, daß, sobald eine Frau irgend etwas tut, der Mann zumindest den Anschein erwecken muß, auch etwas zu tun), aber wie ich feststellte, waren meine erschöpften Glieder von dem kurzen Aufenthalt auf dem Gras so steif geworden, daß ich nicht konnte.

Die beiden Undefinierbaren, die gerade vorbeikamen, blieben stehen, um zu gucken.

»Kann ich Ihnen helfen?« sagte die eine, die sie Jumps nannten, als ich einen zweiten, vergeblichen Versuch machte, und trat heran und streckte mir eine magere Hand hin.

»Wollen Sie meinen Arm nehmen?« sagte die andere, Jane, und krümmte einen knochigen Ellenbogen.

»Danke, danke, Kinderchen«, sagte ich mit der einschmeichelnden Herzlichkeit, die man – aus unerfindlichen Gründen – gegenüber den Sprößlingen Fremder heuchelt; und da ich mich gezwungen sah, von ihrer Hilfe Gebrauch zu machen (denn auf Grund fehlender Übung habe ich immer Mühe, von einem flachen Untergrund hochzukommen, und in diesem Fall machte meine Steifheit das Mühsame zur schieren Unmöglichkeit), wurde ich irgendwie auf die Füße gezerrt.

»Danke, danke«, sagte ich wieder und fügte scherzend hinzu, »ich glaube, ich bin zu alt, um auf dem Boden zu sitzen.«

»Ja«, sagte Jane.

Dies kam so unerwartet, daß ich einen leichten Ärger nicht unterdrücken konnte, der sich in Sarkasmus Luft machte.

»Ich bin den jungen Damen sehr verpflichtet«, sagte ich und zog meinen Panama, »daß sie einem armen alten Herrn ihre mildtätige Unterstützung und Hilfe gewährt haben.«

»Oh«, sagte Jumps ernsthaft, zu dickhäutig, um Sarkasmus zu verstehen, »das bin ich gewöhnt. Ich muß ja auch Papa immer auf die Beine helfen. Er ist auch schon sehr alt.«

»Doch sicher«, sagte ich und gab meinem Sarkasmus eine scherzhafte Wendung (aber selbst für Scherze waren sie zu dickhäutig), »sicher nicht so alt wie ich?«

»Ungefähr gleich«, sagte Jumps und betrachtete mich mit ernster Miene.

»Und wie alt«, wandte ich mich an Jane, denn über Jumps ärgerte ich mich zu sehr, »mag wohl der fabelhafte Vater deiner Freundin sein?«

»Oh, um die sechzig oder siebzig oder achtzig«, sagte sie gleichgültig.

VIII

»Die Kinder in England –«, bemerkte ich, als sie Arm in Arm ihres Wegs gegangen waren, zu Lord Sigismund, der mit einem Eimer zum Fluß eilte –, aber er unterbrach mich, indem er mir über die Schulter hinweg zurief:

»Wollen Sie hierbleiben und Feuer machen oder mit uns kommen und für Nachschub sorgen?«

Feuer machen? Aber wozu sind denn die Frauen da? Selbst Hermann, mein Diener, würde rebellieren, wenn er an Clothildes Stelle Feuer machen müßte. Aber, andererseits, für Nachschub sorgen? Über das riesengroße Feld zurück und von Geschäft zu Geschäft laufen auf Füßen, die vor kurzem überhaupt nicht mehr laufen konnten? Und dann, wie ein Esel bepackt mit den Einkäufen, wiederzukommen?

»Verstehen Sie was vom Feuermachen, Baron?« sagte Mrs. Menzies-Legh, die plötzlich hinter mir auftauchte.

»So viel, vermute ich, wie eben ein intelligenter Mensch, der keine Erfahrung hat, davon verstehen kann«, sagte ich unwillig.

»Oh, natürlich verstehen Sie was davon«, sagte sie und drückte mir eine Schachtel Streichhölzer – eine jener enormen englischen Schachteln, die stets unweigerlich meine belustigte Verachtung erregen, denn sie zünden kein einziges Feuer oder keine einzige Kerze mehr an als ihre handlichen kleinen Brüder vom Festland – in die rechte Hand und das rote Taschentuch mit den am Vormittag gekauften Reisern in die linke, »natürlich verstehen Sie was davon. Sie müssen ja während der Kriege bestens damit vertraut geworden sein.«

»Welchen Kriegen?« fragte ich scharf. »Sie meinen doch wohl nicht, daß ich – «

»Oh, waren Sie für Sedan und all das etwa noch zu jung?« fragte sie, als sie quer durch das hohe und sehr grüne Gras auf einen entfernten Graben zulief, und ich merkte, daß sie von mir erwartete, mit ihr zu gehen.

»Ich war so jung«, sagte ich, gereizter, als meine Zuhörer es vielleicht verstehen werden, aber damals war ich völlig erschöpft und daher auch mit meiner Toleranz am Ende, »so jung, daß ich noch nicht einmal das Licht der Welt erblickt hatte.«

»Nicht möglich!« sagte sie.

»Doch«, sagte ich. »Ich feierte meine Geburtstage noch unter den Engeln.«

Dies freilich entsprach nicht ganz der Wahrheit, aber in Gegenwart einer Frau, die ihren *Gotha* zu Hause gelassen hat, läßt man eben gern ein paar Jährchen unter den Tisch fallen, und ich fand, es war eine malerische Vorstellung – ich meine das mit den Geburtstagen und den Engeln.

»Nicht möglich«, sagte sie erneut.

Und was, dachte ich, als wir zusammen weitergingen, soll dieses ganze Gerede über jung und nicht jung? Wenn ein Mann in seinen Vierzigern nicht jung ist, wann ist er es dann überhaupt? Ich habe nie mein Alter verheimlicht, das bei etwa fünf- oder sechsundvierzig liegt, wobei vielleicht noch ein oder zwei Jahre hinzukommen, aber da ich auf Geburtstage wenig achte, mögen es ebensogut ein oder zwei Jahre weniger sein, und die Vierziger werden von allen Leuten dieses Alters allgemein als die eigentliche Blütezeit des Lebens angesehen oder besser gesagt, als der Beginn der eigentlichen Blütezeit, die Zeit, in der sich die letzte Runzel im letzten Blütenblatt endlich zu entfalten beginnt.

Ich hätte wohl angenommen, daß dieser Sachverhalt an mir gut sichtbar sei, deutlich genug für jeden gewöhnlichen Betrachter. Ich habe weder ein graues Haar noch eine Falte. Mein Schnurrbart ist so gleichmäßig blond wie eh und je. Mein Gesicht ist völlig glatt. Und wenn ich meinen Hut aufhabe, besteht zwischen mir und einer Person von dreißig nicht der geringste Unterschied. Freilich bin ich nicht gerade gertenschlank, nicht so schmächtig wie Jellaby, und anders als er durchaus in der Lage, meine Kleider auszufüllen; aber es ist lächerlich, daß sich jene beiden Grünschnäbel auf Grund schierer Breite veranlaßt sahen, mich in dieselbe Kategorie wie einen ehrwürdigen und offensichtlich verkrüppelten Greis zu stecken.

Das liegt vermutlich daran, daß die Kinder in England schlecht erzogen und unterrichtet werden und man ihr Begriffsvermögen in einem rudimentären Stadium verharren läßt. Es muß so sein, denn nur wenige von ihnen tragen Brillen. Offensichtlich wird dort die Erziehung nicht mit einer auch nur annähernd vergleichbaren systematischen Härte betrieben wie bei uns, denn außer an Lord Sigismund habe ich diese künstlichen Sehhilfen bisher noch nirgendwo gesehen, und in Deutschland tragen mindestens zwei Drittel unserer jungen Leute infolge ihres Lerneifers entweder Brillen oder Kneifer. Sie dürfen fürwahr stolz darauf sein. Brillen sind der sichtbare Beweis einer ausschließlich mit Büchern verbrachten Jugend, die gehißte Fahne eines geordneten und fleißigen Lebens.

»Die Kinder in England –«, wandte ich mich eindringlich an Mrs. Menzies-Legh, da ich unbedingt ein paar meiner Einwände gegen selbige einer Dame erläutern wollte, die einem das vermutlich nicht übelnehmen würde, gehörte sie doch zu meinen Landsleuten –, aber auch sie unterbrach mich.

»Dies hier ist die geschützteste Stelle«, sagte sie und deutete auf den trockenen Graben. »Sie werden in dem Wäldchen dort weitere Reiser finden. Sie werden noch etliche brauchen.«

Und sie ließ mich stehen.

Nun ja, ich hatte noch nie in meinem Leben Feuer gemacht. Einen Augenblick lang stand ich sehr unschlüssig da und fragte mich, wie ich damit anfangen sollte. Die anderen, die drüben bei den Wohnwagen so fieberhaft wie Ameisen hin und her eilten, sollten mir nicht nachsagen können, daß ich mich vor der Arbeit drücke, aber bei allem, was man tut, muß man einen Anfang finden, und da es, wie bei allem im Leben, zweifellos verschiedene Möglichkeiten gibt, ein Feuer zu entfachen (die mir alle, wie ich zugeben muß, unbekannt waren), mußte ich eine auswählen.

Jenseits des Grabens stand eine Hecke, und durch eine Lücke in derselben sah ich das Wäldchen, das stellenweise gerodet und zwischen den verbliebenen Baumstümpfen von Farnkraut und Brombeergestrüpp überwachsen war. In diesem sollte ich, wie Mrs. Menzies-Legh sagte, weitere Reiser finden. Als erstes mußten also die Reiser gefunden werden, denn das Taschentuch enthielt nur eine Handvoll; und das war ein mühsames Geschäft zwischen Brombeergestrüpp nach einem Tag ohne Mittagessen und würde sich wahrscheinlich für meine Strümpfe als ruinös erweisen.

Die Grüppchen bei den Wohnwagen schälten gerade die Kartoffeln und putzten Gemüse, das wir am Morgen im Bauernhof unweit von Grips Allmende gekauft hatten, und taten das mit einer Geschwindigkeit, die zeigte, wie der Hunger über die Müdigkeit triumphierte. Jellaby eilte andauernd zu einer kleinen Quelle zwischen dem Farnkraut, um Wasser zu holen. Menzies-Legh und Lord Sigismund waren in der Ferne verschwunden, die zu den Läden führte. Der alte James fütterte die Pferde. Ich sah die beiden Grünschnäbel auf dem Gras sitzen, mit gebeugten Köpfen und roten Wangen in das Zerschneiden des Kohlkopfes vertieft. Mit ungeheurem Tatendrang hatte Mrs. Menzies-Legh begonnen, Kartoffeln zu schälen. Ihre sanftmütige Schwester war – ich beklagte es – mit einer Zwiebel beschäftigt. Nirgendwo, sosehr ich auch Ausschau hielt (denn ich brauchte ihre Hilfe), konnte ich meine Frau entdecken.

Dann sah mich Mrs. Menzies-Legh, als sie den Blick von ihren Kartoffeln hob, bewegungslos dastehen, und sie rief mir zu, daß das Gemüse bald fertig sei für das Feuer, aber sie fürchte, wenn ich mich nicht beeile, werde das Feuer nicht bald fertig sein für das Gemüse; und solcherart genötigt und entgegen meiner ursprünglichen Absicht, leerte ich also die Reiser aus dem Taschentuch in den Graben und versuchte, sie in Brand zu setzen.

Aber sie wollten einfach nicht brennen. Ein Streichholz nach dem anderen flackerte kurz auf und ging dann aus. Es war ein windiger Abend, und ich konnte mir nicht vorstellen, daß ein Streichholz so lange brennen würde, um auch nur einen einzigen Reiser in Brand zu setzen. Ich kniete mich hin und schirmte mit meinem Körper die Reiser vor dem Wind ab. Zwar brannten die Streichhölzer daraufhin bis zum Ende (wo sich meine Finger befanden) nieder, doch die Reiser nahmen ebensowenig Notiz von ihnen, wie wenn sie aus Eisen gewesen wären. Ich verlor die Geduld und äußerte irgend etwas Hörbares und, wie ich fürchte, nicht sehr Schmeichelhaftes über Frauen, die ihre Pflichten vernachlässigen und in abgeschnittenen Röcken über die ehelichen Stränge schlagen; und sofort antwortete Edelgards Stimme von jenseits der Hecke. »Aber *lieber* Otto«, sagte sie, »ist es denn meine Schuld, wenn du das Papier vergessen hast?«

Ich richtete mich auf und schaute zu ihr hin. Sie hatte bereits Reiser gesammelt, denn als sie auf die Lücke zukam und in ihr stand, sah ich, daß sie eine ganze Schürze voll davon hatte. Ich muß sagen, ich staunte über ihren Mut, mir allein gegenüberzutreten, wo sie doch wußte, daß ich ernsthaft ungehalten über sie war und nur auf eine Gelegenheit warten konnte, ihr das zu sagen. Sie jedoch mit der bei Ehefrauen üblichen Gerissenheit nannte mich »lieber Otto«, als sei nichts geschehen, überging meinen Ausruf, den sie bestimmt gehört hatte, und versuchte, mich mit Birkenreisern zu besänftigen.

Ich warf ihr daher einen sehr kalten Blick zu. »Nein«, sagte ich, »ich habe das Papier nicht vergessen.«

Und das entsprach der Wahrheit durchaus, denn um Papier (oder irgend etwas anderes) zu vergessen, muß man zunächst einmal daran gedacht haben, und das hatte ich nicht.

»Vielleicht«, fuhr ich fort, und meine Kälte fiel beim Sprechen unter Null, was bei unseren wohleingerichteten Thermometern (sowohl Celsius als auch Réaumur, aber keiner von ihren idiotischen Fahrenheits) der Punkt ist, wo etwas zu gefrieren beginnt, »vielleicht, da du ja so klug bist, wirst du die Güte haben und selbst Feuer machen. Kritik üben«, fuhr ich mit Nachdruck fort, »kann schließlich jeder. Wir wollen nun, wenn es dir recht ist, die Plätze tauschen, und du sollst deine unbestrittenen Gaben in dieser Angelegenheit zur Anwendung bringen, während ich die Rolle einnehme, die dem weniger Geschickten ansteht, und bloß Kritik übe.«

Dies war natürlich bitter; aber war es nicht eine berechtigte Bitterkeit? Leider werde ich die Stelle beim Vorlesen wohl überspringen müssen, und so werde ich nie das Urteil meiner Freunde zu hören bekommen; aber auch ohne dieses Urteil (und ich weiß sehr gut, wie es ausfallen würde, denn sie haben ja alle Ehefrauen), auch ohne dasselbe kann ich meine Bitterkeit wirklich berechtigt nennen. Außerdem war sie sehr geschickt plaziert.

Edelgard hörte mir schweigend zu und sagte dann nur: »O Otto«, und kam sogleich in den Graben herunter, beugte sich über die Reiser und begann, sie schnell auf ein paar Steinen, die sie auflas, zurechtzulegen.

Ich mochte mich nicht hinsetzen und rauchen, was ich zu Hause tun würde (gesetzt den Fall, es wäre eine Situation denkbar, daß die Ottringels in Storchwerder im Freien Feuer machen), weil Mrs. Menzies-Legh wahrscheinlich sofort aufgeschrien und aufgehört hätte, ihre

Kartoffeln zu schälen, und Jellaby, möchte ich behaupten, seine Eimer abgesetzt hätte und herübergekommen wäre, um zu fragen, ob ich mich gut amüsiere. Nicht daß ich mich für zehn Pfennig um die Meinungen dieser Leute schere, und außerdem mißbillige ich die ganze Einstellung der Engländer gegenüber Frauen aufs entschiedenste; aber ich bin eben ein zartbesaiteter Mensch und glaube, soweit es vernünftig ist, mich an die wohlbekannte Maxime halten zu sollen, sich in Rom so zu benehmen, wie sich die Römer benehmen.

Ich stand daher einfach so da, mit dem Rücken zu den Wohnwagen, und beobachtete Edelgard. Schneller, als ich dies hier niederschreiben kann, hatte sie die Reiser aufgeschichtet, ein bißchen Zeitungspapier zusammengeknüllt, das sie aus ihrer Schürze unter ihnen hervorzog, sie mit Hilfe eines (wie ich erstaunt feststellte) einzigen Streichholzes entzündet, und das Feuer, man höre und staune, knisterte und flackerte hin und her, wie der Wind es trieb.

Kein Beweis, wenn es denn eines weiteren in dieser Hinsicht bedurft hätte, konnte überzeugender dartun, welche Position den Frauen von der Natur zugewiesen ist. Ihre Instinkte sind alle von der Art des Feuermachens, von der Art, die dient und hegt; während der Mann, der edle Träumer, den Bereich im Leben einnehmen soll, wo er Platz hat, Ansehen genießt und nicht gestört wird. Wie sonst sollte er träumen? Und seine Träume könnten nicht Wirklichkeit werden, wenn er sie nicht zuerst geträumt hätte; und alles, was wir an Gutem und Großem und Wohltätigem in der Welt sehen, war einst der Traum eines Mannes, der nicht gestört wurde.

Aber dies ist reine Philosophie; und Sie, meine Freunde, die Sie selbst die Luft atmen, die Ihnen von unseren Hegels und Kants überliefert wurde, die Sie in sie hineingeboren wurden und sie, ob Sie wollen oder nicht, mit allen Ihren Poren von Kindheit an eingesogen haben, Sie brauchen sich nicht das Ottringelsche Echo der Ihnen (bestens) vertrauten Gedanken anzuhören. Wir in Storchwerder sprechen selten über diese Themen, denn wir betrachten sie als selbstverständlich; und ich will an dieser Stelle nicht zu minutiös all das beschreiben, was mir durch den Kopf ging, als ich zusah, wie meine Frau in der grasigen Einöde, zur Stunde, wenn die untergehende Sonne alles mit besonderem Glanz erleuchtet, Reiser auf das Feuer schichtete.

In der Tat gingen mir alle möglichen Dinge durch den Kopf. Es kam mir so merkwürdig vor, hier zu sein; so merkwürdig, daß jene feuchte Wiese mit den hohen Hekken an drei Seiten und den Weiden, die sich über den trägen Fluß neigten, ihrem Wäldchen auf der einen Seite, der kahlen Weite des maulwurfgeplagten Feldes auf der anderen, und so weit das Auge reichte einer weiteren Wiese, die genauso aussah, hinter einer weiteren Reihe genauso aussehender Weiden jenseits des Medway – es kam mir, sage ich, so merkwürdig vor, daß all das seit weiß der Himmel wie vielen Jahren einsam und verlassen hier existierte, an genau der Stelle, auf der Edelgard und ich standen, und während der ganzen Zeit unseres Ehelebens in Storchwerder und meines anderen Ehelebens vor diesem, sozusagen auf seine Beute wartete, wohingegen wir, völlig ahnungslos, nach etlichen Vorbereitungen und Überlegungen schließlich auf dieser

Wiese landeten. Merkwürdig, wie das Leben so spielt. Merkwürdiger noch, wie es dazu kam. Am merkwürdigsten die Unfähigkeit des Menschen, einem solchen Schicksal zu entrinnen. Wenn das das Ziel vieler Jahre sein sollte, so war es gewiß armselig, war es gewiß ein unangemessenes Schicksal. Man hatte mich aus Pommern, einem ungeheuer weit entfernten Ort, wenn man ihn nach seiner Entfernung vom Medway bemißt, hierhergeführt, damit ich am Abend mit nassen Füßen genau an dieser Stelle stand. Da glaubt einer an Prädestination, werden Sie ausrufen? Vielleicht. Während mir diese Überlegungen (und andere solcher Art) durch den Kopf gingen und ich meiner Frau zuschauend, wie sie schweigend das tat, wozu sie geeignet und bestimmt ist, wurde ich ihr gegenüber jedenfalls irgendwie milder gestimmt; ich begann Nachsicht zu üben, mich erweichen zu lassen, zu verzeihen. In der Tat habe ich versucht, meine Pflicht zu tun. Ich bin nicht hart, es sei denn, sie zwingt mich dazu. Ich finde, daß niemand außer einem Ehemann eine Ehefrau führen und ihr helfen kann. Zudem bin ich älter als sie; und habe ich etwa nicht Erfahrung mit Ehefrauen, derer ich immerhin zweie hatte, und eine davon die ungeheuer lange Zeit (manchmal erschien sie mir endlos) von zwanzig Jahren?

Zunächst jedoch blieb ich hart, da ich mir des Vorteils bewußt war, die Zeit für mich wirken zu lassen, ehe ich zur Vergebung schritte; und da Jellaby den von Mrs. Menzies-Legh am Morgen gekauften gußeisernen Schmortopf zu uns brachte – oder vielmehr zog, denn er ist, wie ich bereits gesagt habe, ein schmächtiges Männchen – und dabei auf dem Weg viel von dem Wasser, das er enthielt, verschüttete, sah ich mich genötigt, ihm zu helfen, den Topf aufs Feuer zu bekommen; auf seine Anweisung hin holte ich Steine, um ihn abzustützen, und verbrannte mir dann beträchtlich die Hände, als ich das Ding auf die Steine stellen wollte.

»Bitte plagen Sie sich nicht damit, Baronin«, sagte Jellaby zu Edelgard, als sie das Feuer mit weiteren Reisern füttern wollte. »Das machen wir schon. Sie kriegen ja den Rauch in die Augen.«

Aber würden nicht auch wir den Rauch in die Augen kriegen? Und würden nicht Augen, die nicht an Küchenarbeit gewöhnt sind, mehr brennen als Augen, die diese Art von Tätigkeit zu Hause täglich erlebten? Denn vermutlich qualmen die Küchenherde in Storchwerder zuweilen, und Edelgard war mit Sicherheit diesbezüglich völlig abgehärtet.

»Oh«, sagte Edelgard mit dem reizenden Stimmchen, das sie immer dann anzunehmen weiß, wenn sie mit Leuten spricht, die nicht ihr Mann sind, »es ist keine Plage. Der Rauch macht mir nichts aus.«

»Na, wozu sind wir denn da?« sagte Jellaby. Und er nahm ihr die Reiser, die sie immer noch hielt, aus den Händen.

Wieder schoß mir der Gedanke durch den Kopf, daß Jellaby sich zu Edelgard hingezogen fühlen mußte; ja, alle drei Herren. Dies ist nur ein Beispiel der Aufmerksamkeit, mit der sie überhäuft worden war, seit wir aufbrachen. So unbegreiflich es schien, es war so; und das Unbegreiflichste daran war, daß es dreist in der Gegenwart ihres Mannes geschah. Ich jedoch, der ich weiß, daß einem Fremden nie zu trauen ist, beschloß, wie ich es schon am Vortag entschieden hatte, noch an diesem Abend beim Essen das Gespräch auf die Anzahl von Edelgards Geburtstagen zu bringen.

Aber als das Abendessen nach eineinhalb Stunden Warten kam, war mir vor lauter Erschöpfung der Appetit vergangen. Alle zeigten wir uns äußerst wortkarg. Unsere noch verbliebene Willenskraft war von uns gewichen, wie eine flackernde Kerze im Wind erlischt, als uns bewußt wurde, wie endlos lang Kartoffeln brauchen, bis sie weich sind. Alles war zusammen in den Topf gewandert. Mrs. Menzies-Legh hatte erklärt, dies sei die schnellste und in der Tat einzige Methode, denn die Ölöfen in den Wohnwagen und ihre kleinen Kasserollen hatten am Abend zuvor ihre Unzulänglichkeit zu Genüge bewiesen. Hinfort, sagte Mrs. Menzies-Legh, sollten wir unsere Hoffnung auf den Schmortopf setzen; und als sie das sagte, warf sie die Kartoffeln, die Kohlköpfe, die von ihrer zarten Schwester geschnittene Zwiebel, ein Stück Butter, eine Handvoll Salz und den Speck hinein, den ihr Mann und Lord Sigismund aus dem Dorf mitgebracht hatten. Alles kam zusammen hinein, aber nicht alles kam zusammen heraus, denn nachdem leckere Gerüche unsere Nasen ein Weile genect hatten, stellten wir fest, daß der Kohl und der Speck gar waren, wohingegen die Kartoffeln dem Herumstochern etlicher besorgter Gabeln eigensinnigen Widerstand entgegensetzten und hart blieben.

Um den Schmortopf versammelt hielten wir eine kurze Beratung ab, welchen Weg man am besten einschlagen sollte. Wenn wir den Speck und den Kohl im Topf ließen, würden sie mit Sicherheit zu Brei zerkochen, und vielleicht – welch schrecklicher Gedanke – überhaupt nicht mehr dasein, ehe die Kartoffeln gar wären. Andererseits konnten wir auf die Kartoffeln, die Hauptattraktion unseres Abendessens, unmöglich verzichten. Nach eingehender Erörterung beschlossen wir daher, das herauszunehmen, was bereits durch war, es vorsichtig auf Teller zu legen und ganz zum Schluß wieder in den Topf zu tun, damit es aufgewärmt würde.

So wurde es gemacht, und wir setzten uns rundherum ins Gras, um zu warten. Nun, da wir alle schweigend im Kreis versammelt waren, schien mir der Augenblick gekommen, das Gespräch auf das Thema Geburtstag zu lenken, aber ich merkte, daß ich so geschwächt und der Rest der Gesellschaft so unempfänglich dafür war, daß ich nach einem stockenden Anfang, der keine andere Wirkung zeitigte als ein paar gelangweilte Blicke, notgedrungen abbrechen mußte. Freilich waren unsere Gedanken vollständig aufs Essen konzentriert; und im Rückblick erscheint es mir fast unglaublich, daß jenes dürftige Abendessen ein so lebhaftes Interesse erregen konnte.

Alle saßen wir wortlos da und lauschten dem Brodeln im Topf. Ab und zu schob einer der jungen Männer weitere Zweige darunter. Die Sonne war schon längst untergegangen, und der Wind hatte sich gelegt. Die Wiese schien viel feuchter zu werden, und während unsere Gesichter vom Feuer versengt wurden, fröstelte es uns im Rücken mehr und mehr. Die Damen zogen ihre Schals um sich. Die Herren taten aus Gründen der Behaglichkeit, was sie aus Gründen der Höflichkeit nicht tun würden, und zogen ihre Mäntel an. Ich, der ich meinen

Gummimantel immer bei mir hatte, hing ihn mir um die Schultern, sorgsam darauf bedacht, ihn so weit wie möglich von der Feuersglut fernzuhalten, damit er nicht anfinge zu schmelzen.

Lange vorher hatten die Damen die Tische gedeckt und Stapel von Butterbroten gemacht, und eine von ihnen – ich denke, es war Frau von Eckthum – hatte einen ungekochten Pudding, den sie Schwammpudding nannten, zusammengezaubert aus einigen Keksen mit etwas Sahne und Himbeermarmelade und Brandy, was alles samt dem Speck und mit Ausnahme des Brandys Ergebnisse der Nachschubrequirierung war.

Zu diesen Tischen wanderten unsere Blicke oft hin. Wir waren schließlich nur Menschen, und alsbald, vom Anblick überwältigt, wanderten auch unsere Körper dorthin.

Wir aßen Butterbrot.

Dann aßen wir den Speck und den Kohl, da wir alle der Meinung waren, daß es schade wäre, sie noch kälter werden zu lassen.

Dann aßen wir den Pudding, den sie – denn danach fanden sie ihre Sprache wieder – als Kleinigkeit bezeichneten.

Und dann – und es ist ebenso merkwürdig zu berichten wie schwer zu glauben – kehrten wir zum Schmortopf zurück, und jeder aß von den mittlerweile fertigen und dampfend heißen Kartoffeln; und nie, das kann ich ruhig sagen, hat es je etwas Köstlicheres gegeben.

Später dann, als ich, sehr milde gestimmt durch diese verschiedenen Erfahrungen und eine Tasse fabelhaften, von Edelgard bereiteten Kaffees, aber durchaus der Meinung, mich angesichts der völligen Dunkelheit mit gutem Recht vor der chaotischen Prozedur des Abwaschs zurückziehen zu dürfen, unseren Wohnwagen betrat, begegnete ich dort meiner Frau, die in den Tiefen der gelben Kiste nach Geschirrtüchern suchte.

Ich stand in dem engen Durchgang und zündete mir eine Zigarre an, und als ich mit dem Anzünden fertig war, merkte ich, daß ich mit ihr allein war. In diesen Vehikeln ist man zu keiner Zeit je weit von irgend etwas entfernt, aber in diesem Fall brachte mich die Nähe verbunden mit dem Umstand, daß wir unter uns waren, auf den Gedanken, daß nun der Augenblick gekommen sei für die Worte, die, wie ich beschlossen hatte, sie sich anhören mußte – freundliche Worte, nicht scharf, wie ursprünglich beabsichtigt, aber nötig.

Ich streckte daher meinen Arm aus und wollte in einer Art friedensvorbereitenden Maßnahme sie zu mir heranziehen.

Höchst überrascht – denn Groll hatte bisher nicht zu ihren Schwächen gehört – öffnete ich den Mund, um etwas zu sagen, aber bevor ich dazu kam, sagte sie: »Macht es dir was aus, nicht im Wohnwagen zu rauchen?«

Noch mehr überrascht, ja verblüfft (denn dies war kleinlich), aber entschlossen, mich nicht von meiner Güte abbringen zu lassen, begann ich sanft: »Liebe Frau –«, und wollte fortfahren, als sie mich unterbrach.

»Lieber Mann«, sagte sie, mich doch tatsächlich nachäffend, »ich weiß, was du sagen willst. Ich weiß immer, was du sagen willst. Ich weiß alles, was du jemals sagen kannst und jemals sagst.«

Sie hielt einen Augenblick inne, und dann fügte sie

mit fester Stimme hinzu und sah mir voll in die Augen: »Auswendig.«

Und ehe ich meine Geistesgegenwart irgendwie wiedergewinnen konnte, war sie durch den Vorhang und die Leiter hinunter und mit den Geschirrtüchern in der Dunkelheit verschwunden.

IX

Dies war Rebellion.

Aber noch ehe ich Zeit gehabt hatte, auf Abhilfe zu sinnen, verfiel ich in Bewußtlosigkeit, die Bewußtlosigkeit des tiefen und ausgedehnten Schlafes, der das Los der Wohnwagenfahrer ist. Fast unmittelbar nachdem Edelgard gegangen und ich in meine Koje gefallen war, schlief ich ein, nur noch ein erschöpftes Häufchen schmerzender Glieder, die ich aber gleich darauf nicht mehr spürte, und verharrte in diesem Zustand, bis sie am nächsten Morgen die »Elsa« verlassen hatte.

Daher blieb mir wenig Zeit, über die neue Seite ihres Wesens nachzudenken, die die englische Luft ans Licht brachte; und auch während des ganzen Tages fand ich weder die hierfür nötige Muße noch die geringste Gelegenheit, mit ihr unter vier Augen zu sprechen. Als ich so neben meinem Pferd dahinlief auf breiten und schmalen Straßen, geraden und kurvenreichen Straßen, ebenen und bequemen Straßen und bergigen und beschwerlichen Straßen, die Augen meistens auf den Boden gerichtet, denn, wenn ich aufblickte, sah ich nur Hecken und vor mir das breite Hinterteil der »Ailsa«, das jede Aussicht, die es vielleicht geben mochte, versperrte, als ich, wie gesagt, so dahinlief, merkte ich, wie mich ein Gefühl von Taubheit überkam, eine Art dumpfer Schicksalsergebenheit, die, wie ich beobachtet habe (denn es entgeht mir nichts), der hervorstechende Charakterzug eines Ochsengespanns ist, und mit jeder Meile fühlte ich mich besagten Tieren verwandter.

Das Wetter war an diesem Tag abscheulich. Der Himmel war bleiern und es blies ein starker Wind, der den sandigen Staub heftig aufwirbelte. Als ich beim Aufstehen zwischen den Vorhängen des Fensters hindurchlugte, wirkte alles sehr kalt und jämmerlich, der Medway – ein überaus mürrischer Fluß – schmutziger denn je, die Blätter der Weidenbäume flatterten wild und zeigten ihre grauen Unterseiten. Man konnte nur schwer glauben, daß man wirklich hier und wirklich im Begriff war, in diese Düsternis hinauszutreten, um zu frühstücken, anstatt sich in ein normales Eßzimmer mit einem Ofen und einer Zeitung zu begeben. Aber als ich hinaustrat, stellte ich fest, daß es nicht unerträglich kalt war, obwohl es so aussah, und daß in der Nacht kein Regen das hohe Gras durchnäßt und so unseren Qualen noch eine weitere hinzugefügt hatte.

Sie saßen alle unter den Weiden beim Frühstück, hielten mit der einen Hand ihre Hüte fest und versuchten mit der anderen zu essen, und alle schienen bester Laune zu sein. Edelgard, die für den Kaffee sorgte, ging soeben herum und füllte die Tassen neu, und als ich herauskam, lachte sie doch tatsächlich über irgend etwas, was irgend jemand gerade gesagt hatte. Mir fiel ein, wie wir am Abend zuvor auseinandergegangen waren, und dies berührte mich, gelinde gesagt, seltsam.

Ich legte Wert darauf, sofort um Porridge zu bitten, aber zum Glück hatte der alte James die Milch nicht rechtzeitig gebracht, so daß es keines gab. Davon verschont geblieben, aß ich Corned beef und Marmelade, aber meine Füße waren immer noch wund vom Marschieren am Vortag, und so konnte ich mein Frühstück nicht recht genießen. Das Tischtuch flatterte mir ins Gesicht, und mein Regenmantel wurde beinahe in den Fluß geweht, als ich ihn für einen Augenblick losließ, um nach dem Milchkrug zu greifen, und ich muß sagen, die allgemeine Fröhlichkeit war mir nicht ganz verständlich. Ich amüsiere mich gewiß nicht weniger gern als andere, aber was ist an einem Frühstück auf einer zugigen Wiese schon amüsant, wo alles um einen herum davonflattert und -weht und der Kaffee kalt wird, ehe man ihn zum Munde führen kann? Dennoch waren sie alle fröhlich. Selbst Menzies-Legh, ein grauhaariger, frühzeitig gealterter Mann, ein ganzes Stück älter als ich, wie ich meinen möchte, machte Scherze und lachte über seine Scherze mit den Grünschnäbeln, und Lord Sigismund und Jellaby schilderten fast triumphierend, wie frisch sie sich fühlten nach einem Bad, das sie um fünf Uhr morgens im Medway genommen hatten.

Welch ein Aufenthaltsort um fünf Uhr in der Früh! Es schauderte mich beim bloßen Zuhören. Nun ja, was den einen frisch macht, ist des anderen Tod, und ein Bad in diesem kalten, unwirtlichen Fluß wäre zweifellos mein Tod gewesen. Ich konnte daraus nur schließen, daß, so bläßlich und verhuscht sie nach außen hin wirkten, sie innerlich doch zäh wie Leder sein mußten.

Dies überraschte mich. Nicht, daß Jellaby zäh war,

denn wäre er es nicht gewesen, wäre er wohl auch nicht Sozialist geworden; aber daß der Sohn eines so edlen Hauses wie das Haus von Hereford nicht die dünnste, empfindlichste Haut hatte, die man sich vorstellen konnte, war wirklich erstaunlich. Ohne Zweifel jedoch vereinigte Lord Sigismund gleich einem reinrassigen Rennpferd eine Haut, so dünn wie die einer Frau, und eine durch nichts zu erschütternde Tollkühnheit ins sich. Nichts konnte ihn an diesem Morgen erschüttern, das war ganz klar, denn er saß am Tischende und warf so zufriedene Blicke durch seine Brillengläser auf die Anwesenden und das Essen, als spreche er, unbewußt seiner zukünftigen Berufung folgend, andauernd ein Tischgebet.

Sie mußten allesamt recht früh aufgestanden sein, denn mit Ausnahme der Tassen und Teller, die wirklich noch gebraucht wurden, war alles bereits verstaut. Sogar das Zelt und das, was dazugehörte, lagen fein säuberlich zusammengerollt bereit, um auf die drei Wohnwagen verteilt zu werden. Diese Geschäftigkeit nach dem Vortag war erstaunlich; und noch erstaunlicher war der Umstand, daß ich nichts von dem damit unweigerlich verbundenen Lärm vernommen hatte.

»Wie fühlen Sie sich denn heute morgen?« fragte ich Frau von Eckthum besorgt, als ich sie kurz allein hinter ihrer Speisekammer antraf; ich hoffte, zumindest sie hatte nicht allzu hart gearbeitet.

»Oh, sehr gut«, sagte sie.

»Nicht recht müde?«

»Überhaupt nicht.«

»Ah – die Jugend, die Jugend«, sagte ich und schüttelte scherzend den Kopf, denn sie sah an diesem Morgen wirklich besonders bezaubernd aus.

Sie lächelte, stieg die Stufen zu ihrem Wohnwagen hoch, machte sich mit einem Staubwedel zu schaffen und fing an zu singen.

Einen Augenblick lang fragte ich mich, ob wohl auch sie der frühmorgendliche Kontakt mit dem Medway (an einer Stelle oder Bucht freilich, die weiter weg lag) erfrischt hatte, so ungewöhnlich war dieser Redefluß an ihr; aber ein solch zartes Geschöpf inmitten jener wilden Flut schmutzigen Wassers und vielleicht dagegen ankämpfend konnte ich mir nicht vorstellen. Dennoch, woher diese Munterkeit? Hatte sie nicht am Tag zuvor die gesamte Strecke auf staubigen Straßen zu Fuß zurückgelegt? Konnte es sein, daß auch sie, ungeachtet ihres zarten Äußeren, in Wirklichkeit innerlich zäh wie Leder war? Ich habe so meine Idealvorstellungen von Frauen und glaube, daß irgendwo in mir viel von einem Dichter steckt; und diese Dame hatte etwas an sich, das so wenig zu greifen ist wie der Mondschein, etwas Ätherisches, das sich zuweilen fast schon in Luft aufzulösen schien, so daß ich mich scheute, auf sie ein Adjektiv wie zäh anzuwenden. Doch wenn sie es nicht war, wie konnte sie dann – aber ich schob diese Gedanken entschlossen von mir und begann Vorbereitungen für unseren Aufbruch zu treffen, so mechanisch wie jemand in einem öden, kalten Traum.

Eine häßliche Brücke haben sich die Engländer da über den Medway gebaut. Eine gewaltige grauangestrichene Eisenkonstruktion, über die die breite, staubige Straße führt, und unter der dieser dreckige Fluß hindurchfließt. Hoffentlich sehe ich sie nie wieder, es sei denn im Dienst an der Spitze meines Bataillons. Auf der anderen Seite lag ein Ort mit Namen Paddock Wood, auch der ein ödes Nest, wie mir schien, als ich an jenem Morgen neben meinem Pferd hindurchlief. Die Sonne kam soeben heraus, und der Wind mit seinem unvermeidlichen Staub wurde stärker. Was für ein August, dachte ich; was für ein Klima; was für ein Ort. Ein August und ein Klima und ein Ort, wie man sie nur auf den britischen Inseln findet. In Storchwerder herrschte jetzt gerade die milde Wärme des Spätsommers, die man für die Ernte braucht. Zweifellos auch in der Schweiz, wohin wir um ein Haar gefahren wären, und mit Sicherheit in Italien. War dies eine vernünftige Art und Weise, seine Silberhochzeit zu feiern, indem man sich durch Paddock Wood schleppte, wo niemand Notiz von einem nahm, nicht einmal sie, die die gesetzmäßige Partnerin der Feier war? Die einzige Antwort darauf, als ich mir diese Frage stellte, war ein Mundvoll Staub.

Niemand kam, um neben mir zu laufen, und wenn das keiner tat, war ich sehr isoliert, eingezwängt zwischen der »Ailsa« und der »Ilsa«, unfähig die »Elsa« zu verlassen, die sonst, wie eine Ehefrau, sofort vom rechten Weg abgekommen wäre. Weil ich das Hinterteil der »Ailsa« vor mir hatte, konnte ich nicht sehen, wer mit wem vor mir lief, aber einmal, bei einer scharfen Kurve, bekam ich tatsächlich was zu sehen, und was ich sah, war Frau von Eckthum, die neben Jellaby lief, und Edelgard – man stelle sich das vor – an seiner anderen Seite. Vornübergebeugt, die Hände in den Hosentaschen und die knochigen Schultern bis zu den Ohren hochgezogen, latschte der junge Sozialist dahin und hörte anscheinend Frau von Eckthum zu, die wahrhaftig zu reden schien, denn er wandte kein Auge von ihr und lachte, als lache er über das, was sie sagte. Edelgard stimmte, wie ich feststellen mußte, in das Gelächter ein, so unbekümmert, als habe sie sich nicht das geringste vorzuwerfen. Dann bog auch die »Elsa« um die Kurve, und die Szene verschwand aus meinem Blickfeld; aber als ich über die Schulter einen Blick nach hinten warf, sah ich, daß Lord Sigismund, getreu seiner Abstammung, keinen Schritt vom Pferd der »Ilsa« gewichen war, seine Pfeife rauchte und nur von seinem Hund begleitet wurde.

Hinter Paddock Wood und seiner flachen und öden Umgebung begann die Straße in Serpentinen anzusteigen, sie wurde enger und weniger zugig, und hier und da weitete sich der Blick auf eine grünere, in der Ferne hügeligere Landschaft, die tatsächlich deutlich reizvoller wurde, je weiter wir uns Sussex näherten. Während dieser ganzen Zeit war ich allein vor mich hingelaufen und nach dem langen Marsch am Vortag immer noch zu müde, um entschieden zu protestieren. Ich hätte allen Grund gehabt, heftig empört zu sein über Edelgards hartnäckigen Trotz, allen Grund, wütend zu werden darüber, wie geschickt sie die ganze Verantwortung für unseren Wohnwagen auf mich abwälzte, während sie am Horizont mit Jellaby lebhaft gestikulierte. Es war mir zwar klar, daß die anderen sie nicht das Pferd hätten führen lassen, selbst wenn sie sich dazu erboten hätte, aber sie hätte zumindest neben mir laufen und sich mein Nörgeln anhören können, wenn mir der Sinn danach stand. Indes, ein kluger Mann weiß zu warten. Da er keine Frau ist, läßt er sich Zeit und verdirbt einen Ehekrach nicht dadurch, daß er sich wie wild hineinstürzt. Und wenn sich auch wochenlang keine Gelegenheit ergäbe, lagen nicht Jahre vor uns, die wir in unserer Wohnung in Storchwerder verbringen und die ausschließlich aus Gelegenheiten bestehen würden?

Außerdem taten mir meine Füße weh. Bestimmt hatte Edelgard meine Socken ungeschickt gestopft, denn die gestopften Stellen drückten auf meine Zehen und vermittelten ihnen das Gefühl, als seien die Schuhe zu kurz für sie. Und unentwegt gelangten Steinchen in dieselben, da sie die einzige Stelle, durch die sie hineinkommen konnten, ausfindig machten und mit größter Geschicklichkeit hindurchschlüpften und allmählich mit unangenehmen Zwischenhalten bis unter meine Socken wanderten, wo sie liegenblieben und mir bis zum nächsten Lager Schmerzen bereiteten. Diese äußeren Bedingungen, zu denen man noch das endlose mechanische Sich-dahin-Schleppen hinter der lackierten Rückseite der »Ailsa« hinzurechnen muß, versetzten mich, wie ich schon sagte, in einen Zustand dumpfer, träger Schicksalsergebenheit. Ich protestierte nicht mehr. Ich dachte kaum noch. Ich schleppte mich nur noch dahin.

Am höchsten Punkt der Steigung, an einer Kreuzung von vier Straßen, Vier Winde genannt (warum, wo es doch vier Straßen waren, wissen die Engländer vermutlich besser), begegneten wir einem Motorfahrzeug.

Mit unverschämtem Gehupe kam es um eine Kurve gerast, aber das Hupen erstarb ihm gewissermaßen auf den Lippen, als es sah, was da die Straße versperrte. Es zögerte, hielt an und legte dann respektvoll den Rückwärtsgang ein. Überholen konnte es uns an dieser Stelle nicht, und der Angriff auf solch riesigen Dinger wie Wohnwagen war ein Vorhaben, vor dem sogar Blutrünstigkeit zurückschreckte. Meiner Erinnerung nach war das der einzig angenehme Vorfall an jenem Morgen, und als ich an der Reihe war, an diesem Ding vorbeizulaufen, tat ich das mit durchgedrücktem Kreuz und hoch erhobenen Hauptes und einem geknurrten (doch absolut hörbaren) »Verkehrsrowdies« – dem Ausdruck, den Menzies-Legh am Tag zuvor auf sie angewandt hatte, als er erzählte, wie einer von ihnen eine Frau aus seiner Nachbarschaft über den Haufen gefahren und dann einfach seine Fahrt fortgesetzt hatte, indem er sie auf der Straße leidend zurückließ, was sie zwei Stunden lang tat, ehe der nächste Passant vorüberkam, gerade rechtzeitig, um sie sterben zu sehen. Und sie war eine ganz junge Frau und eine hübsche noch dazu – (»Ich kann nicht erkennen, was das damit zu tun hat«, sagte der einfältige Jellaby, nachdem ich Menzies-Legh als Antwort auf meine Fragen diese Information entlockt hatte.)

Da mir die entsetzliche Geschichte wieder einfiel und ich persönlich diese Fortbewegungsmittel, die ausnahmslos anmaßenden Reichen gehören, aus tiefster Seele verabscheue, bemühte ich mich um eine deutliche Aussprache, als ich »Verkehrsrowdies« murmelte. Die beiden Insassen in Schutzbrillen verstanden mich zweifellos, denn sie fuhren los, und sogar ihre Schutzbrillen schienen zurückzuschrecken und sich zu schämen, und etwas besser gelaunt setzte ich meinen Weg fort, wie es bei einem Menschen der Fall ist, der den Mut gehabt hat, einen Mißstand beim Namen zu nennen.

Auf dem Wegweiser, dessen Schild wir folgten, stand Dundale geschrieben, und als wir uns auf der kurvenreichen Straße abwärts bewegten, wurde die Landschaft bedeutend schöner. Zu unserer Linken schirmten uns Wälder vor dem Wind ab, und zu unserer Rechten erhoben sich mehrere hübsche Hügel. Auf dem Talgrund – einem Talgrund, den wir nur unter größten Mühen erreichten, da der aus losen Steinen bestehende Boden die Knie meines Pferdes zu bedrohen schien, und ich mußte außerdem herumspringen und den Hemmschuh einsetzen und regulieren – entdeckten wir einen Bauernhof. Rechts davon in einer Mulde lag ein Hopfenfeld, und diesem gegenüber erstreckte sich ein günstig gelegenes, wirklich einladendes Feld.

Sonst gab es weit und breit kein Haus. Keinen Pöbel. Keine Eisenbrücke. Keine Esel. Keine Drehorgel. Kornfelder, so reif, daß sie in der vollen Sonne zu liegen schienen, obwohl sich der Himmel überzogen hatte, wechselten sehr wohltuend mit dem Grün von Hopfenfeldern und Waldstücken ab, die sich zwischen den Falten der Hügel hochzogen. Es war eine geschützte Stelle mit einem Bauernhof, der uns bestimmt mit Nahrungsmitteln versorgen konnte, aber ich befürchtete, daß sich meine pedantischen Begleiter, trotz der Erfahrungen vom Vortag, weigern würden, hier das Lager aufzuschlagen, weil es erst ein Uhr war. Daher griff ich zur Selbsthilfe und brachte meinen Wohnwagen vor dem Tor des Bauernhofs zum Stehen. Die »Ilsa« hinter mir mußte somit ebenfalls anhalten; und die »Ailsa«, die gerade um die nächste Kurve rumpeln wollte, wurde durch mein lautes und gebieterisches »Brr« zum Stehen gebracht.

»Ist irgendwas nicht in Ordnung?« fragte Lord Sigismund, von hinten herbeirennend.

»Was ist los?« fragte Menzies-Legh, von vorne herbeirennend.

Merkwürdigerweise nahmen sie Vernunft an; und doch auch wieder nicht merkwürdig, denn ich habe die Beobachtung gemacht, daß, wann immer man im voraus einen unerschütterlichen Beschluß faßt, die anderen schnell nachgeben. Man muß nur wissen, was man will – das ist das ganze Geheimnis; und in einer Welt der Bewegung und des Zauderns ist derjenige, der sich wie ein Fels in der Brandung zu behaupten weiß, der Sieger.

Jellaby (der sich anscheinend für unwiderstehlich hielt) erbot sich freiwillig, zum Bauern zu gehen und die Erlaubnis einzuholen, auf dem Feld lagern zu dürfen, und ich freute mich, als ich sah, daß er offenbar einen so dubiosen Eindruck gemacht hatte, daß der Mann, ehe er etwas bewilligte, mit ihm zurückkam, um herauszufinden, ob die Gesellschaft, die zu diesem sonderbaren Abgesandten gehörte, auch achtbar sei. Vermutlich wäre er zu dem Schluß gekommen, daß dem nicht so sei, wenn er nur die anderen gesehen hätte, denn die Herren waren wieder in Hemdsärmeln; aber als er mich sah, tadellos und vollständig bekleidet, zögerte er nicht länger. Bereitwillig ließ er uns das Feld benutzen, empfahl uns einen bestimmten, niedriger gelegenen Teil desselben wegen seiner Nähe zum Wasser, und wollte dann wieder umkehren und, wie er sagte, sein Mittagessen beenden.

Aber wir, die wir ja auch zu Mittag essen wollten, konnten uns mit etwas so wenig Sättigendem wie einem

Feld nicht zufriedengeben, und fast einstimmig brachten wir das Gespräch auf Geflügel.

Er sagte, er habe keines.

Auf Eier.

Er sagte, er habe keine.

(Mit besorgter Miene) auf Butter.

Er sagte, er habe keine. Und er kratzte sich am Kopf und schaute eine Zeitlang dumm drein, und dann wiederholte er das mit seinem Mittagessen und ging weg.

Ich ging mit ihm.

»Schafft die Wohnwagen aufs Feld, ich werde für Verpflegung sorgen«, rief ich nach hinten und winkte fröhlich mit der Hand; denn die Vorstellung, einen Mann zu begleiten, der sein Mittagessen beenden wollte, stimmte mich noch gebieterischer.

Zwar hat er wahrscheinlich nicht genug für zehn Leute, ging es mir blitzschnell durch den Kopf, als ich neben ihm herlief und seinen Blick von der Seite auf mir ruhen spürte, aber ebenso wahrscheinlich hat er wohl genug für einen. Außerdem freute er sich vielleicht, sein sicherlich einsames Mahl mit einem interessanten Fremden teilen zu können.

Auf der kurzen Strecke vom Weg zum Hintereingang seines Hauses (der Vordereingang war mit Gras und Unkraut zugewachsen) brachte ich das Gespräch gefällig und geschickt auf die Butter und die Eier, die wir kaufen wollten. Dabei schlug ich einen plump vertraulichen Ton an, den man vielleicht treffender als Appell von Mann zu Mann beschreiben könnte.

»Fremd hier?« sagte er, nachdem ich so munter darauf losgeplaudert hatte, und blieb auf der Stufe vor seiner Tür stehen, als wolle er hier von mir Abschied nehmen.

»Ja, und stolz darauf«, sagte ich und zog meinen Hut vor meinem fernen Vaterland.

»Ah«, sagte er. »Über Geschmack läßt sich nicht streiten.«

Dies war enttäuschend, hatte ich doch gedacht, wir seien uns nähergekommen. Im übrigen war es typisch britisch. Ich hätte ihm das auch sofort übelgenommen, wenn nicht beim Öffnen der Tür das nicht beendigte Mittagessen in Form eines überaus appetitanregenden Geruchs nach draußen und mir in die Nase gedrungen wäre. In einem Zimmer mit geschlossenen Fenstern an einem Tisch sitzen zu können und, ohne sich vorher abmühen zu müssen, ein Essen vorgesetzt zu bekommen, das nicht zwischen Teller und Mund kalt wurde, erschien mir in diesem Augenblick so paradiesisch, daß mir fast die Tränen kamen.

»Haben Sie denn niemals – Gäste?« fragte ich stotternd und doch hastig, denn er wollte gerade die Tür schließen, und ich stand ja immer noch draußen.

Er machte große Augen. Rotgesichtig und mehr als beleibt, war er es schon seiner eigenen Sicherheit schuldig, daß er das Mittagessen da drinnen nicht allein beendete.

»Gäste?« wiederholte er einfältig. »Nein, ich habe keine Gäste.«

»Armer Kerl«, sagte ich.

»Ich weiß nichts von einem armen Kerl«, sagte er und wurde noch röter.

»Ja. Armer Kerl. Und armer Kerl deshalb, weil in diesem abgeschiedenen Nest vermutlich keine zu kriegen sind, und so hindert man Sie an der Ausübung der Gastfreundschaft, dieses geheiligten und edlen Brauches.«

»Oh, sind Sie einer von diesen Sozialdemokraten?«

»Sozialdemokraten?« wiederholte ich wie ein Echo.

»Diese Burschen, die umherziehen und uns von Rechten und von Mißständen erzählen, bis wir alle verrückt und unzufrieden werden – und das ist dann auch schon alles«, fügte er, in sich hineinlachend, hinzu, was zugleich verächtlich klang. Und er schloß die Tür.

Erfüllt von der Gewißheit, daß ich mißverstanden worden war, daß auch er mich hocherfreut willkommen geheißen hätte, wenn man ihm nur hätte klarmachen können, daß da einer auf seiner Schwelle stand, der dem Adel der vornehmsten Nation der Welt angehörte und sein Gast sein wollte, und daß eine solche Gelegenheit nach allem menschlichen Ermessen nie wiederkommen werde, klopfte ich heftig an die Tür.

»Lassen Sie mich rein. Ich bin hungrig. Sie wissen ja nicht, wer ich bin«, schrie ich.

»Nun«, sagte er und öffnete die Tür einen Spaltbreit, nachdem ich eine Zeitlang ununterbrochen geklopft hatte und er, wie ich hören konnte, im Zimmer drinnen umhergegangen war, »hier ist ein Viertelpfund Butter für Sie. Mehr habe ich nicht. Sie ist gesalzen. Ich habe keine frische. Ich schicke sie zum Markt, wenn sie fertig ist. Das macht fourpence. Sagen Sie Ihren Leuten, daß sie die bezahlen können, wenn sie die Rechnung für das Feld begleichen.«

Und er drückte mir ein Stück weicher, öliger, auf einem Stück Papier liegender Butter in die Hand und schloß die Tür.

»Mann«, rief ich verzweifelt und rüttelte an der Türklinke, »Sie wissen ja nicht, wer ich bin. Ich bin ein Gentleman – ein Offizier – ein Adliger –«

Er verriegelte die Tür.

Als ich zum Feld zurückkam, merkte ich, daß sich meine Reisegefährten an einer Ecke am anderen Ende desselben niedergelassen und dort unter einer Hecke, so gut es ging, Schutz gesucht hatten. Meine Butter wurde mit (von Jellaby angestimmtem) schallendem Gelächter begrüßt. Gleich darauf begaben sich er und die Grünschnäbel auf eine neue Nachschubbeschaffungsexpedition, auf meinen Rat hin in die entgegengesetzte Richtung, aber alles, was sie zurückbrachten, war das Versprechen eines anderen Bauern, daß man um sechs Uhr früh am nächsten Morgen Hühner bekomme, doch was nützen einem Hühner um sechs Uhr früh am nächsten Morgen? Nun war *ich* mit dem Lachen an der Reihe, und das tat ich auch, aber meine Heiterkeit schien wenig Anklang zu finden, denn die anderen waren nie zur gleichen Zeit zum Lachen aufgelegt wie ich, und so brüllte ich alleine los.

Jellaby, der so tat, als wisse er nicht, warum ich lachte, schaute mich sehr erstaunt an und sagte wie gewöhnlich: »Hallo, Baron, amüsieren Sie sich gut?«

»Natürlich«, sagte ich forsch, »bin ich nicht etwa deshalb nach England gekommen?«

Wir aßen an diesem Tag das, was von unserem Speck übriggeblieben war, und einige restliche Kartoffeln. Vergeblich versuchte man, Bratkartoffeln zu bereiten – »als angenehme Abwechslung«, meinte Lord Sigismund, gut aufgelegt –, aber es wehte ein so starker Wind, daß das Feuer nicht den zum Braten nötigen Hitzegrad erreichte.

Also gaben wir es etwa um drei Uhr auf und aßen die Kartoffeln mit Butter und Speck, der aus irgendeinem Grund, den niemand verstand, halb roh war.

Es war ein schlimmer Tag. Ich hoffe, nie wieder nach Dundale zu kommen. Das Feld, das oben am Abhang trocken und gemäht war, erwies sich in der Ecke, in der wir wegen des Windes unser Lager aufschlagen mußten, als ebenso ungemäht und feucht wie jene Wiese am Medway. Theoretisch stand die Hecke zwischen uns und dem Wind, aber der Wind kümmerte sich nicht um die Hecke. Außerdem gab es dort einen schwärzlich aussehenden Bach, der tief unter einigen Erlen und Brombeersträuchern neben uns träge dahinfloß, und der, wie es schien, von einer giftigen Art von Fliegen oder anderen Tieren unsicher gemacht wurde, denn während wir (zumindest ich) uns noch fragten, wie wir die Stunden bis zum Zubettgehen totschlagen sollten, und was es (falls überhaupt etwas) zum Abendessen geben würde, und uns (zumindest ich) über die bedrückende Größe und das Grün des Felds und über die Art und Weise, wie die drohenden Wolken immer tiefer über unseren Köpfen hingen, Gedanken machten, tauchte der Grünschnabel Jumps auf. Sie kämpfte sich aus dem Bach durch die Brombeerbüsche herauf und schrie, daß sie von irgendeinem unbekannten Tier oder Tieren gestochen worden sei, warf sich ins Gras und wies urplötzlich am ganzen Körper Schwellungen auf.

Alle waren bestürzt, und ich muß sagen, ich war es auch, denn ich habe noch nie etwas gesehen, was der Geschwindigkeit dieser Schwellungen gleichgekommen wäre. Ihr Gesicht und ihre Hände bedeckten sich, schon als sie dalag, mit großen roten Blasen, und nach ihren unzusammenhängenden Bemerkungen zu urteilen geschah dasselbe mit ihren übrigen Körperteilen. Mir kam der Gedanke, daß, wenn man weitere Schwellungen nicht verhindern könne, mit dem Allerschlimmsten gerechnet werden müsse, und ich äußerte meine Befürchtungen gegenüber Menzies-Legh.

»Unsinn«, sagte er, richtig spitz; aber ich überging dies, weil er im Grunde seines Herzens offensichtlich dasselbe dachte.

Man brachte sie in die »Ilsa« und steckte sie, wie man mir sagte, ins Bett; und wenig später, gerade als ich mich darauf gefaßt gemacht hatte, mit den anderen Herren in alle Himmelsrichtungen auf der Suche nach einem Arzt ausgeschickt zu werden, erschien Mrs. Menzies-Legh in der Türöffnung und sagte, Jumps habe zwischen ihren heftigen Kratzorgien hervorstoßen können, daß sie, wann immer sie von etwas gestochen wurde, stets anschwelle, und man könne gar nichts tun, als sie sich ungestört so lange kratzen zu lassen, bis sie wieder zu ihrer normalen Größe zurückgeschrumpft sei.

Ungeheuer erleichtert, denn die Suche nach einem Arzt in Hecken und Gräben hätte mit Sicherheit wenig bewirkt und viel Mühe gekostet, setzte ich mich in einen der drei Stühle, die einigermaßen bequem waren, und verbrachte den Nachmittag damit, daß ich mich mit Jellaby anlegte, wie er gerade kam und ging, und anhaltend und, wie ich hoffe, nicht erfolglos, versuchte, meine Freundschaft mit Lord Sigismund solcherart zu festigen, daß er mich schließlich einladen würde, seine Erlauchte Tante, die Fürstin von Großburg-Niederhausen, zu besuchen.

Die Damen erörteren fleißig, wie man die Genesung des unglücklichen Grünschnabels beschleunigen könne, dessen Schwellungen einfach nicht zurückgehen wollten.

Zum Abendessen gab es nichts außer Ingwer-Keksen.

»Du kannst doch nichts anderes erwarten«, sagte Edelgard, als ich sie (sehr kühl) darüber befragte, »wenn jemand im Haus krank ist.«

»Welchem Haus?« entgegnete ich bissig und, wie ich finde, durchaus verzeihlich.

Ich hoffe, Dundale nie mehr wiederzusehen.

X

Ich möchte jedem meiner Zuhörer, der sich womöglich von meinem Beispiel angespornt fühlt, ernstlich davon abraten, jemals nach Dundale zu fahren. Es ist ein gottverlassenes Nest, ein Ort für Hungerleider, ein Ort, der überdies allzu häufig von einer einzigen, alles bedeckenden grauen Wolke eingehüllt wird, aus der ein dauernder Nieselregen niedergeht, was so siebengescheite Leute wie Jellaby für »Küstennebel« halten – wodurch das Ganze freilich nicht trockener wird.

Vermutlich bin ich recht beschränkt und konnte daher nicht begreifen, warum es hier einen Küstennebel geben sollte, wo es doch keine Küste gab.

»Nun, wir sind ja mittlerweile in Sussex«, sagte Jellaby, als ich etwas in dieser Art äußerte.

»Freilich«, sagte ich höflich, als wenn damit alles klargewesen wäre; aber davon konnte natürlich nicht die Rede sein.

Bis zu diesem Zeitpunkt waren wir zumindest seit der ersten Nacht trocken geblieben. Nun fing es zu regnen an, und Wohnwagenurlaub im Regen ist eine Erfahrung, der man mit seinem ganzen Vorrat an Willensstärke und Philosophie begegnen muß. Dieser Vorrat, wie groß er auch ursprünglich sein mag, geht unweigerlich zur Neige, wenn einem einige Stunden lang Regentropfen in den Hemdkragen gesickert sind. Auch von unten her kriecht die Nässe immer höher herauf, denn watet man nicht in hohem, triefendem Gras herum bei dem Versuch, seinen Haushaltspflichten (sozusagen) nachzukommen? Und falls dann, wenn die Nässe von unten und die Nässe von oben zusammentreffen und der ganze Kerl nur noch ein unglücklicher Schwamm ist, selbiger immer noch Worte wie gesund und herrlich in den Mund nehmen kann, dann, sage ich, ist dieser Mann entweder wirklich ein Stoiker, würdig und reif für das berühmte Faß, oder er ist ein Lügner und ein Heuchler. An jenem Tag hörte ich diese Adjektive oft und teilte ihre Benutzer insgeheim in die entsprechenden Kategorien ein. Ich selbst zog es vor, nichts zu sagen und setzte so dem Treiben des Regens meinen heimlichen Stoizismus entgegen.

Zum ersten Mal war ich froh, die Reise fortsetzen zu dürfen, froh um alles, was nicht darin bestand, durchnäßten Damen beim Zusammenpacken durchnäßter Frühstücksutensilien unter dem durchnäßten Regenschirm zu helfen, den ich mit eifriger Zuvorkommenheit währenddessen über meinen und ihre tropfnassen Köpfe zu halten versuchte. Wie gesund und herrlich die Nässe auch sein mochte, sie machte die Reisegesellschaft wortkarger als die Trockenheit, und unser wiederaufgenommener Fußmarsch verlief fast in vollkommenem Schweigen. Wir zogen weiter in südwestlicher Richtung – der kranke Grünschnabel lag immer noch im Bett und kratzte sich, wie ich aus glaubwürdiger Quelle erfuhr, nach wie vor – durch Kiefernwälder voll nassen Farns und tiefe Düsternis und Nieselregen, bis wir bei einem Ort mit Namen Frant, einer unerklärlichen Eingebung Mrs. Menzies-Leghs folgend, scharf nach Süden bogen. Die unerklärlichen Eingebungen dieser Dame waren das launenhafte Ruder, das uns während der gesamten Tour hierhin und dorthin trieb.

Immer studierte sie Landkarten und lief ständig mit einer solchen unterm Arm dahin, aus der sie uns den Namen der Orte vorlas, an denen wir angeblich gerade waren; und jedesmal wenn wir uns an den Gedanken gewöhnt hatten, kamen wir zu irgendeinem Wegweiser, der genau das Gegenteil besagte und von ganz anderen Orten sprach, Orten, die nach unserer Kenntnis ganz weit weg und in einer völlig anderen Richtung hätten liegen müssen.

»Das macht nichts«, sagte sie dann mit einem Lächeln, das zumindest ich niemals erwiderte, denn ich habe so meine eigene Ansichten, was Weiberregiment angeht, »das eigentlich Entscheidende ist doch, daß wir weiterfahren.«

So fuhren wir denn weiter; und sie war es, wegen der wir nach Frant plötzlich nach Süden bogen und eine recht bequeme Landstraße für die Unwägbarkeiten schmaler, mitunter durch hügeliges Gelände führender Wege aufgaben.

»Wege«, sagte sie, »sind unendlich reizvoller.«

Das glaube ich wohl. Sie sind auch im allgemeinen steiler und so schmal, daß ein Wohnwagen, wenn er erst mal auf einem solchen Weg ist, darauf unter allen Umständen weiterfahren muß, im Vertrauen darauf, daß ihm nichts entgegenkommt, bis er nach vielen Ängsten den sicheren Hafen einer anderen Landstraße erreicht. Dieser Weg lief, tief eingeschnitten, zwischen hohen Hekken dahin und hörte fünf Meilen lang nicht mehr auf, und keiner von Ihnen würde es für möglich halten, wie lange man für solche fünf Meilen braucht, weil keiner von Ihnen weiß – wie sollte er auch? –, was es heißt, Wohnwagen mittels Zugriemen auf eine Anhöhe hinaufzukriegen. Mrs. Menzies-Leghs Sehnsucht nach schönen Ausblicken (die in diesem Fall, ich sage es mit Genugtuung, nicht auf ihre Kosten kam, weil der sogenannte Küstennebel wie ein nasser grauer Mantel um uns hing) hatten wir es zu verdanken, daß wir auf eine Art Gebirgspfad gerieten. Dauernd mußten wir die Zugriemen einsetzen; bei jedem Hügel zogen wir einen Wohnwagen nach dem anderen hoch, ließen ihn allein auf der Spitze stehen und kehrten jeweils mit allen drei Pferden zum nächsten zurück, der in der Zwischenzeit am Fuß des Hügels zurückblieb. Noch nie habe ich eine so endlose Folge von Hügeln erlebt. Wenn das Hantieren mit Zugriemen den Menschen nicht Geduld beibringt, was dann, bitte schön?

Beim ersten Mal, als ich merkte, daß mein Pferd weg und vor die »Ailsa« gespannt war, verfiel ich auf den Gedanken, in die »Elsa« zu steigen und mich auf der gelben Kiste auszustrecken und dort, ruhig rauchend, zu warten, bis das Pferd zurückkäme; aber drinnen stieß ich auf Edelgard, die die Kiste belagerte und Anstalten traf, ihre Strümpfe zu stopfen.

Dies war eine unangenehme Begegnung, denn seit ihrem merkwürdigen Benehmen neulich abends am Medway hatte ich kaum mit ihr gesprochen und da auch nur mit eisigster Höflichkeit; doch da ich entschlossen war, Herr in meinen eigenen (wenn man so will) vier Wänden zu bleiben, hätte ich meinen Vorsatz ausgeführt, wenn da nicht plötzlich Menzies-Leghs Stimme, der, wie ich dachte, den Hügel hinaufgegangen war, von außen ganz in der Nähe zu hören gewesen wäre. Er fragte, wo ich sei.

Mit hastig erhobenem Zeigefinger ermahnte ich meine Frau, Schweigen zu bewahren.

Ob Sie mir nun glauben oder nicht: Sie sah mich an und fragte: »Warum hilfst du eigentlich nicht mit?«, dann öffnete sie das Fenster und rief hinaus, ich sei hier.

»Kommen Sie und helfen Sie uns, Baron«, sagte Menzies-Legh von draußen. »Es ist eine sehr steile Steigung – wir müssen auch von hinten schieben und brauchen jeden, der mithelfen kann.«

»Gewiß«, sagte ich, scheinbar ganz eifrige Geschäftigkeit; aber ich schoß Edelgard einen sehr vielsagenden Blick zu, als ich hinausging.

Sie jedoch tat so, als sei sie in ihre Stopferei vertieft.

»Ihr Sozialisten«, sagte ich zu Jellaby, neben dem ich offenbar schieben sollte, »haltet nichts von der Ehe, oder?«

»Wir – halten nichts – von – Tyrannen«, keuchte er so kurzatmig, daß ich ihn verwundert ansah, da ich selbst recht gut bei Puste war; außerdem, was für eine Antwort!

Ich zuckte mit der ihm zugewandten Schulter und schob schweigend weiter. Oben auf dem Hügel war er so gerötet und außer Atem, daß er nicht sprechen konnte, und den anderen erging es ebenso, während ich ganz frisch und gesprächig war.

»Na, meine Herren«, bemerkte ich scherzend, als ich mitten unter diesen nach Luft schnappenden Männern stand und ihnen zusah, wie sie sich die erhitzte Stirn wischten, »Sie sind ja nicht gerade das, was man in Form sein nennt.«

»Aber Sie, Baron – sind zweifellos –«, prustete Menzies-Legh. »Sie sind – die Ruhe selbst.«

»O ja«, stimmte ich bescheiden zu, »ich habe eine gute Kondition. In unserer Armee haben wir die immer. Jeden Augenblick bereit –«

Ich hielt inne, denn ich hätte beinahe gesagt: »die Engländer zu schlucken«, als mir einfiel, daß wir die zukünftigen Bissen nicht über ihr Schicksal aufklären dürfen.

»Bereit loszuschlagen und zu siegen«, ergänzte Lord Sigismund.

»Europa in die Luft zu jagen«, sagte Jellaby.

»Mobil zu machen«, sagte Menzies-Legh. »Und das mit Fug und Recht.«

»Ganz im Gegenteil«, sagte Jellaby. »Sie wissen doch«, wandte er sich an seinen Gastgeber mit all der Kampfbereitschaft dieser Friedensapostel (der einzig wirklich Ruhige, meine Freunde, war Ihr durchtrainierter und wohlgerüsteter Krieger), »Sie sind doch mit mir einer Meinung, daß Krieg die überflüssigste Sache –«

»Sachte, sachte, junger Mann«, fiel ich ihm ins Wort und warf mich in die Brust, »vergessen Sie nicht, daß Sie sich in der Gegenwart eines seiner Repräsentanten befinden.«

»Laßt uns den nächsten Wohnwagen raufholen«, unterbrach mich Menzies-Legh und drückte mir den Zügel meines Pferdes in die Hand; und fürs erste konnte ich Jellaby nicht in Grund und Boden reden, weil ich beim Abwärtsgehen meine ganze Aufmerksamkeit auf mein Pferd konzentrierte, um zu verhindern, daß es stolperte und mir weiß der Himmel welche Kosten verursachte, wenn seine Knie geschient werden mußten.

Gegen vier Uhr nachmittags hatten wir, durchnäßt und hungrig, die Außenbezirke eines Ortes namens Wadhurst erreicht. Wenn wir den Ort nicht durchqueren und weiterziehen wollten, schien es ratsam, hierzubleiben, denn schon tropfte es von den Lorbeerbäumen eines Herrenhauses hinter ordentlichen Gartenzäunen auf uns herab, als wir vorüberkamen. Zu erschöpft, um einen Versuch zu machen, durch den Ort hindurch in das Land dahinter zu gelangen, wählten wir daher das erstbeste Feld links von der braunen, mit Pfützen übersäten Straße, ein Feld mit gelben Stoppeln, das bei all seiner Nässe eine Spur weniger naß war als eines mit hohem Gras, und wenn auch außer einer baumlosen Hecke nichts darauf stand, was uns den Blicken von möglichen Passanten hätte entziehen können, so hatte es doch ein ungewöhnlich bequem angebrachtes Tor. Welche Bedeutung nun Felder und Tore hatten! Die Bedeutung in der Tat von allem, was normalerweise unwichtig ist – worin, kurz gesagt, die Tragödie der Wohnwagenfahrerei besteht.

Diesmal machte sich das Ehepaar Menzies-Legh auf, den Besitzer zu suchen und um Erlaubnis zu bitten. So tief waren wir schon gesunken – und konnte man noch tiefer sinken? –, daß es nicht unter unserer Würde war, mit dem

Hut in der Hand um Erlaubnis zu bitten, ein paar Stunden lang ein elendes Feld in Beschlag nehmen zu dürfen, und sie oft von ungebildeten, selbstsüchtigen und ungeheuer habgierigen Menschen wie meinem Freund in Dundale zu erbitten, wohingegen nichts so erstrebenswert schien, wie eben diese Erlaubnis zu erlangen.

Während sie weg waren, warteten wir, ein trauriges Häuflein von Fahrzeugen und Menschen, in einer Welt aus Nebel und Matsch. Frau von Eckthum, die mich vielleicht hätte aufheitern können, war fast den ganzen Tag nicht zu sehen gewesen, da sie den kranken Grünschnabel (zweifellos engelsgleich) pflegte. Edelgard und das Kind Jane begaben sich während der Wartepause in die »Elsa« und fingen an, sich gegenseitig Sprachunterricht zu erteilen. Ich lehnte mich gegen das Tor und starrte vor mich hin. Der alte James, ein Bild tropfnasser Geduld, blieb neben dem Kopf seines Pferds stehen. Und Lord Sigismund und Jellaby, als hätten sie immer noch nicht genug Bewegung gehabt, liefen diskutierend auf der Straße hin und her.

Vom Geräusch ihrer sich entfernenden und sich nähernden Schritte abgesehen, herrschte vollkommene Stille. Es fiel ein lautloser Regen. Er prasselte nicht. Und dennoch floß er, so fein er auch war, an den Flanken der Pferde, an den Seiten der Wohnwagen herab und drang, wie ich später entdeckte, durch das grüne Arras-Leinen der »Elsa« und hinterließ vom Dach bis zum Fußboden einen langen schwarzen Streifen.

Was wohl meine Freunde zu Hause gesagt hätten, wenn sie mich damals hätten sehen können? Ohne Dach überm Kopf, ohne die Möglichkeit, sich irgendwohin zurückzuziehen, ohne sich ausruhen zu dürfen. Genau diese drei Mängel, meine ich, machen einen Urlaub im Wohnwagen aus. Hinein können Sie nicht, denn entweder belegt ihn schon Ihre Frau oder, wenn er in Bewegung ist, schießt Jellaby plötzlich zum Fenster hoch und fragt, ob Sie gemerkt hätten, wie Ihr Pferd schwitzt. In jedem Lager gibt es nichts als Arbeit – und ach, meine lieben Freunde, welche Arbeit! Arbeit, die Sie sich in ihren geordneten Lebensverhältnissen nicht träumen lassen würden, Arbeit, nichts als Arbeit, denn man muß ja schließlich essen. Und ohne Arbeit gibt es nichts zu essen. Und dann, wenn Sie gegessen haben, beginnt, ohne die geringste Pause, die geringste Unterbrechung für die nach Mahlzeiten so wohltuende Meditation, da beginnt dann jene schreckliche und verfluchte Tätigkeit, die schrecklichste und verfluchteste aller bekannten Tätigkeiten, der Abwasch. Wie es dazu kommen konnte, daß man ihn nicht von Anfang an den Frauen überließ, begreife ich nicht; sie sind von Natur aus für solche Plackerei geeignet und spüren sie gar nicht; aber da ich mich in der Minderheit befand, war ich machtlos dagegen. Und es gelang mir auch nicht immer, mich davor zu drücken. Wenn wir frühzeitig das Lager aufschlugen, verriet das Tageslicht meine Fluchtbewegungen; und wenn der Abwasch getan war, konnte man nur noch ins Bett gehen. Nun hat aber ein vernünftiger Mann keine Lust, um acht ins Bett zu gehen; doch bei diesem kalten Wetter – wir hätten, sagten sie, ungewöhnliches Pech mit dem Wetter –, selbst wenn es nicht regnete, worin bestand da schon das Vergnügen, im Freien zu sitzen? Vom Freien hatte ich bereits während des Tags genug gehabt: wenn es dann Abend wurde, waren mir das »Freie« und die »frische Luft« geradezu verhaßt. Und es gab nur drei niedrige und bequeme Stühle, in denen sich ein Mann hätte ausstrecken und rauchen können, und diese wurden, ohne daß man sie zuvor einem anderen auch nur angeboten hätte, von den drei Damen belegt. Ich empfand es als eine richtige Palastrevolution, als ich sah, wie Edelgard sich ganz selbstverständlich auf einen setzte, so gleichgültig gegenüber dem, was ich gerade denken mochte, daß sie nicht einmal zu mir herschaute. Wie lebhaft trat mir bei solchen Gelegenheiten mein Lehnstuhl in Storchwerder vor Augen. Er war ihr so heilig, daß sie es in meiner Anwesenheit nie wagte, sich ihm zu nähern, und es meiner festen Überzeugung nach auch niemals wagte, wenn ich weg war, so gut war sie gezogen und so groß ihr Respekt vor mir.

Nun ja, unser deutsches Sprichwort – in dem es um einen deutschen Ehrenmann geht, der sich anschickt, seine (ohne Zweifel) wohlverdiente Urlaubsreise anzutreten – »Wer seine Frau liebt, läßt sie zu Hause«, ist heute noch genauso weise wie an dem Tag, als es aufgeschrieben wurde. Und damals begriff ich allmählich, daß ich am Abend mein Bett in genau demselben Zustand antreffen würde, in dem ich es am Morgen verlassen hatte.

Die Menzies-Legh kehrten lächelnd zurück – ich bitte Sie, sich den Grund dafür zu vergegenwärtigen und die ganze Erbärmlichkeit, die er einschloß –, weil die Frau des Landbesitzers nicht grob gewesen war und ihnen außer der gewünschten Erlaubnis zwei Pfund Würste, die vom Mittagessen übriggebliebenen kalten Kartoffeln, einen Krug Milch, ein Stück Butter und etwas Feuerholz verkauft hatte. Zudem waren sie einem Bäckerkarren begegnet und hatten mehrere Brotlaibe erstanden.

In gewissem Sinne war dies natürlich erfreulich, insbesondere die Kartoffeln, die weder geschält zu werden brauchten noch Geduld erforderten, bis sie weich waren, aber ich gebe zu bedenken, daß es nur ein weiterer Beweis dafür war, wie tief wir schon auf der Stufenleiter der Zivilisation gefallen waren. Wenn ich hier in meinen eigenen vier Wänden an diese Vorkommnisse in der blauen Ferne – wie es Menzies-Legh und Jellaby genannt hätten – denke, wie merkwürdig erscheint es mir da, daß mich Würste und kalte Kartoffeln jemals in Begeisterung versetzen konnten!

Sogleich fuhren wir auf das Feld, hielten uns dicht an die Hecke und machten im Schutz der »Ilsa« (die als letzte einfuhr) unser Feuer. Mir wurde die Aufgabe übertragen, meinen Regenschirm (aufgrund des unglücklichen Umstandes, daß ich der einzige war, der einen solchen mitgebracht hatte) über die Bratpfanne zu halten, während Jellaby die Würste über einer der Feuerstellen briet. Selbst hätte ich mir das nicht gerade ausgesucht, denn während ich die Würste beschirmte, beschirmte ich auch, trotz aller gegenteiligen Bemühungen, Jellaby; und welch eine abnorme Situation für einen Mann von Geburt und Bildung und aristokratischen Ansichten und vielleicht (denn ich bin ein gerechter Mensch) Vorurteilen, die mit Geburt und Bildung einhergehen – edler Geburt meine ich natürlich, da ich keine andere Art von Geburt gelten lasse –, welch eine Situation, dastehen und einem britischen Sozialisten den Rücken trockenhalten zu müssen!

Aber solchen Abnormitäten entgeht man eben nicht,

wenn man mit dem Wohnwagen unterwegs ist; sie treten andauernd auf; und wie sehr man auch versucht, ihnen zu wehren, die Wasser peinlicher Alltagssituationen (peinlich wohlbekannter Situationen) brechen andauernd durch und stellen alle edleren Gefühle auf eine harte Probe. Liebend gern hätte ich dem Regen freien Lauf gelassen auf Jellabys Rücken, aber was wäre dann aus den Würsten geworden? Wie sie sich da unter seiner gebieterischen Gabel gehorsam in der Pfanne drehten und bogen, brachte ich es nicht über mich, ihr wohlklingendes Brutzeln durch einen Regentropfen beeinträchtigen zu lassen. So stand ich da und tat mein möglichstes, froh, daß es mir dank der Abwesenheit meiner Freunde zumindest erspart blieb, mich zu kompromittieren, während die beiden anderen Gentlemen die Kartoffeln über dem Feuer aufwärmten, um sie sodann in Püree zu verwandeln, und die Damen in den Wohnwagen, nach dem Duft zu urteilen, gerade Kaffee kochten.

Trotz des Regens hatte sich ein kleiner Menschenauflauf vor dem Tor gebildet. Der Gesichtsausdruck dieser Leute schwankte zwischen Staunen und Mitleid; aber daran hatten wir uns mittlerweile schon gewöhnt, denn außer an schönen Tagen nahm ihn ein jedes Gesicht, dem wir begegneten, unverzüglich an, es sei denn, das Gesicht gehörte einem kleinen Jungen. Dort zeigte sich dann statt dessen etwas, was Freude zu sein schien, gewiß aber lebhaftes Interesse sein mußte, da letzteres offenbar nicht selten von einem Gedankengang ausgelöst wurde, der den Betreffenden, nachdem wir vorüber waren, dazu veranlaßte, uns irgend etwas nachzurufen und mit Steinen zu bewerfen.

»Sie werden sehen, die sind bald braun«, sagte Jellaby, wie er so über seinen Würsten kauerte und sie mit einer Gabel unermüdlich in der Pfanne hin und her drehte.

»Ja«, sagte ich, »und zudem ein angenehmer Anblick, wenn man hungrig ist.«

»Donnerwetter, ja«, sagte er, »beim Wohnwagenfahren lernt man die Dinge zu schätzen, nicht wahr?«

»Ja«, sagte ich, »wenn es welche gibt.«

Schweigend drehte er sie mit seiner Gabel weiter herum.

»Sie sind sehr rosa«, sagte ich nach ein paar Minuten.

»Ja«, sagte er.

»Glauben Sie, daß so viel – solch unablässige – Bewegung gut für sie ist?«

»Sie müssen aber doch rundherum braun werden.«

»Sie sind jedoch immer noch ganz rosa.«

»Geduld, mein lieber Baron. Sie werden gleich sehen.«

Schweigend sah ich ihm noch ein paar Minuten lang zu.

»Aber schauen Sie doch, wie stur sie rosa bleiben. Wäre es in Anbetracht der fortgeschrittenen Stunde nicht ratsam, meine Frau zu rufen, damit sie das macht?«

»Was! Die Baronin auf diesem nassen Stoppelfeld?« sagte er mit solchem Nachdruck, daß ich den Augenblick für gekommen hielt, den Schlag auszuführen, der schon so lange drohte.

»Wenn eine Dame«, sagte ich sehr deutlich, »vierzehn Jahre lang ohne Unterbrechung kocht – das heißt seit ihrem sechzehnten Lebensjahr –, so darf man ihr es wohl auch mit dreißig überlassen.«

»Ungeheuerlich«, sagte er.

Zuerst dachte ich, er spiele irgendwie auf ihr Alter an und darauf, daß er sie fälschlicherweise für jung gehalten hatte.

»Was ist ungeheuerlich?« wollte ich wissen, da er sonst nichts mehr sagte.

»Warum sollte sie für uns kochen? Warum sollte sie sich der Nässe aussetzen, um für uns zu kochen? Warum sollte irgendeine Frau vierzehn Jahre ununterbrochen kochen?«

»Sie tat es mit Freuden, Jellaby, für das Behagen und das leibliche Wohl ihres Ehemannes, wie es jeder tugendhaften Ehefrau geziemt.«

»Ich glaube«, sagte er, »es würde mir die Kehle zuschnüren.«

»Was würde Ihnen die Kehle zuschnüren?«

»Essen, das durch die ununterbrochene Arbeit meiner Frau bereitet wird. Warum sollte sie wie ein Dienstbote behandelt werden, wenn sie doch weder Lohn bekommt noch das Recht hat zu kündigen und das Haus zu verlassen?«

»Keinen Lohn? Ihr Lohn, junger Mann, ist das Wissen, daß sie gegenüber ihrem Mann ihre Pflicht getan hat.«

»Schäbig, schäbig«, murmelte er und stieß seine Gabel in die Wurst, die er direkt vor sich hatte.

»Und was das Verlassen betrifft, so muß ich schon sagen, ich bin überrascht, daß Sie einen solchen Gedanken mit einer ehrbaren Dame in Verbindung zu bringen wagen.«

Wahrlich, was er da sagte, war so lächerlich und so unausgegoren und zeugte von einer solchen Unerfahrenheit, daß ich in meinem Unwillen den Regenschirm kurz mal so schräg hielt, daß die größeren Tropfen, die sich auf den metallenen Spitzen angesammelt hatten, auf seinen gebeugten und praktisch kragenlosen (er trug ein Flanellhemd mit irgendeinem weichen jämmerlichen Kragen aus demselben Material) Nacken fallen konnten.

»Hallo«, sagte er, »Sie lassen ja die Würste naß werden.«

»Sie haben ja keine Ahnung, Jellaby«, fuhr ich fort, genötigt, den Schirm wieder in seiner ursprünglichen Position zu halten, und mich zu ruhigem Sprechen zwingend, »wovon Sie reden. Was wissen Sie schon von der Ehe? Wohingegen ich mich mit Fug und Recht dazu äußern kann, denn ich habe immerhin schon zwei Frauen gehabt, wie Sie vielleicht nicht wissen, da die im *Gotha Almanach* aufgelisteten Familien wahrscheinlich nicht zu Ihrem Bekanntenkreis gehören.«

Ich habe mich bestimmt geirrt, aber ich bildete mir ein, ihn halblaut murmeln zu hören: »Gott steh ihnen bei«, und ich sagte, natürlich baß erstaunt, sehr kühl: »Wie bitte?«

Aber er murmelte nur etwas Unverständliches über seiner Pfanne vor sich hin, also hatte ich ihm zweifellos Unrecht getan; und da nun die Würste, wie er (nicht ohne einen gewissen Trotz in der Stimme) sagte, fertig waren, was bedeutete, daß sie aus irgendwelchen Gründen allesamt aus ihren Häuten (die immer noch rosa in schlaffen, leblosen Gruppen in der Pfanne herumlagen) getreten und nun nur noch unförmige Klumpen Hackfleisch waren, erhob er sich aus seiner kauernden Haltung, schöpfte sie mit Hilfe eines Löffels auf einen Teller, bat um die weitere Gesellschaft meines Regenschirms und ging dann damit von einem Wohnwagen zum anderen. Zu jedem Fenster hielt er den Teller hoch, während sich die Damen von innen her bedienten.

»Und für uns?« sagte ich schließlich, denn als wir beim dritten gewesen waren, wollte er wieder zum ersten zurückkehren, »und für uns?«

»Uns kriegen gleich was«, erwiderte er – grammatisch kann ich mir das nicht erklären – und hielt den bereits traurig leerer gewordenen Teller zum Fenster der »Ilsa« hoch.

Frau von Eckthum jedoch lächelte und schüttelte den Kopf, und glücklicherweise verschmähte der kranke Grünschnabel noch immer, wie es schien, angeekelt jegliche Nahrung. Lord Sigismund ging mit dem Kartoffelpüree hinter uns her, und dafür, daß sie auf diese Weise bedient wurden, eine Weise, die man nur als dienstfertig bezeichnen kann, ließ sich Edelgard dazu herab, uns durch ihr Fenster Kaffee zu reichen, und Mrs. Menzies-Legh bot uns durch das ihre Butterbrotscheiben an.

Vielleicht wird meinen Freunden aufgefallen sein, mit welch merkwürdiger Ausdauer und Geduld wir Kaffee tranken. Ich höre sie schon fragen: »Warum dieser dauernde Kaffee?« Ich höre sie auch fragen: »Wo war denn der Wein, dieses Getränk für Ehrenmänner, oder das Bier, dieses Getränk für den Mann von echtem Schrot und Korn?«

Die Antwort darauf lautet: nirgends. Keiner von ihnen trank etwas, was geselliger gewesen wäre als Wasser oder jene komische, scheinbar so spritzige Flüssigkeit mit dem verheißungsvollen Namen Ginger-Beer, und allein wollte ich auch nicht trinken. Da gab es zum Beispiel Frau von Eckthum, die zuschaute, und sie hatte schon sehr früh auf der Tour ihr Erstaunen zum Ausdruck gebracht, daß irgend jemand je das trinken wolle, was sie berauschende Getränke nannte.

»Verehrte gnädige Frau«, hatte ich protestiert – sanft freilich –, »Sie möchten doch wohl nicht, daß ein Mann Milch trinkt?«

»Warum denn nicht?« sagte sie; aber selbst wenn sie einfältig ist, tut das ihrer Attraktivität keinen Abbruch.

Auf dem Marsch konnte ich mich oft für zwischenzeitliche Abstinenz dadurch schadlos halten, daß ich in die Gasthöfe hineinging, außerhalb derer meine memmenhaften Reisegenossen ihr Mittagessen mit Bananen und Milch bestritten, und heimlich einen anständigen Humpen Bier trank.

Sie, meine Freunde, werden natürlich fragen: »Warum heimlich?«

Nun, ich war ja in der Minderheit, einer Position, die einem Mann leicht den Elan nimmt, oder zumindest den spontanen Elan – tatsächlich nahm ich ja seit der Fahnenflucht meiner Frau die ganze Minderheit alleine ein; ferner bin ich ein rücksichtsvoller Mensch und tue ungern etwas, was anderen Leuten gegen den Strich geht, da ich sehr wohl weiß, wie mir zumute ist, wenn mir etwas gegen den Strich geht; und schließlich (und dies werden Sie nicht verstehen, denn ich weiß, Sie mögen sie nicht) schaute mir ja immer Frau von Eckthum zu.

XI

In jener Nacht zeigte sich der Regen von einer anderen Seite, tat nicht mehr so, als sei er bloß ein Nebel, und prasselte in laut krachenden Tropfen auf das Dach des Wohnwagens. Er machte einen solchen Lärm, daß ich doch tatsächlich aufwachte. Ich zündete ein Streichholz an und stellte fest, daß es drei Uhr und mein unangenehmer Traum – ich träumte, ich nähme ein Bad – darauf zurückzuführen war, daß Wasser durch den Bretterverschlag kam und mir in regelmäßigen Abständen auf den Kopf plätscherte.

Dies stimmte mich niedergeschlagen. Um drei Uhr morgens hat ein Mann wenig Unternehmungsgeist, und ich kam nicht auf die Idee, mein Kopfkissen ans Fußende des Bettes zu legen, wo es nicht naß war, obwohl mir diese Lösung sofort einfiel, als ich am nächsten Morgen merkte, daß Edelgard es so gemacht hatte. Aber selbst wenn ich darauf gekommen wäre, hätte eines meiner Enden auf jeden Fall naß werden müssen, und wenn auch mein Kopf trocken geblieben wäre, so hätten doch meine Füße (wenn man den Ärzten Glauben schenken darf, die weitaus empfindlicheren Körperteile) die Spritzer abgekriegt. Außerdem war ich diesem neuen Unheil nicht ganz hilflos ausgeliefert: nachdem ich Edelgard zugerufen hatte, daß ich wach sei, und, obwohl sie vermutlich im Zimmer, wenn auch irgendwo im Regen, war – denn es überraschte mich in der Tat –, keine Antwort erhielt, weil sie entweder wegen des schrecklichen Lärms auf dem Dach nichts hören konnte oder weil sie nichts hören wollte oder weil sie schlief, stand ich auf und holte meinen Kulturbeutel (einen neuen und geräumigen), leerte ihn aus und steckte meinen Kopf hinein.

Das nenne ich Einfallsreichtum. Ein Kulturbeutel ist nur eine Kleinigkeit, und an ihn zu denken, ist auch eine Kleinigkeit, aber es waren Kleinigkeiten wie diese, mit denen die großen Schlachten der Weltgeschichte gewonnen wurden und an denen man den Mann erkennt, der das Zeug dazu hätte, entscheidendere Schlachten zu gewinnen, wenn man ihm nur eine Chance gäbe. Manch großer General, manch großer Sieg ist unserem Kaiserreich verlorengegangen, weil es nicht erkannte, welch vielversprechende Begabung in einigen seiner Majore steckt, und infolgedessen deren angemessene Beförderung verschleppte.

Wie der Regen herunterprasselte! Selbst durch den den Schall dämpfenden Kulturbeutel hindurch konnte ich ihn hören. Der Gedanke an Jellaby in seinem nassen Zelt, das in einer solchen Nacht allmählich mit vorrückender Stunde den Boden unter den Füßen verlieren und weggeschwemmt werden würde, hätte mich amüsiert, wenn dadurch nicht unweigerlich auch der arme Lord Sigismund *nolens volens* mit weggeschwemmt worden wäre.

Von diesem Gedanken kam ich dann irgendwie wieder auf meine früheren zurück, und je länger ich wach lag, desto düsterer wurden sie. Ich bin gewiß der loyalste und treuste Sohn des Vaterlandes, den dieses nach allem menschlichen Ermessen je hervorbringen wird, aber welcher Sohn hätte nach einer gehörigen Zeit der Bewährung nicht gern den Ring am Finger, das feinere Gewand, die väterliche Umarmung und die Einladung zum Bankett? Mit anderen Worten (und die Ebene der Gleichnisse verlassend), welcher Sohn möchte nicht gern, nachdem er seine Zeit unter den Hungerleidern von Majoren gedient hat, zu den fetten Kälbern, den Obersten, befördert werden? Vor einiger Zeit habe ich täglich damit gerechnet, und wenn es nicht bald geschieht, besteht die Möglichkeit, daß meine Geduld derartig in Zorn umschlägt, daß ich mich weigere, auf meinem Posten zu bleiben, und meinen Rücktritt einreiche; wenn ich auch gestehen muß, daß ich zuvor ganz gern die Engländer aufs Haupt schlagen würde.

Als ich mich erst einmal auf diese Überlegungen eingelassen hatte, tat ich kein Auge mehr zu und lag die restlichen Stunden der Nacht wach bei einem Lärm, wie ich bisher noch nie einen erlebt hatte. Ich habe das – die Wirkung starken Regens, wenn man sich in einem Wohnwagen befindet – in jenem Abschnitt des Berichts beschrieben, der sich mit der Nacht auf Grips Allmende befaßt, so brauche ich also nur zu wiederholen, daß er am ehesten einem heftigen Bombardement mit ungewöhnlich harten Steinen gleichkommt. Edelgard, falls sie tatsächlich schlief, muß von einer fast beängstigenden Robustheit sein, denn das Dach, auf dem dieses Bombardement niederging, befand sich nur ein paar Zentimeter über ihrem Kopf.

Als die kalte Dämmerung zwischen den Falten unserer Fenstervorhänge hereinkroch und der Lärm keineswegs nachgelassen hatte, begann ich mich sehr ernsthaft zu fragen, wie ich unter solchen Umständen wohl aufstehen und hinausgehen und frühstücken sollte. Da war zwar mein Gummimantel, und ich hatte auch Überschuhe, aber ich konnte vor Frau von Eckthum nicht in dem

Kulturbeutel erscheinen, und doch war er die einzig vernünftige Kopfbedeckung. Aber was nutzten schon Überschuhe bei einer solchen Überschwemmung? Das Stoppelfeld mußte ja mittlerweile ein einziger See sein; kein Feuer konnte darauf brennen, kein Ofen, der nicht weggespült würde. Wäre es nicht besser, falls das Wetter so bleiben sollte, nach London zurückzukehren, Zimmer in irgendeiner wasserdichten Pension zu mieten und die trockenen Räumlichkeiten von Museen aufzusuchen? Natürlich wäre es besser. Besser? War denn nicht alles auf der Welt besser als das Schlimmste?

Aber ach, man hatte mich ja schon im voraus für die »Elsa« bezahlen lassen, und ich hatte die gesamte Verantwortung auf mich genommen, sie und ihr Pferd wohlbehalten zurückzubringen, und selbst wenn ich mich hätte überwinden können, eine Summe, wie ich sie berappt habe, zum Fenster hinauszuwerfen, so kann man doch einen Wohnwagen nicht so einfach liegen lassen, als wäre er das, was unsere Nachbarn jenseits der Vogesen eine bloße Bagatelle nennen. Er ist keine Bagatelle. Im Gegenteil, er ist ein riesiger und komplizierter Mechanismus, den man, wie die arme Schnecke ihr Haus auf dem Rücken, mit sich schleppen muß, wohin man auch geht. Tag und Nacht kommt man von ihm nicht los, wenn man erst einmal losgefahren ist. Wo war jetzt Panthers, Panthers mit seiner freundlichen und hilfsbereiten kleinen Dame? Das wußte allein der Himmel, nach unserem dauernden Zickzackkurs. Allein konnte ich es sicher nicht wiederfinden, denn wir waren nicht nur, den Launen von Mrs. Menzies-Legh gehorchend, kreuz und quer durch die Gegend gefahren, nein, ich war auch die meiste Zeit wie ein Traumwandler dahingelaufen, ohne auf irgend etwas besonders zu achten außer auf mein wachsendes Bedürfnis mich hinzusetzen.

Als es auf sechs Uhr zuging, die Stunde, zu der die übrige Reisegesellschaft gewöhnlich in fieberhafte Geschäftigkeit ausbrach, fragte ich mich grimmig, ob es heute wohl viele Ausrufe geben werde, wie gesund und herrlich alles sei. Es gibt einen Punkt, würde ich meinen, an dem ein Gegenstand oder ein Zustand derart gesund und herrlich wird, daß er keines von beiden mehr ist. Ich zog die Vorhänge meiner Koje zusammen – denn ein Getöse über meinem Kopf sagte mir, daß meine Frau gleich heruntersteigen und sich anziehen werde – und stellte mich schlafend. Schlaf erschien mir ein solch sicherer Hort. Man kann keinen Menschen dazu bewegen aufzustehen und seine Pflicht zu tun, wenn er nicht aufwachen will. Der einzig freie Mensch, ging es mir, die Augen fest geschlossen, durch den Kopf, ist derjenige, der schläft. Meinen Gedankengang etwas weiter verfolgend, erkannte ich mit einem leichten Schrecken, daß wirkliche Freiheit und Unabhängigkeit dann also nur bei denen zu finden sind, die nicht bei Bewußtsein sind – einer Spezies (oder Sekte, nennen Sie es, wie Sie wollen) von Leuten, die mit dem Gesetz nicht in Berührung gekommen sind und über diesem schweben. Und ich tat noch einen Schritt und erkannte mit einem weiteren leichten Schrecken, daß vollkommene Selbstbestimmung, vollkommene Freiheit, vollkommene Befreiung aus den Fesseln der Pflicht nur bei einer Person zu finden sind, die nicht nur ohne Bewußtsein, sondern tot ist.

Dies sind natürlich, wie ich meinen Zuhörern nicht

eigens zu sagen brauche, metaphysische Überlegungen. Ich begebe mich nicht oft in solch unsichere Gewässer, denn ich bin im Grunde ein praktischer Mensch. Aber in diesem Fall waren sie nicht so fruchtlos wie gewöhnlich, denn der Gedanke an einen Menschen, der tot ist, legte zugleich den Gedanken an eine Person nahe, die sich durch eine Krankheit kämpft, die dem Totsein vorausgeht, und auch ein kranker Mensch ist ja bis zu einem gewissen Grad frei – das heißt, niemand kann ihn dazu zwingen, aufzustehen und in den Regen hinauszugehen und seinen Regenschirm über Jellabys Rücken zu halten, während jener seinen gräßlichen Haferflockenbrei zusammenbraut. Ich beschloß, die Gefühle von Unwohlsein, die ich ja wirklich empfand, leicht zu übertreiben und einen Tag Urlaub im Hafen meines Bettes zu nehmen. Sollten sie doch schauen, wie sie mit dem Pferd zurechtkämen: ein Mann im Bett kann kein Pferd führen. Und es wäre nicht einmal eine Übertreibung, denn von jemandem, der die halbe Nacht wach gelegen hat, kann man nicht behaupten, daß er ganz gesund ist. Nebenbei, wenn es darum geht, wer ist schon ganz gesund? Ich würde sagen, keiner. Bestimmt kaum einer.

Und wenn Sie dagegen die Jugend ins Felde führen, was könnte wohl jünger sein und doch von offensichtlichen Qualen geplagt als ein neugeborenes Baby? Kaum jemand, behaupte ich, fühlt sich einen ganzen Tag lang ununterbrochen wohl. Man vergißt es mit Hilfe der schmerzstillenden Mittel als da sind Arbeit oder Geselligkeit oder andere Aufregung; aber nehmen Sie einer Person die Möglichkeiten, irgend etwas zu tun oder irgend jemanden zu treffen, und er wird schnell merken, daß ihm zumindest der Kopf weh tut.

Als daher Edelgard so weit war, daß sie den Wohnwagen in Ordnung brachte, mir meine Kleider zurechtlegte und das Wasser aus dem Fenster schüttete, damit ich mich anziehen konnte, zog ich die Bettvorhänge auseinander, winkte sie heran und gab ihr durch lautes Schreien (denn noch immer prasselte der Regen aufs Dach) zu verstehen, daß ich mich sehr schwach fühle und nicht aufstehen könne.

Sie schaute mich besorgt an, schob den Kulturbeutel hoch – den sie ziemlich dümmlich anstarrte – und legte ihre Hand auf meine Stirn. Ihre Hand fühlte sich heiß an, und ich hoffte, wir würden jetzt nicht beide gleichzeitig krank. Dann fühlte sie meinen Puls. Hierauf sah sie mit einem verwirrten Gesichtsausdruck auf mich herab und sagte – ich konnte es zwar nicht hören, kannte aber die Form von Protest, die ihr Mund annahm: »Aber Otto –«

Ich schüttelte bloß den Kopf und schloß die Augen. Man kann einen Menschen nicht zwingen, die Augen zu öffnen. Schließen Sie sie und Sie schließen die ganze beunruhigende, geschäftige Welt aus und treten ein in eine ruhige Höhle des Friedens, aus der Sie, solange Sie die Augen geschlossen halten, niemand herauszerren kann. Ich spürte, daß sie noch eine Weile stehenblieb und auf mich niederblickte, ehe sie ihren Mantel anzog und sich anschickte, den Naturgewalten die Stirn zu bieten; dann wurde die Tür geöffnet, ein Schwall feuchter Luft drang herein, der Wohnwagen machte einen Ruck, und Edelgard war aufs Stoppelfeld gesprungen.

Nur kurz konnte ich darüber nachdenken, daß sie zunehmend beweglicher wurde und sie vor vier Tagen ebensowenig auf Stoppelfelder oder sonstwohin springen konnte wie andere deutsche Damen aus guter Familie, und wie das Kostüm, das sie in Berlin gekauft hatte und das ihr wie angegossen, ja gerade noch eben, paßte, sich allmählich in ein schlecht sitzendes Kleidungsstück zu verwandeln, immer weiter zu werden, und dort, wo es nicht die geringste Falte geworfen hatte, nun täglich sackartiger an ihr herunterzuhängen schien – ich war außerstande, sage ich, über diese Dinge nachzudenken, weil ich schließlich, völlig erschöpft, einschlief.

Wie lange ich schlief, weiß ich nicht, aber durch heftiges Rumpeln und ruckartige Bewegungen wurde ich sehr unsanft geweckt, und als ich einen hastigen Blick durch meine Vorhänge warf, sah ich, wie eine nasse Hecke hinter dem Fenster vorbeizog.

So waren wir also unterwegs.

Ich legte mich auf mein Kissen zurück und fragte mich, wer wohl jetzt mein Pferd führte. Sie hätten mir zumindest etwas zum Frühstück bringen können. Auch war die Bewegung höchst unangenehm und sehr wahrscheinlich dazu angetan, mir Kopfschmerzen zu verursachen. Aber gleich darauf, nach einem schwindelerregenden Wendemanöver, schloß ich aus dem kurzen Stillstand und dem vielen Gerede, daß wir zu einem Tor gekommen waren, und ich begriff, daß wir das Stoppelfeld hinter uns hatten und nun gleich wieder auf der Straße sein würden. Als wir erst einmal auf dieser fuhren, war die Bewegung nicht unerträglich – nicht annähernd so unerträglich, sagte ich mir, wie im Regen dahinzulaufen; aber es berührte mich doch sehr merkwürdig, daß niemand daran gedacht hatte, mir Frühstück zu bringen, und an meiner Frau war dieses Versäumnis mehr als merkwürdig, es war schlechterdings gesetzeswidrig. Wenn schon Liebe sie nicht an mein Bett führte mit heißem Kaffee und vielleicht ein paar (kurz gekochten) Eiern, warum dann nicht wenigstens die Pflicht? Einem Hungernden ist es schließlich egal, was von beiden sie letztlich dazu veranlaßt.

Mein erster Impuls war, wütend die Klingel zu ziehen, aber er erstarb, als mir einfiel, daß es ja hier gar keine Klingel gab. Der Regen war nun, wie ich sehen konnte, schwächer geworden und in Nieseln übergegangen, und ich hörte, wie sich einige Leute, die offenkundig direkt neben meinem Wohnwagen herliefen, fröhlich unterhielten. Die eine Stimme schien die von Jellaby zu sein, aber wie konnte er nach der Nacht, die er hinter sich haben mußte, fröhlich sein? Und die andere war eine Frauenstimme – kein Zweifel, dachte ich bitter, Edelgards, die sich durch ein tüchtiges Frühstück aufgewärmt und gestärkt hatte und sich keinen Deut darum scherte, daß ihr Ehemann hier, keinen Steinwurf entfernt, dalag wie ein kaltes, vernachlässigtes Grab.

Bald darauf jedoch zogen statt der Hecke Mauern und Tore von Gärten am Fenster vorbei, und dann kamen Häuser, vereinzelt zuerst, aber bald darauf eines unmittelbar nach dem anderen, und ich stützte mich auf meinen Ellenbogen und überlegte und kam zu dem Schluß, daß dies hier Wadhurst sein mußte.

So war es auch. Zu meiner Überraschung hielt der Wohnwagen fast mitten auf der Hauptstraße des Dorfes an, und als ich mich erneut auf den Ellenbogen stützte, mußte ich mich sofort wieder zurücksinken lassen, denn mein Blick fiel auf eine Reihe neugieriger Gesichter, die sich gegen die Scheibe drückten mit Augen, die unverschämt ins Innere des Wohnwagens starrten, zu dem natürlich auch ich gehörte, sobald ich zwischen den Vorhängen der Koje in ihr Gesichtsfeld kam.

Dies war eine sehr peinliche Situation. Wieder suchte ich instinktiv und wütend nach der Klingel, die es nicht gab. Wie lange sollte ich wohl so ausharren auf der Hauptstraße eines Dorfes bei geöffneten Vorhängen, durch die die ganze Einwohnerschaft hereinschaute? Ich konnte nicht aus dem Bett und sie selbst zuziehen, denn ich halte eisern an dem plötzlich außer Gebrauch gekommenen Nachthemd fest, das, dem Himmel sei Dank, während der Stunden der Finsternis noch immer für jeden deutschen Ehrenmann typisch ist: mit anderen Worten, um zu Bett zu gehen, ziehe ich nicht den bei Engländern üblichen Schlafanzug an. Aber in diesem Fall wünschte ich mir, dies getan zu haben, denn dann hätte ich aus meiner Koje springen und die Vorhänge im Nu selbst zuziehen können, und das deutsche Nachtgewand ist nicht weit genug, um in ihm aus Kojen zu springen. Unter diesen Umständen blieb mir nichts anderes übrig, als liegenzubleiben und die Bettvorhänge sorgfältig zusammenzuhalten, bis es meinem lieben Eheweib gefallen würde, mich mit ihrem Besuch zu beehren.

Dies tat sie, nachdem, würde ich sagen, mindestens eine halbe Stunde verstrichen war, und zwar mit der vollkommen gelassenen Miene einer, die sich nichts vorzuwerfen hat. In der einen Hand hatte sie eine Tasse mit dünnem Tee und in der anderen eine kleine Scheibe trockenen Toasts, obwohl sie doch weiß, daß ich Tee nie anrühre, und wie lächerlich es ist, einem kräftigen und verwöhnten Mann eine einzige Scheibe trockenen Toasts zum Frühstück anzubieten.

»Weswegen halten wir eigentlich an?« fragte ich sofort, als sie erschien.

»Wegen des Frühstücks«, sagte sie.

»Was?«

»Wir frühstücken heute im Gasthaus wegen der Nässe. Es ist so hübsch, Otto. Servietten und alles. Und Blumen in der Mitte. Und nichts abzuwaschen hinterher. Wie schade, daß du nicht dabeisein kannst. Geht es dir besser?«

»Besser?« wiederholte ich mit einem Unterton gerechten Zorns in der Stimme, denn die Vorstellung, daß sich die anderen alle amüsierten, bei einem guten Essen auf richtigen Stühlen in einem Zimmer, in das keine frische Luft kam, brachte mich natürlich in Rage. Warum hatten sie es mir nicht gesagt? Warum, um alles in der Welt, hatte *sie* es mir nicht gesagt?

»Ich dachte, du würdest schlafen«, sagte sie, als ich sie nach den Gründen für ihr Versäumnis gefragt hatte.

»Das habe ich auch, aber das –«

»Und ich weiß, daß du nicht gestört werden möchtest, wenn du schläfst«, sagte sie. Eine faule Ausrede, wie ich fand, denn natürlich kommt es darauf an, weswegen man gestört wird – selbstverständlich wäre ich aufgestanden, wenn ich es gewußt hätte.

»Solches Zeug trinke ich nicht«, sagte ich und stieß die Tasse weg. »Warum soll ich von lauwarmem Wasser und trockenem Toast leben?«

»Aber – sagtest du nicht, du seist krank?« fragte sie und heuchelte Erstaunen. »Ich dachte, wenn man krank ist –«

»Bitte zieh die Vorhänge dort zu«, sagte ich, denn die Menschenmenge war ganz Auge und Ohr, »und nimm dieses Zeug da weg. Du solltest lieber«, sagte ich, als die Gesichter ausgesperrt waren, »zu deinem Frühstück zurückkehren. Mach dir keine Gedanken wegen mir. Laß mich allein, krank oder nicht. Es ist egal. Du bist meine Frau und von Rechts wegen verpflichtet mich zu lieben, aber ich stelle keine Ansprüche an dich. Laß mich hier allein und geh wieder zu deinem Frühstück.«

»Aber Otto, ich konnte dir nicht früher Gesellschaft leisten. Das arme Pferd hätte nie –«

»Ich weiß, ich weiß. Denk ruhig zuerst an das Pferd und dann erst an deinen Mann. Denk an alle und alles und dann erst an deinen Mann. Laß ihn hier allein. Kümmere dich nicht drum. Geh zu deinem bestimmt köstlichen Frühstück zurück.«

»Aber Otto, warum bist du denn so schlecht gelaunt?«

»Schlecht gelaunt? Wenn ein Mann krank und vernachlässigt ist und aufzumucken wagt, ist er gleich schlecht gelaunt. Nimm dieses Zeug da weg. Geh zu deinem Frühstück zurück. Ich zumindest bin rücksichtsvoll und möchte nicht, daß deine Omelettes und andere Leckereien kalt werden.«

»Es gibt keine Omelettes«, sagte Edelgard. »Warum bist du so unvernünftig? Willst du das hier wirklich nicht trinken?«

Und wieder hielt sie mir die Tasse mit strohfarbigem Tee hin.

Hierauf drehte ich mich mit dem Gesicht zur Wand, entschlossen durch nichts, was sie sagen oder tun mochte, die Geduld zu verlieren. »Geh«, war alles, was ich sagte und scheuchte sie mit der Hand davon.

Sie verweilte noch einen Augenblick, wie sie es am Morgen getan hatte, dann ging sie hinaus. Draußen nahm ihr irgend jemand die Tasse ab und half ihr die Leiter hinunter, und eine innere Gewißheit, daß es Jellaby war, ließ eine solche Woge gerechten Zorns in mir hochsteigen, daß ich, der ich ja nun von der Menge nicht gesehen werden konnte, aus meiner Bettstatt sprang und mich hastig und wutentbrannt anzuziehen begann. Zudem war, als sie die Tür öffnete, ein überaus appetitanregender Duft in mein Krankenzimmer gedrungen, dessen Herkunft ich zwar nicht kannte, der aber unzweifelhaft etwas mit dem Frühstück im Gasthaus zu tun hatte.

»Da isser ja«, sagte eines der vielen Kinder in der Menschenmenge, als ich angezogen aus dem Wohnwagen trat und mich anschickte, die Stufen hinabzusteigen, »da isser aus'm Bett.«

Meine Miene verfinsterte sich.

»Steht der aber spät auf«, sagte ein anderes.

Meine Miene verfinsterte sich erneut.

»Jetzt sieht er ja ganz anders aus«, sagte ein drittes.

Meine Miene verfinsterte sich noch mehr.

»Nimmt's leicht, nicht wahr«, sagte ein viertes, »obwohl er so tut, als sei er ein armer Zigeuner.«

Ich stieg die Leiter hinunter und bahnte mir mit Ellenbogen und strenger Miene meinen Weg durch die Kinder zur Tür des Gasthofs. Dort blieb ich einen Moment auf der Schwelle stehen und drehte mich zu ihnen um, wobei ich mich bemühte, jedes einzelne mißbilligend ins Auge zu fassen.

»Ich bin krank gewesen«, sagte ich knapp.

Aber in England haben sie weder Ehrfurcht noch Respekt vor einem Offizier. In meiner Heimat würde ich, wenn irgend jemand auf der Straße so zu mir oder über mich zu reden wagte, sofort meinen Säbel ziehen und ihn züchtigen, denn er hätte in meiner Person die Majestät des Kaisers beleidigt, dessen Uniform ich trage; und eine Klage würde ihm nichts nützen, denn kein Beamter würde ihm Gehör schenken. Aber wenn einen in England irgend jemand zur Zielscheibe des Spottes machen möchte, so bleibt man so lange Zielscheibe, bis dem Spötter (mit Verlaub gesagt) sein Spott ausgeht. Selbstverständlich hätte mich die Meute in Wadhurst erkennen müssen. Wie sehr mich auch mein Gummimantel tarnte, es war nicht zu übersehen, daß ich Offizier bin, denn die militärische Haltung ist unverkennbar; aber sie wollten mich einfach nicht erkennen; und als ich mich daher streng und würdevoll an sie wandte und sagte: »Ich bin krank gewesen«, was, glauben Sie, sagten sie dann? Sie sagten: »Yah.«

Momentan dachte ich, etwas überrascht, muß ich gestehen, sie seien mit der deutschen Sprache vertraut, aber ein kurzer Blick auf ihre Gesichter sagte mir, daß es sich wohl um einen englischen und zwar groben Ausdruck handelte. Ich drehte mich auf dem Absatz um und ließ diese Flegel stehen: es ist schließlich nicht meine Aufgabe, einer fremden Nation Manieren beizubringen.

Meine finstere Miene heiterte sich jedoch auf, als ich

den behaglichen Frühstücksraum betrat und mit freundlichen Willkommensrufen und Fragen begrüßt wurde.

Frau von Eckthum machte mir neben sich Platz und bediente mich. Mrs. Menzies-Legh lachte und lobte mich, daß ich so klug gewesen war aufzustehen, anstatt mich meinem Schmerz hinzugeben. Das Frühstück war reichlich und ausgezeichnet. Und ich stellte fest, daß es der stets freundliche und nachdenkliche Lord Sigismund gewesen war, der Edelgard aus dem Wohnwagen geholfen hatte, da Jellaby auf unverfängliche Weise damit beschäftigt war, Ansichtskarten an seine Wähler (wie ich vermute) zu schreiben. Zum Zeitpunkt, als ich meine dritte Tasse Kaffee getrunken hatte – so wohltätig ist die Wirkung dieser gesegneten Bohne –, konnte ich Edelgard stillschweigend verzeihen und mich bereitfinden, über ihr gesamtes Verhalten seit dem Lager am Medway hinwegzusehen und einen Neuanfang zu machen; und als wir gegen elf Uhr den Fußmarsch fortsetzten, eine geschlossene und einträchtige Schar (denn auch die kleine Jumps war an diesem Tag dem Leben und ihren Freunden wiedergegeben), merkten wir, daß der Regen aufgehört hatte und die Straßen mit der ganzen Macht und Schnelligkeit einer wolkenlosen Augustsonne getrocknet waren.

Das war ein angenehmer Fußmarsch. Der beste, den wir je gehabt hatten. Es mag am Wetter gelegen haben, das ebenfalls das beste war, das wir je gehabt hatten, oder an der Landschaft, die auf ihre freundlich anspruchslose Weise unbestreitbar hübsch war – nichts natürlich, was sich mit dem vergleichen ließe, worauf wir vom höchsten Punkt des Rigi herab oder vom Boot auf einem italienischen See geblickt hätten, aber auf ihre Weise recht nett – oder es mag daran gelegen haben, daß Frau von Eckthum neben mir lief oder weil mir Lord Sigismund erzählte, daß wir am nächsten Tag, einem Sonntag, in dem Lager, das wir am heutigen Abend erreichen würden, bis Montag ausruhen und am Sonntag in einem nahe gelegenen Gasthof essen würden, oder vielleicht lag es an allem zusammen, daß ich mich so wohl fühlte.

Man nehme Ärgernisse und Sorgen von mir, und es findet sich kein gutmütigerer Mensch, als ich es bin. Mehr noch, ich kann mich über alles freuen und bin fast immer zu einem Scherz aufgelegt. Es ist das Wissen um meine echte Gutmütigkeit, das mich vor allem aufbringt, wenn Edelgard oder andere Umstände mir eine verdrießliche Laune aufzwingen, die mir im Grunde wesensfremd ist. Ich möchte nicht geärgert werden. Ich möchte nie übellaunig sein. Und es ist, finde ich, von den Leuten grundfalsch, einen Menschen, der das nicht sein will, dazu zu zwingen. Das war einer der Gründe, weshalb ich die Gesellschaft Frau von Eckthums genoß. Sie förderte das Beste in mir zutage, was ich, man verzeihe mir das, das Parfüm meines besseren Selbst nenne, weil es zwar den Hinweis enthält, daß mein besseres Selbst eine Art Blume ist, aber auch besagt, daß sie die wärmende und belebende und Wohlgerüche entlockende Sonne war.

Oben auf einem der Hügel, die wir an diesem Tag hochliefen, befindet sich ein Tauteich (zumindest behauptete Mrs. Menzies-Legh, es sei ein solcher und das Wasser darin überhaupt kein Wasser sondern Tau, obwohl ich ihr natürlich nicht glaubte – welcher vernünftige Mann täte das wohl?), und neben ihm saßen Frau von Eckthum und ich im Schatten einer Eiche, während die drei Pferde hinuntergingen, um den dritten Wohnwagen zu holen. Offiziell paßten wir auf die beiden auf, die bereits oben waren, aber in Wirklichkeit ruhten wir uns an diesem hübschen Plätzchen aus, ohne uns um sie zu kümmern, denn nichts auf der Welt bietet eine sicherere Gewähr, sich nicht von der Stelle zu bewegen, als ein Wohnwagen ohne Pferd. So rasteten wir also, und ich unterhielt sie. Ich weiß wirklich nicht mehr, worüber im einzelnen, aber ich weiß, daß es mir gelang, denn ihre »Ohs« sprudelten nur so hervor und waren so klug plaziert, daß jedes von ihnen Bände sprach.

Sie interessierte sich für alles, aber besonders für das, was ich über Jellaby und seine Theorien sagte, die ich fürchterlich aufs Korn nahm. Mit ernsthaftester Aufmerksamkeit hörte sie sich an, wie ich seine allenthalben irrigen Auffassungen zerpflückte, und war am Ende so offensichtlich überzeugt davon, daß ich mir fast gewünscht hätte, der junge Mann wäre zugegen gewesen, um mich zu hören.

Insgesamt ein angenehmer, kraftspendender Tag; und als wir gegen drei Uhr einen guten Lagerplatz fanden auf einem großen Feld, das nach Norden hin durch ein niedriges Wäldchen und ansteigendes Gelände geschützt war, und sich vor uns zu einem höchst rühmlichen und ausgedehnten Panorama öffnete, regte sich in mir der Verdacht, daß eine Reise im Wohnwagen vielleicht doch gewisse Reize haben mochte.

XII

An diesem Abend aßen wir unter dem Sternenzelt; direkt vor uns senkte sich das Feld zum Sussex Weald, der in rötlichem Dunst lag. Zum Abendessen gab es Huhn mit Reis und Zwiebeln, und es schmeckte vorzüglich. Der Wind hatte sich gelegt, und es war kalt. Es war ein Abend wie in Norddeutschland, wo den ganzen Tag über der Wind pfeift, der bei Sonnenuntergang abflaut, und wo es bei klarem Himmel plötzlich kalt wird.

Dies sind Zitate, die ich bei einem Gespräch zwischen (der an diesem Abend merkwürdig gesprächigen) Frau von Eckthum und Jellaby aufschnappte. Die beiden saßen ganz in der Nähe, als ich mein Abendessen verzehrte, und man hätte meinen sollen, daß auch sie ihres aßen, aber in Wirklichkeit ließen sie es kalt werden, während sie auf den Sussex Weald (gern wüßte ich, was ein Weald ist: Kent hat auch einen solchen) hinabschauten, und Frau von Eckthum ihrem Gesprächspartner die tischebene und für ihre Langweiligkeit hinlänglich bekannte Landschaft um Storchwerder beschrieb.

Ich hätte sie aus Frau von Eckthums Beschreibung wirklich nicht wiedererkannt, und doch kenne ich dort jeden Baum und Strauch bestimmt ebensogut wie sie. Blaue Luft, blauer Himmel, blaues Wasser und das Aufblitzen weißer Vogelschwingen – so beschrieb sie unsere Gegend, und der arme Jellaby fiel total darauf rein und murmelte mit seiner albernen, langsamen Stimme »wunderschön, wunderschön« und vergaß, sein Huhn mit Reis zu essen, solange es heiß war, und wäre wohl kaum auf den Gedanken gekommen, daß sie ein paar Stunden vorher mit mir über ihn gelacht hatte.

    Amüsiert, aber nachsichtig, hörte ich mir das an. Man darf eine schöne Frau nicht allzusehr auf die Wahrheit festnageln. Der erste Absatz dieses Kapitels stammt von ihr (mit Ausnahme eines Satzes), aber meine Zuhörer müssen mir glauben, daß es keineswegs so albern klang wie man annehmen könnte. Es kommt immer darauf an, wer etwas sagt. Wenn Frau von Eckthum auf ihre etwas geschraubte Art unsere klimatischen Verhältnisse beschrieb, hatte das einen sonderbaren Reiz, den ich zum Beispiel an den Äußerungen meiner Frau nicht entdecken konnte, wenn auch sie sich in jener geschraubten Ausdrucksweise erging, was sie damals immer häufiger tat. Geschraubt nenne ich (und andere schlichte Gemüter), wenn man ein Wort wie etwa »wellig« gewaltsam aus seinem natürlichen Zusammenhang reißt und es auf die Ebenen und Felder rund um Storchwerder anwendet. Das Meer ist wellig, aber Felder sind es zum Glück nicht. Völlig zu Recht kann man im Bereich der Küche von einem Wellholz sprechen oder bei einem bestimmten Vogel von einem Wellensittich. Ich weiß natürlich, daß wir uns alle bei entsprechenden Gelegenheiten Ausrufe der Anerkennung wie etwa *kolossal* und *großartig* entlocken lassen; aber das kommt einem ganz automatisch über die Lippen, eher geschäftsmäßig, man erwartet es von uns, es ist eine Art Pflicht, der man sich mit einem Auge auf den Kellner und das Restaurant dahinter schnell und fast mechanisch entledigt. Begeisterungsausbrüche hingegen, die sich derart hinziehen, daß sie gar kein Ende mehr zu nehmen scheinen, breitgetreten gewissermaßen, sind mein Sache nicht und waren bis zum damaligen Zeitpunkt auch Edelgards Sache nicht gewesen. Die Engländer sind oberflächlicher als wir, leichtlebiger, weibischer, zimperlicher. Anders als bei uns gibt es hier an schönen Aussichtspunkten keine Gaststätten oder *Bierhallen*, wo sie ihre Begeisterung in heilsamen Bierfluten ertränken könnten, und da sie diesen natürlichen Dämpfer nicht haben, sprudelt sie endlos weiter. Ja, Jellaby ließ sein Abendessen nicht nur eiskalt werden: vor lauter Eifer, Frau von Eckthums Ausdrucksweise noch zu überbieten, vergaß er es ganz und gar; und dann mußte auch Edelgard unbedingt mit einstimmen und behaupten (ich hörte es mit eigenen Ohren), daß das Leben in Storchwerder fade und beengt sei und man vor lauter Schornsteinaufsätzen den *lieben Gott* nicht sehen könne.

Hochgradig empört (denn ich bin ein gläubiger Mensch), bewahrte ich sie vor weiteren Exzessen, indem ich ihr zurief, sie solle mir nachlegen. Und ohne eine Sekunde nachzudenken, stand sie auf, um mich zu bedienen.

Jellaby jedoch, der anscheinend die Auffassung vertrat, daß eine Frau überhaupt nichts tun soll (ich frage mich, wer dann etwas tun soll?), kam ihr mit der plötzlichen Behendigkeit zuvor, die er bei solchen Gelegenheiten stets an den Tag legte, und die in Verbindung mit seinen Klamotten und seiner sonstigen Lässigkeit so überraschend wirkte, und brachte mir eine frische Portion.

Ich dankte ihm höflich, konnte aber eine leicht ironische Verbeugung nicht unterdrücken, als ich mich entschuldigte, ihn gestört zu haben.

»Soll ich Ihnen den Teller halten, während Sie essen?« sagte er.

»Warum das, Jellaby?« fragte ich, leicht verblüfft.

»Wäre das für Sie nicht noch bequemer?« fragte er; und dann bemerkte ich, daß er verärgert war, zweifellos weil ich die meisten Kissen bekommen hatte, und er, weltfremd wie er nun einmal war, hatte seines meiner Frau überlassen, die pure Verschwendung, denn sie hatte mir immer versichert, daß ihr harte Sitze lieber seien.

Nun, es gab natürlich kaum etwas, was unwichtiger gewesen wäre als Jellabys Verärgerung, so machte ich einfach ein freundliches Gesicht und verzehrte das Essen, das er mir gebracht hatte; aber an diesem Abend kam ich nicht mehr mit Frau von Eckthum ins Gespräch. Unbeweglich saß sie mit meiner Frau und Jellaby am Rande des Abhangs und unterhielt sich mit ihnen in einer Lautstärke, die immer gedämpfter wurde, je mehr die Dämmerung in Nacht überging und je klarer und leuchtender die Sterne am Firmament zu sehen waren.

Alle schienen gedämpfter Stimmung zu sein. Sogar den Abwasch verrichteten sie flüsternd. Und hinterher lagen selbst die Undefinierbaren ganz ruhig ausgestreckt bei der glühenden Asche von Lord Sigismunds prächtigem Feuer und lauschten der Unterhaltung zwischen Menzies-Legh und Lord Sidge, an der ich mich nicht beteiligte, drehte sie sich doch um ihr Lieblingsthema: die Verbesserung der Lebensbedingungen der Armen, die meiner Ansicht nach dieses Interesse keineswegs verdienen.

Ich stellte meinen Teller an eine Stelle, wo ihn irgend jemand sehen und abwaschen würde, zog mich in den Schutz einer Hecke zurück und tröstete mich mit einer Zigarre. Die drei Gestalten am Rande des Abhangs verstummten allmählich fast ganz. Kein Blatt bewegte sich in meiner Hecke. Es war so still, daß man beinahe hören konnte, was die Leute in dem fernen Bauernhof, wo wir uns unsere Hühner beschafft hatten, zueinander sagten, und ein Hund, der weit drunten im Weald bellte, recht bedrohlich nahe schien. Es war wirklich außerordentlich still; und am allerstillsten war jenes seltsame Exemplar einer Engländerin, aufgepropft auf das, was ursprünglich ein solch ausgezeichneter deutscher Stamm gewesen war: Mrs. Menzies-Legh, die ein paar Meter von mir entfernt saß, die Hände um ihre Knie gefaltet, das Gesicht nach oben gewandt, als sei sie gerade in astronomische Studien vertieft.

Eine halbe Stunde lang bewegte sie sich bestimmt nicht. Ihr Profil schien in der Dämmerung weiß aufzuleuchten und erinnerte mich in seinen Konturen irgendwie an die Kamee, die in einer rotsamtenen Dose auf dem Tisch in unserem gemütlichen Wohnzimmer in Storchwerder liegt, und bei der Erinnerung empfand ich einen leichten Stich von Heimweh. Ich schüttelte es ab und versank in ihren Anblick. Einfach so zum Zeitvertreib rekonstruierte ich mir im Geiste aus dem, was von ihr noch übriggeblieben war und vor mir saß, wie sie vor zehn Jahren in der Blüte ihrer Jugend ausgesehen haben mochte, als es zumindest gewisse Rundungen gegeben hatte, zumindest Hinweise darauf, daß es sich hier um eine Frau handelte und nicht um eine Art aufgeschossener Knabe.

Die Form ihres Gesichts ist wirklich immer noch recht passabel; und an dem Abend in der Dämmerung war es nicht minder passabel als jene, die ich an antiken Statuen gesehen habe – Objekte, denen ich nie viel abzugewinnen vermochte. Wahrscheinlich war sie einmal schön gewesen. War schön gewesen? Was ist schon Schönheit? Ein flüchtiger Augenblick im Leben einer Frau, sonst nichts. Frauen, die ihre eigentliche Jugend erst einmal hinter sich haben, können nur noch dadurch Gefallen erregen, daß sie sanftmütig und wortkarg sind, rücksichtsvoll und geschickt – mit einem Wort: reumütig. Wenn sie das nur einsehen und beherzigen wollten, würden sie wahrscheinlich einen besseren Eindruck auf vernünftige Männer wie mich machen. Ich wollte eigentlich mit Mrs. Menzies-Legh nicht streiten, und doch brachte mich ihre Zunge und ihre Art, sie zu gebrauchen, derart auf die Palme (so sagt der Brite), wie es noch keinem der friedlichen Damenkränzchen in Storchwerder gelungen war.

Sie so mucksmäuschenstill und so unbeweglich dasitzen zu sehen, war ungewöhnlich. Trauerte sie vielleicht ihrer verlorenen Jugend nach? Empfand sie Bitterkeit, daß sie in mir kein Interesse wecken konnte, in einem Mann, der keine zwei Meter von ihr entfernt saß, das heißt nah genug für mich, mir die Mühe zu machen, sie in ein Gespräch zu verwickeln? Kein Zweifel. Nun ja – armes Ding. Frauen tun mir leid, aber es ist eben nichts zu machen, da die Natur bestimmt hat, daß sie altern sollen.

Ich stand auf und klopfte die Falten meines Gummimantels aus – ein überaus nützliches Kleidungsstück in dieser feuchten Gegend – und warf das Ende meiner Zigarre weg. »Ich werde mich nun zur Nachtruhe begeben«, erklärte ich ihr, als sie auf mein Rascheln hin den Kopf wandte, »und wenn Sie meinen Rat befolgen, bleiben Sie nicht sitzen, bis Sie Rheumatismus bekommen.«

Sie schaute mich an, als habe sie gar nicht gehört, was

ich gesagt hatte. Bei diesen Lichtverhältnissen sah sie wirklich recht passabel aus: nicht weniger passabel als eine jener Statuen, von denen die Leute so viel Aufhebens machen; und statt leerer Höhlen hatte sie natürlich richtige Augen, die noch dazu durch jene Eckthumsche Besonderheit, die unsinnig langen Wimpern, geziert wurden. Aber ich wußte ja, wie sie bei Tageslicht aussah, ich wußte, wie dürr sie war, und von trügerischen Schatten ließ ich mich nicht täuschen; so sagte ich denn ganz nüchtern, die Gelegenheit zu einer kleinen Spitze ergreifend, um mich ein wenig für ihre wiederholten und ungerechtfertigten Attacken zu rächen, »wenn Sie klug sind, bleiben Sie nicht länger hier sitzen. Es ist feucht, und wir beide sind ja schließlich nicht mehr die Jüngsten.«

Jede normale Frau wäre, so sanft dies auch vorgebracht war, zusammengezuckt. Statt dessen bestätigte sie bloß geistesabwesend, daß es taufeucht sei, und wandte ihr Gesicht wieder den Sternen zu.

»Auf der Suche nach dem Großen Bären, wie?« bemerkte ich und folgte ihrem Blick, als ich meinen Mantel zuknöpfte.

Sie schaute weiter nach oben, bewegungslos. »Nein, aber – sehen Sie nicht? Christus, der mit seinem Ruhm die Himmel erfüllt«, sagte sie – gotteslästerlich und einfältig in einem, und ihr Gesicht war umgeben von dem Licht, das man in Kirchenfenstern sieht, und ihre Stimme wirkte, als sei sie schon fast eingeschlafen.

So eilte ich (Poesie war nun einmal in Mode) meinem Bette zu, und lag eine Weile darin wach, da mir Menzies-Legh leid tat, denn welcher Mann hat schon gern eine Ehefrau, die einem Schauder über den Rücken jagt?!

Aber (zum Glück) *autres temps autres mœurs*, wie unsere wankelmütigen, doch manchmal den Nagel auf den Kopf treffenden Nachbarn jenseits der Vogesen sagen, und am nächsten Morgen wurde die dichterische Ader der Reisegesellschaft Gott sei Dank durch den Haferflockenbrei zum Stocken gebracht.

Nie fehlte er auf dem Frühstückstisch. Die Reisegesellschaft war dann immer merkwürdig ausgelassen, aber nie in Dichterlaune. Die regte sich erst später am Tag, so wie mit der Sonne auch die allgemeine Stimmung sank, und stand immer dann in voller Blüte, wenn Sterne oder der Mond zu sehen waren. An diesem Morgen, unserem ersten Sonntag, blies ein frisches Lüftchen vom Weald herauf und eine wolkenlose Sonne blendete uns, wie sie so auf das weiße Tischtuch schien. Den Tisch hatte irgend jemand – ich nehme an, es war Mrs. Menzies-Legh –, der die Sonne nach Kräften ausnützen wollte, mitten aufs Feld gestellt, und folglich mußten wir beim Essen mit der einen Hand unsere Hüte festhalten und uns mit der anderen die Augen beschatten.

Unbequem? Natürlich war es unbequem. Jemand, der es gern bequem hat, soll ja nie einen Urlaub im Wohnwagen machen. Und auch jemand, der Ordnung und Schicklichkeit schätzt, sollte von einem solchen Urlaub Abstand nehmen; sie mögen es sich von mir gesagt sein lassen, daß man Ordnung und erst recht Schicklichkeit dort vergeblich sucht. Als ein Beispiel hierfür kann ich Ihnen einen Vorfall an jenem Sonntagmorgen erzählen. Ich saß mit den Damen am Tisch, auf einer Sitzgelegenheit, die (wie gewöhnlich) zu niedrig für mich war, und die (ebenfalls wie gewöhnlich) auf dem unebenen Boden wackelte, meine Füße etwas zu kalt im feuchten Gras und mein Kopf etwas zu heiß in der prallen Sonne, und allgemein fühlte ich mich etwas unbehaglich und zerzaust, worin eines der Hauptmerkmale dieser Form von Vergnügen besteht, als ich sah (und das taten auch die Damen), wie Jellaby aus seinem Zelt kroch – in Hemdsärmeln, wenn es Ihnen recht ist –, einen Spiegel auf dem Dach seiner Segeltuchhöhle befestigte und sich ohne weitere Umstände an Ort und Stelle, mitten auf dem Feld, das Gesicht einseifte und danach rasierte.

Natürlich schlug Edelgard, eingedenk ihrer früheren Erziehung, sofort die Augen nieder und bemühte sich, während der restlichen Mahlzeit nicht hinzuschauen, aber sonst schien niemand daran Anstoß zu nehmen. Ja, Mrs. Menzies-Legh holte doch tatsächlich ihren Photoapparat heraus, stellte ihn mit bedächtiger Sorgfalt ein und machte einen Schnappschuß von Jellaby!

Verloren denn diese Leute mit der Zeit jegliches Gefühl für die Regeln und notwendigen Vorsichtsmaßnahmen zivilisierten Umgangs? Die Gewohnheit der Herren, in Hemdsärmeln herumzulaufen, hatte stumme Empörung in mir erregt, und ich konnte mich noch immer nicht daran gewöhnen; aber mit ansehen zu müssen, wie sich Jellaby auf offenem Feld anzog, das ging nun doch etwas über das hinaus, was ich schweigend ertragen konnte. Denn wenn, fragte ich mich blitzartig, Jellaby sich morgens im Freien anzieht (rasieren gehört ja schließlich zum Anziehen), was soll ihn dann daran hindern, abends das Gegenteil zu tun? Wo ist die Grenze? Wo ist die logische Grenze? Wir waren nun seit drei Tagen unterwegs und schon soweit gekommen. Wohin würden wir wohl, dachte ich, in weiteren sechs Tagen kommen? Wohin würden wir, sagen wir mal, am nächsten Sonntag gekommen sein?

Ich halte Freizügigkeit im häuslichen Leben nicht für erstrebenswert und gehöre zu denen, die jenes schlimmste Beispiel derselben, das gemeinsame Baden oder *Familienbad*, zutiefst mißbilligen, durch das unsere ansonsten ehrbaren Strände mit praktisch unbekleideten Menschen beiderlei Geschlechts besudelt werden. Nie habe ich Edelgard gestattet, sich diesem fragwürdigen Vergnügen hinzugeben, und auch ich habe es mir nie gegönnt. Es ist ein beklagenswertes Schauspiel. Wir saßen immer da und sahen es uns stundenlang an, mit wachsendem Entsetzen und Abscheu – manchmal konnte man nur mit Mühe Stühle bekommen, so viele von unseren Freunden waren da, die ebenfalls Abscheu empfanden.

Jellaby konnte man zwar alles mögliche nachsagen, denke ich, aber zu dieser Schändlichkeit, die allem die Krone aufsetzte, hatte er es bis zum damaligen Zeitpunkt denn doch noch nicht gebracht.

Aber daß er sich vor den Augen der übrigen Gesellschaft so schamlos benahm, war ganz unverzeihlich.

»Gibt es denn keine Hecken hier auf dem Feld?« rief ich empört und sarkastisch, indem ich nacheinander demonstrativ auf die vier Hecken blickte und meine Stimme erhob, so daß er mich verstehen konnte.

»Aber, lieber Baron, es ist doch Sonntag«, sagte Mrs. Menzies-Legh, nun keine recht hübsch aussehende, wenn auch respektlose Kamee in einer samtenen Schachtel mehr, sondern erfüllt von morgendlichem Kampfgeist. »Haben Sie heute mal keine schlechte Laune. Heben Sie sich die bis morgen auf, denn was werden Sie sonst am Montag machen?«

»Gewiß ebenso wie heute zu unterscheiden wissen, was sich schickt und was nicht«, lautete meine prompte Retourkutsche.

»Oh, oh«, sagte Mrs. Menzies-Legh, wobei sie den Kopf schüttelte und lächelte, als rede sie mit einem Kind oder einem Schwachsinnigen; und sie richtete ihren Photoapparat auf mich und machte ein Bild von mir.

»Warum bitte«, fragte ich mit berechtigter Wut, »sollte ich mich wohl ohne mein Einverständnis photographieren lassen?«

»Weil«, sagte sie, »Sie so ein herrlich mürrisches Gesicht machen. Ich möchte Sie so in meinem Photoalbum haben. Sie haben eben genauso geguckt wie ein Baby, das ich kenne.«

»Welches Baby?« fragte ich stirnrunzelnd und wußte nicht, welchen Ton ich nun anschlagen sollte. Und da war Edelgard, ganz Ohr; und wenn eine Frau miterlebt, wie ihr Ehemann von einer anderen Frau respektlos behandelt wird, ist es da nicht sehr wahrscheinlich, daß sie bald selbst damit anfängt? »Welches Baby?« fragte ich, fühlte aber, daß meine Reaktion nicht richtig war.

»Oh, ein durchaus ansehnliches Baby«, sagte Mrs. Menzies-Legh unbekümmert, legte ihre Kamera weg und frühstückte weiter, »aber reizbar und fordernd, wenn es um Dinge wie Flaschen geht.«

»Aber ich sehe nicht, was ich mit Flaschen zu tun hätte«, sagte ich verärgert.

»O nein – das haben Sie nicht. Es schaut nur seine Amme genauso an, wie Sie gerade geschaut haben, wenn das Fläschchen nicht pünktlich kommt oder nicht richtig voll ist.«

»Aber ich schaue doch seine Amme gar nicht an«, sagte ich ärgerlich, und wurde noch ärgerlicher, als alle (meine Frau eingeschlossen) lachten.

Unvermittelt stand ich auf. »Ich will jetzt rauchen«, sagte ich.

Kaum hatte ich meinen Satz beendet, da begriff ich natürlich, was sie mit der Amme meinte, aber es ist unverzeihlich, über einen Mann zu lachen, weil er nicht sofort dem Sinn (oder besser gesagt, Unsinn) einer kindisch dahinplätschernden Konversation folgen kann. Ich bin der letzte, der nicht gern über wirklich amüsante Redensarten oder Begebenheiten lacht, aber da ich weder eine Redensart noch eine Begebenheit bin, kann ich nicht erkennen, warum man über mich lachen sollte. Ist es etwa erwachsener Männer und Frauen nicht unwürdig, übereinander zu lachen, wie es dumme Kinder tun? Es bedeutet das Ende der guten Manieren im gesellschaftlichen Umgang, das Ende der Höflichkeit, durch die sich Leute aus guter Familie immer vom gemeinen Volk unterscheiden sollten. Aber die ganze Reisegesellschaft (mit Ausnahme meiner Person) wurde von einem kindischen Geist erfaßt, der mit jedem Tag an Stärke zu gewinnen schien, einem Geist von unsinniger Fröhlichkeit und Ausgelassenheit, der, wie ich glaube, für sehr kleine und sehr gesunde Kinder charakteristisch ist. Selbst Edelgard wurde täglich alberner, wie eine dumme Gans, würden wir sagen, fiel täglich mehr auf das Niveau herab, auf dem sich anfangs nur die Undefinierbaren bewegt hatten, jenes Niveau, auf dem man anfängt, idiotische und schweißtreibende Spiele zu spielen wie das, das die Engländer »Blind Man's Buff« nennen (eine offensichtlich verrückte Bezeichnung, denn was ist »buff«?) und bei uns so viel treffender »Blindekuh« heißt. Da ich angesichts meines Alters und meiner gesellschaftlichen Stellung keine Lust hatte, mich an Kindereien zu beteiligen oder auch nur den Schein zu erwecken, sie durch meine Gegenwart zu fördern, sagte ich unvermittelt: »Ich will rauchen« – und ging weg, um dies auch zu tun.

Eine der Damen rief mir nach und fragte mich, ob ich nicht mit ihnen in die Kirche gehen wolle, aber ich stellte mich taub und lief unverdrossen auf die schützende Hecke zu, wobei ich Jellaby im Vorübergehen einen Blick zuwarf, bei dem jeder, der nicht anstelle von Haut Leder um sich herum hat, wie es bei Leuten der Fall ist, die Ordnung, Moral und Religion hohnsprechen, verdattert in sein Zelt gekrochen und erst dann wieder zum Vorschein gekommen wäre, wenn er sich zu Ende rasiert und seinen Kragen umgelegt hätte. Mit einer Freundlichkeit, wie sie nur Unverschämtheit hervorbringen kann, rief er mir indessen zu, welch herrlicher Morgen es sei; wovon ich natürlich keine Notiz nahm.

Im trockenen Graben unter der Hecke an der Ostseite des Feldes saß Lord Sigismund neben seiner *batterie de cuisine* und widmete sich mit unbegreiflicher und gewiß unangebrachter Hingabe dem Haferflockenbrei und dem Kaffee, die Jellaby gleich bekommen sollte. Dabei rauchte er seine Pfeife, streichelte seinen Hund und summte Bruchstücke von Psalmen, vermutlich, so melodisch, wie nur einer summen kann, der edel, glücklich und adliger Geburt ist.

Neben ihm lag Menzies-Legh, das düstere, schwermütige Gesicht über ein Buch gebeugt. Er nickte kurz, nachdem ich den Hut gezogen und ihm einen guten Morgen gewünscht hatte, während mich Lord Sigismund, wie immer mit der edler Geburt eigenen Zuvorkommenheit fragte, ob ich eine gute Nacht gehabt habe.

»Eine gute Nacht und dank Ihrer ein ausgezeichnetes Frühstück, Lord Sidge«, erwiderte ich, und das leicht Spielerische, das in der Kurzform seines Namens steckte, hellte meine höflich korrekte Miene etwas auf, als ich es mir direkt neben ihm im Graben gemütlich machte.

Menzies-Legh stand auf und ging weg. Dieses Verhalten war typisch für ihn. Nur sehr selten ging ich zu ihm hin, aber mein Herannahen erinnerte ihn stets an irgend etwas, was er eigentlich tun sollte, und er ging weg, um seinen Pflichten nachzukommen. Ich erwähnte dies Edelgard gegenüber während einer der Waffenstillstände, die die eine Meinungsverschiedenheit von der nächsten trennten, und sie sagte, das täte er nie, wenn sie zu ihm hinginge.

»Liebe Frau«, erklärte ich ihr, »du hast nicht die Kraft, ihn an unerledigte Pflichten zu erinnern, die ich habe.«

»Vermutlich«, sagte Edelgard.

»Und das ist ganz natürlich so. Kraft, welcher Art auch immer, ist eine männliche Eigenschaft. An meinem Frauchen würde sie mir gar nicht gefallen.«

»Mir auch nicht«, sagte sie.

»Ah – da spricht mein liebes Frauchen.«

»Ich meine, nicht, wenn sie von dieser Art ist.«

»Welcher Art, meine Liebe?«

»Der Art, die Leute, wann immer ich komme, daran erinnert, daß es Zeit zu gehen ist.«

Sie schaute mich mit dem sonderbaren Ausdruck an, den ich zum ersten Mal während unserer Englandreise an ihr wahrnahm. Oft habe ich ihn seither an ihr wahrgenommen, aber ich kann mich nicht erinnern, daß er mir vorher aufgefallen wäre. Da ich merkte, daß wir irgendwie aneinander vorbeiredeten, klopfte ich ihr freundlich auf die Schulter, denn sie kann mir natürlich nicht immer ganz folgen, obwohl ich sagen muß, daß es ihr in der Regel recht lobenswert gelingt.

»Na schön, na schön«, sagte ich und tätschelte sie, »wir wollen keine Haarspalterei betreiben. Ich habe ja doch ein liebes Frauchen, nicht?« Und mit meinem Zeigefinger hob ich ihr Kinn hoch und küßte sie.

Dies allerdings ist eine Abschweifung. Mein häufiges Abschweifen liegt vermutlich daran, daß ich meine literarischen Schwingen zum ersten Mal ausbreite. Zumindest bin ich mir dessen bewußt, was an sich schon, würde ich sagen, Zeichen eines angeborenen Sinns für Literatur ist. Meine Muse war bis zu meinen mittleren Jahren sozusagen ununterbrochen im Bett gehalten worden und soll nun plötzlich aufstehen und einen Spaziergang machen. Eine solche Muse muß anfänglich unweigerlich ein bißchen taumeln. Ich will mich jedoch bemühen, dieses Taumeln in Zaum zu halten, denn ich merke, daß ich bereits mehr geschrieben habe, als man bequem an einem Abend vorlesen kann, und ich habe zwar nichts dagegen, daß dieselben Freunde an zwei Abenden kommen, aber ob ich sie auch an einem dritten noch gern sähe, weiß ich nicht. Außerdem, man denke an all die belegten Brote!

(Dieser letzte Teil des Berichts von »als man bequem an einem Abend« bis »belegte Brote« wird natürlich beim Vorlesen übersprungen.)

Über mein Gespräch mit Lord Sigismund im Graben will ich nur so viel sagen, daß es hochinteressant war und von seiner Seite (und ich hoffe, auch von meiner) mit der gesellschaftlichen Gewandtheit eines vollkommenen Ehrenmannes geführt wurde.

Es wurde durch die Ankunft Jellabys und seines Hundes beendet, auf den Lord Sigismunds Hund sofort losging, der jenem sein unaufgefordertes Kommen völlig zu Recht übelnahm, und sie blieben unentwirrbar ineinander verkeilt, und zwar so lange, daß die Schreie gar nicht mehr aufhören zu wollen schienen, die Schreie, die die Sonntagsruhe störten und sich mit dem Geläut ferner Kirchenglocken vermischten, und alle kamen von Jellabys Hund, während Lord Sigismunds Hund, ein getreues Abbild seines Herrn, das, was er tun mußte, mit der stummen Selbstbeherrschung eines, wenn ich mich so ausdrücken darf, Hundes von Welt tat.

Die gesamte Reisegesellschaft mitsamt dem alten James kam schreiend und pfeifend herbeigerannt, um den Versuch zu machen, die beiden voneinander zu trennen, und schließlich unternahm Jellaby, der sich, wie ich vermute, zu Heldentaten gedrängt fühlte, da er die Augen der Damen auf sich ruhen spürte, eine mächtige Anstrengung und riß sie auseinander, wodurch er sich einen Riß an der Hand zuzog.

Menzies-Legh half Lord Sigismund, den verständlicherweise wütenden Bullterrier wegzuziehen, und Jellaby, einen Blick in die Runde werfend, bat mich, seinen

Hund zu halten, während er ging, um sich seine Hand zu waschen. Dies schien mir ein hübsches Beispiel für die brutale Rücksichtslosigkeit gegenüber dem Geschmack anderer Leute, die typisch ist für die britische Nation. Warum bat er nicht den alten James, der gerade untätig herumstand? Doch was sollte ich tun? Da waren die Damen, die zuschauten, darunter auch Edelgard. Reglos überließ sie mich meinem Schicksal, obwohl, wenn einer von uns beiden etwas von Hunden versteht, doch sie es ist. Jellaby hatte das Biest am Halsband gepackt, so dachte ich, ich könnte ihn vielleicht ebensogut am Schwanz fassen. Der bestand zwar nur aus einem Stummel, aber zumindest befand er sich am anderen Ende. Ich griff deshalb danach, wenn auch mit nicht geringer Mühe, denn aus unerklärlichen Gründen fing er an zu wackeln, sobald sich meine Hand ihm näherte.

»Nein, nein – fassen Sie ihn am Halsband. Er ist in Ordnung, er tut Ihnen nichts«, sagte Jellaby grinsend und hielt seine verwundete Hand ein gutes Stück weit von sich weg, während die Undefinierbaren losrannten, um Wasser zu holen.

Das Untier war einen Augenblick lang ruhig, und unter diesen Umständen meine ich wirklich, daß Edelgard mir zu Hilfe hätte kommen können. Sie weiß, daß ich Hunde nicht ausstehen kann. Wenn sie seinen Kopf gehalten hätte, hätte es mir nichts ausgemacht, ihn weiter am Schwanz zu halten, und zu Hause hätte sie sich selbstverständlich auch nützlich gemacht. Hier jedoch tat sie nichts dergleichen, sondern stand da und riß ein tadelloses, sauberes Taschentuch in Streifen, um fürwahr Jellaby die Hilfe zu erweisen, die sie ihrem eigenen Ehemann verweigerte. Ich faßte nun tatsächlich den Hund am Halsband, da es keinen anderen Ausweg für mich gab, und stellte dankbar fest, daß er zu müde und zu verletzt war, um mir etwas zu tun. Aber ich bin nie ein Hundefreund gewesen, hielt sie sorgfältig von meiner Wohnung in Storchwerder fern und verkaufte den Köter, den Edelgard als Mädchen gehabt hatte und den sie mir bei der Heirat aufhalsen wollte. Ich entsinne mich gut, wie lange es dauerte, denn sie war damals noch recht ungehobelt, ihr beizubringen, daß ich sie und nicht ihren *Dackel* geheiratet hatte. Ist es zu glauben, daß ihre einzige Antwort auf meine Argumente ein wiederholtes, papageienartig gerufenes »Aber er ist doch so süß« war? Wirklich eine schwache Ausrede, mit der sie sich da gegen die Logik meiner Gründe zur Wehr setzte. Sie vergoß Tränen, erinnere ich mich, in einem Ausmaß, das zu einer Vierzehnjährigen besser gepaßt hätte als zu einer Vierundzwanzigjährigen (wie ich ihr erklärte), aber später gab sie auf meine wiederholten Fragen hin zu, daß das zweifellos den Möbeln und den Teppichen zugute gekommen war, wenn sie auch lange Zeit eine Neigung hatte, die ich nur mit einiger Mühe unterdrücken konnte, auf ermüdende Weise klagend auf die Tatsache anzuspielen, daß der Käufer (ich hatte den Hund versteigert) zufällig ein Wurstherstellter sei und sie den Hund seither nie mehr auf den Straßen gesehen habe. Auch wollte sie, bis ich sie sehr ernst ins Gebet darüber nahm, monatelang nichts aus Dosen anrühren, wo sie doch diese Art Essen immer besonders gemocht hatte.

Bald fand ich mich allein und unbeachtet mit Jellabys Hund dastehen, während dessen Herr, der umschmeichelte Mittelpunkt der gesamten Damenriege, sich seine Wunde behandeln ließ. Meine Frau wusch sie aus, Jumps hielt den Eimer, Mrs. Menzies-Legh verband sie, Frau von Eckthum stellte eine ihrer eigenen Sicherheitsnadeln zur Verfügung (ich sah, wie sie sie aus ihrer Bluse nahm), und Jane borgte ihre Schärpe für eine Schlinge. Was nun Lord Sigismund betrifft, so kam er, nachdem er sich um die (allesamt von Jellabys Hund herrührenden) Verletzungen seines eigenen Hundes gekümmert hatte, zurück, und erbot sich mit wahrhaft christlicher Güte, Jellabys Hund zu waschen und zu verarzten. Seine Haltung während dieser Hundekämpfe war in der Tat eine, die nur einem Menschen mit bester Kinderstube möglich ist. Kein Wort des Vorwurfs kam ihm über die Lippen, und doch war es klar, daß es keinen Kampf gegeben hätte, wenn nicht Jellabys Hund dagewesen wäre. Und er zeigte sich ernsthaft besorgt über Jellabys Verletzung, während Jellaby, durch und durch dickhäutig, lachte und erklärte, er spüre sie nicht; was zweifellos stimmte, denn jene Art von Mensch, davon bin ich überzeugt, ist nicht so feinfühlig wie andere Menschen.

Dieser reizende Vorfall am Sabbatmorgen endete damit, daß Jellaby seinen Hund zum nächsten Dorf brachte, in dem es einen Tierarzt gab. Menzies-Legh wurde im Graben gefunden und war beinahe so grün wie die Blätter ringsumher, weil – ist das wohl zu glauben? – er den Anblick von Blut nicht ertragen konnte!

Meine Zuhörer wird dies bestimmt amüsieren. Selbstverständlich müssen viele Briten so sein, denn es ist unwahrscheinlich, daß ich in den wenigen Tagen das Glück gehabt haben sollte, dem einzigen Exemplar zu begegnen, und ich konnte kaum ein Lachen unterdrücken über das Schauspiel, das dieser Repräsentant von Englands Männerwelt da in einem halbohnmächtigen Zustand bot, weil er einen Kratzer gesehen hatte, aus dem Blut kam. Was werden er und seinesgleichen wohl machen auf dem Schlachtfeld in zweifellos naher Zukunft, wenn ihnen die beste Armee der Welt gegenübertritt? Da werden es nicht nur Kratzer sein, die sich der arme Menzies-Legh wird anschauen müssen, und mir wird wirklich angst und bange um sein Aussehen.

Alle liefen in verschiedene Richtungen davon, auf der Suche nach Branntwein. Nie habe ich einen Mann so grün gesehen. Er schämte sich zumindest dafür, und da ich merkte, daß ich einen Augenblick allein mit ihm war und er aufgrund seines Zustands nicht aufstehen und weglaufen konnte, sprach ich ein paar ernste Worte mit ihm über die unweigerlich verweichlichende Wirkung allzu häufiger Lektüre von Gedichten, zu intensiver Kunstbetrachtung und zu dilettantischer Beschäftigung mit den Belangen der Armen. Damit verbrachten die Spartaner ihre Zeit nicht, erklärte ich ihm. So benahmen sich die alten Römer in ihrer ruhmreichsten Epoche nicht. »Ihnen geht zum Beispiel die Lage der Armen viel mehr zu Herzen als diesen selbst«, sagte ich, »und Sie lassen sich so kopfscheu machen, daß Sie ein Elend lindern, an das jene gewöhnt sind und es gar nicht merken. Und was ist letzten Endes die Kunst? Und was ist schließlich die Dichtung? Und was, wenn wir schon dabei sind, ist letzlich Elend? Lassen Sie Ihre geistige Spannkraft nicht erlahmen, indem Sie sie dauernd mit dem Brei Ihrer eigenen Gefühlsduselei oder der Gefühlsduselei anderer füttern. Reißen Sie diese künstlichen Wände ein. Seien Sie ein Mann. Gewöhnen Sie sich daran, den Tatsachen ins Auge zu sehen, ohne mit der Wimper zu zucken. Nehmen Sie sich ein Beispiel an den modernen Japanern, die ihre Kinder als eine Art Erziehungsmaßnahme zu öffentlichen Hinrichtungen mitnehmen, und bei ihrer Rückkehr den Reis, der ihnen zum Mittagessen vorgesetzt wird, mit rotem Saft von Kirschen vermischt reichen lassen, damit sie sich einbilden –«

Aber Menzies-Legh wurde nur noch grüner und fiel in Ohnmacht.

XIII

Ich pflege meinen Verpflichtungen gegenüber dem, was man die himmlischen Vorschriften nennen könnte, pünktlich nachzukommen, halte ich es doch für die Pflicht eines jeden Mannes, es dem schwachen Geschlecht nicht dadurch noch schwerer zu machen, daß man nicht selbst mit gutem Beispiel vorangeht. Außerdem bin ich im besten Sinne des Wortes ein gläubiger Mensch. Hat nicht Bismarck gesagt: »Wir Deutschen fürchten Gott und sonst nichts auf der Welt«?, und ist nicht dieser Ausspruch der Nation in Fleisch und Blut übergegangen? Auf ebendiese Weise und in ebendiesem Maße, würde ich sagen, bin ich religiös. In Storchwerder, wo man mich kennt, gehe ich jeden zweiten Sonntag zur Kirche und lasse mir vom Pfarrer Ratschläge und Belehrungen erteilen, bereit anzuerkennen, daß das zu seinen Aufgaben gehört und er ja schließlich auch dafür bezahlt wird. Ich behalte mir allerdings das Recht vor, ihn während der vierzehn weltlichen Tage zwischen diesen Oasen der Frömmigkeit an den ihm gebührenden Platz zu verweisen und dafür zu sorgen, daß er dort bleibt. Außerdem spreche ich vor unserer täglichen Hauptmahlzeit das Tischgebet, eine Seltenheit in Haushalten, wo es keine Kinder gibt, die zuschauen; und wenn ich, anders als einige glaubensstrengere Haushaltsvorstände, nicht jeden Tag eine Hausandacht abhalte, so deshalb, weil ich sie nicht mag.

Es gibt schließlich eine Grenze, wo die Pflicht hinter den persönlichen Neigungen eines Mannes zurückzustehen hat. Wir sind ja nicht nur Maschinen der Pflichterfüllung. Ich sehe vollkommen ein, daß es höchst angebracht und unbedingt notwendig ist, wenn die Köchin und die eigene Frau und selbst der Bursche miteinander beten, aber ich sehe nicht ein, daß sie vom Herrn des Hauses dabei Unterstützung und Ermunterung benötigen.

Ich bin religiös im besten und erhabensten Sinn des Wortes, einem Sinn, der hoch über den Hausandachten schwebt, einem Sinn, den man durch nichts erklären kann, was ja auch auf andere erhabene Dinge zutrifft. Je weiter man in die Regionen des Denkens vordringt, desto mehr verstummt man. Und desto ruhiger wird man. Wie alle Menschen von Verstand wissen, rangiert körperliche Arbeit tief unter der geistigen und bringt einen vermutlich leichter ins Schwitzen. Aber über diese kühlen Ausflüge des Geistes sollte man gegenüber Frauen und Angehörigen der unteren Bevölkerungsschichten kein Wort verlieren. Was würde geschehen, wenn auch sie beschlössen, der Ruhe den Vorzug zu geben? Für sie sind

Glaubenssätze und Kirchen unbefragte Notwendigkeiten, und je einfacher und eindeutiger erstere sind, desto besser. Gottesfürchtige Arme, gottesfürchtige Hausmütterchen – wie unentbehrlich sind sie doch für die Freiheit und das Wohlbefinden der übrigen Nation! Je weniger man hat, desto nötiger ist es, daß man sich damit zufriedengibt, und nichts schafft das so gründlich wie die Lehre von der Entsagung. Es wäre in der Tat eine unvorstellbare Katastrophe, wenn die Ungebildeten und Schwachsinnigen, die unteren Bevölkerungsschichten und die Frauen, ihre Frömmigkeit so weit verlören, daß sie Ansprüche stellten. Frauen freilich sind davor so lange leidlich sicher, solange sie jedes Jahr ein Kind bekommen – die Methode der Natur, sie ruhig zu halten; aber es erfüllt mich geradezu mit Entsetzen, wenn ich von irgendeinem Unzufriedenen im männlichen Teil des Proletariats höre.

Daß diese Leute ein Stimmrecht bekommen sollten, ist der einzige Irrtum, der jenem großen und ausnehmend typischen Deutschen, dem unvergeßlichen Bismarck unterlief. Der Gedanke, daß solche Leute Macht in Händen haben, irgendeine Macht, selbst das kleinste Zipfelchen davon, beunruhigt mich derart, daß, wenn er mir an einem Sonntagmorgen in den Sinn kommt, an dem ich vielleicht den Kirchgang hatte ausfallen lassen und zu Hause bleiben und meine Frau allein hinschicken wollen, ich hastig meinen Paradehelm ergreife und in heller Aufregung davoneile, um die Säulen der Gesellschaft stützen zu helfen.

Es ist in der Tat von allergrößter Notwendigkeit, daß wir an der Kirche und ihrer Lehre festhalten, daß wir dafür sorgen, daß unsere Frauen daran festhalten, daß wir darauf bestehen, daß unsere Dienerschaft daran festhält. Diese sonntagmorgendlichen Überlegungen fallen mir wieder ein, wenn ich durch die Monate zurückblicke auf jenen ersten Sonntag, den wir außerhalb unseres Vaterlandes verbrachten, und mir ist, als spürte ich beim Schreiben (obwohl jetzt Dezember ist und es graupelt) den übers Gras wehenden Sommerwind auf meinen Wangen, als hörte ich die kleinen Vögel (deren Namen ich nicht kenne) zwitschern und sähe Frau von Eckthum über das in der Sonne liegende Feld kommen und vor mir stehen mit ihrem reizenden Lächeln und mir sagen, daß sie in die Kirche gehe, und mich fragen, ob ich mitgehen wolle. Natürlich ging ich mit. Sie war (und ist, ungeachtet dessen, was man in Storchwerder von ihr hält) wirklich eine äußerst attraktive Frau.

So gingen wir also gemeinsam. Vor Jellaby waren wir sicher, da er einen Tierarzt aufgesucht hatte. Edelgard folgte mit den beiden Grünschnäbeln, die sich sehr ordentlich zurechtgemacht hatten und eine Jungfräulichkeit an den Tag legten, die mir bisher nicht aufgefallen war. Lord Sigismund und Mrs. Menzies-Legh blieben bei unserem Patienten, der sich so weit erholt hatte, daß er in einem niedrigen Stuhl sitzen und sich vorlesen lassen konnte. Hoffen wir, daß es eine männliche Lektüre war. Aber ich bezweifle das sehr, denn noch eine ganze Weile lang tönte die Stimme seiner Frau hinter uns übers Feld in jenem eigenartigen Singsang, in den derjenige automatisch zu verfallen scheint, der Verse vorliest.

Nach unserem Vagabundenleben der letzten paar Tage kam es mir komisch vor, ohne Pferd in der Öffentlichkeit aufzutreten und mich alsbald anderen ehrbaren Leuten anzuschließen, die das gleiche Ziel hatten. Anscheinend wußten sie, daß wir die verstaubten Wohnwagenfahrer waren, die sich am Nachmittag zuvor dahingeschleppt hatten, denn wir wurden gründlich begafft. In der Kirche saß eine imposante Dame in der Bankreihe vor uns, etwas seitlich in einer Ecke. Auch sie musterte uns mit ruhiger Aufmerksamkeit durch ihre Lorgnette sowohl vor Beginn des Gottesdienstes als auch während desselben, wann immer man zu den Passagen der Liturgie kam, wo man sitzen durfte. Sie war, wie wir hinterher herausfanden, die Grundherrin oder die angesehenste Dame am Ort, und das Feld, auf dem wir unser Lager aufgeschlagen hatten, gehörte ihr. Am Nachmittag erfuhren wir vom Bauern, daß sie am Vorabend mit ihrem Verwalter und dessen Hunden heimlich unser Lager besucht und uns, ebenfalls mit Hilfe ihrer Lorgnette, über die Hecke hinweg beobachtet hatte, als wir völlig versunken um unser Abendessen herumgesessen hatten. Sie war sich nämlich nicht sicher gewesen, ob wir nicht vielleicht ein Zirkus seien und sofort verscheucht werden sollten. Das Ergebnis ihrer eingehenden Musterung in der Kirche war, vermute ich, sehr zufriedenstellend. Es dürfte ihr nicht entgangen sein, daß sie es mit einem Herrn von Adel zu tun hatte, und die Damen der Reisegesellschaft, die in den Bänken ihre kurzen Röcke verbergen und ihre Ohrringe zeigen konnten, machten einen sehr vorteilhaften Eindruck. Ich fing den Blick der Dame so oft auf, daß ich mich schließlich verbeugte, ganz unwillkürlich und einem natürlichen Instinkt gehorchend – leicht nur, nicht tief in Anbetracht des Zeitpunkts und des Ortes. Sie erwiderte meine Verbeugung nicht und schaute hierauf auch nicht mehr her, sondern widmete sich während des restlichen Gottesdienstes ihrer zuvor etwas vernachlässigten Andacht.

Meine Zuhörer werden ebenso überrascht sein, wie ich es war, obgleich freilich nicht halb so müde, wenn ich ihnen sage, daß man von mir erwartete, den größten Teil des Gottesdienstes auf den Knien auszuharren. Zum Zweck des Betens hatte ich die meinen vorher wahrhaftig noch nie benutzt; und durch spätere Nachfrage brachte ich in Erfahrung, daß diese eigentümliche Nation allabendlich neben ihren Betten kniet, ehe sie in dieselben kommt, und dabei auch noch betet.

Aber es war nicht nur das Knien, was mich entsetzte (denn wie kann man anständig beten, wenn einem alles weh tut und steif wird? Was der Satan zweifellos sehr gut wußte, als er sie auf diese Idee brachte) – es war das ungewöhnliche Tempo, in dem der Gottesdienst heruntergespult wurde. Wir fingen um elf an und Viertel vor zwölf wurden wir, unserer Sünden ledig, gewissermaßen hinausgeworfen. Keine Gemeinde kann von einer solchen Kost fett werden. Wie anders sind die Gemeinden in unserem Vaterland genährt! Dort werden sie von den weitschweifigen Predigten ihrer Hirten wirklich fett oder haben zumindest jede Gelegenheit dazu, wenn sie wollen. Spricht er nicht fast eine Stunde lang zu ihnen? Was keinen Augenblick zu lang ist für eine Mahlzeit, die sieben Tage vorhalten soll.

Der englische Pfarrer, in einem weißen Gewand mit zwei sinnlosen roten Bändern über dem Rücken hinab, predigte ganze sieben Minuten und stellte damit, wie ich schnell ausrechnete, genau eine Minute Erbauung für jeden Tag der Woche bis zum nächsten Sonntag zur Verfügung. Wie schlimm für die englischen Schafe! Das heißt, schlimm unter einem allgemein menschlichen Gesichtspunkt, aber ansonsten keineswegs schlimm, denn ihr Schaden muß immer unser Vorteil sein, und ein britisches Schaf, das so ausgehungert ist, daß es zu Sozialismus und Bürgerkrieg neigt, ist für uns fast wertvoller als ein deutsches Schaf, das vom Glauben fett werden soll.

Der Pfarrer, ein offensichtlich streitbarer Mann, predigte gegen die Sünde der Frömmelei, was soweit ganz in Ordnung gewesen wäre und von mir mit der Toleranz angehört wurde, die ich Kanzelreden immer entgegenbringe, wenn er nicht im selben Atemzug – es war schwerlich Zeit für einen weiteren – den Zorn des Himmels auf all diejenigen herabgerufen hätte, die Zusammenkünfte oder Gottesdienste einer anderen Konfession als der anglikanischen besuchen. Zu diesen anderen Konfessionen gehört, wie ich nicht weiter betonen muß, auch die lutherische. Wirklich, ich konnte mir kaum ein Lächeln verkneifen über die Dummheit des armen Mannes. Ich wünschte mir inständig, Luther erhöbe sich aus seinem Grabe (ich konnte mich nicht entsinnen, einen solchen Wunsch jemals gehegt zu haben) und vernichte den verblendeten Herrn auf seiner Kanzel. Aber kaum war ich mit meinen Gedanken an diesem Punkt angelangt, da beendeten ein überstürzter Segen, ein hastig heruntergesungenes Lied, ein schnelles Herumreichen des englischen Äquivalents dessen, was wir Klingelbeutel nennen, den Gottesdienst. Richtig schockiert über diese Hektik – und Sie, meine Zuhörer, die Sie keine andere Gottesdienstordnung kennen als die gemächliche in Storchwerder und überall in unserem geliebten Preußen (tolerant wie ich bin, enthalte ich mich natürlich eines Seitenhiebs auf die Katholiken, diese armen Geschöpfe), jenen Gottesdienst, der den ganzen Vormittag ausfüllt, jenen ruhigen und behaglichen Gottesdienst, bei dem man fast die ganze Zeit über sitzt, so daß einen keine überanstrengten Füße oder Knie von der Sache selbst ablenken, Sie, die Sie sitzenderweise in unsere Choräle einstimmen, langsame und würdevolle Vertonungen altehrwürdiger Empfindungen, zwischen deren Versen viel Raum bleibt, angemessenen Gedanken nachzuhängen, begleitet von der meditationsfördernden Orgel, und die Sie beim Beten aufrecht stehen, wie es sich für Männer gehört, die keine Sklaven sind, auch Sie werden bestimmt entsetzt sein –, da, sage ich, kam ich zu dem Schluß, daß hier zweifellos eine Erklärung für den unverkennbaren Niedergang des britischen Charakters zu finden ist. Ehrfurcht und Tempo vertragen sich nicht miteinander. Mangelnde Ehrfurcht gegenüber den eigenen Glaubensangelegenheiten ist ein untrügliches Zeichen dafür, daß sich eine Nation recht eigentlich auf jenem absteigenden Ast befindet, der sie schließlich in den Rachen von (sagen wir mal) Deutschland katapultiert. Na schön, so sei es. Obgleich mangelnde Ehrfurcht zweifellos ein Übel ist und ich der erste bin, der sie beklagt, so kann ich sie doch nicht so sehr beklagen, wie ich es täte, wenn sie nicht die Ursache für die oben erwähnte Katapultwirkung wäre, die letztlich allem ein Ende setzt. Und was ist es doch für ein grünes und fruchtbares Land! *Es wird gut schmecken,* wie wir Männer mit gesundem Appetit sagen.

Wir gingen nach Hause – ein Ausdruck, der mir stets

merkwürdig ironisch vorkam, wenn das Zuhause nur aus Gras und Hecken bestand – und erörterten diese Dinge. Das heißt, ich erörterte, und Frau von Eckthum sagte »Oh«. Aber das Wohlwollen in der Stimme, die unausgesprochene Übereinstimmung mit meinen Ansichten, die Aufgeschlossenheit gegenüber der Art, wie ich sie vorbrachte, das vollkommene gegenseitige Verstehen, das darin zum Ausdruck kam, all das kann ich Ihnen, die Sie ihr gegenüber voreingenommen sind, nicht beschreiben, selbst wenn ich wollte.

Edelgard ging mit den beiden jungen Mädchen voraus. Sie und ich sahen in jenen Tagen nicht viel voneinander, aber immer noch genug. Da auch ich nur ein Mensch bin, wurde ich es manchmal leid, Geduld zu üben, und dennoch gab es dazu keine Alternative im Inneren eines Wohnwagens, der so dünne Wände hatte, daß das ganze Lager hätte mithören können. Und auch mitten auf einem Feld kann man nicht ungeduldig werden. Wenn man sich dabei nicht unbehaglich fühlen will, muß zumindest eine Hecke zwischen einem selbst und den anderen sein. Und so war es insgesamt das beste, wenn wir selten zusammen waren.

Bei Frau von Eckthum jedoch hatte ich niemals das geringste Verlangen, etwas anderes als der sanfteste Mann zu sein, und wir gingen so einträchtig nach Hause wie gewöhnlich, und mußten, als wir ankamen, feststellen, daß der rührige Pfarrer vor uns eingetroffen war, obwohl wir keineswegs gebummelt hatten.

Mit welcher Hast er sich die Bänder heruntergerissen, welche Abkürzungen er genommen hatte und über wie viele Gräben er gesprungen war, um so schnell zu unserem Lager zu kommen, weiß ich nicht, aber er war da, hatte es sich in einem der niedrigen Stühle bequem gemacht und unterhielt sich mit den Menzies-Legh, als kenne er sie schon sein Leben lang.

Dieser Mangel an Förmlichkeit, diese unverzügliche Vertraulichkeit, war etwas, woran ich mich nie gewöhnen konnte. Bei uns wäre der Pfarrer erstens überhaupt nicht gekommen, und zweitens, wenn er gekommen wäre, hätte er sich immer noch im Stadium förmlicher Präliminarien befunden, als wir eintrafen, und wäre aus seinen einleitenden Entschuldigungen nur aufgetaucht, um zu einer Reihe von Bitten um Vergebung anzusetzen, die seinen Besuch zu einem befriedigenden Abschluß gebracht hätten. Auf diese Weise wäre nicht einmal genug Zeit geblieben, das Eis zu erreichen, geschweige denn, es zu brechen, und ich bin Konservativer und Aristokrat genug, um mich auf Eis wohl zu fühlen: es ist ein so ausgezeichneter Schutz.

Mrs. Menzies-Legh fütterte ihren Kranken mit Biskuits und Milch. »Möchten Sie welche?« sagte sie zum Pfarrer und hielt ihm ohne jede Umschweife eine Tasse dieses unwiderstehlichen Getränks hin.

Er seinerseits nahm die Tasse, ohne sich zuvor im geringsten zu zieren und zunächst einmal höflich abzulehnen, woraufhin sie dann ihn ihrerseits höflich gedrängt und er schließlich taktvoll nachgegeben hätte; nein, er nahm die Tasse, ohne auch nur seine Unterhaltung mit Menzies-Legh zu unterbrechen, und streckte die Hand aus und nahm sich ein Biskuit, obwohl ihm niemand eins angeboten hatte.

Worin nun wird wohl die Zukunft eines Volkes bestehen, das vorsätzlich all jene Schranken guter Manieren einreißt, die das natürliche Untier in uns niederhalten? Sollte man einem Menschen erlauben, dieses Tier auf irgend jemandes Teller mit Biskuits loszulassen? Mir scheint, die Mauer der Förmlichkeit ist sehr notwendig, wenn man es aussperren möchte, und es lebt in uns allen gleichermaßen, egal, welcher Nation wir angehören. Da wir in Deutschland spüren, wie dicht unter der Oberfläche es lauert, lassen wir bis in die kleinste Kleinigkeit peinlichste Vorsicht walten. Da uns die Erfahrung gelehrt hat, daß man dieses Untier nur überlisten kann, wenn man sozusagen das Gitter der Etikette sehr dicht macht, machen wir es auch dicht. Und wie ängstlich besorgt wir unsere Ehre schützen! Vor allem anderen umgeben wir sie mit diesem hohen, dichten Netzwerk aus Regeln und halten uns stets bereit, beim geringsten Angriff auf sie zur Waffe zu greifen und zu ihrer Verteidigung entweder unser eigenes Blut oder (vorzugsweise) das eines anderen zu vergießen. Und neben anderen Tieren wird das Kaninchen des Sozialismus mit seinen zwei ältesten Kindern Gütergemeinschaft und freie Liebe von diesem Gitter höchst wirkungsvoll abgehalten. Da man in anderen Ländern gewissenhaft auf der Einhaltung von Etikette und Förmlichkeit besteht, wird Leuten wie Jellaby ihre Wühlarbeit erschwert. Ihre schrecklichen Lehren prallen an einem solchen Schutzschild mehr oder weniger ab. Nicht daß ich nicht modern und aufgeschlossen genug wäre, eine Gütergemeinschaft einzugehen, falls ich mir die Person, mit der ich sie eingehe, aussuchen darf. All jene jüdischen Bankiers in Berlin und Hamburg zum Beispiel – an einer Gütergemeinschaft mit ihnen kann ich kaum etwas Nachteiliges entdecken, wohl aber manche Vorteile; doch eine Gütergemeinschaft mit meinem Burschen Hermann oder mit dem Mann, der jeden Morgen unsere Frühstücksbrötchen in einer Tasche an die Klinke unserer Hintertür hängt, nun, das ist etwas ganz anderes. Was nun die freie Liebe betrifft, so läßt sich unleugbar auch zu ihren Gunsten einiges ins Feld führen, aber nicht an dieser Stelle. Lassen Sie mich jedoch zu unserer Geschichte zurückkommen. Lassen Sie mich von einem Thema, dessen Erörterung zwar Männern durchaus zusteht, das aber von einer etwas schlüpfrigen Natur ist, zurückkehren zu dem englischen Pfarrer, der sich von unseren Biskuits bediente, und kurz schildern, wie sich dieselbe Szene in einem Feld bei Storchwerder abgespielt hätte, gesetzt den Fall, es wäre denkbar, daß eine Gesellschaft deutscher Aristokraten auf einem solchen ein Lager aufschlagen würde, daß die städtischen Behörden sie nicht längst schon rausgeworfen und mit Strafgebühren belegt hätten, und daß der Pfarrer der nächsten Kirche es gewagt hätte, noch ganz erhitzt von seiner Kanzel zu kommen und sich ihnen aufzudrängen.

Der Pfarrer, auf Menzies-Legh und seine Frau zutretend (die für dieses eine Mal zwei blaublütige Deutsche sein sollen), mit unterwürfigen Verbeugungen von dem Zeitpunkt an, da er den Blicken der beiden zum ersten Mal begegnet, und den Hut in der Hand haltend:

Ich bitte die *Herrschaften* tausendmal um Vergebung, daß ich mich Ihnen auf diese Weise aufdränge. Ich bitte, mir das nicht übelzunehmen. Es ist in der Tat eine beispiellose Schamlosigkeit meinerseits, aber – darf ich so frei sein, mich vorzustellen? Mein Name ist Schultz.

Hier würde er sich zwei- oder dreimal gegenüber beiden Menzies-Legh verbeugen, die, nachdem sie ihn mit verständlichem Erstaunen angestarrt haben – denn welche Entschuldigung könnte der Mann schon geltend machen? –, aufstehen und ihn mit feierlicher Würde begrüßen würden. Beide würden wohl grüßend das Haupt neigen, aber keiner böte ihm einen Händedruck an.

Der Pfarrer, sich abermals tief verbeugend und immer noch seinen Hut in den Händen haltend, erneut:

Mein Name ist Schultz.

Menzies-Legh (der, das darf man nicht vergessen, für dieses eine Mal ein deutscher Aristokrat ist) würde hier wahrscheinlich vor sich hin murmeln:

Meiner, Gott sei Dank, nicht.

– aber wahrscheinlich nicht so laut (da er ungemein korrekt ist), daß der Pfarrer es hört, und würde dann seinen eigenen Namen nennen mit dem zugehörigen Titel, Fürst, Graf oder Baron, und erklären, daß die Dame neben ihm seine Frau sei.

Weitere Verbeugungen des Pfarrers, tiefer noch, wenn möglich, als vorher.

Der Pfarrer: Ich bitte die *Herrschaften* inständig um Vergebung, daß ich so vor ihnen erscheine, und hoffe inbrünstig, sie werden mich nicht für aufdringlich halten oder es mir auf irgendeine Weise übelnehmen.

Mrs. Menzies-Legh (nun mindestens eine Gräfin): Wollen der Herr Pfarrer nicht Platz nehmen?

Der Pfarrer, mit allen Fasern bekundend, daß er überwältigt ist:

O tausend Dank – die gnädige Frau sind zu gütig –

wenn ich wirklich Platz nehmen darf – für einen Augenblick – nach so schamlosem –

Da er immer noch zögert, würde ihm von Menzies-Legh mit zurückhaltender Höflichkeit der dritte Stuhl angewiesen, in den er sänke, aber nicht bevor er sähe, daß auch die *Herrschaften* Anstalten machten, sich zu setzen.

Mrs. Menzies-Legh ließe sich nun gnädigerweise herab, Menzies-Leghs grünliche Gesichtsfarbe und Schweigen zu erklären:

Meinem Mann geht es heute nicht sehr gut.

Der Pfarrer mit allen Anzeichen lebhaftesten Interesses und Mitleids:

Oh, das tut mir aber wirklich leid. Hat sich denn der Herr Graf vielleicht überanstrengt? Hat er sich vielleicht erkältet? Leidet er unter einem verdorbenen Magen?

Menzies-Legh mit einer würdevollen Handbewegung, da er natürlich den wahren Grund, weshalb er so grün ist, nicht offenbaren will:

Nein – nein.

Mrs. Menzies-Legh: Ich wollte ihn gerade ein wenig mit Milch laben. Darf ich dem Herrn Pfarrer ein Tröpfchen einschenken?

Der Pfarrer, sich erneut überschwenglich verbeugend: Die Gnädige sind viel zu gütig. Ich käme gar nicht auf die Idee, mir zu erlauben –

Mrs. Menzies-Legh: Aber ich darf doch bitten – möchte der Herr Pfarrer nicht ein Schlückchen Milch trinken?

Der Pfarrer: Die Gnädige sind wirklich sehr liebensdig. Ich möchte jedoch nicht die Ursache dafür sein, daß die *Herrschaften* um ihre –

Mrs. Menzies-Legh: Aber keineswegs. Wirklich nicht. Darf ich dem Herrn Pfarrer nicht wenigstens ein halbes Glas einschenken? Von dem Spaziergang muß es dem Herrn Pfarrer doch gewiß etwas warm geworden sein? Und das nach dem anstrengenden Gottesdienst.

Der Pfarrer, sich abmühend, aus dem niedrigen Stuhl hochzukommen, eine Verbeugung zu machen und gleichzeitig das angebotene Glas Milch zu nehmen:

Da die Gnädige so gnädig sind –

Er nähme das Glas mit einer tiefen Verbeugung, da er nun das Stadium erreicht hätte, wo die von perfekter Höflichkeit geforderten Präliminarien auf beiden Seiten erfüllt wären und er sich das erlauben dürfte, aber bevor er davon tränke, würde er sich mit einer Verbeugung an Menzies-Legh wenden.

Der Pfarrer: Aber darf ich es nicht dem Herrn Grafen anbieten?

Menzies-Legh mit einer würdevollen Handbewegung:

Nein – nein.

Der Pfarrer, der sich mit einer weiteren Verbeugung und der notwendigen Vorsicht, da er ja das Glas in der Hand hält, erneut in den Stuhl sinken ließe:

Ich will gar nicht daran denken, was für eine Meinung die *Herrschaften* von mir haben müssen, weil ich mich ihnen so aufgedrängt habe. Ich kann sie nur inständig bitten, es mir nicht übelzunehmen. Ich bin mir bewußt, daß es ein beispielloses Beispiel von Schamlosigkeit –

Mrs. Menzies-Legh, mit einem Teller Biskuits herantretend:

Möchte der Herr Pfarrer vielleicht ein Biskuit essen?

Der Pfarrer zeigte sich abermals von Dankbarkeit überwältigt und würde gerade zu einer Dankesrede ansetzen, ehe er sich erlaubte, eines zu nehmen, wenn Baron von Ottringel mit Begleitung den Schauplatz beträte, und wir kommen nun zu dem Punkt, an dem wir tatsächlich erschienen.

Was könnte nun angemessener und schicklicher sein als das oben Geschilderte? Man wird bemerken, daß darin keinerlei Zeit geblieben war für irgend etwas anderes als Höflichkeit, keine Zeit, sich einzulassen auf jene endlosen, manchmal dummen, oft unpassenden und stets früher oder später ärgerlichen Diskussionen, bei denen eine ansonsten sich vorsichtig anbahnende Bekanntschaft so häufig ein schlimmes Ende nimmt. Wir Deutschen der besseren Gesellschaft halten es nicht für gutes Benehmen, über ein Thema zu reden, das dazu angetan ist, uns in Wut geraten zu lassen. Worüber also sollen wir uns unterhalten? Es gibt kaum etwas wirklich Sicheres, außer sich gegenseitig Stühle anzubieten. Aber da ich nun einmal an diesen goldenen Zierrahmen gewöhnt bin, innerhalb desselben es eine Freude ist, sich wie ein Bild zu benehmen (meine Freunde werden meine Vorliebe für metaphorisches Sprechen bemerkt und verziehen haben), kann man sich wohl leicht vorstellen, mit welcher Mißbilligung ich, auf meinen Regenschirm gestützt, dastand und den Schauplatz vor mir betrachtete. Frau von Eckthum hatte sich in ihren Wohnwagen begeben. Edelgard und die Mädchen waren verschwunden. Ich allein trat zu der Gesellschaft hin, von der niemand es für nötig hielt, mich vorzustellen oder sonst von meiner Ankunft Notiz zu nehmen.

Mit lächerlicher Hingabe erörterten sie gerade ein Thema, das mit der sogenannten »Licensing Bill«* zu tun hatte, wobei es sich, wie ich aus dem Gesagten schloß, um etwas handelte, das mit Bier zu tun hatte und die Gemüter erhitzte. Sie verknüpften damit alle möglichen Urteile und Meinungen, die eine Gruppe von Deutschen sogleich in Rage gebracht hätten. Menzies-Legh war vermutlich zu interessiert, um weiter grün auszusehen, jedenfalls hatte sich seine grüne Gesichtsfarbe vollständig verflüchtigt; und der Pfarrer fuchtelte mit seiner Hand herum, in der er das Biskuit hielt, das zu nehmen ihn niemand aufgefordert hatte. Mrs. Menzies-Legh, die im Grase saß (was eine Dame niemals tun sollte, wenn ein Herr anwesend ist, den sie zum ersten Mal sieht – »Darf sie es beim zweiten Mal?« fragte Mrs. Menzies-Legh, als ich im Verlauf eines späteren Gesprächs diese Regel aufstellte, worauf ich sehr treffend erwiderte, daß man feine Unterschiede nicht erklären, sondern nur fühlen könne), beteiligte sich an der Diskussion, gerade so, als sei sie selbst ein Mann – ich meine, sie maßte sich in ihrer üblichen überheblichen Art ganz selbstverständlich an, mit dem Verstand eines Mannes mithalten zu können. Dieses Getue hätte mich belustigt, wenn ich nicht so verärgert gewesen wäre. Und auch die beiden Gentlemen behandelten sie, als sei sie ihresgleichen, denn sie hörten ihr aufmerksam zu, was natürlich eine arme Frau mit Stolz erfüllen und es ihr schwermachen muß, zur richtigen Selbsteinschätzung zu gelangen.

* Amtliche Verordnung zum Ausschank alkoholischer Getränke, Anm. d. Übers.

Das ist der Grund, weshalb jenes geschlechtslose Wesen, die Suffragette, aufkommen konnte. Am ersten Tag unserer Tour erfuhr ich eine ganze Menge über sie, aber als sie merkten, wie ich mich darüber aufregte, mieden sie das Thema, da sie sich vermutlich durch meine Äußerungen nicht um ihre Meinungen bringen lassen wollten. Man verstehe mich recht, ich ließ mich nicht dazu herab, über ein solches Thema zu streiten: ich sagte nur ein paar Dinge, das genügte, um sie einzuschüchtern.

Und wirklich, wer kann schon eine weibliche Suffragette ernst nehmen? Anfangs ermuntert, behaupte ich, durch zu gute Behandlung ist sie wie die freche und verhätschelte Magd eines reichen, leichtsinnigen Herrn, und je mehr sie bekommt, desto mehr verlangt sie. Storchwerder besitzt kein einziges Exemplar dieser Gattung, und sehr wenige Fremde kommen vorbei, um unseren gesitteten und zufriedenen Damen ein schlechtes Vorbild zu bieten. Einmal, erinnere ich mich, gelangte eine, die die Anlage zu einer solchen Suffragette hatte, durch irgendeinen merkwürdigen Zufall tatsächlich dorthin: eine Engländerin auf einem Ausflug bei einer Hochzeitsreise oder so, ein junges Ding, neben dem ich bei einem Bankett saß, das unser Oberst gab. Ich betrachtete sie mit unverhohlenem Vergnügen, denn sie war ganz jung und hatte höchst angenehme Rundungen, und ich durchforstete im Geiste die Sammlung amüsanter Belanglosigkeiten, die ich zu Konversationszwecken mit attraktiven Damen im Gedächtnis aufbewahrte, als sie, bevor ich noch eine ausgesucht oder auch nur meine Suppe zu Ende gegessen hatte, anfing, mir in atemberaubendem Deutsch von einer »Education Bill«

zu erzählen, über die sich damals gerade unser Reichstag zerfleischte.

Ihr Interesse hätte nicht lebhafter sein können, wenn sie selbst eine Abgeordnete gewesen wäre, deren Partei ihren Fortbestand davon abhängig machte. Sie hatte ihre eigenen Ansichten schon fix und fertig parat; sie erläuterte die ihres Ehemannes, die beträchtlich davon abwichen; und sie wollte unbedingt die meinen erfahren. So versessen war sie darauf, daß sie sogar zu lächeln vergaß, als sie mit mir sprach – das heißt, vergaß, daß sie eine Frau ist und ich ein Mann, der, falls es ihm beliebte, sie hätte bewundern können.

Ich erinnere mich, daß ich sie einen Augenblick lang total erstaunt anstarrte, und mich dann, in meinen Stuhl zurückgelehnt, einer nicht mehr zu bändigenden Heiterkeit überließ.

Sie betrachtete mich dermaßen verblüfft, daß ich noch mehr lachen mußte. Als ich wieder sprechen konnte, fragte sie, ob irgend jemand am Tisch einen Witz gemacht habe, und schien richtig perplex, als ich ihr versicherte, daß sie selbst es sei, die die Heiterkeit auslöste.

»Ich?« sagte sie; und ein leichtes Erröten machte sie noch reizvoller.

»Ja – Sie mit Ihrer ›Education Bill‹«, sagte ich und bekam wieder einen Lachanfall. »Das ist wirklich eine lustige Mischung. Es ist wie«, fügte ich mit glücklicher Gewandtheit im Komplimentemachen hinzu, »eine Rose in einem Tintenfaß.«

»Aber was ist daran so lustig?« fragte sie, nicht im mindesten dankbar für die Schmeichelei, und mit todernstem Gesicht.

Sie hatte jedoch ihre kleine Lektion erhalten und redete nicht noch einmal über Politik. Ja, sie redete überhaupt nicht mehr mit mir, sondern wandte sich dem Herrn an ihrer anderen Seite zu, und ich bekam nichts mehr von ihr zu sehen als ein süßes Löckchen hinter einem süßen kleinen Ohr.

Wenn sie nun eine anständige Erziehung genossen hätte und ihr beigebracht worden wäre, daß die Aufgabe der Frau darin besteht, dem Manne zu gefallen, wie angenehm hätten wir uns da miteinander unterhalten können über jene Locke und jenes Ohr und ähnliche Themen, die reichlich Stoff für alle möglichen blumigen und verführerischen Komplimente und Anspielungen bieten, wie sie eine gut gezogene junge Frau so recht zu genießen und zu deuten weiß. Ich kann nur hoffen, daß ihr die Lektion gutgetan hat. Ich kurierte sie zweifellos davon, mit mir über Politik zu reden.

Als ich dem englischen Pfarrer zuhörte, wie er sich über die »Licensing Bill« erhitzte, die, wie alle Politik, gewiß so deutlich außerhalb des geistlichen Bereichs liegt wie außerhalb des weiblichen, fiel mir dieser frühere Erfolg wieder ein, und da ich keine Lust mehr hatte, noch länger unbeachtet herumzustehen, kam ich auf die Idee, ihn zu wiederholen. Ich begann daher zu lachen, verhalten zunächst, als sei ich von meinen Gedanken innerlich amüsiert, dann herzhafter.

Sie hielten alle inne und schauten mich an.

»Was gibt es zu lachen, Baron?« fragte Menzies-Legh, finster aufblickend.

»Verzeihen Sie mir, Herr Pfarrer«, sagte ich, zog meinen Hut und verbeugte mich – er seinerseits machte nur große Augen –, »aber in meiner Heimat (die Gott sei Dank Deutschland ist) sind wir gewöhnt, Geistliche nie mit Politik in Zusammenhang zu bringen, die unvermeidlicherweise ein Zankapfel und deshalb als Studienobjekt für Männer untauglich ist, die einzig zum Frieden berufen sind. So fest ist dieses Gefühl in unserem Wesen verankert, daß es mich amüsiert, einen Herrn ihres Metiers tief interessiert an solchen Fragen zu sehen, ebenso als sähe – sähe ich –«

Ich suchte nach einem witzigen Vergleich, aber es fiel mir in diesem Augenblick (und sie saßen alle wartend da) nur der von der Rose und dem Tintenfaß ein, und so mußte ich den hernehmen.

Und Mrs. Menzies-Legh, genauso begriffsstutzig, wie es die kleine Braut vor Jahren gewesen war, fragte: »Aber was ist daran so lustig?«

Ehe ich darauf antworten konnte, stand Menzies-Legh auf und sagte, er müsse ein paar Briefe schreiben; der Pfarrer stand ebenfalls auf und sagte, er müsse nun schleunigst zu seinem Unterricht; und Lord Sigismund, als ich auf den freien Stuhl neben ihm zutrat und mich gerade hineinfallen lassen wollte, sagte, er sei sicher, daß Menzies-Legh keine Briefmarken habe, und müsse gehen, um ihm welche zu borgen.

Mrs. Menzies-Legh sah aus dem Gras hoch, in dem sie saß, strich mit der Hand darüber und sagte: »Kommen Sie, lieber Baron, und setzen Sie sich auf dieses schöne weiche Fleckchen. Männer sind doch richtige Quälgeister, nicht wahr? Immer rennen sie irgendwohin. Erzählen Sie mir von der Rose und dem Tintenfaß. Es ist bestimmt, ganz sicher glaube ich – daß es lustig ist. Warum hat Sie der Pfarrer daran erinnert? Kommen Sie, setzen Sie sich ins Gras und erzählen Sie mir.«

Aber ich verspürte kein Verlangen, mich neben Mrs. Menzies-Legh ins Gras zu setzen, als ob wir Turteltauben wären, so sagte ich lediglich, ich möge kein Gras, und ging mit einer knappen Verbeugung davon.

XIV

Am nächsten Tag passierte mir ein Mißgeschick, wie es natürlich jedem passieren kann, das aber wirklich nicht ausgerechnet mir hätte passieren müssen.

Wir verließen unser Lager um zwölf, nach dem wie üblich fieberhaften Bemühen, früher loszukommen. Wie üblich kippten die Wohnwagen fast um, als man aus dem Feld auf die Straße fuhr, und wie üblich gingen bei ihrem Geschaukele etliche bisher noch heil gebliebene Gegenstände zu Bruch. Wind und Staub bliesen uns ins Gesicht und graue Wolken hingen finster drohend über unseren Köpfen, als wir unsere tägliche Jagd nach dem Vergnügen wiederaufnahmen.

Den ganzen Sonntag über war es schön gewesen, und die sternklare Nacht, der Tau am Morgen und die Windstille verhießen einen schönen Montag. Aber er war alles andere als das. Der Montag sorgte für die Bedingungen, die ich nun stets mit Wohnwagenreisen assoziiere – einen starken Wind, einen dräuenden Himmel, Staubwolken und eine harte, weiße Straße.

Der Tag fing schlimm an und ging schlimm weiter, so daß ich selbst jetzt noch, wo ich aus dieser zeitlichen

Distanz darüber schreibe, unwillkürlich in einen gereizten Ton verfalle. Vielleicht war unser Sonntagsessen im Gasthof reichlicher gewesen, als ausgehungerte Körper plötzlich ertragen konnten, oder vielleicht hatten auch einige, weil sie sich sagten, daß bis zur nächsten anständigen Mahlzeit erst wieder eine Woche vergehen müsse, mehr gegessen, als ihnen guttat, und diese wurden übellaunig und steckten die übrigen an. Jedenfalls schienen sich am Montag die Unannehmlichkeiten zu häufen. Es fing damit an, daß uns der Bauer für die Benutzung des Felds und die Versorgung der Pferde eine Rechnung von exorbitanter Höhe präsentierte, setzte sich fort, als beim überstürzten Zusammenpacken verschiedene Sachen verlorengingen, danach verletzte sich Menzies-Legh am Fuß, weil er ihn in seiner Trottelhaftigkeit dorthin setzte, wo der vorwärtsschreitende Huf meines Pferdes niedergehen mußte, und konnte infolgedessen seinen angemessenen Beitrag zum Tagewerk nicht leisten, und schließlich endete die Pechsträhne mit dem Mißgeschick, das ich oben andeutete und gleich schildern werde.

Menzies-Legh war in der Tat merkwürdig reizbar. Vielleicht tat ihm sein Fuß weh, aber er hätte nicht darauf achten sollen, angesichts der Tatsache, wie ich ihm sagte, daß er sich das einzig und allein selbst zuzuschreiben hatte. Ich führte gerade das Pferd und sah Menzies-Leghs Fuß, hätte mir aber nicht träumen lassen, daß er ihn nicht rechtzeitig wegziehen würde, und man kann, wie ich zu ihm sagte, ein stummes Geschöpf nicht dafür verantwortlich machen.

»Sicherlich nicht«, stimmte mir Menzies-Legh zu, aber seltsam mürrisch.

Und als ich die unerhört hohe Rechnung sah, fühlte ich mich veranlaßt, ihn darauf hinzuweisen, daß strikte Ehrlichkeit anscheinend nicht gerade ein Wesensmerkmal seiner Landsleute sei, und mich über den Unterschied zwischen ihnen und meinen eigenen zu verbreiten, und auch das schien ihn zu ärgern, obwohl er nichts sagte.

Da ich seine verhaltene Wut bemerkte, versuchte ich sie mit dem Hinweis zu verscheuchen, daß er ja reich sei und die Raffgier der verschiedenen Bauern für ihn im schlimmsten Falle bedeute, eine nichtsnutzige alte Frau weniger mit einem Ofen versorgen zu können; aber selbst das vermochte ihn nicht aufzuheitern – er war und blieb schlecht gelaunt. Obwohl ich mich selbst über den Urlaub ärgerte, der so billig hatte werden sollen, konnte ich somit nicht verhindern, daß zwischenzeitlich gute Laune von mir Besitz ergriff, was immer dann geschieht, wenn andere Leute schlecht gelaunt sind. Selbst mit seinem verletzten Fuß war Menzies-Legh ein derartiger Sklave der Pflicht, daß ihm, noch ehe ich zu Ende geredet hatte, irgend etwas einfiel, was er unbedingt tun müsse. Sogleich fuhr er aus dem niedrigen Stuhl und den Decken, in die ihn seine Frau sorgfältig eingepackt hatte, hoch und humpelte davon; und ich verlor ihn lange Zeit aus den Augen, nur gelegentlich erhaschte ich einen flüchtigen Blick auf sein miesepetriges Gesicht am Vorderfenster seines Wohnwagens, wo er den ganzen Tag über saß und sein Pferd lenkte.

Welch ein Anblick, wie wir uns, die Münder voll Staub, auf einer häßlichen Landstraße dahinschleppten!

Das Wetter war abwechselnd heiß und kalt, aber andauernd windig. Regen drohte auf uns herniederzuprasseln, und tat es dann auch wirklich, als der Nachmittag vorrückte. Meine Zuhörer dürfen niemals vergessen, daß beim Wohnwagenfahren die Nachmittage vorrücken und die Vormittage mit ihnen verschmelzen, ohne daß es während der ganzen Zeit so etwas wie eine richtige Mahlzeit gibt. Schon längst war mir klargeworden, daß Pflaumen mein Los sein sollten: Pflaumen oder Bananen oder grasgrüne Äpfel, versüßt durch ein Biskuit, wenn die Biskuits nicht zufällig gerade rar geworden waren (in diesem Fall bekamen sie die Damen), zu einer Tageszeit, als das übrige Europa gerade gemütlich beim Mittagessen saß; und ich hatte gelernt, mich damit abzufinden, wie ich mich mit allen anderen Entbehrungen abfand, denn ich sah ja selbst ein, daß man eine warme Mahlzeit nur auf den Tisch zaubern konnte, bevor man einen Lagerplatz verließ oder nachdem man einen solchen erreicht hatte. Ein kluger Mann schweigt angesichts des Unmöglichen; dennoch, mit Pflaumen im Bauch marschiert es sich schlecht. Mir blieb jedoch nichts anderes übrig, und der Hunger (ein höchst unangenehmer und aufdringlicher Begleiter) gesellte sich dazu und marschierte jeden Tag mit mir.

Nun, es stimmte mich zu dieser Zeit oft froh, daß meiner armen Marie-Luise ihre Silberhochzeitsreise erspart geblieben war, und daß eine robustere und weitaus weniger verdienstvolle Ehefrau sie an ihrer Stelle durchlitt. Marie-Luise war durch und durch Ehefrau ohne den geringsten Walfischknochen (wenn ich mich so ausdrükken darf) in ihren Kleidern oder ihrem Charakter. Alles an ihr war weich, fraulich, überquellend. Man brauchte sie nur anzufassen, und schon blieb ein Grübchen zurück. Man brauchte nur den geringsten seelischen Druck auf sie auszuüben, und schon gab sie sofort nach.

»Aber *gefällt* Ihnen denn so etwas?« fragte Mrs. Menzies-Legh, mit der ich mich in dieser nostalgischen Stimmung unterhielt, da keine bessere Begleiterin zur Hand war.

Edelgard lief vorneweg, sichtlich schlanker, jünger, bewegte sich hurtig und leichtfüßig in ihrem kurzen Rock und ihrer neuen Emsigkeit. Besonders beim Anblick dieser vor mir herlaufenden Gestalt – nun in der Entfernung kaum mehr von den unterernährten Schwestern zu unterscheiden – mußte ich voll Zärtlichkeit an Marie-Luise denken. Edelgard benahm sich schlecht, und wenn ich ihr das abends in unserem Wohnwagen sagte, antwortete sie nicht. Zu Hause bekundete sie immer sofort danach Reue; hier sagte sie entweder gar nichts oder gab knappe Antworten, die mich an Mrs. Menzies-Legh erinnerten, kurze sonderbare Sätze, die sonst überhaupt nicht ihre Art waren und die eine Erwiderung ärgerlicherweise erschwerten. Und je mehr sie sich so benahm, desto häufiger wanderten meine Gedanken voller Bedauern zu meiner sanften und willfährigen ersten Frau zurück. Ich weiß noch, daß mir jene zwanzig Jahre mit ihr manchmal recht lang vorgekommen waren; aber das lag erstens daran, daß zwanzig Jahre eine lange Zeit sind, und zweitens, daß keiner von uns vollkommen ist, und drittens daß eine Ehefrau, wenn sie nicht achtgibt, einem leicht auf die Nerven gehen kann. Aber wie sehr ist doch Sanftmut einer aggressiven geistigen und körperlichen Umtriebigkeit vorzuziehen! Wie lästig, die eigene Frau vorneweg laufen zu sehen und das mit einer Leichtigkeit, mit der ich nicht mithalten konnte und die daher an sich schon eine Beleidigung ihres Ehemannes bedeutet. Ein Mann wünscht sich eine Frau, die reglos dasitzt, und nicht nur reglos, sondern jeden Tag auf demselben Stuhl, so daß er weiß, wo sie zu finden ist, wenn er zufällig etwas von ihr wollen sollte. Marie-Luise war eine Frau mit viel Sitzfleisch; sie bewegte sich nie, außer wenn sie hinter der damaligen Clothilde her war. Nur ihre Hände bewegten sich, unermüdlich führten sie die Nadel durch jene Teile meine Unterwäsche, die schadhaft geworden waren.

»Aber gefällt Ihnen denn so etwas?« fragte Mrs. Menzies-Legh, wie gewöhnlich ohne jedes Mitgefühl. Ihre liebenswürdige Schwester hätte ein interessiertes »Oh?« gegurrt und ich mich getröstet und verstanden gefühlt.

»Was gefallen?« fragte ich ziemlich verschnupft, denn in diesem Augenblick, als ich die Gestalten vor uns – meine Frau und Jellaby und Frau von Eckthum – beobachtete, fiel mir ein, daß ich mit der letztgenannten kein einziges Wort mehr gewechselt hatte seit dem Rückweg von der Kirche vor mehr als vierundzwanzig Stunden, hingegen ihre Schwester nie von meiner Seite zu weichen schien.

»Frauen mit Sitzfleisch«, sagte Mrs. Menzies-Legh, »und Grübchen überall, wohin man faßt. Ich nehme an, sie verschwanden wieder, wenn Sie aufhörten zu drücken. Denkt man dabei nicht eher an einen Radiergummi?«

»Eine Ehefrau hat vor allem dem Manne untertänig zu sein«, sagte ich im Bewußtsein, das Gebetbuch hinter mir zu haben, und wischte nebensächliche Einwände wie Radiergummi resolut beiseite.

»Ja, ja«, stimmte Mrs. Menzies-Legh zu, »aber –«

»Und ich bin dankbar, sagen zu können«, redete ich schnell weiter, denn sie wollte gerade etwas hinzufügen, was mit Sicherheit eine Spitze gewesen wäre, »ich bin dankbar sagen zu können, daß ich mit meiner Marie-Luise viel Glück gehabt habe.«

»Und viel Glück haben mit Ihrer Edelgard«, sagte sie – sie redeten sich seit dem zweiten Tag mit den Vornamen an.

»Natürlich«, sagte ich.

»Sie ist ein Mensch, den man einfach gern haben muß«, sagte sie.

»Zweifellos«, sagte ich.

»So anpassungsfähig und flink«, fuhr die taktlose Dame fort.

»Sie sind sehr freundlich«, sagte ich und hob meinen Panama als sehr förmlichen Dank für diese Komplimente.

»Und so selbstlos«, sagte sie.

Ich verbeugte mich erneut, noch förmlicher als zuvor.

»Schauen Sie nur, wie sie all die Butterbrote bereitet.«

Ich verbeugte mich erneut.

»Wie sie den Kaffee macht.«

Ich verbeugte mich abermals.

»Wie fröhlich sie ist.«

Ich verbeugte mich abermals.

»Und wie klug, lieber Baron.«

Klug? Unter diesem Gesichtspunkt hatte ich die arme Edelgard in der Tat noch nicht betrachtet. Hierauf konnte ich mir ein spöttisches Lächeln nicht verkneifen. »Es freut mich, daß Sie eine so gute Meinung von meiner Frau haben«, sagte ich und wollte eigentlich noch eine Menge hinzufügen wie etwa: »Aber was haben Sie denn mit meiner Frau zu schaffen, daß Sie sich berufen fühlen, derartige Lobeshymnen auf sie anzustimmen? Ist sie nicht einzig und allein mein Eigentum?«

Mrs. Menzies-Legh war jedoch gegen Tadel absolut immun und hatte so viele Antworten parat, daß ich mir diese lieber nicht haufenweise zuziehen wollte. Statt dessen begann ich, ihre Schwester über den grünen Klee zu loben, wodurch ich den Spieß sehr geschickt umdrehte und gleichzeitig das Gespräch auf ein Thema lenkte, das mich wirklich interessierte.

»Es ist gütig von Ihnen«, sagte ich, »daß Sie meine Familie so lobend erwähnen. Im Gegenzug möchte ich gern die Ihre loben.«

»Was – John?« fragte sie mit einem schnellen Seitenblick und einer Art Lächeln. (John war ihr übel gearteter Ehemann.) »Sind Sie – mögen Sie ihn denn so sehr?«

Da ich ja nun John für einen ganz erbärmlichen Wicht hielt, wäre die Beantwortung dieser Frage wohl jedem weniger Geistesgegenwärtigen schwergefallen.

»Mögen«, sagte ich mit prononcierter Höflichkeit, »ist nicht ganz das Wort, das meine Gefühle gegenüber Ihrem Mann beschreibt.«

Sie schaute mich von der Seite an, dann schlug sie ihre Augenwimpern nieder. »Lieber Baron«, murmelte sie, »wie sehr –«

»Ich habe dabei allerdings«, unterbrach ich sie hastig, denn ich spürte, daß ich mich auf dünnem Eis bewegte,

»nicht an ihn gedacht. Ich bezog mich eben auf ihre Schwester.«

»Oh?« sagte sie – fast wie die bezaubernde Verwandte selbst.

»Sie ist selbstverständlich reizend, das weiß jeder. Aber wissen Sie, was ich für ihren allerreizendsten Wesenszug halte?«

»Nein«, sagte Mrs. Menzies-Legh und betrachtete mich mit offenkundigem Interesse.

»Ihr Gesprächstalent.«

»Ja. Man kann sich gut mit ihr unterhalten«, gab sie zu.

»Ich würde sagen, man kann sich perfekt mit ihr unterhalten«, sagte ich enthusiastisch.

»Ich weiß. Das sagen alle.«

»Kein Wort zuviel«, sagte ich bedeutungsvoll.

»Oh?« sagte sie. »Finden Sie? Ich dachte eher –«, sie hielt inne.

»So außerordentlich einfühlsam«, fuhr ich fort.

»Und so amüsant«, sagte sie.

»Amüsant?« sagte ich, leicht überrascht, denn ich muß sagen, ich hatte es bis zum damaligen Zeitpunkt nicht für möglich gehalten, daß man mit einer einzigen Silbe, wie flötengleich auch immer, amüsant sein kann.

»Mehr noch – richtig geistreich. Finden Sie nicht?«

»Geistreich?« sagte ich mit wachsendem Staunen.

Sie schaute mich an und lächelte. »Sie haben sie offensichtlich nicht so gefunden«, sagte sie.

»Nein. Und ich mache mir auch nichts aus geistreichen Damen. Ihre Schwester ist all das, was man vollkommen nennt – einfühlsam, eine interessierte Zuhörerin, jemand, der die eigenen Ansichten vollständig teilt und der nie ein Wort mehr sagt, als absolut nötig ist; aber dem Himmel sei Dank, ich habe nie bemerkt, daß sie sich auf die unweibliche Ebene des Witzes herabließ.«

Mrs. Menzies-Legh schaute mich an, als mache ich Spaß. Sie hatte eine Art an sich, die ich nicht ausstehen konnte; denn es gibt wohl kaum etwas Beleidigenderes, als für witzig gehalten zu werden, wenn man es gar nicht ist. »Offensichtlich«, sagte sie, »üben Sie auf Betti einen besänftigenden und beruhigenden Einfluß aus, lieber Baron. Dann hat sie Sie also noch nie zum Lachen gebracht?«

»Natürlich nicht«, sagte ich mit Überzeugung.

»Aber schauen Sie doch Mr. Jellaby an – sehen Sie nicht, wie er eben lacht?«

»Über seine eigenen faden Witze, nehme ich an«, sagte ich und bedachte die dahinschlurfende Gestalt vor uns mit einem flüchtigen Blick. Er hatte sein Gesicht Frau von Eckthum zugewandt, und er lachte wirklich, und zwar ungehörig laut.

»Oh, ganz und gar nicht. Er lacht über Betti.«

»Ich habe«, sagte ich eindringlich, »Ihre Schwester in ganz normaler Gesellschaft reden hören – das heißt, einer Gesellschaft, wie sie dieser Urlaub eben bietet –, und sie war dabei stets ernst und etwas dichterisch, aber nie hat sie mehr als ein Lächeln riskiert und nie hat sie Lachen erregt, jene zweifelhafte Huldigung.«

»Das kam daher«, sagte Mrs. Menzies-Legh, »weil Sie dabei waren, lieber Baron. Ich sage Ihnen doch, Sie wirken auf sie besänftigend und beruhigend.«

Ich verbeugte mich. »Es freut mich«, sagte ich, »daß ich auf die Gesellschaft hier einen so guten Einfluß ausübe.«

»Oh, einen sehr guten«, sagte sie, die Augenwimpern niedergeschlagen. »Aber worüber redet denn Betti dann mit Ihnen? Die Landschaft?«

»Ihre zartfühlende Schwester, meine liebe gnädige Frau, redet überhaupt nicht. Oder vielmehr, das, was sie sagt, besteht lediglich aus einem Wort. Allerdings weiß sie diesem eine solche Ausdrucksvielfalt zu verleihen, daß man ganze Bände damit füllen könnte. Das ist es, was ich so tief an ihr bewundere. Wenn alle Damen eine Lehre daraus ziehen würden –«

»Aber – welches Wort denn?« unterbrach Mrs. Menzies-Legh, die mit wachsender Verblüffung zugehört hatte – Verblüffung, vermute ich, daß eine so nahe Verwandte zugleich eine Person von Takt und Zartgefühl sein konnte.

»Ihre Schwester sagt schlicht ›Oh‹. So einfach dahingesagt, klingt es belanglos, doch ich kann nur wiederholen, daß, wenn jede Frau –«

Mrs. Menzies-Legh jedoch gab einen kleinen Aufschrei von sich und bückte sich hastig.

»Lieber Baron«, sagte sie, »ich habe einen Dorn oder so etwas Ähnliches in meinem Schuh. Ich will hier auf unseren Wohnwagen warten und reingehen und ihn rausziehen. *Auf Wiedersehen.*«

Sie blieb zurück.

Dies war das erste wirklich angenehme Gespräch, das ich mit Mrs. Menzies-Legh geführt hatte. Ich lief einige Meilen allein vor mich hin und ließ es mir vergnügt durch den Kopf gehen. Es war natürlich ein erfreulicher Gedanke, daß ich als einziger in diesem Kreise einen wohltuenden Einfluß auf die ausübte, die Betti zu nennen ihre Schwester das Recht hatte; und es war ebenfalls erfreulich (wenn ich auch im Grunde nichts anderes erwartet hatte), daß ich einen guten Einfluß auf die gesamte Reisegesellschaft ausübte. »Besänftigend« lautete Mrs. Menzies-Leghs Ausdruck dafür. Nun, Tatsache war, daß diese Engländer stündlich und unentwegt mit deutscher Hefe durchsetzt wurden; und jetzt, da man diesen Sachverhalt so vielfältig umschrieben hatte, merkte ich tatsächlich, daß ich sie besänftigte. Mehrfach hatte ich schon die Beobachtung gemacht, daß jedes Grüppchen, so laut es auch gelacht und geredet haben mochte, bei meinem Herannahen urplötzlich in Schweigen verfiel – in der Tat eine besänftigende Wirkung! – und sofort auseinanderstob, damit jeder seinen Pflichten nachgehen konnte.

Aber danach passierte an jenem Tag nichts mehr, was erfreulich gewesen wäre. Ich trottete allein dahin. Regen fiel, und der Matsch wurde schlimmer, doch unverdrossen trottete ich dahin. Man tat mir gegenüber immer so, als hätten wir ungewöhnliches Pech mit dem Wetter und als gebe es in England in der Regel keine solchen Sommer; ich jedoch glaube, daß es alljährlich einen solchen hat, als eine besondere Strafe der Vorsehung dafür, daß es überhaupt existiert, denn wie anders wäre es sonst so überaus grün? Matsch und Grün, Matsch und Grün, die ganze Insel besteht aus nichts anderem, dachte ich bei mir und schleppte mich zwischen nassen Hecken dahin, nachdem ein einstündiger Regen alles zum Tropfen gebracht hatte.

Gleichmütig lief ich neben meinem Pferd, wohin die anderen mich führten. Im Regen kamen wir durch Dörfer, die die Damen in den höchsten Tönen kindischer

Begeisterung als entzückend bezeichneten, auch Edelgard machte mit, ja, war sogar die lauteste von allen. Edelgard verliebte sich auf albernste Weise in jede strohbedeckte und schlecht ausgebesserte Hütte, in deren Garten sich zufällig Blumen zeigten, und sagte – ich hörte es mit meinen eigenen Ohren –, daß sie gern in einer solchen leben würde. Was für ein neuer Spleen ist nun das schon wieder, fragte ich mich. Kein einziger unserer Freunde, der nicht (völlig verständlich) seine Besuche bei uns einstellen würde, wenn unser Haus einen so jämmerlichen Anblick böte. Das mindeste, was man braucht, um sich Freunde zu erwerben und zu erhalten, ist eine stattliche Polstergarnitur in einem einigermaßen geräumigen Wohnzimmer. Bis zu jenem Zeitpunkt war Edelgard zu Recht stolz auf die ihre gewesen, die eine so runde Summe kostete, daß sie in samtenen Zahlen überall hingeschrieben zu sein schien. Sie ist nur aus dem besten von allem gemacht – Holz, Polsterung, Überzüge und Federn, und hat einen wirklich schönen Tisch aus Nußbaum in der Mitte, der mit seinen geschwungenen, wohlgeformten Beinen auf einem viereckigen Teppich steht, der so hochwertig ist, daß schon manch eine Besucherin mit Neid in der Stimme ausgerufen hatte, als ihre Füße in ihm versanken: »Aber liebste Baronin, wo und wie haben Sie sich einen so ausgesprochen prächtigen Teppich besorgt? Er muß ja ein Vermögen –!« Und ein solcher Satz endete dann immer mit Augenaufschlägen und erhobenen Händen.

Der Gedanke, daß Edelgard mit dieser Garnitur und dem, was damit im Hintergrund ihres Bewußtseins zusammenhängt, so tun konnte, als wolle sie das alles aufgeben, stellte meine Geduld auf eine harte Probe; und gegen drei Uhr, als wir uns alle in einer Bäckerei in einem nassen Dorf mit Namen Salehurst versammelt hatten, um Rosinenbrötchen zu essen (da keine Aussicht bestand, sofort einen Lagerplatz zu finden), sagte ich ihr mit gesenkter Stimme, wie schlecht Begeisterungsausbrüche über Dinge wie Strohhütten zu einer Frau passen, die an ihrem nächsten Geburtstag dreißig wird.

»Liebe Frau«, bat ich sie, »versuche doch, nicht so albern zu sein. Wenn du dieses Getue für schön hältst, so laß mich dir sagen, daß du dich irrst. Die anderen werden dir das nicht sagen, weil die anderen nicht dein Mann sind. Kein Mensch läßt sich täuschen, keiner glaubt dir. Jeder merkt doch, daß du alt genug bist, um vernünftig zu sein. Aber da sie nicht dein Mann sind, müssen sie höflich sein und Zustimmung und Einverständnis heucheln, während sie in Wirklichkeit insgeheim beklagen, daß du dein Reden nicht deinem Alter anzupassen vermagst.«

Das sagte ich zwischen zwei Rosinenbrötchen; und ich hätte noch mehr gesagt, hätte sich der unvermeidliche Jellaby nicht zwischen uns gedrängt. Jellaby schob sich immer zwischen Mann und Frau, und diesmal tat er es mit einem Glas sprudelnder Limonade. Edelgard lehnte es ab, und Jellaby (vorlauter Sozialist) dankte ihr allen Ernstes dafür und sagte, es sei ihm vollkommen unmöglich, eine Frau zu achten, die Sprudellimonade trinke.

Eine Frau achten? Welch ein Ton gegenüber einer verheirateten Frau, deren Ehemann in Hörweite ist! Und was für einen mochte wohl Edelgard angeschlagen haben, ehe er sich diesen herausnehmen durfte?

»Und ich muß dich sehr ernsthaft warnen«, fuhr ich

mit etwas weniger ausgeprägter Geduld fort, »vor den Konsequenzen, die wahrscheinlich daraus erwachsen, wenn du es zuläßt, daß ein Mensch von Jellabys Geschlecht und sozialer Stellung dich plump vertraulich behandelt. Vertraulichkeit und Respektlosigkeit sind ein und dasselbe. Sie sind untrennbar. Ja, sie sind Zwillinge. Aber keine normalen Zwillinge – vielmehr jene unteilbare Art von Zwillingen, von denen es bisher glücklicherweise nur ein paar Exemplare gegeben hat –«

»Lieber Otto, iß doch noch ein Brötchen«, sagte sie und deutete auf diese Dinger, die auf dem Ladentisch aufgeschichtet lagen; und als ich innehielt, um mir das frischeste auszusuchen (indem ich sie prüfend drückte), entwischte sie, obwohl sie genau wußte, daß ich mit meinen Vorhaltungen noch nicht zu Ende war.

Je weiter ich in meinem Bericht gelange, desto mehr Zweifel kommen mir, ob ich ihn außerhalb der Verwandtschaft überhaupt jemandem vorlesen sollte. Freunde haben gewisse judasähnliche Eigenschaften und könnten vielleicht, nachdem sie sich diese Bemerkungen über Edelgard scheinbar wohlwollend angehört haben, weggehen und ein falsches Bild von mir verbreiten. Verwandte andererseits sind sehr aufrichtig und verstellen sich nie (weshalb, denke ich manchmal, man Freunde vorzieht), und sie besitzen außerdem Familiensinn, was sie daran hindert, mit Nicht-Verwandten darüber zu reden. Möglicherweise beschränke ich mich in meinen Einladungen ganz auf sie; und dennoch ist es schade, wenn ich nicht auch meine Freunde einlasse. Haben nicht auch sie oft auf dieselbe Weise gelitten? Haben sie nicht selbst Ehefrauen? Gott steh uns allen bei.

Unseren Marsch fortsetzend, verließen wir Salehurst (wo ich die anderen eindringlich, aber vergebens zu überreden versuchte, das Lager im Hinterhof eines Gasthofs zu errichten) und schlugen den Weg nach Bodiam ein. Dort stehe, wie mir Lord Sigismund, der sich zu mir gesellte, erläuterte, ein sehr interessantes, uraltes, verfallenes Schloß inmitten eines Wassergrabens, der zu dieser Jahreszeit voll von weißen und gelben Wasserlilien sei.

Er kannte es gut und redete viel davon, über seine Lage, seinen Erhaltungszustand und besonders seine Lilien. Aber ich war viel zu naß, um einen Gedanken auf Lilien zu verschwenden. Ein festes Dach und ein geschlossenes Fenster hätten mich weitaus mehr interessiert. Immerhin, es war angenehm, sich mit ihm zu unterhalten, und bald schon gab ich dem Gespräch eine andere Wendung und verband es gleichzeitig geschickt mit dem nächsten Thema, indem ich nämlich anmerkte, daß seine durchlauchte Tante in Deutschland ja auch sehr alt sein müsse. Ausweichend stimmte er dem zu, und wollte wieder auf die näherliegenden Ruinen zurückkommen, was ich mit der Bemerkung abwehrte, sie müsse in ihrem Schloß in Thüringen ein vollkommenes Bild abgegeben haben, da der Hintergrund so harmonisch, eine so passende Umgebung für eine alte Dame sei, denn bekanntermaßen beherbergen die Ländereien des Schlosses die prächtigsten Ruinen in Europa. »Und Ihre erlauchte Tante, mein lieber Lord Sigismund«, fuhr ich fort, »steht an Herrlichkeit dem übrigen gewiß in nichts nach.«

»Nun, ich glaube nicht, daß Tante Lizzie tatsächlich schon so hinfällig ist, Baron«, sagte Lord Sigismund lächelnd. »Sie sollten sie sehen, wenn sie in ihren Gamaschen herumgeht, um nach dem Rechten zu sehen.«

»Nichts wünschte ich mir sehnlicher, als sie zu sehen«, erwiderte ich ganz begeistert, denn das war ja schon fast eine Einladung.

Er jedoch gab darauf keine direkte Antwort, sondern wandte sich erneut den Ruinen von Bodiam zu, und erneut unterbrach ich das, was eine eingehende Schilderung zu werden drohte, indem ich ihn fragte, wie lange man brauche, um mit dem Zug zu dem Anwesen seines Vaters, des Herzogs, in Cornwall zu gelangen.

»Oh, es liegt am Ende der Welt«, sagte er.

»Ich weiß, ich weiß. Aber meine Frau und ich würden England ungern verlassen, ohne dorthin gereist zu sein und einen Blick auf ein Anwesen geworfen zu haben, das laut Baedeker so berühmt ist wegen seiner Ausdehnung, seiner Pracht und seinem ganzen Drumherum. Selbstverständlich, mein lieber Lord Sigismund«, fügte ich mit äußerster Höflichkeit hinzu, »erwarten wir nichts. Wir wären zufrieden, wie ganz normale Touristen behandelt zu werden. Trotz der Länge der Reise würde es uns nichts ausmachen, im Gasthaus abzusteigen, das bestimmt nicht weit von den herzöglichen Toren entfernt ist. Wir würden das, was aus meiner Sicht – und ich hoffe und glaube auch aus Ihrer – eine herzliche Freundschaft geworden ist, nicht ausnützen.«

»Mein lieber Baron«, sagte Lord Sigismund sehr freundlich, »ich bin ganz Ihrer Meinung. Freundschaft sollte so herzlich wie möglich sein; wobei mir einfällt, daß ich den armen Menzies-Legh noch gar nicht gefragt habe, was sein Fuß macht. Das war nicht sehr herzlich von mir, nicht? Ich muß mal schauen, wie es ihm geht.«

Und er blieb zurück.

Zu diesem Zeitpunkt führte ich den Zug an (aufgrund irgendeines Zufalls seit dem Aufbruch von der Bäckerei) und hatte allgemeine Weisung, geradeaus zu gehen, es sei denn von hinten kämen anderslautende Weisungen. Dementsprechend ging ich geradeaus eine Straße hinab, die auf einem hohen Kamm dahinführte, von dem man an freundlicheren Tagen bestimmt nach beiden Seiten einen schönen Blick hatte, doch jetzt nur Regen und Nebel sah. Bodiam lag irgendwo drunten in der Ebene, und wir waren auf dem Weg dorthin; denn Mrs. Menzies-Legh und auch alle anderen einschließlich Edelgard wollten unbedingt (oder taten zumindest so) die Ruinen sehen. Ich kann einfach nicht an die Aufrichtigkeit eines solchen Wunsches glauben, wenn er, wie in diesem Falle, von hungrigen und durchnäßten Leuten geäußert wird. Ruinen sind ja schön und gut, aber sie kommen ganz zum Schluß. Ein Mann, wenn er ehrlich ist, will keine Ruine anschauen, bevor nicht jeder andere Trieb, und selbst der kleinste, befriedigt worden ist. Falls er, ohne sein Essen bekommen zu haben, dennoch das dringende Bedürfnis zum Ausdruck bringt, solche Dinge zu besichtigen, dann ist dieser Mann für mich ein Heuchler. Muß man nicht zuerst selbst ein Dach über dem Kopf haben, um den Blick auf etwas ohne Dach genießen zu können? Muß man nicht zuerst etwas im Bauch haben, um den Anblick von Leere genießen zu können? Wenn Obdachlose und Ausgehungerte andere Dinge, die kein Dach über dem Kopf haben und leer sind, besichtigen und bewundern, ist es in meinen Augen so trostlos, wie wenn Gespenster mit Gespenstern zum Tee gehen.

Allein schleppte ich mich durch eine triefende Welt. Von den Ruinen und den Gespenstern wanderten meine Gedanken ganz natürlich abermals zu Lord Sigismunds erhabener und bejahrter Tante in Thüringen – denn wenn man siebzig ist, ist man ja selbst schon fast ein Gespenst –, zu der Beinahe-Einladung (gewiß aber Ermunterung), die er mir gegenüber ausgesprochen hatte, der Aufforderung, hinzufahren und sie in ihren fürstlichen Gamaschen zu sehen. Sodann erwog ich die vielen unübersehbaren Vorteile, eine solche Dame auf unserer Liste geplanter Besuche zu haben, erging mich in Mutmaßungen darüber, wieweit die Gastfreundschaft ihres Bruders, des Herzogs, gehen würde, wenn wir hinfahren und ganz offen in dem Gasthaus vor seinen Toren Quartier nehmen sollten, und ich stellte mir vor, wie angenehm ein Aufenthalt in seinem Schloß sein würde (abgesehen von allen anderen Erwägungen) nach dem wochenlangen Wohnwagenleben, und welches Aufsehen wir in Storchwerder erregen würden, wenn man dort von unserem Besuch beim Herzog erführe.

Das Hupen eines noch nicht zu sehenden Automobils riß mich aus diesen Träumereien. Es war zuerst im Nebel verborgen, ward aber sogleich sichtbar, als es mit furchterregender Geschwindigkeit die gerade Straße herab auf mich zuraste, als es plötzlich und mit lautem Getöse dahinraste, das größte, schnellste und ganz augenscheinlich teuerste Exemplar, das ich bisher gesehen hatte.

Der Straße war breit, fiel aber von der Straßenmitte nach beiden Seiten beträchtlich ab, und auf der Straßenmitte lief ich mit meinem Wohnwagen. Es war eine Lehmstraße, glitschig vom Regen. Bildeten sich diese unverschämten Neureichen etwa ein, fragte ich mich, daß ich die eine Seite hinunterrutschen würde, bloß um ihnen Platz zu machen? Platz war eine Menge zwischen mir in der Mitte und dem Graben und der Hecke an den Seiten. Wenn schon jemand hinunterrutschen sollte, warum dann nicht sie?

Mit der diesen Leuten eigenen Frechheit fuhr der Lenker des Automobils mitten auf der Straße, direkt in der Mitte. Ich merkte, daß hierin meine Chance lag. Kein Automobil würde es wagen, geradewegs auf ein so langsames und sperriges Hindernis wie einen Wohnwagen zuzurasen, und ich hatte sie gründlich satt – ihren Staub, ihren Gestank und ihr protziges Gehabe. Außerdem fühlte ich, daß alle anderen Mitglieder unserer Gesellschaft auf meiner Seite sein würden, denn ich habe ja berichtet, wie empört sie sich zu der Tötung der hübschen jungen Frau durch einen dieser Teufel mit Motorradbrille geäußert hatten. Deshalb ging ich unbewegt weiter und wich keinen Millimeter breit von der Mitte der Straße.

Da der Autofahrer das sah und nun schon sehr nahe war, kreischte er in kindischer Wut (er hatte eine Stimme wie eine zornige Frau), daß ich es wagte, mich ihm in den Weg zu stellen. Ich hielt unverdrossen meinen Kurs, obwohl ich das Pferd antreiben mußte, das tatsächlich von allein auszuweichen versuchte. Der Fahrer, immer noch kreischend, sah keine andere Möglichkeit, als mir die Mitte zu überlassen und sich zu bemühen, auf der Böschung vorbeizukommen. Als er es versuchte, geriet er heftig ins Schleudern, und nach einem kurzen Aufbäumen und hektischer Betriebsamkeit unter seinen Insassen, wurde es still um ihn, und er rutschte in den Graben.

Ein alter Herr mit rotem Gesicht kam zum Vorschein und kämpfte sich mit vielen Hüllen ab.

Ich wartete, bis er sich schließlich daraus befreit hatte, und richtete dann von der Höhe der Straße herab eindringliche und deutliche Worte an ihn: »Straßenrowdy«, sagte ich, »laß dir das eine Lehre sein.«

Ich hätte noch mehr gesagt, da er nicht wegkonnte und ich gewissermaßen die Lage im Griff hatte, wenn der aufdringliche Jellaby und der allzu freundliche Lord Sigismund nicht ganz außer Atem von hinten herbeigerannt gekommen wären, um Hilfe anzubieten, die offensichtlich gar nicht verlangt wurde.

Der alte Mann schüttelte seinen Mantel ab und erhob sich im Auto und wollte gerade seinerseits das Wort an mich richten, denn seine Augen waren auf mich geheftet und sein Mund öffnete und schloß sich in den Zuckungen, die einer hitzigen Unterredung vorauszugehen pflegen (was ich alles ruhig beobachtete, gegen die Deichsel meines Pferdes gelehnt und in dem Bewußtsein, im Recht zu sein), als Lord Sigismund und Jellaby herbeigerannt kamen.

»Ich hoffe, Sie haben sich nicht verletzt –«, begann Lord Sigismund, wie üblich besorgt um Leute, denen irgend etwas zugestoßen ist.

Der alte Mann schnappte nach Luft. »Was? Sidge? Ist das dein Verein?« rief er aus.

»Hallo Paps?« lautete Lord Sigismunds unverzügliche und erstaunte Antwort.

Es war der Herzog.

War das nun etwa kein ausgesprochenes Pech?

XV

Bei vielen Gelegenheiten habe ich während eines Lebens, das mittlerweile lang genug ist, um genügend davon geboten zu haben, an der Vorsehung eine Neigung festgestellt, den Gerechten zu bestrafen, eben weil er gerecht gewesen ist. Ich gehöre nicht zu jenen, die die Vorsehung kritisieren, wenn ich es vermeiden kann, und doch empfinde ich das als bedauerlich. Es ist mir außerdem unerklärlich. Marie-Luise starb, wie ich mich entsinne, genau an dem Tag, als ich Grund gehabt hatte, ihr Vorhaltungen zu machen. Ich empfand das damals fast als Bosheit. Freilich wußte ich, daß es nur Vorsehung war. Meine arme Frau wurde als Werkzeug mißbraucht, um mich ins Unrecht zu setzen, und ich brauche Ihnen, meine Freunde, die Sie sie kannten und mich kennen und Zeugen der Harmonie unseres Ehelebens waren, nicht zu sagen, daß ihr Tod nichts mit meinen Vorwürfen zu tun hatte. Sie erinnern sich wohl alle, daß sie an jenem Tage vollkommen gesund war und am späten Nachmittag durch eine vorbeifahrende Droschke von meiner Seite gerissen wurde. Die Droschke überfuhr sie und ließ mich urplötzlich als Witwer auf dem Bürgersteig zurück. Dies hätte jedem passieren können, aber das ungewöhnliche Pech bestand darin, daß ich, wollte ich meine Pflicht erfüllen, gezwungen gewesen war, sie während der Stunden, die dem Unglück unmittelbar vorangingen, zu tadeln. Natürlich konnte ich nichts von der Droschke wissen. Ich hatte keine Ahnung von ihr; ich tat meine Pflicht; und am Abend war ich total am Boden zerstört, von bitterster Reue und Selbstvorwürfen gequält. Doch hatte ich mich etwa nicht richtig verhalten? Mein Gewissen sagte »Ja«. Wie wenig leider konnte mich mein Gewissen damals trösten! Mit der Zeit kam ich darüber hinweg und erlangte mein inneres Gleichgewicht wieder, und ich sagte mir deshalb, daß das Leben stillstehen würde, wenn wir vor lauter Angst, die Leute könnten sterben, nicht den Mund aufmachten. Ja, ich sah das so deutlich, daß ich nicht nur binnen Jahresfrist wieder heiratete, sondern auch beschloß, mich von keiner früheren Erfahrung davon abbringen zu lassen, gegenüber meiner zweiten Frau meine Pflicht zu tun; ich ging davon aus, daß das von Anfang an meine eigentliche Aufgabe im Haushalt als dessen Vorstand und Richter ist, und bis zum heutigen Tag freue ich mich sagen zu können, daß die Vorsehung Edelgard in Ruhe gelassen und sie nicht (von belanglosen Dingen abgesehen) als Waffe benutzt hat, um mich bedauern zu lassen, das Richtige getan zu haben.

Aber nun war da die Sache mit dem Herzog. Nichts hätte herzlicher sein können als die Gefühle, die ich ihm und seiner Familie gegenüber hegte. Ich bewunderte und mochte seinen Sohn; über alle Maßen achtete ich seine Schwester; und ich bat geradezu darum, ihn selbst bewundern, mögen, achten zu dürfen. Das war meine Einstellung ihm gegenüber. Gegenüber Automobilisten hatte ich eine ebenso untadelige. Ich verabscheute ihr barbarisches Benehmen und war wie jeder anständige

Mann erpicht darauf, ihnen eine Lektion zu erteilen und mitzuhelfen, ihre vielen unglückseligen Opfer zu rächen. Nun kam die Vorsehung und trat zwischen diese verdienstvollen Absichten und vereitelte beide mit einem Schlag durch das einfache Mittel, den Herzog in Gestalt eines Automobilisten daherkommen zu lassen. Die Vorsehung brachte mich durcheinander; sie bestrafte mich; sie setzte mich ins Unrecht; und weswegen? Weil ich tat, was ich für richtig hielt.

»Niemand, nicht einmal ein Pfarrer kann von mir verlangen, daß ich so etwas gut finde«, beklagte ich mich gegenüber Mrs. Menzies-Legh, mit der ich mich unterhalten hatte, weil ihre Schwester irgendwo anders war.

»Nein«, sagte sie und schaute mich nachdenklich an, so als sei sie versucht, noch mehr zu sagen. Aber (ihr fiel wohl ein, daß ich redselige Frauen nicht mag) sie unterließ es.

Während sich die anderen, so gut es ging, die Ruinen anschauten, saß ich mit der dürren Dame unter einem der verfallenen Bögen des Bodiam Schlosses (fahren Sie niemals dorthin, meine Freunde, es ist ein schrecklich feuchter Ort), da ich zu müde war, irgend etwas anderes zu tun als einfach dazusitzen, und zudem innerlich erschöpft, denn ich bin ein feinfühliger Mensch und hatte einen turbulenten Tag hinter mir. Der Abend hatte das getan, was die Engländer sich neigen nennen. Lord Sigismund war weggefahren – mit seinem unsinnig aufgebrachten Vater im Automobil zu irgendeinem Ort gefahren, dessen Namen ich nicht verstand, und sollte erst am nächsten Tag zurückkommen. Die anderen, mich inbegriffen, hatten nach langem Suchen einen hundsmiserablen Lagerplatz gefunden, auf dem Kühe weideten. Es war zu spät, um Widerspruch einzulegen, so daß wir uns dort auf einem schutzlosen Acker um unseren Schmortopf kauerten, während der Wind heulte und ein feiner Regen fiel. Unsere Gesellschaft war sonderbar schweigsam und lustlos, bedenkt man ihre sonstige gute Laune. Keiner sagte, es sei gesund und herrlich; selbst die Kinder gaben keinen Ton von sich und saßen in bis oben zugeknöpften Gummimänteln da, die Hände um ihre Knie gefaltet, die Gesichter, naß und glänzend vom Regen, starr und ernst. Ich glaube, das Benehmen des Herzogs, nachdem er aus dem Straßengraben herausgekrochen war, hatte sie deprimiert. Es war ein unangenehmer Auftritt gewesen – ich möchte meinen, er ist ein Mann mit hitzigem und unbeherrschtem Temperament –, und meine Rechtfertigungen waren nutzlos gewesen. Außerdem nahm die Zubereitung des Abendessens ungeheure Zeit in Anspruch. Aus irgendeinem Grunde wollten die Hühner nicht gar werden (es fehlte Lord Sigismund mit seiner Überzeugungsgabe), und die Kartoffeln konnten nicht weich werden, weil das Feuer, auf dem sie standen, ausging und niemand es merkte. Ich kann Ihnen nicht schildern, wie kahl und herbstlich das baumlose Feld bei dem herabrauschenden Regen und nach dem unbefriedigenden Tag auf mich wirkte. Seine Trostlosigkeit in Verbindung mit dem, was vorgefallen war, und dem schlechten Abendessen erweckten in mir eine größere Abneigung als jedes Lager, das wir zuvor aufgeschlagen hatten. Die Vorstellung, daß wir hier oben auf diesen naßkalten Höhen die Nacht inmitten von Kühen verbringen sollten, während drunten in Bodiam die Lichter funkelten und glückliche Landarbeiter sich in richtigen Zimmern zum Schlafengehen auszogen und in normale Betten begaben, anstatt sich seitlich in etwas hineinzuschieben, was im Grunde nichts anderes als ein Regal war, wirkte merkwürdig deprimierend. Und als nach dem Abendessen unsere Reisegesellschaft bei flackerndem Laternenlicht den Abwasch erledigte und der Regen die Teller naß machte, kaum daß sie abgetrocknet waren, entfuhr mir, als ich sie betrachtete: »Das also nennt man nun Vergnügen.«

Niemand hatte darauf etwas zu sagen.

Aus purer Notwehr gingen wir später hinunter zu den Ruinen, so dunkel und unfreundlich es auch war. Herumsitzen in der Nässe konnten wir nicht, und es war noch zu früh, um zu Bett zu gehen. Auch verbot es sich aus Anstandsgründen, in einem der Wohnwagen Karten zu spielen. Mrs. Menzies-Legh schlug es tatsächlich vor, aber als ich sie mit einer Strenge darauf hinwies, die ich ohne weiteres noch verstärkt hätte, wenn sie den geringsten Einwand gemacht hätte, ließ man den Vorschlag fallen. Da wir im Freien bleiben mußten, mußten wir uns auch bewegen, sonst hätten wir gewiß Rheumatismus gekriegt, also begaben wir uns abermals auf die matschigen Wege, ließen Menzies-Legh (der schrecklich mürrisch war) zurück, um auf das Lager aufzupassen, und schleppten uns die zwei Meilen hinunter zum Schloß.

Mrs. Menzies-Legh lief neben mir. Als sie sah, daß ich allein war, da die anderen in einem Tempo voraneilten, bei dem mitzuhalten ich mir keine Mühe gab, bummelte sie hinterdrein, bis ich sie einholte, und ging mit mir.

Ich habe kein Geheimnis daraus gemacht, daß diese

Dame mich während der Reise zu ihrem besonderen Opfer auserkoren zu haben schien. Sie, meine Zuhörer, müssen es inzwischen gemerkt haben, denn ich verberge nichts. Ruhigen Gewissens kann ich behaupten, daß ich daran keine Schuld trug, denn ich ermunterte sie dazu in keiner Weise. Erstens war sie bestimmt über Dreißig, und zweitens hatte sie sich mehr als einmal erlaubt, sich über mich lustig zu machen. Zudem läßt mich dieser Frauentyp kalt. Der geringste Hauch von Drahtigkeit ist mir bei einer Frau ein Greuel; und körperlich hatte sie nichts zu bieten (außer Drahtigkeit) und geistig zuviel – ich meine, soweit das bei einer Frau überhaupt der Fall sein kann, und da ist es nicht weit her. Ich habe mir daher nicht das geringste vorzuwerfen, und so enthalte ich mich sorgfältig aller Bemerkungen, die den Eindruck erwecken könnten, daß ich mir etwas darauf einbildete. Ich konstatiere lediglich die bloßen Fakten, daß die Dame mir nicht von der Seite wich, daß mir das widerstrebte und daß kein anderes Mitglied unserer Reisegesellschaft mir derart auf den Leib rückte.

So saß sie zum Beispiel mit mir zwischen den Ruinen, da sie vorgab, ebenfalls müde zu sein, was natürlich nicht stimmte, denn etwas Umtriebigeres als sie kann man sich wirklich nicht vorstellen, und in Ermangelung einer besseren Zuhörerin – Frau von Eckthum war gleich am Anfang in der Dämmerung verschwunden – mußte ich mich mit ihr, wie oben geschildert, unterhalten. Freilich kann man sich mit einer solchen Frau nicht richtig unterhalten, nicht richtig plaudern. Dies (keineswegs neu für mich) führte sie mir gleich wieder vor Augen, als sie wissen wollte, ob ich nicht finde, daß die Leute sehr schnell bei der Hand sind, das Vorsehung zu nennen, was sie sich in Wirklichkeit mehr oder weniger selbst zuzuschreiben haben – »oder«, fügte sie (gotteslästerlich) hinzu, »wenn sie in einer anderen Stimmung sind, nennen sie es Teufel, aber immer sind sie es selbst.«

Nun, ich war nicht durch den Matsch nach Bodiam gelaufen, um Gott zu lästern, so raffte ich meinen Mantel um mich zusammen und schickte mich an zu gehen.

»Aber ich verstehe Ihren Standpunkt ja durchaus«, sagte sie, als sie diese Vorkehrungen bemerkte und vielleicht einsah, daß sie zu weit gegangen war. »Manchmal laufen die Dinge sehr unglücklich, und die Strafen stehen in keinem Verhältnis zum begangenen Unrecht. So muß es zum Beispiel ganz schrecklich für Sie gewesen sein, daß Sie Ihre Frau gescholten haben –«

»Nicht gescholten. Getadelt.«

»Das ist dasselbe.«

»Keineswegs.«

»Dann also sie getadelt haben bis zu dem Moment – oh, es hätte mich umgebracht.«

Und sie schauderte.

»Verehrte gnädige Frau«, sagte ich leicht amüsiert, »ein Mann hat gewisse Pflichten, und er erfüllt sie. Manchmal sind sie unangenehm, und dennoch erfüllt er sie. Wenn er sich jedesmal davon umbringen ließe, bestünde auf der Welt ein gewaltiger Mangel an Ehemännern, und was würden Sie dann alle machen?«

Frauen haben jedoch keinen Sinn für Humor, und sie war außerstande, diesen Strohhalm zu ergreifen, den ich ihr hinhielt, um dem Gespräch eine heiterere Wendung zu geben. Im Gegenteil, sie wandte den Kopf, sah mich ernst an (hübsche Augen, am falschen Ort) und sagte: »Aber wieviel besser ist es dann, niemals seine Pflicht zu tun.«

»Wirklich –«, protestierte ich.

»Ja. Wenn es bedeutet, herzlos zu sein.«

»Herzlos? Ist eine Mutter herzlos, die ihr Kind tadelt?«

»Oh, nennen Sie es doch bei seinem richtigen Namen – schelten, Vorhaltungen machen, Ratschläge erteilen, beschimpfen – es ist alles herzlos, schlimm und herzlos.«

»Beschimpfen, verehrte gnädige Frau?«

»Hören Sie mal, Baron, was Sie zum Herzog gesagt haben –«

»Oh. Das war ein bedauerliches Mißgeschick. Ich tat, was unter allen anderen Umständen meine Pflicht gewesen wäre, und die Vorsehung –«

»Ach, lieber Baron, lassen Sie doch die Vorsehung aus dem Spiel. Und lassen Sie Ihre Pflicht aus dem Spiel. Eine Zunge, die ihre Pflicht tut, ist eine solch schreckliche Waffe. Man kann ja fast mit ansehen, wie Liebe und Barmherzigkeit mehr und mehr verblassen und immer schwächer werden, je länger sie sich bewegt, und am Ende ganz verkümmern und erlöschen. Glauben Sie mir, ich habe mich jedesmal dankbar auf die Knie geworfen, wenn ich nicht gesagt habe, was ich im Ärger hatte sagen wollen.«

»Tatsächlich?« sagte ich ironisch.

Ich hätte hinzufügen können, daß ihre Knie wohl nicht besonders beansprucht worden seien, denn ich konnte mir keine Frau vorstellen, bei der die Wahrscheinlichkeit, den Mund zu halten, wenn sie reden wollte, geringer gewesen wäre. Aber, Hand aufs Herz, wozu eigentlich? Frauen habe ich noch nie ernst nehmen können, selbst wenn ich sie anziehend fand; und weiß der Himmel, ich hatte keine Lust, an dem feuchten Ort auf Steinen herumzusitzen, während diese da ihren dürftigen Vorrat an unausgegorenen Weisheiten vor mir ausbreitete, um (vermutlich) einen besseren Menschen aus mir zu machen. Mit unmißverständlicher Entschiedenheit begann ich daher, meinen Mantel zuzuknöpfen, entschlossen, nach den anderen zu suchen und ihnen vorzuschlagen, zum Lagerplatz zurückzukehren.

»Sie vergessen«, sagte ich, während ich weiterknöpfte, »daß ein Zornesausbruch überhaupt nichts mit der Ruhe zu tun hat, mit der sich ein vernünftiger Mann seiner Pflichten entledigt.«

»Was, waren Sie denn ganz ruhig und glücklich, als Sie das taten, was Sie tadeln nennen?« sagte sie, zu mir aufschauend. »Oh, Baron.« Und sie schüttelte den Kopf und lächelte.

»Ruhig, hoffe und glaube ich, aber nicht glücklich. Und das erwartete ich auch gar nicht. Pflicht hat nichts mit eigenem Glücklichsein zu tun.«

»Nein, und auch nicht mit dem der anderen.«

Natürlich hätte ich ihre Argumente gründlich zerpflücken können, wenn ich die Gesetze der Logik zur Anwendung hätte bringen wollen, aber das hätte Zeit gekostet, da sie sehr schwer zu überzeugen war, und ich konnte mich damit jetzt wirklich nicht abgeben.

»Soll Menzies-Legh sie doch überzeugen«, dachte ich bei mir und rüstete mich für den Heimweg im Regen, wußte ich doch, daß ich schon genug damit zu tun hatte, meine eigene Frau zu überzeugen.

»Versuchen Sie es mit Lob«, sagte Mrs. Menzies-Legh.

Da ich nicht wußte, worauf sie hinauswollte, knöpfte ich schweigend weiter.

»Mit Lob und Ermunterung. Sie würden staunen, was dabei herauskommt.«

Schweigend, denn ich machte mir nicht die Mühe, sie zu fragen, was ich denn loben und ermuntern solle, schlug ich meinen Kragen hoch und zog die kleine Lasche vorn fest. Da sie merkte, daß ich das Gespräch nicht fortzusetzen gedachte, traf auch sie Anstalten, um sich wieder in den Regen zu stürzen.

»Sie sind doch nicht böse, lieber Baron?« fragte sie, beugte sich herüber und schaute in das, was von meinem Gesicht über dem Kragen noch übrigblieb.

Ich hatte sie nie in irgendeiner Weise bestärkt, mich so anzureden, aber wie unnahbar ich mich auch gebärdete, ich konnte sie nicht davon abbringen. Gerechterweise muß ich Sie, die Sie sie ja kennen, daran erinnern, daß sie keine unangenehme Stimme hat. Wie Sie sich bestimmt entsinnen, ist diese tief und alles andere als schrill, so daß das, was sie sagt, irgendwie interessanter klingt, als es ist. Etwas verrückt zwar, aber nicht ganz unzutreffend meinte Edelgard, sie sei voller Tiefen. Zwischen diesen Tiefen vibrierte sie nicht unmelodisch auf und ab, und als Mrs. Menzies-Legh mich fragte, ob ich böse sei, nahm ihre Stimme einen Ausdruck an, der große Ähnlichkeit mit einfühlsamer Besorgnis hatte.

Ich jedoch wußte recht gut, daß sie alles mögliche war, nur nicht einfühlsam – die gesamte Einfühlsamkeit, deren die Familie Flitz je fähig war, konzentrierte sich in ihrer sanften Schwester –, und so ließ ich mich nicht im geringsten täuschen.

»Verehrte gnädige Frau«, sagte ich, die Falten meines Mantels glattstreichend, »ich bin schließlich kein Kind.«

»Manchmal habe ich das Gefühl«, sagte sie und stand ebenfalls auf, »daß Ihnen Ihr Urlaub keinen Spaß macht. Daß er nicht das ist, was Sie sich vorgestellt haben. Daß wir in unserer Reisegesellschaft vielleicht nicht sehr – nicht sehr gut zusammenpassen.«

»Sie sind sehr gütig«, sagte ich mit einer Unnahbarkeit, die sie sofort auf eine ungeheuere und angemessene Distanz verwies, denn nahm dies nicht die Richtung aufs Vertrauliche? Und ein Mann muß auf der Hut sein.

Hierauf betrachtete sie mich ein Weilchen, wobei sie den Kopf etwas zur Seite neigte. Ihr Mangel an weiblicher Zurückhaltung – man stelle sich Edelgard vor, wie sie einen Ehrenmann aus Fleisch und Blut mit der unverfrorenen Aufmerksamkeit anstarrt, die man einem unbelebten Gegenstand entgegenbringt – entsetzte mich aufs neue. Sie schien sich ihres Geschlechts nicht im mindesten bewußt zu sein, keine jener *arrière-pensées* (wie unsere besiegten, aber dennoch geistreichen Nachbarn sagen) zu hegen, die man sehr treffend weibliche Zurückhaltung nennt. Ein wohlerzogene deutsche Dame schlägt sehr schnell die Augen nieder, wenn sie einem Ehrenmann gegenübertritt. Sie besinnt sich sogleich darauf, daß sie eine Frau und er ein Mann ist, und vergißt das keine Sekunde lang, während sie zusammen sind. Ich bin sicher, daß Mrs. Menzies-Legh sich in den Tagen, als sie noch eine Flitz war, so verhielt, aber England hat diese edlere preußische Gesinnung geschwächt, wenn nicht sogar vollkommen zerstört, und da stand sie nun und betrachtete mich in einer Haltung, die ich nur als vollkommen geschlechtslose Gleichgültigkeit bezeichnen kann. Was, fragte ich mich, würde sie mir jetzt wohl gleich sagen, was mich dann doch noch auf die Palme bringen würde? Aber sie sagte nichts; sie gab nur ihrem Kopf einen kleinen Ruck, wandte sich plötzlich um und lief davon.

Nun, ich hatte keine Neigung, ebenfalls davonzulaufen – zumindest nicht mit ihr. Die Ruinen gehörten mir nicht, und sie war nicht mein Gast, so fühlte ich mich durchaus berechtigt, sie allein gehen zu lassen. Auch Ritterlichkeit hat ihre Grenzen, und man verschwendet sie schließlich nicht gern. Es gibt keinen ritterlicheren Mann als mich, falls ich ein geeignetes Objekt vor mir habe, aber in meinen Augen ist diese Voraussetzung nicht gegeben, wenn die Objekte erst einmal ein Alter erreicht haben, wo sie selbst auf sich aufpassen können, oder wenn die Natur sie mit einem Panzer aus Reizlosigkeit umgeben hat; in diesem letzteren Fall ist die Natur gewissermaßen selbst ritterlich zu ihnen, und man kann sie ruhigen Gewissens dem Schutz derselben überlassen.

Daher ging ich ganz gemächlich hinter Mrs. Menzies-Legh her, da ich zum Lager zurückkehren wollte, aber keine Lust hatte, es mit ihr zu tun. Ich nahm mir vor, nach Frau von Eckthum zu suchen, und sie und ich würden dann in trauter Zweisamkeit den Heimweg antreten; und als ich unter dem Bogen hindurchging, der in den Teil des ehemaligen Schlosses führte, der einst der Bankettsaal gewesen war, fand ich sogleich das Ziel meiner Suche unter einem Regenschirm, der von Jellaby über ihren Kopf gehalten wurde.

Als ich ein Kind und noch in der Obhut meiner Mutter war, pflegte sie, die ihr möglichstes für mich tat, zu sagen: »Otto, versetze dich an seine Stelle«, wenn ich einmal unüberlegt und vorschnell urteilte. Das tat ich; es wurde mir zur Gewohnheit; und infolgedessen gelangte ich zu Schlüssen, zu denen ich sonst wahrscheinlich nicht gelangt wäre. So befolgte ich nun, als ich meiner sanftmütigen Freundin unter Jellabys Regenschirm über den Weg lief, den Befehl meiner Mutter ganz automatisch. Sofort begann ich mir vorzustellen, wie ich mich an ihrer Stelle fühlen würde. Wie würde mir wohl, ging es mir blitzartig durch den Kopf, solch unmittelbare Nähe zu dem langweiligen Sozialisten, zu dem einfachen Mann aus dem Volke gefallen, wenn ich eine so außerordentlich kultivierte und feingliedrige Dame wäre, die edle Blume und letzte Blüte eines altehrwürdigen, aristokratischen, konservativ gesinnten und rechtschaffenen Geschlechts? Nun, es wäre eine Tortur; und das, worauf ich durch göttliche Fügung gestoßen war, war eine Tortur.

»Liebe Freundin«, rief ich, auf sie zustürzend, »was machen Sie denn hier, schutzlos in Nässe und Dunkelheit? Erlauben Sie mir, daß ich Ihnen meinen Arm anbiete und Sie zu Ihrer Schwester führe, die, glaube ich, gerade zum Lager zurückkehren will. Darf ich –«

Und ehe noch Jellaby einen Satz herausbrachte, hatte ich ihre Hand durch meinen Arm gezogen und führte sie besorgt von dannen. Er, der – ich sage das mit Bedauern – nie merkte (aufgrund seiner Dickhäutigkeit), wenn seine Anwesenheit unerwünscht war, kam auch mit und unternahm linkische Versuche, seinen Schirm über ihren Kopf zu halten, wodurch er vor allem erreichte, ungeschickt wie er nun einmal war, daß mir der Regen von den Spitzen desselben in den Nacken tropfte.

Freilich konnte ich in Gegenwart einer Dame nicht grob zu ihm werden und ihm unumwunden sagen, daß er sich trollen solle, aber ich glaube kaum, daß er seinen Spaziergang genoß. Gleich zu Beginn fiel mir plötzlich ein, daß außer Edelgard und mir keiner von unserer Reisegesellschaft Regenschirme besaß, und so konnte ich ihn mit sanfter Stimme, die manchmal so vielsagend ist, fragen: »Jellaby, was ist das für ein Regenschirm?«

»Die Baronin lieh ihn mir aus«, erwiderte er.

»O tatsächlich. Gütergemeinschaft, eh? Darf ich fragen, was sie selbst macht, ohne Schirm?«

»Ich brachte sie heim. Sie sagte, sie habe etwas zu nähen. Ich glaube, sie wollte ein Kleidungsstück von Ihnen ausbessern.«

»Sehr gut möglich. Da es der Schirm meiner Frau ist und somit meiner, wie Sie kaum bestreiten werden, denn wenn zwei Menschen durch das Ehegesetz ein Fleisch werden, müssen sie schließlich auch sonst eins werden, und daher auch ein Regenschirm, darf ich Sie also bitten, ihn mir auszuhändigen und seinem rechtmäßigen Eigentümer zu gestatten, ihn für diese Dame zu halten, anstatt ihn mir unentwegt zwischen Hals und Kragen zu schieben?«

Und ich nahm ihm den Schirm ab und schaute auf Frau von Eckthum hinunter und lachte, denn ich wußte, es würde sie amüsieren, daß Jellaby die Behandlung widerfuhr, die ihm gebührte.

Sie, eine Angehörige meiner Nation und meiner Gesellschaftsschicht, mußte sich gewiß oft empört haben darüber, wie sich die Engländer in unserer Reisegesellschaft ihm gegenüber benahmen, genau so, als sei er ihresgleichen. Überempfindlich wie sie war, mußte sie sich von Jellabys Auftreten und Redeweise sehr oft verletzt gefühlt haben, mußten sie sein Flanellkragen, sein unordentlicher Aufzug, die Haartolle, die er sich ewig aus der Stirn strich, nur damit sie ihm ewig wieder über selbige fiel, seine schmächtige, fast weibliche Gestalt, sein rundes Gesicht und das lächerliche Weiß seiner Haut abgestoßen haben. Wirklich, man konnte diesen Menschen nur wie eine Witzfigur behandeln; man durfte ihn nicht ernst nehmen, sich nicht hinreißen lassen, böse auf ihn zu werden, so nahe man auch oft dran war. Demgemäß drückte ich die auf meinem Arm ruhende Hand ein wenig, signalisierte so gegenseitiges Einverständnis und schaute zu ihr hinab und lachte.

Die liebe Dame war jedoch nicht immer gleich schnell von Begriff. In der Regel ja; aber ein paarmal setzte sie ihrer Weiblichkeit die Krone auf, indem sie göttlich dumm war, und in diesem Falle, sei es, weil ihre kleinen Füße naß und deshalb kalt waren, oder sie dem Gespräch nicht folgte oder sie eine solche Überdosis Jellaby intus hatte, daß sich ihr Gehirn gegen jeden neuen Eindruck sperrte, beantwortete sie weder meinen Blick noch mein Lachen. Ihre Augen waren auf den Boden gerichtet, und die zarte, ernste Linie ihrer Nase war alles, was ich zu sehen bekam.

Da ich ihre Stimmung respektierte, wie es ein taktvoller Mann natürlich stets tun würde, wandte ich mich kein weiteres Mal direkt an sie, sondern legte mich mächtig ins Zeug, um sie auf dem Weg zum Hügel hoch bei Laune zu halten, indem ich mich mit Jellaby in einem Ton gespielter Feierlichkeit unterhielt und versuchte, ihn zu ihrer Belustigung aus der Reserve zu locken. Unglücklicherweise widerstand er meinen wohlgemeinten Bemühungen und war schweigsamer, als ich ihn je erlebt hatte. Er sprach kaum, und sie, fürchte ich, war sehr müde, denn nur einmal sagte sie »oh«. So wurde aus dem Gespräch ein längerer Monolog meinerseits über den Sozialismus. Frau von Eckthum verfolgte meine Ausführungen mit konzentrierter, stiller Teilnahme, und Jellaby, da bin ich mir sicher, platzte fast vor Wut. Jedenfalls brachte ich einige sehr gute Argumente an, und er wagte keinen einzigen Widerspruch. Wahrscheinlich hatte noch niemand seine irrigen Theorien so gründlich zerpflückt, denn bis zum Lager waren es zwei Meilen, und ich verlangsamte meinen Schritt, so gut ich konnte. Meine Zuhörer müssen sich ferner vergegenwärtigen, daß ich ausschließlich jene tödlichste aller Vernichtungswaffen benutzte, die Doppel-Spritze von Ironie und Witz. Nichts vermag dem Gift, das aus beiden gepumpt wird, standzuhalten, und ich konnte Jellaby guten Gewissens die fröhlichste gute Nacht wünschen, als ich der zarten Dame die Stufen zu ihrem Wohnwagen hochhalf.

Er, es ist amüsant zu erzählen, antwortete fast überhaupt nicht darauf. Aber kaum war er weg, da fand Frau von Eckthum ihre Sprache wieder, denn nachdem ich ihr, als sie gerade durch die Tür verschwinden wollte, gesagt hatte, wie sehr ich mich gefreut habe, daß ich ihr einen kleinen Dienst erweisen konnte, blieb sie, die Hand am Vorhang, stehen und sagte zu mir niederblickend: »Welchen Dienst?«

»Sie vor Jellaby gerettet zu haben«, sagte ich.

»Oh«, sagte sie, zog den Vorhang zurück und ging hinein.

XVI

Etwa sechs Stunden Fußmarsch von Bodiam entfernt gibt es ein Anwesen, das Frog's Hole Farm genannt wird. Es handelt sich dabei um ein unbewohntes Haus, das inmitten von Hopfenfeldern versteckt liegt. Das Ganze ist ein unwirtlich feuchter Ort in einer Mulde, umgeben von jäh ansteigenden Hügeln, ein Ort, zu dem nie ein Sonnenstrahl vordringt und zu dem kein Mensch sich verirrt.

Den gesamten nächsten Tag lang wanderten wir darauf zu, geleitet von dem launischen Schicksal, das unsere richtungslosen Bewegungen von Anfang an gelenkt hatte. Das wußten wir natürlich nicht – das weiß man nie, wie auch meine Zuhörer zweifellos gemerkt haben werden –, aber daß alle unsere qualvollen Schritte während eines ungewöhnlich langen Marsches dorthin strebten und wir im Grunde nur ein Spielball des Schicksals waren, wenn wir an Straßenkreuzungen beratschlagten und zögerten, welche Richtung wir einschlagen sollten, und dabei noch meinten, wir träfen die Entscheidung selbst – das alles, wie gesagt, dämmerte uns genau um vier Uhr, als wir mit unseren Wagen im Gänsemarsch einen Feldweg am Rande eines Hopfenfeldes entlangrumpelten und einer nach dem anderen im Hinterhof von Frog's Hole Farm wieder zum Vorschein kam.

Das Haus stand (und sehr wahrscheinlich tut es das immer noch) jenseits eines verfallenen Zaunes in einem quadratischen, verwilderten Garten. An dessen Nordseite zog sich eine Reihe zerzauster Fichten entlang, an denen viele Äste fehlten; ein Teich, grün von Algen, nahm die Mitte dessen ein, was einst der Rasen gewesen war; und der letzte Pächter hatte sich anscheinend derartig überstürzt davongemacht, daß er sein Verpackungsmaterial nicht mehr wegräumen konnte und der Weg zur Eingangstür immer noch mit Stroh und den Zeitungen vom Tag seiner Abreise übersät war.

Das quaderförmige Haus hatte viele Fenster, so daß wir stets dem glasigen und leeren Blick von zwei Reihen derselben ausgesetzt waren, in welcher Ecke wir auch unser Lager aufschlagen mochten. Obwohl es erst vier Uhr war, als wir ankamen, stand die Sonne bereits hinter den großen Bäumen, die die Anhöhe im Westen krönten, und der Ort schien sich auf die Nacht einzurichten. Unheimlich? Höchst unheimlich, meine Freunde; aber andererseits wirkt selbst eine funkelnagelneue Villa im schaurigen Halbdunkel unheimlich, wenn kein Mensch drin wohnt; zumindest hörte ich Mrs. Menzies-Legh das zu Edelgard sagen, die in der Nähe des defekten Zauns stand und die verlassene Behausung mit offensichtlichem Unbehagen musterte.

Wir hatten niemanden um Erlaubnis gefragt, hier lagern zu dürfen. Wir hielten das nicht für nötig, als wir von einem Arbeiter auf der Landstraße erfuhren, daß wir alles fänden, was wir bräuchten, wenn wir einen versteckten Weg abwärts und dann durch ein Hopfenfeld gingen. Platz gab es wirklich allenthalben: leere Schuppen, leere Scheunen, leere Trockenhäuser und, wenn wir eines der klapprigen Fenster hätten öffnen wollen, ein leeres Haus. Platz gab es in Hülle und Fülle; aber ein bewohnter Bauernhof, in dem es Milch und Butter gibt, wäre praktischer gewesen. Außerdem lastete zweifellos eine schaurige Atmosphäre – wie Mrs. Menzies-Legh sagte – auf dem Ganzen, es herrschte eine bedrohlich wirkende Stille, es bewegte sich kein Blatt und kein Strauch, und so sehr ich den Blick auch schweifen ließ, ich entdeckte nirgendwo ein Dach oder einen Schornstein, nein, nicht einmal eine Rauchsäule, die zwischen den Hügeln aufgestiegen wäre, um mir zu zeigen, daß wir nicht allein waren.

Nun ja, mir persönlich ist es im Grunde egal, ob sich Blätter bewegen und an einem Ort Totenstille herrscht. Ein Mann schenkt solchen Dingen weniger Beachtung als eine Frau, aber ich muß sagen, selbst mir – und meine Freunde werden daran ermessen können, in welch unheimlicher Umgebung wir uns befanden –, selbst mir fiel mit einem gewissen Bedauern ein, daß Lord Sigismunds sehr wilder und sehr wachsamer Hund mit seinem Herrn gegangen und somit nicht mehr bei uns war. Und selbst Jellabys Köter hatten wir nicht mehr, der zwar weniger taugte, aber dennoch ein Hund war und ohne Zweifel einige Übung im Bellen hatte, denn er befand sich immer noch beim Tierarzt, einem Herrn, der mittlerweile weit zurück im Schoß der bergenden Hügel geblieben war.

Meine Zuhörer müssen Nachsicht üben, wenn mein Stil von Zeit zu Zeit mit blumigen Ausdrücken durchsetzt ist, wie der vom Tierarzt und dem Schoß der Hügel, denn sie dürfen nicht vergessen, daß die Leute, mit denen ich zusammen war, kaum je den Mund aufmachten, ohne Wörter zu benutzen, auf die schlichte Gemüter wie ich in der Regel gar nicht kommen. Poesie ging ihnen so selbstverständlich von den Lippen, wie ihnen Schweiß aus den Poren trat. Poesie quoll so natürlich und so beständig aus ihnen wie Wasser aus dem Gefieder einer Ente. Mrs. Menzies-Legh war in dieser Hinsicht die Hauptübeltäterin, aber ihr trübsinniger Mann und auch Jellaby taten es ihr, wie ich mit eigenen Ohren hören konnte, beinahe gleich. Nachdem ich dies eine Woche lang genossen hatte, stellte ich an mir selbst eine gewisse Neigung fest, von Dingen wie bergenden Hügeln zu sprechen, und da ich über die Wohnwagentour schreibe, kann ich nicht immer vermeiden, in einen Ton zu verfallen, der in meiner Erinnerung so innig mit ihr verbunden ist. Ein merkwürdiger Verein von menschlichen Wesen hatte sich da unter jenen provisorischen und unzulänglichen Dächern zusammengefunden. Ich hoffe, meine Zuhörer *sehen* sie vor sich.

Unser Marsch an jenem Tag war schweigsamer verlaufen als gewöhnlich, denn wie ich allmählich merkte, waren meine Reisegefährten außerordentlich stark ihren Stimmungsschwankungen unterworfen, und vermutlich lastete ihnen die trübselige Atmosphäre von Bodiam ebenso schwer auf dem Gemüt wie Lord Sigismunds Fahnenflucht, denn jener Tag hatte wirklich nur aus Tiefen bestanden. Das Wetter war herbstlich. Es regnete nicht, aber Himmel und Erde wirkten gleichermaßen bleigrau, und ich sah nur ganz vereinzelt, daß sich ein paar Sonnenstrahlen in den Pfützen spiegelten, auf die ich meine Augen richten mußte, wenn ich ihnen mit Erfolg ausweichen wollte. An einem Ort namens Brede, einem öden, schutzlos auf einer Anhöhe gelegenen Weiler, hätten wir Lord Sigismund treffen sollen, aber statt dessen stand da nur ein Abgesandter von ihm mit einem Brief für Mrs. Menzies-Legh, den sie schweigend las, schweigend ihrem

Mann reichte, wartete, während er ihn schweigend las, und dann ohne den geringsten Kommentar das Signal zum Weitermarschieren gab. Wie anders sich Deutsche benommen hätten, brauche ich Ihnen nicht eigens zu sagen, denn eine Neuigkeit ist etwas, das kein Deutscher mit seinen Nachbarn zu teilen vergißt, indem er sie gründlich erörtert, *lang und breit*, unter jedem möglichen und unmöglichen Gesichtspunkt, und das nenne ich menschlich, das andere hingegen unmenschlich.

»Lord Sigismund kommt wohl heute nicht?« fragte ich Mrs. Menzies-Legh, sobald sie in Hörweite war.

»Ich fürchte, nein«, sagte sie.

»Morgen?«

»Ich fürchte, nein.«

»Was, überhaupt nicht mehr?« entfuhr es mir, denn das war in der Tat eine schlechte Neuigkeit.

»Ich fürchte, nein.«

Und entgegen ihrer Gewohnheit blieb sie zurück.

»Warum kommt denn Lord Sigismund nicht mehr zurück?« rief ich Menzies-Legh zu, dessen Wohnwagen dem meinen folgte, da meiner wie gewöhnlich in der Mitte fuhr; und da ich mein Pferd nicht aus den Augen lassen konnte, lief ich rückwärts nach hinten und trat dabei in sämtliche Pfützen, ehe ich vor ihm stand.

»Eh?« sagte er.

Glich er nicht aufs Haar einem verwahrlosten Fuhrmann, wie er sich so dahinschleppte, finster dreinschauend, ohne Jackett, den zerbeulten Hut aus der düsteren Stirn geschoben? Noch eine Woche, und er würde von dem schlimmsten Exemplar eines echten Fuhrmanns überhaupt nicht mehr zu unterscheiden sein.

»Warum kommt Lord Sigismund nicht mehr zurück?« wiederholte ich und legte dabei die Hände an den Mund, um ihm meine Frage direkt in seine schwerhörigen Ohren zu schreien.

»Er ist verhindert.«

»Verhindert?«

»Eh?«

Dies war Absicht: es mußte Absicht sein.

»Weshalb – ist – er – denn – verhindert?« schrie ich.

»Passen Sie auf – Ihr Wagen wird gleich im Straßengraben landen.«

Und als ich mich schnell umdrehte, kam ich gerade noch rechtzeitig, um das lästige Untier von einem Pferd, das man keinen Augenblick lang sich selbst überlassen konnte, wieder in die gerade Richtung zu ziehen.

Achselzuckend lief ich weiter. Ein solch lendenlahmer Vertreter der Menschheit wie Menzies-Legh war mir mit Sicherheit noch nicht begegnet.

Bei der Straßenkreuzung hinter Brede, als wir wie gewöhnlich anhielten, um über den Wegweiser zu streiten, während das Schicksal, das Frog's Hole Farm schon längst in petto hatte, im Hintergrund lachte, legte ich Jellaby die Hand auf den Arm – der war so dünn, daß ich zurückzuckte – und sagte: »Wo ist Lord Sigismund?«

»Nach Hause gefahren mit seinem Vater, glaube ich.«

»Warum kommt er denn nicht mehr zurück?«

»Er ist verhindert.«

»Aber wodurch? Ist er krank?«

»O nein. Er ist einfach – eben einfach verhindert.«

Und Jellaby entwand sich meinem Griff und ging, um mit den anderen auf den Wegweiser zu starren.

Während sich auf der Straße, für die wir uns schließlich entschieden, alle um den besagten Arbeiter drängten, der uns zu dem verlassenen Bauernhof schickte, trat ich auf Frau von Eckthum zu, die am äußeren Rand des Menschenauflaufs stand, und sagte mit der sanfteren Stimme, der ich mich instinktiv bediente, wenn ich sie ansprach: »Ich höre, Lord Sigismund kommt nicht mehr zurück.«

So sanft meine Stimme auch war, sie ließ Frau von Eckthum zusammenfahren; meistens fuhr sie zusammen, wenn sie angesprochen wurde, da sie außerordentlich nervös war (was sie in meinen Augen noch bezaubernder machte).

(»Wenn ich sie anspreche, tut sie das nicht«, sagte Edelgard, als ich ihr von dieser Eigenart erzählte.

»Meine Liebe, du bist ja nur eine andere Frau«, erwiderte ich – etwas spitz, denn Edelgard ist oft wirklich unerträglich schwer von Begriff.)

»Ich höre, Lord Sigismund kommt nicht mehr zurück«, sagte ich also sehr sanft zu der zarten Dame.

»Oh?« sagte sie.

Zum ersten Mal wünschte ich mir, sie würde sich nicht immer so kurz fassen.

»Er ist verhindert, höre ich.«

»Oh?«

»Wissen Sie, wodurch er verhindert ist?«

Sie schaute erst mich an und sandte dann den anderen, die nur noch Augen und Ohren für den Arbeiter hatten, einen irgendwie komisch (durchaus weiblich) wirkenden Blick der Hilflosigkeit zu, wozu natürlich gar kein Grund bestand; dann fügte sie ihrem Wortschatz ein weiteres Wort hinzu, aber leider nur ein einziges, und sagte: »Nein«, – oder vielmehr: »N–n–n– ein«, denn sie zögerte.

Und als ich gerade meinen Fragen Nachdruck verleihen wollte, kam Jellaby, faßte mich am Ellenbogen (die Vertraulichkeit eines solchen Menschen!) und führte mich beiseite, um mir die Ohren vollzusingen mit ellenlangen Anweisungen, was ich an den verschiedenen Abzweigungen bis zu Frog's Hole Farm zu tun hätte.

Nun, es traf mich natürlich wie ein Schlag, feststellen zu müssen, daß das bei weitem interessanteste und liebenswürdigste Mitglied der Reisegesellschaft (Frau von Eckthum ausgenommen) weg war, und zwar ohne ein Wort, ohne eine Erklärung, ein Lebewohl oder ein Zeichen des Bedauerns. Es war Lord Sigismunds Gegenwart, die Gegenwart eines Mannes, der so unstreitig meiner eigenen Gesellschaftsschicht angehörte, eines Mannes, dessen Verwandte auch der strengsten Prüfung standhielten und nicht, wie Edelgards Tante Bockhügel (von der vielleicht gleich mehr), ein dunkler und fragwürdiger Fleck waren, um die das Gespräch vorsichtige *détours* machen mußte – es war ohne jeden Zweifel, sage ich, Lord Sigismund, der der ganzen Unternehmung den schicklichen Anstrich, nämlich einfach eine aristokratische Laune zu sein, gegeben hatte, Lord Sigismund, der ihr seinen Stempel aufgedrückt, ihr eine besondere Note verliehen, sie insgesamt zu etwas Besserem gemacht hatte, als sie nach außen hin war. Er war ein Christ und Ehrenmann; mehr noch, er war der einzige von uns, der kochen konnte. Sollten wir nun also für unser leibliches Wohl in Zukunft ganz auf Jellabys Haferflockenbrei angewiesen sein?

An jenem Nachmittag, als wir im Matsch des verlassenen Bauernhofes unser verspätetes Mittagessen einnahmen, gab es Würste; ein Essen, das bisher nur einmal serviert worden war, und das an sich schon ein untrügliches Zeichen dafür war, daß die Küchenvorräte zur Neige zu gehen begannen. Ich habe bereits beschrieben, wie Jellaby Würste briet, daß er sie unentwegt in der Pfanne hin und her drehte, auf sie einstach, sie verfolgte und ihnen keine Ruhepause gönnte, in der sie hätten braun werden können – die dämlichste Art, mit einer Wurst umzugehen, die ich je erlebt habe. Zum zweiten Mal während der Reise aßen wir sie rosa und stopften uns nach Kräften mit Kartoffeln voll, eine Praktik, an die wir uns schon richtig gewöhnt hatten, auch wenn Ihnen das, meine Zuhörer, die Sie Kartoffeln nur als Beilage kennen, bejammernswert vorkommen mag. So war es; aber wenn man fast am Verhungern ist, hat eine heiße Kartoffel durchaus ihre Reize, und das gilt für zwei heiße Kartoffeln gleich doppelt. Jedenfalls hat sich meine Achtung vor ihnen seit meinem Urlaub verzehnfacht, und ich bestehe nun darauf, daß sie in größeren Mengen gegessen werden, als es in unserer Küche immer der Fall war, denn habe ich nicht die Erfahrung gemacht, wie gründlich sie sättigen? Und Dienstboten streiten bloß, wenn sie zuviel Fleisch kriegen.

»Das ist ein armseliges Essen für einen Mann wie Sie, Baron«, sagte Menzies-Legh, der plötzlich vom anderen Tischende her das Wort an mich richtete.

Er hatte beobachtet, wie ich fleißig kratzte – stellen Sie sich, meine Freunde, Baron von Ottringel so heruntergekommen vor –, die letzten Kartoffelreste aus dem

Topf kratzte, nachdem die Damen in Begleitung Jellabys gegangen waren, um mit dem Abwasch zu beginnen.

So lange hatte er mich schon nicht mehr von sich aus angesprochen, daß ich in meinem Kratzen innehielt und ihn anstarrte. Dann, mit der mir eigenen Geistesgegenwart in derartigen Dingen, lenkte ich seine Aufmerksamkeit auf seine schlechten Manieren am frühen Nachmittag, indem ich trocken mit einem »Eh?« antwortete.

»Ich staune, daß Sie das aushalten«, sagte er, von der kleinen Lektion keine Notiz nehmend.

»Wollen Sie mir bitte sagen, wie es zu ändern ist?« fragte ich. »Gebratene Gänse wachsen nun einmal nicht auf den Hecken Ihres Landes, wie ich bemerkt habe.« (Dies, fand ich, war eine ausgezeichnete Retourkutsche.)

»Aber sie gedeihen in London und anderen großen Städten«, sagte er – ein dummes Gerede gegenüber einem Mann, der im Hinterhof von Frog's Hole Farm sitzt. »Nehmen Sie eine Zigarette«, fügte er hinzu und schob mir sein Etui zu.

Ich zündete mir eine an, leicht erstaunt, wie sich sein Benehmen gebessert hatte, und er stand auf und setzte sich auf den freien Campingstuhl neben mir.

»Hunger«, sagte ich, das Gespräch wieder aufnehmend, »ist der beste Koch, und da ich andauernd hungrig bin, folgt daraus, daß ich mich nicht beklagen kann. In der Tat fange ich an zu begreifen, daß Herumzigeunern ein sehr bekömmlicher Lebenswandel ist.«

»Feucht – feucht«, sagte Menzies-Legh, schüttelte den Kopf und verzog seinen Mund so mißbilligend, daß es mich erstaunte.

»Was?« sagte ich. »Es mag ja ein bißchen feucht sein, wenn das Wetter feucht ist, aber man muß sich an solche Unbilden eben gewöhnen.«

»Nur um dann festzustellen«, sagte er, »daß man sich seine Gesundheit ruiniert hat.«

»Was?« sagte ich, da ich seinen Sinneswandel nicht begreifen konnte.

»Fürs Leben ruiniert«, sagte er eindringlich.

»Mein Verehrtester, ich habe sie unter den widrigsten Umständen wiederholt sagen hören, daß es gesund und herrlich sei.«

»Mein lieber Baron«, sagte er, »ich bin nicht wie Sie. Weder Jellaby noch ich und auch übrigens Browne nicht hat Ihre Robustheit. Wir sind von der Konstitution her im Vergleich zu Ihnen – um offen sein – richtige Schwächlinge.«

»Ach kommen Sie schon, Verehrtester, ich kann es nicht zulassen, daß Sie – Sie unterschätzen sich – etwas leichter gebaut vielleicht, aber kaum –«

»Es ist so. Schwächlinge. Richtige Schwächlinge. Und ich stehe auf dem Standpunkt, daß wir infolgedessen unter den Entbehrungen und Unbilden der Witterung eines verregneten Urlaubs wie diesem auf lange Sicht nicht annähernd so zu leiden haben wie Sie.«

»Nun müssen Sie mir aber verzeihen, wenn ich überhaupt nicht einsehen kann –«

»Na, mein lieber Baron, es ist doch sonnenklar. Unsere Gesundheit wird aus dem einfachen Grund nicht ruiniert werden, weil wir keine haben, die zu ruinieren wäre.«

Meine Zuhörer werden mir zustimmen, daß diese Position logisch unangreifbar war, und dennoch hatte ich so meine Zweifel.

Als er mein Schweigen bemerkte und wahrscheinlich den Grund dafür erriet, nahm er ein leeres Glas und schenkte etwas Tee aus der Teekanne ein, aus der Frau von Eckthum ihren Durst gelöscht hatte, obwohl ich sie warnend darauf hinwies (leider hatte ich nicht das Recht, es ihr zu verbieten), daß sie von soviel Teetrinken noch schreckhafter würde, wenn man sie anspreche.

»Schauen Sie sich das hier an«, sagte er.

Ich schaute.

»Sie sehen diesen Tee.«

»Gewiß.«

»Klar, nicht? Ein wunderschönes helles Braun. Dem Quellwasser hier zu verdanken. Sie können das Haus mit all seinen Fenstern durch ihn hindurch sehen, er ist vollkommen durchsichtig.«

Und er hielt ihn hoch, kniff ein Auge zusammen und starrte mit dem anderen durch ihn hindurch.

»Nun?« fragte ich.

»Nun, jetzt schauen Sie sich das an.«

Und er nahm ein weiteres Glas, stellte es neben das erste und goß sowohl Tee als auch Milch hinein.

»Schauen Sie da«, sagte er.

Ich schaute.

»Jellaby«, sagte er.

Ich machte ein verblüfftes Gesicht.

Hierauf nahm er noch ein Glas, goß sowohl Tee als auch Milch hinein und stellte es in eine Reihe mit den beiden ersten.

»Browne«, sagte er.

Ich machte ein verblüfftes Gesicht.

Hierauf nahm er ein viertes Glas, füllte es auf gleiche Weise wie das zweite und das dritte und stellte es ans Ende der Reihe.

»Ich«, sagte er.

Ich machte ein verblüfftes Gesicht.

»Können Sie durch eines von diesen dreien durchschauen?« fragte er, eines nach dem anderen antippend.

»Nein«, sagte ich.

»Wenn ich jetzt noch etwas Milch in sie gieße« – er tat es –, »ändert sich nichts. Sie waren zuvor trüb und undurchsichtig und sind auch jetzt noch trüb und undurchsichtig. Aber«, und er hielt den Milchkrug eindrucksvoll über das erste Glas –, »wenn ich auch nur den kleinsten Tropfen in dieses hier fallen lasse« – er tat es –, »schauen Sie mal, wie man ihn sieht. Die bewundernswerte Klarheit ist augenblicklich getrübt. Die Trübung breitet sich sofort aus. Dieser einzige Tropfen hat das ganze Glas Tee verändert, verschmutzt, ruiniert.«

»Nun?« wollte ich wissen, als er eine Pause machte und mich gespannt ansah.

»Nun?« sagte er. »Sehen Sie nicht?«

»Was sehen?« sagte ich.

»Meinen Standpunkt. Er ist so klar, wie es das erste Glas war, bevor ich Milch hineingoß. Das erste Glas, mein lieber Baron, sind Sie mit Ihrer robusten und einwandfreien Gesundheit.«

Ich verbeugte mich.

»Ihrer glänzenden Gesundheit.«

Ich verbeugte mich.

»Ihrer fabelhaften Konstitution.«

Ich verbeugte mich.

»Die anderen drei sind ich und Jellaby und Browne.«

Er hielt inne.

»Und der Tropfen Milch«, sagte er langsam, »ist die Wohnwagentour.«

Ich war verwirrt; und Sie, meine Zuhörer, werden zugeben, daß ich allen Grund dazu hatte. Hier lag ein Beispiel von, wie man zu Recht sagt, unwiderstehlicher Logik vor, und ein vernünftiger Mann wage nicht, wenn er sie einmal eingesehen hat, eine schweigende Verbeugung zu verweigern. Und doch fühlte ich mich sehr gut. Das sagte ich auch, nach einer Pause, während der mir klar wurde, wie unangreifbar Menzies-Leghs Position war, und ich versuchte, diese Unangreifbarkeit mit meinem subjektiven Wohlbefinden in Einklang zu bringen.

»Sie können sich nicht über die Tatsachen hinwegsetzen«, antwortete er. »Da sind sie.«

Und er deutete mit seiner Zigarette auf die vier Gläser und den Milchkrug.

»Aber«, wiederholte ich, »abgesehen von durchaus verständlichen Blasen an den Füßen fühle ich mich wirklich sehr wohl.«

»Mein lieber Baron, es steht außer jedem Zweifel, daß ein Mensch um so leichter durch die geringste Aufregung, die kleinste Veränderung seiner gewohnten Umgebung beeinträchtigt wird, je wohler er sich fühlt. Die Paradoxie, die bei allen Wahrheiten eine so große Rolle spielt, ist hier besonders augenfällig. Diejenigen, die sich vollkommener Gesundheit erfreuen, sind näher als alle anderen daran, ernsthaft krank zu werden. Sich weiter wohlzufühlen, muß noch lange nicht heißen, daß es wirklich so ist.«

Er machte eine Pause.

»Als«, fuhr er fort, da er merkte, daß ich nichts sagte, »wir die Wohnwagentour begannen, konnten wir nicht wissen, wie kalt und naß es andauernd sein würde, aber nun, da wir das wissen, muß ich sagen, ich fühle mich verantwortlich, weil ich Sie überredet habe – oder weil meine Schwägerin Sie überredet hat –, sich uns anzuschließen.«

»Aber ich fühle mich sehr wohl«, wiederholte ich.

»Und das werden Sie so lange, bis es nicht mehr so ist.«

Das stimmte natürlich.

»Rheumatismus«, sagte er kopfschüttelnd, »nun, ich fürchte, daß Sie im bevorstehenden Winter Rheumatismus bekommen werden. Und wenn der Rheumatismus erst einmal einen Mann zu fassen kriegt, läßt er nicht mehr von ihm ab, bis nicht jedes einzelne Organ in Mitleidenschaft gezogen ist, einschließlich des, wie jeder weiß, wichtigsten Organs überhaupt, des Herzens.«

Das war Schwarzseherei, und dennoch hatte der Mann recht. Die Vorstellung, daß ein Urlaub, etwas, was man geplant und mit so viel Vorfreude herbeigesehnt hatte, meine Gesundheit ruinieren sollte, heiterte die bleierne Atmosphäre, die Frog's Hole Farm umgab und auf ihr lastete, keineswegs auf.

»Ich kann das Wetter nicht ändern«, sagte ich schließlich – gereizt –, denn ich war verstimmt.

»Nein. Aber ich würde mich ihm nicht zu lange aussetzen, wenn ich Sie wäre«, sagte er.

»Ich habe ja schließlich für einen Monat bezahlt«, stieß ich hervor, überrascht, daß er dieses entscheidende Faktum übersehen konnte.

»Das ist gegenüber einer ruinierten Gesundheit ja wirklich belanglos«, sagte er.

»Keineswegs belanglos«, sagte ich scharf. »Geld ist Geld, und ich gehöre nicht zu denen, die es zum Fenster hinauswerfen. Und was ist mit dem Wagen? Man kann einen ganzen Wagen schließlich nicht so einfach stehen lassen, so weit von dem Ort entfernt, wo er hingehört.«

»Oh«, sagte er schnell, »darum würden wir uns schon kümmern.«

Ich stand auf, denn der Anblick der Gläser, voll von dem, was ich zugeben mußte, symbolische Wahrheit war, irritierte mich. Das eine, das mich vorstellen sollte, in das er nur einen Tropfen Milch hatte fallen lassen, war jämmerlich verfärbt. Der Gedanke, daß eine solche Verfärbung wahrscheinlich mein Los sein würde, behagte mir gar nicht. Doch was konnte ich tun, da ich nun einmal für einen Monat Wohnwagenurlaub bezahlt hatte?

Der Nachmittag war kühl und sehr feucht, und ich knöpfte meinen Mantel sorgfältig bis über meinen Hals hoch zu.

Menzies-Legh beobachtete mich.

»Nun?« sagte er, stand auf und sah mich, dann die Gläser und dann wieder mich an.

»Was gedenken Sie jetzt zu tun, Baron?«

»Einen kleinen Spaziergang«, sagte ich.

Und ich ging.

XVII

Dies war ein eigenartiges Gespräch.

Ich bog um die Rückseite des Hauses und ging einen Pfad entlang, den ich dort entdeckte, und ließ es mir durch den Kopf gehen. Menzies-Legh mochte ich nun weniger denn je. Trotz seiner Komplimente über meine Konstitution mochte ich ihn weniger denn je. Und wie überaus ärgerlich ist es doch, wenn eine Person, die man nicht leiden kann, recht hat; schlimm genug, wenn man sie mag; aber unerträglich, wenn man sie nicht leiden kann. Als ich so mit zu Boden gerichtetem Blick den Fußpfad entlanglief, sah ich bei jedem Schritt jene vier Gläser Tee vor mir, insbesondere meines, dasjenige, das zuerst so glänzend funkelte und danach so leicht zu ruinieren war. In diese Überlegungen versunken, merkte ich nicht, wohin meine Schritte strebten, bis ich plötzlich vor einer Kirchentür stand und nicht weiterkonnte. Der Pfad hatte mich hierher geführt und verlief dann, an einer Reihe von Grabsteinen vorbei zu einem Tor in einer Mauer, hinter der die Schornsteine dessen auftauchten, was zweifellos das Pfarrhaus war.

Die Kirchentür stand offen, und ich ging hinein – denn ich war müde, und hier gab es Bänke; ich war durcheinander, und hier gab es Frieden. Aus dem Dröhnen einer Stimme schloß ich (zu Recht), daß ein Gottesdienst im Gange war, denn ich hatte mittlerweile gelernt, daß die Kirchen in England andauernd Gottesdienste abhalten, ohne Rücksicht darauf, welche Art von Tag es ist – ich meine, ob es Sonntag ist oder nicht. Ich trat ein, suchte mir eine Bank aus, auf deren Sitz ein rotes Kissen lag und die unten einen bequemen Schemel hatte, und setzte mich hin.

Der Pfarrer las gerade irgendwelche Stellen aus einer Bibel, die nach unerklärlichem britischem Brauch auf dem Rücken eines preußischen Adlers lag. Dieser prophetische Vogel – die erste Schwalbe gewissermaßen jenes Sommers, der wohl nicht mehr lange auf sich warten lassen wird, wenn die Lutherübersetzung auf seinem Rücken ruht und von einem deutschen Pfarrer einer Gemeinde vorgelesen werden wird, die mit den einfachen Methoden, die wir bei unseren polnischen (ebenfalls einverleibten) Untertanen anwandten, zum Verstehen gezwungen wird – beäugte mich mit einem Ausdruck menschlicher Intelligenz. Ja, wir sahen uns wirklich an, wie es vielleicht alte Freunde tun, die sich nach turbulenten Erfahrungen in einem fremden Land wieder begegnen.

Abgesehen von diesem Vogel, der mir in seinem Ausdruck wachsamer Anteilnahme richtig menschlich vorkam, waren der Pfarrer und ich allein in dem Gebäude; und ich saß da und wunderte mich über die verschwenderische Dummheit, die einen Mann dafür bezahlt, daß er täglich vor Reihen leerer Bänke vorliest und betet. Sollte er nicht lieber zu Hause bleiben und ein Auge auf seine Frau haben? Ja, nicht alles andere eher tun, als einen Gottesdienst zu halten, den offensichtlich niemand hören will? Ich nenne das Heidentum; ich nenne es Götzendienst; und das täte wohl auch jeder andere normale Mensch, der hörte und sähe, wie leere Bänke, Dinge aus Holz und Kissen, als Brüder, und noch dazu als innig geliebte, angeredet werden.

Als er beim Adler fertig war, ging er zu einer anderen Stelle hinüber und begann irgend etwas zu rezitieren; aber sehr bald, schon nach wenigen Worten, hielt er schlagartig inne und schaute zu mir hin.

Ich fragte mich, warum, denn ich hatte nichts getan. Selbst jedoch mit diesem Unschuldsbewußtsein im Hinterkopf wird es einem unbehaglich zumute, wenn ein Pfarrer nicht weiterspricht, sondern seine Augen auf einen richtet, der man arglos in seiner Bank sitzt, und ich fühlte mich außerstande, seinen Blick zu erwidern. Der Adler starrte mich mit einem bestürzenden Ausdruck des Einverständnisses an, beinahe so, als sei auch er der Meinung, daß ein seines Amtes waltender Pfarrer einen so unbestreitbaren Vorteil gegenüber den Leuten in den Kirchenbänken habe, daß es schon fast an Feigheit grenzt, sich diesen zunutze zu machen. Mein Unbehagen nahm beträchtlich zu, als ich den Pfarrer von seinem Platz heruntersteigen und auf mich zusteuern sah, wobei mich seine Augen noch immer fixierten und sein weißes Gewand hinter ihm herflatterte. Was, fragte ich mich in höchster Verwirrung, mochte er von mir wollen? Es wurde mir schnell klar, denn er hielt mir ein Gesangbuch hin, deutete auf einen Vers von etwas, das ein Gedicht zu sein schien, und flüsterte – »Wären Sie so freundlich aufzustehen und ihren Part im Gottesdienst zu übernehmen?«

Selbst wenn ich gewußt hätte, wie, hatte ich mit dieser Art von Gottesdienst wahrhaftig nichts im Sinn.

»Mein Herr«, sagte ich, achtete nicht auf das hingestreckte Buch, sondern tastete in meiner Brusttasche herum, »erlauben Sie mir, Ihnen meine Visitenkarte zu verehren. Sie werden dann sehen –«

Er jedoch weigerte sich nun seinerseits, von der hingestreckten Karte Notiz zu nehmen. Er schaute sie nicht einmal an.

»Ich kann Sie nicht dazu zwingen«, flüsterte er, als sei unsere Unterhaltung für die Ohren des Adlers nicht geeignet; und das aufgeschlagene Buch auf dem kleinen Brett vor der Bank liegen lassend, schritt er wieder zu seinem Platz zurück und setzte seine Lesung fort, wobei er das, was er meinen Part genannt hatte, selbst übernahm, und das mit einer Strenge in Stimme und Gebärde, die schlecht zu einem paßte, der sich vermutlich an den *lieben Gott* wandte.

Da ich nun einmal hier war und mich recht wohl fühlte, sah ich nicht ein, warum ich gehen sollte. Ich tat ja nichts, was Anstoß hätte erregen können, saß still da und hielt den Mund, und das Behagen, in einem Gebäude zu sein, in dem es keine frische Luft gab, war größer, als Sie, meine Freunde, die Sie frische Luft nur manchmal (in Abständen) und in vernünftigen Mengen kennen, werden begreifen können. So blieb ich bis zum Ende, bis er sich nach unzähligen Gebeten von den Knien erhob und in einen verborgenen Teil der Kirche zurückzog, wo ich seine Bewegungen nicht länger mehr beobachten konnte. Da ich keine Lust hatte, ihm zu begegnen, suchte ich sodann den Pfad, der mich hierher geführt hatte, und lief eilends den Hügel zu unserem armseligen Lager hinab. Einmal meinte ich, Schritte hinter mir zu hören, und ich beschleunigte die meinen, und so geschwind, wie es ein müder Mann vermag, bog ich um eine Kurve, die mich vor jedem, der mir noch folgen mochte, verborgen hätte, und erst als ich bei der »Elsa«

angekommen und hineingeklettert war, fühlte ich mich wirklich sicher.

Die drei Wohnwagen waren wie gewöhnlich parallel zueinander aufgestellt, mit meinem in der Mitte und den Türseiten zum Bauernhof hin. In der Mitte stehen zu müssen ist höchst mißlich, denn man kann nicht das geringste Wort der Ermahnung (oder, je nach Sachlage, der Verzeihung) zu seiner Frau sagen, ohne ernsthaft Gefahr zu laufen, belauscht zu werden. Oft pflegte ich sorgfältig alle Fenster zu schließen und den Vorhang an der Tür zuzuziehen in der Hoffnung, auf diese Weise größere Redefreiheit zu erlangen, obwohl das wenig nützte, wenn auf der einen Seite die »Ilsa« und auf der anderen die »Ailsa« stand, beide mit geöffneten Fenstern, und vielleicht noch eine Gruppe von Mitreisenden unmittelbar darunter auf dem Boden saß.

Meine Frau war gerade beim Stopfen und sah nicht auf, als ich hereinkam. Wie anders benahm sie sich zu Hause. Sie sah nicht nur immer auf, wenn ich hereinkam, sie stand auf, und zwar flink, beeilte sich, sobald sie mich eintreten hörte, mir im Flur entgegenzugehen, und begrüßte mich mit dem Lächeln einer pflichtgetreuen und daher zufriedenen Gattin.

Ich schloß die Fenster der »Elsa« und lenkte Edelgards Aufmerksamkeit auf ihr früheres Verhalten.

»Aber es gibt hier doch gar keinen Flur«, sagte sie, den Kopf noch immer über eine Socke gebeugt.

Wirklich, Edelgard sollte darauf achten, ganz und gar Frau zu sein, denn mit ihren geistigen Fähigkeiten wird es nie weit her sein.

»Liebe Frau«, begann ich – und dann hielt ich inne,

da ich merkte, daß jeder Versuch, irgendein Thema in dieser luftigen, hellhörigen Behausung gründlich zu erörtern, zum Scheitern verurteilt sein mußte. Ich setzte mich statt dessen auf die gelbe Kiste und bemerkte, daß ich ungeheuer müde sei.

»Das bin ich auch«, sagte sie.

»Meine Füße tun mir so weh«, sagte ich, »daß ich fürchte, irgend etwas Ernstes ist mit ihnen los.«

»Meine auch«, sagte sie.

Dies war, darf ich bemerken, eine neue und irritierende Gewohnheit, die sie da angenommen hatte: wann immer ich über unerklärliche Beschwerden in verschiedenen Teilen meines Körpers klagte, sagte sie, statt Mitgefühl zu bezeigen und Arzneien vorzuschlagen, mit ihrem soundso (was immer es auch war) gehe es ihr genauso.

»Deine Füße können unmöglich in dem schrecklichen Zustand sein, in dem die meinen sind«, sagte ich. »Erstens sind meine größer und bieten somit Krankheiten eine größere Angriffsfläche. Ich habe stechende Schmerzen, die einer Neuralgie ähneln und zweifellos auf irgendeine nervliche Ursache zurückzuführen sind.«

»Die habe ich auch«, sagte sie.

»Ich glaube, ein Fußbad könnte ihnen guttun«, sagte ich, entschlossen, nicht zornig zu werden. »Würdest du mir bitte etwas heißes Wasser holen?«

»Warum?« sagte sie.

So etwas hatte sie noch nie zu mir gesagt. Ich konnte sie nur tief erstaunt anstarren.

»Warum?« wiederholte ich schließlich, wobei ich mühsam an mich hielt. »Was für eine ungewöhnliche Frage. Ich könnte dir tausend Gründe nennen, wenn ich wollte, etwa, daß ich Lust habe, ein Fußbad zu machen; daß heißes Wasser – eher zu seinem eigenen Glück – keine Füße hat und deshalb geholt werden muß; und daß eine Ehefrau zu tun hat, wie ihr geheißen. Aber, meine liebe Edelgard, ich will mich auf die Gegenfrage beschränken und fragen, warum denn nicht?«

»Auch ich, mein lieber Otto«, sagte sie – und sie sprach sehr gefaßt, den Kopf über ihre Stopferei gebeugt, »könnte dir tausend Antworten darauf geben, wenn ich wollte, wie zum Beispiel, daß ich diese Socke fertigkriegen möchte – deine, nebenbei bemerkt –, daß ich genauso weit wie du gelaufen bin, daß ich keinen Grund erkenne, warum du dir, da es hier keine Dienstboten gibt, dein heißes Wasser nicht selbst holen solltest, und daß, ob du ein Fußbad nehmen willst oder nicht, wirklich, wenn du mal darüber nachdenkst, nichts mit mir zu tun hat. Aber ich will mich auf die einfache Aussage beschränken, daß ich einfach keine Lust habe zu gehen.«

Man kann sich vorstellen, mit welchen – nicht gemischten, sondern eindeutigen – Gefühlen ich mir das anhörte. Und das nach fünf Jahren Ehe! Nach fünf Jahren Geduld und Führung.

»Ist das meine Edelgard?« konnte ich gerade noch hervorstoßen, fand meine Sprache soweit wieder, daß ich diese vier Wörter herausbrachte, aber ansonsten verstummte.

»Deine Edelgard?« wiederholte sie sinnend, als sie mit ihrer Stopferei weitermachte und mich dabei nicht einmal ansah.

»Deine Stiefel, deine Taschentücher, deine Handschuhe, deine Socken – ja –«

Ich gebe zu, ich vermochte nicht zu folgen, konnte nur verblüfft zuhören.

»Aber nicht deine Edelgard. Zumindest nicht mehr, als du mein Otto bist.«

»Aber – meine Stiefel?« wiederholte ich, wirklich verdutzt.

»Ja«, sagte sie und faltete die fertige Socke zusammen, »sie gehören dir wirklich. Dein Eigentum. Aber du solltest nicht meinen, daß ich eine Art lebender Stiefel bin, dazu geschaffen, getreten zu werden. Ich, mein lieber Otto, bin ein Mensch, und kein Mensch ist das Eigentum eines anderen Menschen.«

Plötzlich ging mir ein Licht auf. »Jellaby!« rief ich.

»Hallo?« tönte es sofort von draußen. »Brauchen Sie mich, Baron?«

»Nein, nein! Nein, nein! Nein, NEIN!« rief ich, sprang auf und zog den Vorhang an der Tür zu, als hätte das unser Gespräch irgendwie dämpfen können. »Er hat dich angesteckt«, flüsterte ich, zischend vor lauter Empörung, »mit seinen vergiftenden –«

Dann fiel mir ein, daß er wahrscheinlich jedes Wort hören konnte, und alle Wohnwagen verwünschend fiel ich auf die gelbe Kiste zurück und sagte mühsam beherrscht, als ich ihr Gesicht musterte –

»Liebe Frau, du ahnst ja nicht, wie sehr du deiner Tante Bockhügel ähnelst, wenn du diesen Gesichtsausdruck annimmst.«

Zum ersten Mal verfehlte das seine Wirkung. Bisher hatte man sie immer urplötzlich zum Lächeln gebracht, wenn man ihr sagte, sie sähe aus wie ihre Tante Bockhügel; selbst wenn sie sich ein Lächeln abringen mußte, tat sie es, denn die Tante Bockhügel ist der wunde Punkt in Edelgards Familie, der Fleck, der Schmutzfleck auf dem Glanz derselben, der Wildwuchs an ihrem Baum, das Krebsgeschwür an ihrer Knospe, der Wurm, der ihre Frucht zerstört, der Nachtfrost, der ihre Blüten erfrieren läßt. Gegen diese Tante ist kein Kraut gewachsen. Für sie gibt es keine Erklärung. Jedermann weiß, daß sie da ist. Sie war einer der Gründe, deretwegen ich die ganze Nacht, bevor ich Edelgard einen Heiratsantrag machte, in meinem Zimmer auf und ab lief, von Zweifeln zerfressen, ob ein Mann in Hinblick auf Tanten, die er seinen möglichen Kindern anhängt, unbekümmert so weitermachen darf. Die Ottringels haben keine solchen Verwandten aufzuweisen; es gibt zwar eine, aber die ist fast so schemenhaft wie die übrigen, die sich in den Nebeln grauer Vorzeit verlieren. Aber Edelgards Tante ist gegenwärtig und unübersehbar. Von gewöhnlicher Denkungsart seit ihrer Geburt, verließ sie, sobald sie volljährig wurde, vorsätzlich die Kreise des Adels und verband sich mit einem Zahnarzt. Wir gehen zu ihnen, um uns bei Zahnschmerzen behandeln zu lassen, weil sie uns (dank der Verwandtschaft) zu ungewöhnlich günstigen Bedingungen annehmen; sonst kennen wir sie nicht. Es besteht jedoch eine unbestreitbare Ähnlichkeit zwischen ihr und Edelgard, wenn diese nicht so gut aufgelegt ist, sie ist eine dicker gewordene, fülligere, ältere Edelgard, und meine Frau, die sich dessen sehr wohl bewußt ist (denn ich helfe ihr, so gut ich kann, diese Ähnlichkeit abzulegen, indem ich sie darauf hinweise, wann immer sie zutage tritt), hat sich bei jeder Gelegenheit eifrig bemüht, ihre Gesichtszüge unverzüglich wieder unter Kontrolle zu bekommen. Diesmal bemühte sie sich nicht. Nein, sie ließ sich noch mehr gehen und wurde ihr immer ähnlicher.

»Es ist so«, sagte sie, und sah mich nicht einmal an, sondern starrte aus dem Fenster, »es ist so mit den Stiefeln.«

»Tante Bockhügel! Tante Bockhügel!« rief ich leise und schlug in die Hände.

Sie nahm wahrhaftig keine Notiz davon, sondern starrte weiter abwesend aus dem Fenster; und da ich merkte, daß es ganz unmöglich war, mit ihr wirklich normal zu reden, solange Jellaby draußen saß, besann ich mich eines Besseren, stand auf, wobei ich eine gewisse Ungeduld nicht unterdrücken konnte, und ging.

Wie ich es mir gedacht hatte, saß Jellaby auf dem Boden und lehnte sich gegen eines unserer Räder, als gehöre es seiner feinen Gemeinschaft und nicht uns, die wir es gemietet und dafür bezahlt hatten. Konnte es sein, daß er sich von allen zwölfen, die er hätte wählen können, gerade dieses Rad ausgesucht hatte, nur weil es das Rad meiner Frau war?

»Fehlt Ihnen was?« fragte er, wobei er hochblickte und seine Pfeife aus dem Mund nahm; und meine Selbstbeherrschung reichte gerade noch so weit, daß ich den Kopf schütteln und das Weite suchen konnte, denn wenn ich stehengeblieben wäre, hätte ich mich bestimmt auf ihn gestürzt und hätte ihn so geschüttelt, wie ein Terrier eine Ratte schüttelt.

Aber welch schreckliche Dinger Wohnwagen doch sind, wenn man sich einen mit einer Person teilen muß, auf die böse zu sein man allen Grund hat! Das ist mit

Sicherheit die schlimmste Seite daran; schlimmer, als wenn es einem aufs Bett regnet, schlimmer, als wenn der Wind Sie in der Nacht umzuwehen droht oder wenn Sie zur Hälfte im Schlamm versinken und am nächsten Morgen mühsam herausgezogen werden müssen. Man kann sich wohl vorstellen, in welcher Gefühlslage ich in den kühlen Abend hineinlief, unbehaust, jener Taube aus der Bibel, wie mir schien, sehr ähnlich, die aus der schützenden Arche hinausgeschickt wurde und keine Ahnung hatte, was sie nun tun sollte. Natürlich wollte ich nicht das heiße Wasser holen und mit ihm im Schnabel sozusagen (um bei meinem Vergleich zu bleiben) zurückkehren. In ganz Deutschland wird jeder Ehemann verstehen, wie undenkbar das gewesen wäre – man stelle sich Edelgards Triumph vor, wenn ich das getan hätte! Dennoch konnte ich am Ende eines beschwerlichen Tages draußen nicht endlos herumirren; außerdem hätte ich dabei dem Pfarrer über den Weg laufen können.

Die restlichen Mitglieder der Reisegesellschaft saßen anscheinend in ihren Wohnwagen, nach den Gesprächsfetzen zu urteilen, die nach draußen drangen, und es war niemand mehr da als der alte James, der sich auf einem Sack in der Ecke eines abgelegenen Schuppens zurücklehnte, um mir zum Trost seine Gesellschaft anzubieten. Eine mächtige Welle von Entrüstung und Entschlossenheit, mich nicht aus meinem eigenen Wohnwagen ausschließen zu lassen, stieg in mir hoch, und ich machte kehrt und lenkte meine Schritte geschwind zur »Elsa« hin.

»Hallo Baron?« sagte Jellaby, immer noch gegen das Rad gelehnt. »Haben Sie schon genug?«

»Mehr als genug von einigen Dingen«, sagte ich und warf ihm einen bedeutungsvollen Blick zu, als ich, sehr behindert durch meinen Gummimantel, die Leiter hochstieg, die in einem schiefen Winkel (sie wollte einfach nie gerade stehen) gegen unsere Tür gelehnt war.

»Zum Beispiel?« wollte er wissen.

»Ich fühle mich nicht wohl«, entgegnete ich kurz angebunden, wodurch ich einem Streit auswich – denn warum sollte ich mich von so einem Wicht ärgern lassen? –, trat in die »Elsa« und zog heftig den Vorhang zu, als er mit nichtssagenden Worten sein Mitleid bekundete.

Edelgard hatte ihre Stellung nicht verändert. Sie sah nicht auf.

Ich zog meine Oberbekleidung aus und warf sie auf den Boden, dann setzte ich mich mit Nachdruck auf die gelbe Kiste, schnürte meine Stiefel auf und kickte sie weg und zog meine Strümpfe aus.

Edelgard hob den Kopf, richtete ihre Augen auf mich und heuchelte Überraschung.

»Was ist los, Otto?« sagte sie. »Hat man dich zum Essen eingeladen?«

Ich vermute, sie fand das witzig, aber das war es natürlich überhaupt nicht, und ohne darauf zu antworten, befreite ich mich ruckartig von meinen Hosenträgern.

»Willst du mir denn nicht sagen, was los ist?« fragte sie erneut.

Statt zu antworten kroch ich in meine Koje, zog die Bettdecke bis zu den Ohren hoch und drehte das Gesicht zur Wand; denn ich war nun wirklich mit meiner Geduld und meinen Kräften am Ende. Ich hatte zwei Tage hinter mir, in denen ein unangenehmes Ereignis das nächste jagte, und Menzies-Leghs fataler Tropfen Milch schien schließlich doch in die Helle meines ursprünglich starken Tees gefallen zu sein. Meine Schmerzen waren so groß, daß mir der Rheumatismus, den er mir prophezeit hatte, als unmittelbare Gefahr vor Augen stand, und als ich so dalag, war ich gar nicht sicher, ob er sein Werk nicht schon an mir begonnen hatte, und zwar auf beängstigende Weise gründlich und mit System, nämlich ganz von unten, das heißt an meinen Füßen.

»Armer Otto«, sagte Edelgard, wobei sie hochkam und ihre Hand auf meine Stirn legte und im nächsten Moment hinzufügte: »Sie ist schön kühl.«

»Kühl? Das will ich meinen«, sagte ich schlotternd. »Ich bin ein einziger Eisblock.«

Sie holte eine Decke aus der gelben Kiste, breitete sie über mich und schlug die Seiten ein.

»So müde?« sagte sie gleich darauf, als sie meine Kleidungsstücke aufräumte.

»Krank«, murmelte ich.

»Wo fehlt's dir denn?«

»Oh, laß mich allein, laß mich allein. Dir ist es im Grunde doch egal. Laß mich.«

Auf diese Bemerkung hin hielt sie in ihrer Beschäftigung inne, um, wie ich mir einbildete, einen Blick auf meinen Rücken zu werfen, da ich unbeirrbar abgewandt dalag.

»Es ist noch sehr früh, um ins Bett zu gehen«, sagte sie nach einer Weile.

»Nicht, wenn man krank ist.«

»Es ist noch nicht einmal sieben Uhr.«

»Oh, ich bitte dich, fang jetzt nicht mit mir zu streiten

an. Wenn du schon kein Mitleid empfinden kannst, könntest du mich zumindest in Ruhe lassen. Das ist alles, worum ich bitte.«

Dies brachte sie zum Schweigen, und sie bewegte sich vorsichtiger durch den Wagen, damit er nicht schwanke, so daß ich bald in einen Schlaf der Erschöpfung fallen konnte.

Wie lange dieser dauerte, konnte ich nicht sagen, als ich plötzlich erwachte, aber alles war mittlerweile dunkel, und Edelgard schlief, wie ich hören konnte, über mir. Irgend etwas hatte mich aus den Tiefen des Schlummers gerissen, in den ich gesunken war, und hatte mich mit einem Schlag wieder an jene Oberfläche befördert, die uns als pulsierendes Leben bekannt ist. Sie wissen, meine Freunde, da ja auch Sie lebende Wesen sind und alle Erfahrungen, die mit einer solchen Situation verbunden sind, hinter sich haben, Sie wissen, was ein solcher Ruck bedeutet. Er kommt einem vor wie eine Reihe von Blitzen. Der erste Blitz erinnert einen (mit einem ungeheueren Schock) daran, daß man nicht, wie man einen behaglichen Augenblick lang angenommen, in seinem eigenen sicheren, vertrauten Bett zu Hause liegt; der zweite ruft einem die Verlassenheit und Unheimlichkeit von Frog's Hole Farm (oder in Ihrem Fall dessen lokale Entsprechung) in Erinnerung, einen Eindruck, den man empfangen hat, als es noch Tag war; der dritte bringt einem mit einem beklemmenden Gefühl ums Herz zu Bewußtsein, daß *etwas* geschehen war, ehe man aufwachte, und daß gleich wieder *etwas* geschehen wird. Man liegt wach und wartet darauf, und die gesamte Oberfläche des eigenen Körpers wird, während man so wartet, feucht.

Das Geräusch einer Person, die regelmäßig atmend im Gemach liegt, verstärkt das Gefühl der eigenen Einsamkeit nur noch. Ich gestehe, ich war außerstande, nach Streichhölzern zu greifen und Licht zu machen, außerstande, irgend etwas zu tun unter dem starken Eindruck, daß etwas geschehen war, außer bewegungslos unter der Bettdecke liegenzubleiben. Dies machte mir keine Schande, meine Freunde. Treten Sie mir mit Kanonen entgegen, und Sie werden auf Erden keinen Mutigeren finden! Konfrontieren Sie mich aber mit dem Übernatürlichen, so kann ich nur unter den Bettlaken ausharren und einen höchst beklagenswerten Schweißausbruch erleiden. Von der Nacht draußen trennte mich ja nur eine ganz dünne Holzwand! Jeder konnte das Fenster aufstoßen und draußen stehen; jeder von gewöhnlicher Körpergröße wäre dann schon mit seinem Kopf und seinen Schultern praktisch im Wohnwagen gewesen. Und es gab keinen Hund, der uns hätte warnen oder einen solchen Bösewicht verscheuchen können. Und mein ganzes Geld lag unter der Matratze, der denkbar schlechteste Ort, es zu deponieren, wenn es einem darum geht, nicht persönlich gestört zu werden. Was hatte ich da gehört? Was war das, was mich aus den Tiefen des Unterbewußtseins rief? Wie Augenblick um Augenblick verging und, von Edelgards regelmäßigem Atmen abgesehen, nur eine schreckliche Leere und Geräuschlosigkeit herrschte, versuchte ich mir einzureden, daß es nur an den Würsten lag, die bei der Mahlzeit so roh gewesen waren; und die Anspannung meiner schrecklichen Angst begann langsam nachzulassen, als ich erneut geschockt wurde – und wovon, meine Freunde? *Vom Klang einer Geige.*

Bedenken Sie nun, die Sie Konzerte besuchen und an diesem Klang nichts Beängstigendes erkennen können, bedenken Sie unsere Lage. Bedenken Sie, wie weit abgelegen Frog's Hole Farm von der Landstraße war; wie man, um diese zu erreichen, den endlosen Windungen eines Feldwegs hätte folgen müssen; wie man dann auf einem Fuhrweg am Rand des Hopfenfeldes entlanggehen mußte; wie allein und leer das Haus in einer Mulde lag, verlassen, aufgegeben, unordentlich, reparaturbedürftig. Bedenken Sie weiter, daß keiner von unserer Reisegesellschaft eine Geige mitgebracht hatte und keiner auf einem solchen Instrument spielen konnte (was daraus zu schließen war, daß in ihren Unterhaltungen ein solches nie erwähnt worden war). Keiner, der ein solches Instrument nicht unter den oben geschilderten Bedingungen hat erklingen hören, kennt das blanke Entsetzen, das es hervorrufen kann. Ich lauschte, starr vor Angst. Es wurde mit einer Hingabe und Ausdauer gespielt, daß ich zu der Überzeugung gelangte, der Geist, der da in die Saiten griff, müsse ein ganz ungewöhnliches musikalisches Talent haben, im Besitze eines ungemein feinen Gehörs sein. Wie kam es, daß außer mir niemand es hörte? Konnte es sein – das Blut erstarrte mir bei diesem Gedanken in den Adern –, daß ich als einziger der Reisegesellschaft von den Kräften, die da am Werk waren, für dieses schauerliche Privileg ausgewählt worden war? Als das Ding in einen wilden Tanz ausbrach und ein gewaltiges rhythmisches Füßestampfen begann, scheinbar ganz in der Nähe und doch zugleich offenbar auf Bohlen, wurde ich von einer Panik erfaßt, in der sich meine Starre in Handeln verwandelte und ich mit beiden Fäusten gegen die Unterseite von Edelgards Matratze trommeln und mit der Kraft der Verzweiflung immer weiter trommeln konnte, bis sie schließlich aus dem Schlaf auffuhr.

Da sie noch halb schlief, hielt sie sich getreulicher an meine sorgfältige Erziehung als im Zustand völliger Wachheit, und als sie meine Schreie hörte, torkelte sie ohne zu zögern aus ihrer Koje und beugte sich in die meine und fragte mich mit einiger Besorgnis, was denn los sei.

»Los? Hörst du es nicht?« sagte ich, packte sie mit der einen Hand am Arm und hielt die andere hoch, um ihr zu bedeuten, daß sie still sein solle.

Nun wurde sie hellwach.

»Warum, was um alles in der Welt –«, sagte sie. Dann zog sie von einem Fenster den Vorhang beiseite und schaute hinaus. »Dort ist nur die ›Ailsa‹«, sagte sie, »dunkel und ruhig. Und hier nur die ›Ilsa‹«, fügte sie, zwischen dem gegenüberliegenden Vorhang hindurchguckend, hinzu, »dunkel und ruhig.«

Ich sah sie an und wunderte mich über den Mangel an Phantasie bei Frauen, der es ihnen ermöglicht, auch in Gegenwart dessen, was ohne Zweifel das Übernatürliche zu sein schien, in dieser Stumpfsinnigkeit zu verharren. Unwillkürlich jedoch kam ich durch diese Stumpfsinnigkeit wieder zu mir; aber als Edelgard, nachdem sie zur Tür gegangen war, sie entriegelt und einen Blick nach draußen riskiert hatte, einen Schrei ausstieß und sie geschwind wieder schloß, sank ich auf mein Kissen zurück, abermals *hors de combat*, so groß war der Schock. Man komme mir mit Kanonen, und ich bin zu allem fähig, aber man erwarte nichts von mir, wenn es sich um Gespenster handelt.

»Otto«, flüsterte sie, die Tür haltend, »komm doch und schau.«

Ich brachte kein Wort heraus.

»Steh auf und schau doch«, flüsterte sie erneut. Das mußte ich wohl, meine Freunde, oder ich hätte ein für alle Male meine moralische Autorität und meinen Führungsanspruch ihr gegenüber eingebüßt. Außerdem zog es mich irgendwie zu der fatalen Tür. Wie ich aus meiner Koje kam und auf dem kalten Boden des Wohnwagens zu seinem Ende hingelangte, weiß ich nicht mehr. Ich weiß nur, daß ich mich dabei mit der Hand an der gelben Kiste abstützen mußte. Meiner Erinnerung nach murmelte ich: »Ich bin krank – ich bin krank«, und wahrhaftig fühlte sich kein Mensch je kränker. Und als ich zur Tür kam und durch den Spalt, den sie öffnete, hindurchschaute, was sah ich da?

Ich sah, daß sämtliche unteren Fenster des Bauernhauses von Kerzen erleuchtet waren.

XVIII

Meine Zuhörer werden hoffentlich die Offenheit zu schätzen wissen, mit der ich mich ihnen von allen meinen Seiten, den guten und den schlechten, zeige. Das tue ich sehenden Auges, wobei ich mir bewußt bin, daß ich möglicherweise in der Gunst einiger von Ihnen sinke, weil ich zum Beispiel ein Opfer meiner Ängste vor dem Übernatürlichen wurde. Ich darf Sie jedoch darauf hinweisen, daß Sie in diesem Falle einem Irrtum aufsäßen. Sie litten unter einer geistigen Verwirrung. Und ich will Ihnen erklären, warum. Meine Frau, wie Ihnen aufgefallen sein wird, hatte bei dem geschilderten Vorfall wenig oder gar keine Angst. Bewies dies etwa Mut? Gewiß nicht. Es stellte lediglich die weibliche Dickhäutigkeit gegenüber geistigen Dingen unter Beweis. Da ihr jene zartere Empfindsamkeit gänzlich abgeht, die Männer befähigt hat, geniale Werke hervorzubringen, wohingegen Frauen immer nur Kinder hervorbringen konnten (ein bloß mechanischer Vorgang), empfand sie anscheinend nichts als dumpfe Überraschung. Klar, wenn man keine Phantasie hat, kann man auch keine Ängste haben. Ein Toter fürchtet sich nicht. Ein Halbtoter macht sich auch keine großen Gedanken. Je weniger tot einer ist, desto mehr phantasiert er. Einbildungskraft und Empfindsamkeit beziehungsweise deren Mangel sind es, die einen Menschen vom Tier unterscheiden beziehungsweise in die Nähe desselben rücken. Demgemäß (ich hoffe, man kann mir geistig folgen?) hat man den Gipfel menschlicher Erhabenheit und Überlegenheit gegenüber der rohen Kreatur erreicht, wenn Einbildungskraft und Empfindsamkeit am regsten sind, wie es in jenen Augenblicken der Fall war, als ich wartend und lauschend in meiner Koje lag; unsere Vitalität befindet sich dann auf dem Höhepunkt; mit einem Wort, man ist dann, wenn ich ein Epigramm prägen darf, *am wenigsten tot*. Es liegt daher auf der Hand, meine Freunde, daß ich just in dem Augenblick, in dem, wie Sie (möglicherweise) meinten, ich mich von meiner schwächsten Seite zeigte, ich genau das Gegenteil tat, und Sie werden, wenn Sie meiner Beweisführung geistig folgen konnten, an deren Ende nicht wie meine arme Frau fragen: »Aber wieso?«

Ich möchte Sie jedoch nicht länger in der Meinung lassen, daß es in dem unbewohnten Bauernhaus spukte. Natürlich mochte es das einmal getan haben, aber in jener Nacht im vergangenen August spukte es nicht. Was sich dort abspielte, war folgendes: eine Gesellschaft von Leuten aus dem Pfarrhaus – eine Urlaubsgesellschaft junger und ziemlich lärmender Leute, die in jenem auf Grund ihrer Größe nicht untergebracht werden konnte – nutzte das längliche, leerstehende vordere Zimmer als improvisierten (ich glaube, das ist der Ausdruck) Ballsaal. Der Bauernhof gehörte dem Pfarrer – man beachte den Wohlstand dieser britischen Kirchenmänner –, und seine Familie hatte die Gewohnheit, während der Ferien manchmal am Abend herunterzukommen und darin zu tanzen. All das erfuhr ich, nachdem sich Edelgard angezogen hatte und hinübergegangen war, um selbst herauszufinden, was die Lichter und das Stampfen zu bedeuten hatten. Sie ließ sich durch meine Warnungen nicht davon abbringen und kam erst nach einer ganzen Weile zurück, um mir das oben Geschilderte zu erzählen. Ihr Gesicht war gerötet, und ihre Augen glänzten, denn sie hatte die Gelegenheit ergriffen zu tanzen, ohne sich darum zu kümmern, wie es mir, mutterseelenallein wartend, zumute sein mochte.

»Du hast auch getanzt?« ereiferte ich mich.

»Komm doch, Otto. Es macht solchen Spaß«, sagte sie.

»Mit wem hast du getanzt, wenn ich fragen darf?« wollte ich wissen, denn die Vorstellung, daß die Baronin von Ottringel mit dem Erstbesten, der ihr über den Weg lief, in einem fremden Bauernhaus tanzte, war mir natürlich höchst unangenehm.

»Mr. Jellaby«, sagte sie. »Komm doch.«

»Jellaby? Was macht der denn dort?«

»Tanzen. Und das tun alle. Sie sind alle dort. Deshalb ist es in ihren Wohnwagen so ruhig. Komm doch.«

Und mit einem Gesichtsausdruck kindischer Ungeduld rannte sie wieder in die Nacht hinaus.

»Edelgard!« rief ich.

Aber obwohl sie mich gehört haben mußte, kam sie nicht zurück.

Erleichtert, verdutzt, verärgert und neugierig in einem, stand ich tatsächlich auf und zog mich an, und als ich eine Kerze anzündete und auf meine Uhr blickte, stellte ich mit Verwunderung fest, daß es erst Viertel vor zehn war. Einen Moment lang traute ich meinen Augen nicht, und ich schüttelte die Uhr und hielt sie ans Ohr, aber sie ging so regelmäßig wie sonst auch, und so mußte ich beim Anziehen andauernd daran denken, was einem alles widerfahren kann, wenn man schon um sieben Uhr zu Bett geht und schläft.

Und wie fest ich geschlafen haben muß! Aber ich war ja auch ungewöhnlich erschöpft gewesen und hatte mich überhaupt nicht wohl gefühlt. Zwei Stunden wohltuenden Schlafs jedoch hatten Wunder gewirkt, so groß sind meine Selbstheilungskräfte, und während ich über den Platz und zum Haus hoch ging, fiel mir Menzies-Leghs Glas Tee wieder ein und ich muß sagen, ich konnte mir ein Lächeln nicht verkneifen. Er würde jetzt nicht viel Milch an mir erkennen, dachte ich, als ich dem Klang der Musik nachging. Ich zwirbelte meine Schnurrbartspitzen noch einmal nach oben und trat dann in das Zimmer, in dem sie tanzten.

Der Tanz endete, als ich eintrat, und eine plötzliche Stille schien sich auf die Gesellschaft zu senken. Sie bestand aus Jünglingen und jungen Mädchen in Abendkleidern, neben denen die Klamotten der Wohnwagenfahrer, jener wettergegerbten Kinder der Straße, wahrlich sonderbar und schmutzig wirkten. Die zarte Dame hatte zwar eine weiße spinnwebartige Bluse angezogen, in der sie mit ihrem kurzen Wanderrock und dem unschuldig um ihre kleinen Ohren fallenden blonden Haar wie höchstens achtzehn aussah. Auch Mrs. Menzies-Legh hatte sich in Weiß herausgeputzt, hatte zu unserer Verwunderung tatsächlich irgendwo einen weißen Rock und eine weiße Bluse aufgetrieben und durch diese Anstrengungen bestenfalls einen Anschein von (zweifellos unechter) Sauberkeit erzielt; aber die anderen waren von den Schlammassen des hinter uns liegenden Tages noch ganz besudelt und verunstaltet.

Obwohl sie zu tanzen aufhörten, als ich hereinkam, konnte sich mein inneres Auge doch schnell noch ein Bild von den verschiedenen Mitgliedern der Gesellschaft einprägen: von Jellaby, der in offenem Hemdkragen und strähnigem Haar mit der armen Frau von Eckthum herumwirbelte, von Edelgard, gerötet vor kindischem Vergnügen, in den Klauen eines Jungen, der recht gut ihr eigener hätte sein können, wenn ich sie ein paar Jahre früher geheiratet hätte und ich überhaupt jemals etwas so Unfertiges und Halbstarkes hätte zeugen können. Schließlich hielt ich auch Menzies-Legh auf meiner imaginären Photographie fest, der, man muß sich das vorstellen, bei all seiner Ältlichkeit mit einem Wesen tanzte, dessen kurzes gebauschtes Kleid einen Zustand von Unreife verriet, der den der beiden Grünschnäbel noch übertraf – kurz und gut, Menzies-Legh, der mit einem Kind tanzte.

Daß er überhaupt tanzte, war, wie Sie mir beipflichten werden, schon würdelos genug, aber wenn er sich denn vor allen Leuten zum Narren machen mußte, hätte er es zumindest mit einer Person tun können, die vom Alter her besser zu ihm paßte, eine im Alter der Dame zum Beispiel, die – ganz anders, als man sich gemeinhin einen Geist vorstellt – am oberen Ende des Zimmers stand und auf jener Geige spielte, deren Klänge mir eine halbe Stunde zuvor so unbegreiflich gewesen waren.

Als Menzies-Legh mich eintreten sah, hörte er plötzlich auf, und sein Gesicht nahm wieder den vertrauten Ausdruck düsterer Schwermut an. Die anderen Paare folgten seinem Beispiel, und die Geige verstummte nach kurzem Zögern mit einem wimmernden Laut.

»Großartig«, sagte ich herzlich zu Menzies-Legh, der zufällig gerade an der Tür vorbeigetanzt war, durch die ich hereinkam. »Großartig. Viel Spaß, mein Freund. Sie machen es erstaunlich gut für einen, den Sie mir gegenüber als Schwächling bezeichnet haben. In einem deutschen Ballsaal, das versichere ich Ihnen, würden Sie ungeheueres Aufsehen erregen, denn es ist dort nicht üblich, daß Herren über Dreißig – was«, verbesserte ich mich mit einer Verbeugung, »ich mag mich ja gründlich irren, wenn ich vermute, daß Sie – für Herren über Dreißig – «

Aber er unterbrach mich, um mit dem ihm eigenen Scharfsinn (schließlich war das, was dem Mann, wie ich glaube, am meisten weh tat, Dummheit) zu bemerken, daß dies hier kein deutscher Ballsaal sei.

»Ah«, sagte ich, »da haben Sie nun auch wieder recht, mein Freund. Das ist in der Tat das, was ihr Engländer ein anderes Paar Schuhe nennt. Falls es einer wäre, wissen Sie, wo dann die Herren über Dreißig wären?«

Er vermasselte mir die hübsche Antwort, die ich schon parat hatte und die da lautete »Nicht da«, denn anstatt auf eine Auskunft erpicht zu sein, sagte er, ungehobelt wie er war: »Zum Teufel mit den Herren über Dreißig«, und führte seine langbestrumpfte Partnerin weg.

»Otto«, flüsterte meine Frau, herbeieilend, »du mußt dich den Leuten vorstellen, die uns freundlicherweise hier tanzen lassen.«

»Nein, es sei denn, ihre Herkunft ist über jeden Zweifel erhaben«, sagte ich entschlossen.

»Ob oder ob nicht, du mußt mitkommen«, sagte sie. »Die Dame, die spielt, ist – «

»Ich weiß, ich weiß, sie ist ein Geist«, sagte ich und konnte ein Lächeln über meinen eigenen Witz nicht unterdrücken; und ich denke, meine Zuhörer werden mir zustimmen, daß einem Mann, der sich über sich selbst lustig machen kann, mit Sicherheit ein zumindest leidlicher Sinn für Humor zugebilligt werden darf.

Edelgard sah mich mit großen Augen an. »Sie ist die Frau des Pfarrers«, sagte sie. »Es ist ihre Party. Es war so nett von ihr, uns einzulassen. Du mußt kommen und dich vorstellen.«

»Sie ist ein Geist«, behauptete ich steif und fest und amüsierte mich königlich über diese Bemerkung, denn ich war nun richtig in Fahrt, und eine weniger ätherische Dame als die mit der Geige konnte man sich wirklich nicht vorstellen, »sie ist ein Geist und noch dazu ein ausgesprochen unattraktives Exemplar dieser Spezies. Liebe Frau, nur Geister sollten anderen Geistern vorgestellt werden. Ich bin aus Fleisch und Blut und will deshalb statt dessen die kleine Eckthum von Jellabys körperlichen Zudringlichkeiten befreien.«

»Aber Otto, du mußt mitkommen«, sagte Edelgard und legte mir ihre Hand auf den Arm, als ich mich anschickte, in die Richtung des bezaubernden Opfers zu gehen, »du kannst nicht unhöflich sein. Sie ist unsere Gastgeberin –«

»Sie ist meine Geist-geberin«, sagte ich, sehr witzig, wie ich fand; so witzig, daß ich von einem kaum zu bändigenden Verlangen gepackt wurde, hemmungslos loszulachen.

Edelgard indessen, die, wie die meisten Frauen, überhaupt keinen Sinn für Komik hatte, lächelte nicht einmal.

»Otto«, sagte sie, »du *mußt* unbedingt –«

»Müssen, liebe Frau«, sagte ich und wurde wieder ernst, »ist ein Wort, das eine zartfühlende Frau niemals in Gegenwart ihres Ehemannes äußert. Ich sehe kein Muß, warum gerade einer wie ich den Wunsch haben sollte, einer Frau Pfarrer vorgestellt zu werden. Das würde ich auch in Storchwerder nicht wollen. Noch weniger will ich es in Frog's Hole Farm.«

»Aber du bist doch ihr Gast –«

»Bin ich nicht. Ich bin einfach so gekommen.«

»Aber es ist so nett von ihr, daß sie dir erlaubt zu kommen.«

»Es ist keine Nettigkeit. Sie ist von der Ehre entzückt.«

»Aber Otto, du kannst einfach nicht –«

Ich wollte gerade definitiv zu der Ecke hinübergehen, wo Frau von Eckthum saß, hilflos in Jellabys Klauen, als durch die Tür, direkt vor dem Standort der zänkischen Edelgard, niemand anderer treten sollte als der Mensch, von dem ich einige Stunden vorher nicht gerade im besten Einvernehmen in der Kirche geschieden war.

Diesmal vom Kinn bis zu den Stiefeln in ein langes, enganliegendes, durchgeknöpftes, schwarzes Gewand gekleidet, bei dem einem die Priester des Papstes einfielen, mit einem goldenen Kreuz, das ihm auf der Brust baumelte, traf sein Blick sofort den meinen, und das freundliche Lächeln des Gastgebers, mit dem er hereingekommen war, erstarb auf seinen Zügen. Offensichtlich war er schon früher dagewesen, denn Edelgard, so als sei sie gut bekannt mit ihm, schoß vorwärts (wo, ach, wo blieb die Würde der Frau aus guter Familie?) und stellte mich ihm mit größter Beflissenheit vor. Man beachte, mich ihm.

»Darf ich Ihnen«, sagte meine Frau, »meinen Mann, Baron von Ottringel, vorstellen?«

Und sie tat es.

Natürlich war es der Pfarrer, der auf einem so neutralen Boden wie einem improvisierten Ballsaal mir hätte vorgestellt werden müssen, aber Edelgard hatte es sich im Laufe der Wohnwagentour angewöhnt, die Gegenwart eines Dritten zu benutzen, um zu tun, was sie wollte, ohne die geringste Rücksicht auf meine ihr bekannten Vorstellungen. Dies ist eine Angewohnheit, die einen Mann von meinem Naturell besonders ärgert, der vielleicht hitzig, doch im Grunde ein gutmütiger Kerl ist, der die Verwarnungen und Rügen, die er erteilen muß, lieber schnell hinter sich bringt und dann vergißt, als zu warten, bis sie sich angehäuft haben, und ohne Ende über ihnen zu brüten.

Durch meine gute Kinderstube – ein Vorzug, der im Leben zu manchen Unannehmlichkeiten führt – zur Hilflosigkeit verurteilt, wurde ich folglich allen möglichen Leuten vorgestellt, als sei ich der sozial niedriger Stehende, und konnte mein Befremden diesbezüglich nur durch deutliche Unnahbarkeit zu erkennen geben.

»Otto findet es so nett von Ihnen, daß Sie uns kommen ließen«, sagte Edelgard, die übers ganze Gesicht strahlte und ein Maß an Beflissenheit gegenüber den anderen und Trotz gegen mich an den Tag legte, das unglaublich war.

»Ich freue mich, daß Sie kommen konnten«, erwiderte der Pfarrer und sah mich an, Höflichkeit in der Stimme und Kälte in seinem Blick. Es lag auf der Hand, daß der Mensch immer noch böse war, weil ich in der Kirche nicht beten wollte.

»Sie sind sehr gütig«, sagte ich und verbeugte mich mindestens ebenso frostig.

»Otto möchte«, fuhr die unverschämte Edelgard fort, ohne zu bedenken, wie viele Stunden in trauter Zweisamkeit ihr mit mir noch bevorstanden, »Ihrer Frau – Mrs. – Mrs. –«

»Raggett«, ergänzte der Pfarrer.

Und ich wäre bestimmt auf der Stelle zu dem rundlichen, roten Geist an der Stirnseite des Zimmers hochgeschleppt worden, während Edelgard zweifellos im Hintergrund triumphiert hätte, wäre mir dieser Geist nicht selbst zu Hilfe gekommen, indem er ein neues Stück auf seiner Fiedel anstimmte.

»Gleich«, sagte der Pfarrer, der sich für mich ein für allemal in Raggett verwandelte. »Dann mit Vergnügen.«

Und in seinen glasigen Augen, die er auf die meinen heftete, war nicht eben viel Vergnügen zu entdecken.

In diesem Moment tanzte mir Edelgard mit Jellaby unter der Nase davon. Instinktiv machte ich einen Schritt auf die schlanke Gestalt in der Ecke zu, aber gerade als ich mich in Bewegung setzte, schnappte sie sich ein halbwüchsiger Bengel und mischte sich mit ihr schnell unter die Tänzer. Als ich in die Runde blickte, sah ich niemanden, zu dem ich hätte gehen oder mit dem ich hätte reden können; selbst Mrs. Menzies-Legh war nicht verfügbar. Mir blieb daher nur der unvermeidliche Raggett.

»Es ist schön«, bemerkte dieser Mensch und beobachtete die Tanzenden – außer einem glasigen Auge hatte er auch noch eine Hakennase –, »wenn man sieht, daß junge Leute ihren Spaß haben.«

Ich verbeugte mich, entschlossen, mich nicht aus der Reserve locken zu lassen; aber als Jellaby und meine Frau vorbeiwirbelten, konnte ich mir einen Kommentar nicht verkneifen: »Besonders wenn die jungen Leute so gereift sind, daß sie sich des Ausmaßes ihres eigenen Vergnügens voll bewußt sind.«

»Ja«, sagte er; ohne jedoch wirklich darauf einzugehen.

»Erst wenn eine Frau gereift ist, und mehr als gereift«, sagte ich, »beginnt sie sich ihrer Jugend zu erfreuen.«

»Ja«, sagte er; immer noch recht einsilbig.

»Das mag Ihnen vielleicht«, sagte ich, über diese Gleichgültigkeit erbost, »paradox erscheinen.«

»Nein«, sagte er.

»Das ist es jedoch nicht«, sagte ich lauter.

»Nein«, sagte er.

»Im Gegenteil«, sagte ich noch lauter, »es ist zwar etwas kompliziert, aber unbestreitbar wahr.«

»Ja«, sagte er; und da merkte ich, daß er überhaupt nicht zuhörte.

Ich weiß nicht, was meine Zuhörer davon halten, aber ich bilde mir ein, sie sind mit mir der Meinung, daß es für einen Ehrenmann von Adel und gesellschaftlichem Ansehen, der die Liebenswürdigkeit besitzt, sich mit einer Person zu unterhalten, der beides abgeht, besonders ärgerlich ist, feststellen zu müssen, daß sich diese Person dessen überhaupt nicht bewußt ist und sich nicht einmal die Mühe macht, dem Gespräch zu folgen. Gute Kinderstube (ein großer Hemmschuh, wie ich bereits bemerkt habe) hindert einen daran, sich als der, der man ist, zu erkennen zu geben und den anderen auf dessen untergeordnete Stellung hinzuweisen und ihm sofort den bestehenden Standesunterschied zu besserer Einsicht unter die Nase zu reiben. Was also soll man machen? Sich versteifen und stumm werden, vermute ich. Gute Kinderstube läßt nicht mehr zu. Ach! Als Mann von Geburt hat man viele schwere Nachteile.

Raggett hatte offensichtlich kein Wort, von dem, was ich sagte, mitbekommen, denn nach seinem letzten geistesabwesenden »Ja« richtete er sein glasiges Auge voll auf mich.

»Als ich Sie in der Kirche sah«, sagte er, »wußte ich nicht – «

Wahrhaftig, die Kinderstube, die jemanden nicht daran hinderte, wieder auf die Kirche und das, was dort geschah, zu sprechen zu kommen, war so schlecht, daß mir die Worte fehlten. In einem ersten Impuls wollte ich ihm mit der Frage: »Wollen wir tanzen?« ins Wort fallen, aber um das zu wagen, war ich mir zu unsicher, inwieweit, nein, besser gesagt: ob er überhaupt Spaß verstand.

»– daß Sie kein Engländer sind, sonst hätte ich Sie nicht gebeten – «

»Sir«, unterbrach ich ihn, da ich ihn um jeden Preis von der Kirche abbringen wollte, »wer *ist* im Grunde Engländer?«

Er machte ein überraschtes Gesicht. »Nun ja«, sagte er, »ich bin es.«

»Aber das wissen Sie doch gar nicht. Sie können sich da unmöglich sicher sein. Gehen Sie tausend Jahre zurück und, wie ich neulich in einem scharfsinnigen, doch nichtsdestoweniger wahrscheinlich den Tatsachen entsprechenden Buch las, ganz Europa war voll von Ihren Vorfahren. Beginnt man mit Ihren beiden Elternteilen und vier Großeltern und geht rückwärts und nimmt dabei immer weitere hinzu, sind die sechzehn Urgroßeltern schon kaum mehr zu überschauen, und ein paar Jahrhunderte weiter zurück sehen Sie sie unaufhaltsam Ihre kleine Insel überfluten und sich so dick und klebrig wie Marmelade über Europa ausbreiten, bis in noch ein bißchen ferneren Tagen Sie keinem anderen Lebewesen mit weißer Hautfarbe mehr begegnen, außer dem, das Ihr Vater, wenn nicht Ihre Mutter, war. Nehmen Sie«, fuhr ich fort, da er Anstalten machte, mich zu unterbrechen, »nehmen Sie irgendein x-beliebiges Beispiel, Sie werden überall dasselbe unentwirrbare Durcheinander feststellen. Und nicht nur körperlich – auch geistig. Nehmen Sie irgendein Beispiel. Irgendeines aufs Geratewohl. Nehmen sie unseren verstorbenen, betrauerten Kaiser Friedrich, der eine Tochter Ihres Königshauses heiratete. Es ist bei uns Brauch, unseren Kaiser und unsere Kaiserin als Landesvater beziehungsweise Landesmutter zu betrachten und sogar so zu nennen. Das gesamte Volk ist daher in einem übertragenen Sinn zur Hälfte englisch. Dementsprechend auch ich. Dementsprechend werden Sie, um die Sache noch etwas weiter zu treiben, ihr Neffe und somit ein Viertel Deutscher – im übertragenen Sinne ein Viertel Deutscher, wie ich im übertragenen Sinne ein halber Engländer. Des Durcheinanders ist kein Ende. Haben Sie schon bemerkt, Sir, daß in dem Augenblick, wo man zu denken anfängt, alles ein einziges Durcheinander wird?«

»Tanzen Sie nicht?« sagte er und sah sich nervös um.

Ich glaube, man ärgert sich oft deshalb über Leute, weil man beim ersten Kennenlernen angenommen hat, sie befänden sich auf dem gleichen Intelligenzniveau wie man selbst, und sich dann alsbald aus dem, was sie sagen und tun, ergibt, daß dem nicht so ist. Das ist ungerecht; aber wie die meisten Ungerechtigkeiten ganz natürlich. Ich jedoch, als ein vernünftiger Mann, kämpfe nach Kräften dagegen an, und als Raggett als einzige Antwort auf die ihm von mir gebotene Gelegenheit, sich auf eine interessante Diskussion einzulassen, diese Frage stellte, gebot ich meiner verständlichen Verärgerung Einhalt, indem ich mir sagte, daß er, wie Menzies-Legh wahrscheinlich, einfach dumm ist. Wie mir meine Zuhörer beipflichten werden, gibt es verschiedene Arten von Dummheit, und die eine besteht aus einem Mangel an Interesse für das, was interessant ist. Natürlich hatte dieser besondere Dummkopf nebenbei noch eine hoffnungslos schlechte Kinderstube, denn was spricht wohl mehr dafür, als eine Reihe von, gelinde gesagt, anregenden Bemerkungen mit der Frage zu kontern, ob man nicht tanze?

»Mein verehrtester Herr«, sagte ich, da zumindest ich mir meine Umgangsformen bewahrte, »in meiner Heimat ist es für Herren über Dreißig nicht üblich zu tanzen. Vielleicht wollen Sie mir ja das Kompliment machen (das mir, wie ich gestehen muß, schon oft gemacht wurde), mich noch nicht für so alt zu halten, aber ich versichere Ihnen, ich bin es. Und auch Damen tanzen in meiner Heimat nicht mehr, wenn einmal ihre frühe Jugend hinter ihnen liegt und ihre Umrisse – sollen wir sagen: deutlicher hervortreten? Dann stehen Sitzgelegenheiten entlang den Wänden für sie bereit, und auf ihnen harren sie in angemessener Teilnahmslosigkeit aus, bis die Oase erreicht ist, die die Lanciers der Quadrille bietet, wenn die älteren Herren galant aus dem Zimmer strömen, in dem sie den ganzen Abend über Karten spielten, und sie mit der Förmlichkeit, die dem Sinn der Gesellschaft für das Schickliche genügt, durch die komplizierten Figuren dieses Tanzes führen. In diesem Land dagegen –«

»Wahrlich«, unterbrach er mich, und seine nervöse Art war ausgeprägter denn je, »Sie sprechen so fließend und lautstark Englisch, daß Sie im Grunde recht gut hätten mit –«

Nun merkte ich, daß der Mann ein Fanatiker war, der Typ eines unausgeglichenen Menschen, gegen den ich immer schon einen besonderen Widerwillen empfand. Gute Kinderstube ist wenig, falls sie überhaupt von Fanatikern geschätzt wird, und man hätte es mir nicht verübeln können, wenn ich an diesem Punkt die meine in den Wind geschlagen hätte. Das tat ich jedoch nicht, sondern unterbrach ihn nun lediglich meinerseits, indem ich ihn mit kühler Höflichkeit davon in Kenntnis setzte, daß ich ein Lutheraner sei.

»Und Lutheraner«, fügte ich hinzu, »beten nicht. Zumindest nicht hörbar, und auf jeden Fall nie im Duett. Mehr noch«, fuhr ich fort und hob die Hand, als er den Mund zum Sprechen öffnete, »mehr noch. Ich bin ein Philosoph, und die Gebete eines Philosophen lassen sich nicht in irgendwelche vorgestanzten Formeln zwängen. Vorgestanzte Formeln sind für die zurückgebliebenen Gemüter. Man bindet ein Kind in seinen Stuhl, damit es nicht, unangebunden, auf verhängnisvolle Weise zu Boden falle. Der Erwachsene, der sowohl geistig als auch körperlich seine volle Größe erreicht hat, braucht nicht angebunden zu werden. Sein ganzes Leben ist sein Glauben. Nichts Schablonenhaftes, nichts Aufdringliches, nichts, was der Welt draußen ins Auge sticht, sondern eine subtile Durchsättigung, ein dauerndes Durchtränktwerden –«

»Entschuldigen Sie mich«, sagte er, »eine von den Kerzen dort tropft.«

Mit einer Behendigkeit, die ich einem so grauen und

gläsrig aussehenden Mann gar nicht zugetraut hätte, eilte er quer durchs Zimmer hin zu der Stelle, wo in den Fenstern die der Beleuchtung dienenden Kerzen reihenweise aufgestellt worden waren. Und er kam auch nicht mehr zurück, wie ich mit Freude sage, denn ich fand ihn schrecklich ermüdend; und ich blieb allein und lehnte mich gegen die Wand neben der Tür.

Drunten am hinteren Ende des Zimmers tanzte meine sanfte Freundin und desgleichen ihre Schwester; auch alle anderen Mitglieder unserer Reisegesellschaft tanzten mit Ausnahme von Menzies-Legh, der, durch meine gutmütigen Spitzen an die Regeln der Schicklichkeit erinnert, den Rest seines Aufenthalts damit verbrachte, entweder dem Pfarrer beim Abzwicken der Kerzendochte behilflich zu sein oder für den Geist Notenhefte umzublättern.

Da ich Frau von Eckthum bequemer beobachten (denn ich versichere Ihnen, sie war eine Augenweide, wie sie so dahinschwebte nach derselben Melodie, zu der meine Frau bloß herumwirbelte) und auch zur Stelle sein wollte, sollte Jellaby zu aufdringlich werden, ging ich dorthin, wo meine Mitreisenden sich in einem Grüppchen zusammenzuscharen schienen, und lehnte mich wie vorher, nur diesmal in der Nähe meiner Reisegenossen, gegen die Wand.

Kaum hatte ich mich gegen die Wand gelehnt, da schienen sie sich zum oberen Ende des Zimmers zurückzuziehen.

Da sie nicht zurückkamen, schlenderte ich hinter ihnen her. Hierauf schienen sie sich wieder zum unteren Ende zurückzuziehen.

Es war sehr sonderbar. Es war fast wie eine optische Täuschung. Wenn ich hinaufging, gingen sie hinunter; wenn ich hinunterging, gingen sie hinauf. Ich fühlte mich schließlich, wie sich einer fühlen mag, der auf einer Schaukel sitzt, und fragte mich allmählich, ob ich mich tatsächlich auf festem Boden befand – auf *terra cotta*, wie ich es (witzig, wie ich fand) Edelgard gegenüber ausdrückte, als wir in Queenboro' vom Dampfer gingen und ich sie wieder aufzurichten und zum Lachen zu bringen versuchte. (Ganz umsonst, darf ich hinzufügen, weswegen ich mich meiner Erinnerung zufolge fragte, ob sie aufgrund ihrer mangelnden Bildung, eines der Hauptmerkmale von Ehefrauen, selbst ein so schlichtes klassisches Wortspiel wie dieses nicht verstehen konnte. Im Zug wurde mir klar, daß es nicht mangelnde Bildung, sondern die Überfahrt war; und ich will zu Edelgards Gunsten sagen, daß sie bis zu dem Zeitpunkt, als der englische Kritikastergeist wie eine verheerende Mikrobe von ihrem deutschen Frauentum Besitz ergriff, stets gelacht hatte, wenn ich zu scherzen geruhte.)

Das sinnlose Hin und Her ermüdete mich allmählich. Der Tanz endete, ein anderer begann, und immer noch war meine kleine, weiß bebluste Freundin kein einziges Mal in Reichweite gekommen. Ich unternahm eine entschlossene Anstrengung, in den Pausen zwischen den Tänzen zu ihr vorzudringen, um ihr das Angebot zu machen, die deutsche Regel ihretwegen zu brechen und ihr einen Tanz zu gewähren (denn ich bilde mir ein, sie war verärgert, daß ich das nicht tat) und ihr zu helfen, sich aus Jellabys Klauen zu befreien, aber ich hätte genausogut versuchen können, mit einem Mondstrahl zu tanzen und ihm zu Hilfe zu kommen. Sie war hier, sie war dort, sie war überall, nur nicht dort, wo zufällig ich war. Einmal hatte ich beinahe Erfolg, als sie, fast war sie mir schon sicher, zu dem Geist hinrannte, der sich gerade von seinen Mühen ausruhte, und eine anscheinend endlose und fesselnde Diskussion mit ihm anfing und gegenüber allem anderen taub und blind war; und da ich mich entschlossen hatte, mich durch nichts dazu bewegen zu lassen, meine Bekanntschaft mit Raggett dadurch auszudehnen, daß ich mich dem übersinnlichen Phänomen, das seinen Namen trug, vorstellen ließ, mußte ich wohl oder übel den Rückzug antreten.

Übellaunig freilich. Meine anfängliche Heiterkeit war dahin. *Bon enfant*, der ich zwar bin, kann ich doch nicht immer *bon enfant* sein – ich brauche sozusagen ab und zu eine Flasche; und ich hatte vor, Edelgard mitzunehmen und ihr, ehe die anderen zu ihren Wohnwagen zurückkehrten, kurz zu schildern, welchen Eindruck eine nicht mehr junge Frau, die sich kindischem Vergnügen hingibt, auf Außenstehende macht, als Mrs. Menzies-Legh, die am Arm eines Tanzpartners vorbeikam, meinen Gesichtsausdruck bemerkte, ihren Partner entließ und zu mir trat.

»Ich vermute«, sagte sie (und hatte zumindest soviel Anstand, daß sie zögerte), »es hätte keinen Zweck, Sie – Sie zum Tanz aufzufordern?«

Ich starrte sie mit unverhohlenem Staunen an.

»Langweilen Sie sich nicht schrecklich, so allein herumzustehen?« sagte sie, als ich nicht antwortete. »Wollen Sie nicht –«, (erneut hatte sie den Anstand zu zögern) –, »wollen Sie nicht – tanzen?«

Anzüglich und immer noch verblüfft dreinschauend wollte ich von ihr wissen, mit wem, denn ich konnte wirklich kaum glauben –

»Mit mir, wenn – wenn Sie wollen«, sagte sie, und man sah es an ihrem recht gezwungen wirkenden Lächeln und dem deutlich besorgten Ausdruck in ihren Augen, daß es sich zumindest nur um eine momentane Verirrung handelte.

Momentan oder nicht jedoch, ich bin nicht der Mann, der mit gespielter Genugtuung lächelt, wenn ein Tadel angesagt ist, besonders im Falle dieser Dame, die mehr als alle anderen einen solchen so oft und so dringend nötig hatte.

»Aber das ist ja«, rief ich aus, und bemühte mich erst gar nicht, mit meiner Meinung hinter dem Berg zu halten, »aber das ist ja – Weiberherrschaft!«

Und auf dem Absatz kehrtmachend, ging ich sogleich zu meiner Frau, machte ihrem Herumwirbeln ein Ende, entzog sie dem Arm ihres Partners (Jellaby nebenbei), zwang ihr den ihres Ehemannes auf und führte sie wortlos aus dem Zimmer.

Aber als ich durch die Tür ging, sah ich, wie der Ausdruck von (ich würde meinen: gespieltem) Erstaunen auf Mrs. Menzies-Leghs Gesicht dem Grübchen wich, wie sie plötzlich ihre oberen und unteren Augenwimpern zusammenpreßte, und meine Freunde werden sich eine Vorstellung bilden können von der vollständigen Zerstörung, die England in allem, was man sie in ihrer Jugend verstehen und achten gelehrt, angerichtet hatte, wenn ich Ihnen sage, daß das, was sie offensichtlich zu unterdrücken versuchte, ein Lachen war.

XIX

Da ich, wie ich bereits betont habe, im Grunde ein gutmütiger Kerl bin, lasse ich mir selten ein verheißungsvolles Heute durch ein schlimmes Gestern verderben; und als ich am nächsten Morgen durch meine Vorhänge lugte und sah, daß die Sonne unser unheimliches Lager vom Vorabend in einen anheimelnden, wohlig warmen Ort verwandelt hatte, über den singende Vögel dahinflogen, spitzten sich meine Lippen zu einem fröhlichen Pfeifen, und ich empfand jene innere Befriedigung, die unsere Nachbarn (denen wir, wie ich offen zugebe, außer Elsaß-Lothringen noch eine ganze Menge zu verdanken haben) treffend *joie de vivre* genannt haben.

Wäre ich mir selbst überlassen gewesen, hätte diese *joie* zweifellos den ganzen Tag lang ununterbrochen angehalten. Um so größer also, sage ich, die Verantwortung jener, die sie trüben. In der Tat ist die Verantwortung, die auf den Schultern der Leute lastet, die einem während des Tages über den Weg laufen, viel größer, als diese sich in ihrer Dickhäutigkeit vorstellen können. Ich will jedoch hierauf im Augenblick nicht näher eingehen, da ich mir während des Schreibens allmählich klargeworden bin, daß ich als nächstes wahrscheinlich meine mehr metaphysischen Betrachtungen sammeln und in einen eigenen umfänglichen Band aufnehmen werde, und will hier also nur meine Zuhörer bitten, sich vorzustellen, wie ich an jenem strahlenden Augustmorgen pfeifend in meinem Wohnwagen saß, pfeifend und bereit, wie es jeder vernünftige Mann sein sollte, die Ärgernisse von gestern unter ihrem eigenen Staub begraben sein zu lassen und den neuen Tag im Geiste von »Wer weiß, vielleicht hast du die ganze Welt erobert, ehe die Nacht hereinbricht?« zu beginnen.

Meine Mutter (eine bemerkenswerte Frau) pflegte zu mir zu sagen, es sei eine gute Idee, so anzufangen, und ich glaube in der Tat, daß sich bis zum Einbruch der Nacht überraschend ermutigende Ergebnisse einstellen würden, wenn andere Leute einen nur in Ruhe lassen wollten. Denn bei jeder Begegnung nimmt derjenige, dem man da begegnet, einen weiteren Teil dessen weg, was am Morgen so ungetrübt war. Ja, natürlich hat Edelgard manchmal schon beim Frühstück den ganzen Vorrat auf einmal aufgebraucht; und beim Mittagessen ist dann nicht mehr viel davon übrig. Zwar setzt nach dem Abendessen gelegentlich eine neue Woge ein, aber der Schlaf zehrt dieselbe auf, ehe sie Zeit gehabt hat, sich auch nur umzudrehen, wie man umgangssprachlich sagen würde.

Ohne mich weiter darauf einzulassen, müssen sich also meine Zuhörer vorstellen, wie ich an jenem strahlenden Sommermorgen in Frog's Hole Farm pfeifend und erfüllt von französischer *joie* bei vorgezogenen Vorhängen im gedämpften Sonnenlicht im Inneren der »Elsa« lag.

Der Boden neigte sich, denn während der Nacht war das linke Hinterrad der »Elsa« an einer ungepflasterten Stelle des Platzes eingesunken, wo der matschige Untergrund keinen Widerstand bot, aber selbst die Aussicht, es ausgraben zu müssen, ehe wir aufbrechen konnten, drückte nicht auf meine Stimmung. Ich meinte bemerkt zu haben, daß mein Kopf im Traum immer tiefer sank, und nachdem ich im Halbschlaf diesen Eindruck zu korrigieren versuchte, indem ich meine Kleider zusammenrollte und sie unter mein Kissen schob, und sich dennoch keine Besserung einstellte, kam ich zu dem Schluß, es müsse sich um einen Alptraum handeln, und man sollte lieber die Finger davon lassen. Als ich dann am Morgen, nachdem Edelgard weggegangen war, erwachte, begriff ich, was passiert war, und falls sich einer von Ihnen jemals auf eine Wohnwagenreise begeben sollte, täte er gut daran, vor dem Zubettgehen dafür zu sorgen, daß sämtliche vier Räder auf dem stehen, was ich in Queenboro' *terra cotta* nannte (wie Sie sich erinnern werden, habe ich erklärt, warum meine Frau das nicht witzig finden konnte), sonst werden Sie am nächsten Morgen ganz schön zu schuften haben.

Selbst diese Aussicht indessen bedrückte mich, wie gesagt, nicht. Stumme Objekte wie Wohnwagen vermögen das nicht, und da bisher noch kein Nicht-Stummer meinen Weg gekreuzt hatte, war meine Lebensfreude sozusagen immer noch ungetrübt. Ich hatte mich sogar entschlossen, die halbe Stunde mit Edelgard nach dem Ball am Vorabend zu vergessen, und da eine Bereitschaft, zu vergessen, dasselbe ist wie eine Bereitschaft, zu verzeihen, werden Sie mir wohl alle beipflichten, daß ich jenen Tag sehr gut anfing.

Als ich zum Frühstück hinunterstieg, erlitt ich einen leichten Schock (der erste Hauch von Trübung), da ich außer Mrs. Menzies-Legh und den Undefinierbaren niemanden dort antraf. Mrs. Menzies-Legh jedoch, obgleich sie wohl insgeheim verlegen war, brachte es fertig, sich so zu benehmen, als sei nichts geschehen, hoffte, ich habe gut geschlafen, und brachte mir meinen Kaffee. Sie redete nicht so viel wie sonst, sondern bediente mich mit einer Beflissenheit, die erkennen ließ, daß sie sich im Grunde doch schämte.

Mit der ernsten Gemessenheit, die entschiedene Distanz bedeutet, wollte ich von ihr wissen, wo die anderen seien, und sie sagte, sie seien spazierengegangen.

Sie bemerkte, wie schön der Tag sei, und ich erwiderte: »Das ist er in der Tat.«

Hierauf sagte sie, schwach seufzend, daß die Tour viel erfreulicher gewesen wäre, wenn wir von Anfang an solches Wetter gehabt hätten.

Worauf ich, reserviert und doch schlagfertig, bemerkte, daß der größere Teil ja immer noch vor uns liege, und wer wisse schon, ob nicht von nun an das Wetter schön werden würde?

Da sah sie mich schweigend an, den Kopf leicht zur Seite geneigt, ernst und nachdenklich, wie zwischen den Ruinen von Bodiam; dann öffnete sie den Mund, als wolle sie etwas sagen, aber sie besann sich eines Besseren und stand statt dessen auf und holte mir noch etwas zu essen.

Am Ende, dachte ich, lernt sie doch noch, wie man es anstellt, einem Mann gefällig zu sein; und ich konnte mich einer gewissen Genugtuung über den Erfolg meiner Methode bei ihr nicht erwehren. Zudem gab es auch noch ein ungewöhnlich gutes Frühstück, wodurch dieses Gefühl noch verstärkt wurde – Eier mit Speck, ein doppelter Leckerbissen, den man bisher nicht auf unserem Tisch gesehen hatte. Die Grünschnäbel beugten sich mit erhitzten Wangen über die Feuerstelle und bereiteten nach Mrs. Menzies-Leghs Anweisungen ganze Mengen davon. Während sie diese Anweisungen erteilte, hielt sie die Kaffeekanne in ihren Armen, damit sie warm blieb. Sie erklärte, sie täte das für meine zweite Tasse. Wenn es an diesem Tag nicht so höllisch heiß gewesen wäre, hätte ich wohl vermutet, daß sie das machte, nicht um den Kaffee, sondern ihre Arme warm zu halten. Die Hitze flirrte in einem blauen Dunstschleier über den Hopfenstangen des angrenzenden Feldes. Nun, da die umliegenden Hügelkuppen in grelles Licht getaucht waren, wirkte das Bauernhaus, zu dem kein Sonnenstrahl vordrang, einladend schattig und kühl. An einem solchen Morgen warmen Kaffee in den Armen zu halten, konnte unmöglich etwas anderes zu erkennen geben als das verdienstvolle Bedürfnis, etwas wiedergutzumachen; und da ich nicht der Mensch bin, das zu tun, was die Heilige Schrift den rauchenden Flachs austreten nennt, und doch auch nicht der Mensch, der Damen schnell vergibt, die bis vor kurzem noch frech und vorlaut gewesen waren, mischte ich geschickt äußerste Höflichkeit mit einer unerschütterlichen Zurückhaltung.

Aber ich hatte keine Lust, das, was praktisch ein tête-à-tête war, einen Augenblick länger als notwendig auszudehnen, und mußte schließlich aus dem Umstand, daß sie mir andauernd Tasse und Teller nachfüllte, den genau entgegengesetzten Wunsch der Dame entnehmen. So stand ich also mit einer höflichen Ablehnung »Nein, nein – ein vernünftiger Mann weiß, wann er aufhören muß«, auf, murmelte etwas von mich um meine Sachen kümmern, verbeugte mich kurz und zog mich zurück.

Ziel meines Rückzugs waren das Hopfenfeld und eine Zigarre.

Im Schatten dieser grünen Verheißungen zukünftiger

Bieres legte ich mich in einer Ecke nieder, wo ich vor Blicken sicher war, und überlegte, daß ich mir wohl ein Ruhepäuschen gönnen dürfe, wenn die anderen schon ihre Zeit mit überflüssigen körperlichen Übungen vertun konnten; und da es in England keine Moskitos gibt, zumindest keine, die ich jemals gesehen hätte, war es wirklich nicht unangenehm, einmal die Natur von unten aus zu betrachten. Aber ich muß gestehen, ich war leicht verärgert über die Art, wie die restliche Reisegesellschaft sich davongemacht hatte, ohne zu warten und zu schauen, ob nicht auch ich gern mitgehen würde. Zunächst, da ich mit dem Frühstück beschäftigt war, hatte ich gar nicht daran gedacht. Danach, im Hopfenfeld, kam es mir in den Sinn, und obwohl ich nicht weit mit ihnen hätte gehen wollen, wäre es doch angenehm gewesen, die anderen vorneweglaufen zu lassen und selbst in einem kühlen Winkel zu bleiben und mich mit meiner sanften, aber in letzter Zeit so schwer zu fassenden Freundin zu unterhalten.

Ich muß auch sagen, ich war nicht wenig überrascht, daß Edelgard sich auf solche Weise herumtrieb, bevor sie unseren Wohnwagen aufgeräumt hatte, und nach allem, was ich ihr am Vorabend direkt vor dem Einschlafen gesagt hatte. Meinte sie etwa in ihrem übermütigen Trotz, daß ich umkehren und für sie unsere Betten machen würde?

Als ich meine Zigarre zu Ende geraucht hatte, lag ich eine Weile da und dachte über diese Dinge nach, umfächelt von einem linden Lüftchen. Ländliche Geräusche, so weit weg, daß sie angenehm waren, wirkten beruhigend auf Ohr und Gehirn. Ein Hahn krähte gerade weit genug weg. Eine Lerche sang, gedämpft durch den Äther. Die Glocken einer unsichtbaren Kirche – Raggetts Kirche wahrscheinlich – begannen gedämpft und melodiös zu läuten. Nun, ich wollte nicht weg; ich lächelte beim Gedanken an Raggett und den Adler, da ich das Beste aus allem machen mußte. Es umgaben mich ein Summen und eine Wärme, die unwiderstehlich waren. Ich widerstand nicht. Mein Kopf sank herab, meine Glieder entspannten sich, und ich fiel in einen sanften Schlummer.

Dieser Schlummer kam, wie sich später herausstellte, im richtigen Augenblick, denn als er vorüber war und ich wieder das Bewußtsein erlangt hatte, war der Vormittag recht weit fortgeschritten, und die Wohnwagenfahrer hatten reichlich Zeit gehabt, von ihrem Spaziergang zurück und mit ihrer Arbeit zu Rande zu kommen. Als ich zwischen ihnen herumschlenderte, merkte ich, daß alles startbereit war mit Ausnahme der »Elsa«, die immer noch mit ihrem linken Hinterrad in der Erde steckte und von Menzies-Legh, Jellaby und dem alten James verarztet wurde.

»Hallo«, sagte Jellaby bei meinem Herannahen und schaute hoch, während er schweißüberströmt drückte und zog, »haben Sie sich gut amüsiert?«

Menzies-Legh hob nicht einmal den Blick, sondern setzte, Schweißtropfen auf der finsteren Stirn, seine Bemühungen fort.

Nun, hier konnte ich aufgrund meiner Erfahrung als Artillerieoffizier, der es gewöhnt ist, Lafetten aus mißlichen Lagen zu befreien, sofort Sachverstand anmelden. Ich zog mir also einen Campingstuhl heran und gab ihnen gute Ratschläge für ihre Arbeit. Sie hörten zwar nicht viel auf mich, da sie, was für Engländer typisch ist, meinten, alles besser zu wissen. Aber da sie nicht zuhörten, mußten sie sich eine halbe Stunde länger abmühen, und da es schön und warm war und mich das Herumsitzen und Überwachen viel weniger anstrengten als das Marschieren, hatte ich im Grunde nichts dagegen einzuwenden. Das sagte ich Menzies-Legh auch bei dieser Gelegenheit, aber er antwortete nicht, also sagte ich es ihm erneut, als wir auf der Straße waren, daß er sich eine halbe Stunde hätte ersparen können, wenn er nach meinen Anweisungen ans Werk gegangen wäre. Er schien noch schlechterer Laune zu sein als sonst; und meine Zuhörer werden mir zustimmen, daß England an Mrs. Menzies-Leghs John nichts hatte, worauf es besonders stolz sein konnte.

An jenem Tag wanderten wir auf Canterbury zu, eine Stadt, von der Sie, meine Freunde, möglicherweise schon gehört haben oder auch nicht. Daß es eine englische Stadt ist, brauche ich nicht zu sagen, denn wenn sie es nicht wäre, würden wir dann wohl hingewandert sein? Und sie ist, wie ich mich erinnerte, hauptsächlich wegen ihres Erzbischofs bekannt.

Dieser Herr, erfuhr ich von Jellaby, als ich ihn fragte, läuft bei Umzügen direkt hinter dem ältesten Sohn des Königs und vor sämtlichen Adligen. Er ist ein Pfarrer, aber was für ein verherrlichter! Er steht auf der obersten Sprosse der Leiter, die er als Hilfsgeistlicher einst betrat. Jeder englische Hilfsgeistliche trägt, wie man es von Buonapartes Soldaten behauptete, die Mitra eines Erzbischofs in seinem Handkoffer. Ich kann es nur als einen

Segen ansehen, daß unsere Kirche sie nicht hat, denn ich zum Beispiel hätte mit dieser Möglichkeit im Blick Schwierigkeiten, ganz ungezwungen mit einem Hilfsgeistlichen umzugehen. Ich bin ohnehin ganz ungezwungen. Ohne mir viel dabei zu denken, weise ich dem unseren seinen Platz an und sorge dafür, daß er ihn nicht verläßt; und ebenso ungezwungen gehe ich mit unseren Superintendenten und Generalsuperintendenten um, die in unserer kargen und bescheidenen Kirche den Bischöfen und Erzbischöfen am nächsten kommen. Sie umgibt kein Heiligenschein. Sie sind einfach ehrbare ältere Männer mit gottesfürchtigen Ehefrauen, die ihnen Tag für Tag ihr Essen bereiten. »Und, Jellaby«, sagte ich, »kann man das auch von den Ehefrauen Ihrer Erzbischöfe behaupten?«

»Nein«, sagte er.

»Ein weiterer Punkt also«, sagte ich im scherzhaften Ton, dessen man sich bedient, um unangenehme Wahrheiten zu verbrämen, »in dem wir Deutsche euch voraus sind.«

Jellaby strich seine Haarsträhne zurück und wischte sich die Stirn. Neben dem Kopf meines Pferdes laufend, hatte ich ihm zugerufen, als er mich schnell überholen wollte, denn ich sah, daß er meine arme, kleine, sanfte Freundin im Schlepptau hatte und ihr wieder einmal seine Gesellschaft aufdrängte. Da ich das Wort an ihn richtete, mußte er wohl oder übel seinen Schritt verlangsamen, und ich gab mir Mühe, ihm recht viele Fragen über Canterbury und seine Bedeutung für die Kirche zu stellen, damit sich Frau von Eckthum ein wenig ausruhen konnte.

Ein leichtes Erröten zeigte mir, daß sie verstand und es zu schätzen wußte. Da sie sich nun nicht mehr im Gespräch verausgaben mußte, wie ich es beobachtet hatte, als sie vorbeigingen, verfiel sie in ihr übliches Schweigen und lauschte nur aufmerksam allem, was ich zu sagen hatte. Aber wir hatten kaum unser Gespräch begonnen, da drehte sich Mrs. Menzies-Legh, die vor uns lief, zufällig um, und als sie uns sah, erweiterte sie mit ihrer Gesellschaft das, was bereits schon mehr als genug Gesellschaft war, und beendete alles, was einem wirklichen Gespräch nahekam, indem sie eine Rede schwang. Keiner wollte sie hören; am wenigsten ich, an den sie ihre Bemerkungen hauptsächlich richtete. Die anderen freilich konnten sich gleich darauf davonmachen, und zwar, wie ich glaube, ans hintere Ende unserer Kolonne, denn ich sah sie nicht wieder; aber da ich mein Pferd führen mußte, war ich ihr hilflos ausgeliefert.

Ich überlasse es Ihnen, meine Freunde, zu entscheiden, wie man eine solche Hartnäckigkeit geißeln sollte. Ich kann mich des Gefühls nicht erwehren, daß es mir hoch anzurechnen war, es unter solchen Umständen geschafft zu haben, Höflichkeit zu bewahren. Eines jedoch ist von allzeit gültiger Wahrheit: je mehr eine Dame einem Herrn nachsetzt, desto mehr entzieht sich der Herr, und somit schaden sich jene Damen, die weiblichen Anstand in den Wind schlagen, selbst am meisten.

Das sagte ich – leicht verschleiert – Mrs. Menzies-Legh an jenem Vormittag, indem ich eine Gelegenheit ergriff, die mir ihr unermüdliches und sprunghaftes Geplauder bot, um die kleine Lektion zu verabreichen. Kein Schleier jedoch war dünn genug für sie, um das zu sehen, und anstatt rot zu werden und zusammenzuzucken, schaute sie mich durch ihre Augenwimpern hindurch mit gespielt unschuldiger Miene an und sagte: »Aber lieber Baron, was *ist* denn weiblicher Anstand?«

Als ob man weiblichen Anstand oder Bescheidenheit oder Tugend mit Wörtern erklären könnte, die so schicklich sind, daß ein Ehrenmann sich ihrer in Gegenwart einer Dame bedienen dürfte!

Das war ein langweiliger Tag. Canterbury ist ein langweiliger Ort; zumindest wäre er dies, wenn man sich langweilen ließe. Ich allerdings ließ mich nicht von ihm langweilen. Und ein so heißer Ort. Es ist eine Stadt, die unter der stechenden Sonne geradezu dampft, und voll von Gebäuden und Altertümern, die man, wie es heißt, unbedingt sehen muß. Nach einem Tagesmarsch im Staub steht einem der Sinn nicht gerade nach Altertümern, und mit einiger Verachtung sah ich mir an, wie dasselbe hysterische Getue von der Reisegesellschaft Besitz ergriff, das mir schon in Bodiam aufgefallen war.

Wir kamen dort etwa um vier Uhr an, und Menzies-Legh stürzte sich auf einen potthäßlichen Lagerplatz an einem Abhang direkt vor der Stadt. In unmittelbarer Nähe standen etliche Landhäuser, so daß deren Bewohner, falls sie Feldstecher hatten, uns von ihren Fenstern aus beobachten konnten. Es war ein Feld, dessen Korn geschnitten worden war, und auf den harten Stoppeln, die noch standen, taten uns unsere müden Füße weh. Auch sonst gab es in meinen Augen nichts, was für diesen Platz gesprochen hätte, wenn auch die anderen die Aussicht hervorhoben. Diese bestand, man stelle sich das vor, aus den Dächern der Häuser in der Stadt und einer Kathedrale, die sich mitten darin in einem Netzwerk von Baugerüst erhob. Ich wies sie darauf hin, als sie dastanden und schauten, aber Menzies-Legh ließ sich von seinem Entschluß nicht abbringen, auf eben diesem Fleckchen Erde zu bleiben, obwohl unten am Feld eine Bahnlinie entlanglief und ein Bahnhof mit all seinem Lärm keinen Steinwurf weit entfernt war. Ich fand es sonderbar, daß man überhaupt in eine Stadt gekommen war, denn bis zu diesem Zeitpunkt hatte sich die Reisegesellschaft einmütig darum bemüht, selbst Dörfer zu meiden, aber als ich darauf abhob, murmelten sie etwas von der Kathedrale, als reichte das Gebäude dort unten oder besser gesagt: das eingerüstete Etwas aus, dieses höchst ungereimte Verhalten zu entschuldigen.

Die Hitze auf jenem schattenlosen Stoppelfeld war unbeschreiblich. Es gab dort nicht einen einzigen Baum. Unten fuhr, wie ich gesagt habe, die Eisenbahn. Oben, direkt über uns, lag eine Großgärtnerei mit Gemüsen, die sowenig Schatten wie möglich haben wollen. Ermattet traf die Reisegesellschaft Vorbereitungen, sich niederzulassen. Gelangweilt und mit großer Verzögerung zerrte Menzies-Legh den Schmortopf heraus. Trotz der Hitze war ich so hungrig, wie ein Mann sein mußte, der um vier Uhr nachmittags noch nicht zu Mittag gegessen hat, und als ich die matten Wohnwagenfahrer lustlos Kartoffeln und Kohl und gekochten Schinkenspeck zubereiten sah, Dinge, die ich nun schon zur Genüge kannte, da wir von Beginn der Tour an (außer ein- oder zweimal, als wir Hühner oder im Höchstfall halbrohe Würste hatten) davon lebten, kam mir eine glänzende Idee: Warum nicht sich unbemerkt davonstehlen und sich drunten in der

Stadt im Speisesaal eines Hotels mit frisch gebratenem Fleisch und vollmundigem Wein aufwarten lassen?

Sehr vorsichtig erhob ich mich von dem harten heißen Stoppelfeld.

Wie zufällig warf ich einen Blick auf die Aussicht. Mit wichtiger Miene trat ich hinter die »Elsa«, der erste Schritt in die Freiheit, so als wollte ich irgendeine Zutat für die Mahlzeit aus unserem Speisekasten holen.

»Brauchst du irgend etwas, Otto?« fragte meine aufdringliche und taktlose Frau und trabte hinter mir her – was sie nie tut, wenn ich sie wirklich brauche.

Natürlich war ich ein bißchen schnippisch; aber andererseits, wäre ich denn schnippisch gewesen, wenn sie mich in Ruhe gelassen hätte? Ehefrauen zwingen einen Mann sehr oft dazu, sich danebenzubenehmen. So schnauzte ich sie also an; und sie trollte sich wie ein geprügelter Hund.

Ich blickte um mich, zum Himmel hinauf und zum Horizont, als machte ich mir Gedanken übers Wetter, und arbeitete mich vor in Richtung Großgärtnerei und Tor. Mit einem Mann in der Gärtnerei, der nach Schnecken suchte, plauderte ich ein paar Minuten, und dann, als ich mich durch einen Blick zurück vergewissert hatte, daß die Wohnwagenfahrer immer noch in lustlosen Essensvorbereitungen um den Schmortopf herumhingen, schlenderte ich summend durchs Tor.

Unmittelbar darauf lief ich Jellaby in die Arme, der, mit einem Eimer Wasser in jeder Hand, japsend die Straße daherkam.

»Hallo, Baron«, keuchte er, »amüsieren Sie sich gut?«

»Ich will mal eben«, sagte ich mit großer Geistesgegenwart und so ernsthaft, daß keine Vorstellung von Amüsement aufkam, »ein paar Streichhölzer kaufen. Unsere gehen nämlich zur Neige.«

»Oh?« sagte er, stellte seine Eimer unsanft auf den Boden und fummelte zwischen den Falten seiner schlabberigen Klamotten herum, »ich kann Ihnen ein paar borgen. Hier bitte.«

Und er hielt mir eine Schachtel hin.

»Jellaby«, sagte ich, »was ist schon eine Schachtel für einen ganzen – sollen wir es Haushalt nennen? Meine Frau braucht viele Streichhölzer. Dauernd zündet sie welche an. Es ist die Pflicht ihres Ehemanns, dafür zu sorgen, daß sie genug hat. Behalten Sie die Ihren. Und auf Wiedersehen.«

Und ich ließ ihn stehen und legte einen Schritt vor, bei dem ein Mann mit zwei Eimern unmöglich mithalten konnte.

Seit jenem Dinner in Canterbury habe ich so oft auswärts gegessen, so viele Mahlzeiten bestellt, nicht zu fett und schön heiß, daß die Faszination, die es damals auf mich ausübte, inzwischen verblaßt ist. Selbst wenn ich es noch beschreiben könnte, wären Sie, meine Zuhörer, die Sie, wie ich jetzt auch wieder, regelmäßig und gut zu Mittag essen, wohl kaum in der Lage, sich in mich hineinzuversetzen. In einem Gasthof mit dem angenehm unenglischen Namen *Fleur de Lys* fand ich ein kühles Zimmer und einen gleichgesinnten Kellner, der meine Ansichten über frische Luft auf der Stelle teilte und sofort alle Fenster schloß. Ich bekam eine Zeitung und schlürfte einen Cognac, während das Essen zubereitet wurde. Mit Ausnahme von Schinkenspeck, Huhn und Würsten bestellte ich alles, was auf der Speisekarte stand. Auch wollte ich keine Kartoffeln haben und lehnte Kohl als Beilage ab. Ich trank viel Wein, vollmundig und gehaltvoll, aber ich verschmähte es, nach dem Essen Kaffee zu trinken.

Abgefüllt und gewissermaßen geweiht durch den Wein, wieder einmal mit mir selbst und der Welt im reinen und bereit, allen weiteren Erfahrungen, die der Tag noch bringen mochte, mit ungetrübter Heiterkeit die Stirn zu bieten, verließ ich kurz vor Einbruch der Dämmerung den Tempel, der mich solcherart gesegnet hatte (nachdem ich hin und her überlegt hatte, ob es im Hinblick auf die Zukunft auf weiteren Feldwegen und Feldern nicht klug wäre, zuerst noch zu Abend zu essen, und voll Bedauern feststellen mußte, daß ich dazu nicht mehr in der Lage war), und überquerte gemächlich die Straße und begab mich in jenen anderen Tempel, dessen Glocken den unvermeidlichen Gottesdienst ankündigten.

Mein Entschluß, erst vorsichtig hineinzuspitzen und zu schauen, ob der Pfarrer allein ist, ehe ich mich endgültig einer Kirchenbank anvertraute, war unnötig, erstens, weil es gar keine Bänke gab, sondern nur einen riesigen leeren Raum, und zweitens, weil sich im Dämmerlicht dieser Leere Gruppen von Leuten auf eine breite Treppenflucht zubewegten, die den Ort teilte und zu einem Bereich mit glimmenden Lichtern hochführte, in den die Leute verschwanden. Da ich mittlerweile viel zu gewitzt war, um dorthin zu gehen, wo Lichter standen, und man von mir womöglich verlangte, ich solle beten, wanderte ich auf Zehenspitzen zwischen den sich verdichtenden Schatten im Eingangsbereich umher. Es wurde schnell dunkler zwischen den hochaufragenden Säulen und den düsteren, bemalten Fenstern. Die Glocken hörten auf zu läuten; die Orgel begann zu rumoren; und eine entfernte Stimme, die sich wie die von Raggett anhörte, stimmte einen langen Singsang an. Es gab darin keine Höhen und Tiefen, keine Unterbrechungen; es war ein lang dahingezogener Klangfaden, dünn und süß wie ein Rinnsal von Sirup. Sodann nahmen viele Stimmen den Singsang auf, verbreiterten ihn von einem Faden zu einem Band. Danach kam wieder das einzelne Rinnsal; und so machten sie abwechselnd weiter, während ich, zwischen den Säulen versteckt, recht angetan lauschte.

Als die Orgel einsetzte und ein endloses Singen begann, wobei dieselbe Melodie dauernd wiederholt wurde, rückte ich auf der Suche nach etwas, worauf ich mich setzen konnte, vorsichtig weiter nach vorn. Rechts von den Stufen fand ich, was ich suchte, einen leeren Raum, selbst schon so groß wie unsere größte Kirche in Storchwerder, aber klein im Vergleich zum übrigen Gebäude, mit riesigen Fenstern, ausgefüllt mit bemaltem Glas, auf dem man im Dunkeln überhaupt nichts erkennen konnte. Nirgendwo brannte eine Kerze, und nur hier und da gab es ein paar Stühle.

In diesem dunklen und unbeobachteten Winkel setzte ich mich an den Fuß einer gewaltigen Säule, während die Orgel über mir und die singenden Stimmen den Raum unter dem Kirchendach mit ihren einschläfernden Wiederholungen erfüllten. Alsbald schlief ich ein, wie es jeder müde und wohlgesättigte Mann tun würde, und ich wachte erst von dem gedämpften Gemurmel zweier Leute auf, die sich direkt hinter der Säule unterhielten, und augenblicklich, fast noch ehe ich die Augen aufmachte, erkannte ich, daß es Frau von Eckthum und Jellaby waren.

Sie saßen anscheinend auf irgendwelchen Stühlen, die ich nicht bemerkt hatte, als ich ins tiefere Dunkel eingetaucht war, wo meiner stand. Sie waren so nahe, daß sie mir praktisch ins Ohr sprachen. Die Singerei hatte aufgehört und die Gemeinde sich offenbar zerstreut, denn die Orgel spielte nun leise, und der Schein von Lichtern war weg.

Mein Gehör könnte nicht besser sein, und ich amüsierte mich köstlich über die Situation. »Nun«, dachte ich, »werde ich hören, was Jellaby geduldigen und arglosen Damen für ein Zeug einredet.«

Auch fiel mir ein, daß es interessant wäre, zu hören, was sie mit ihm redete, und auf diese Weise zu erfahren, ob die verleumderische Behauptung, daß sie, außer in meiner Gegenwart, redselig und witzig sei, der Wahrheit entspreche. Witzig? Kann es etwas geben, was man sich von der Frau, die man bewundert, weniger wünscht? Natürlich stimmte es nicht, und Mrs. Menzies-Legh war nur (verständlicherweise) eifersüchtig. Ich saß deshalb ganz still und wurde nun außerordentlich munter und hellwach.

Freilich lachten sie nicht. Das jedoch mag an der Kathedrale gelegen haben – nicht daß Männern von Jellabys Schlag nicht auch der mindeste Sinn für Ehrfurcht und Anstand abgegangen wäre –, aber auf jeden Fall hatte sich damit ein Teil der Verleumdung erledigt, denn die sanfte Dame war ernst. Sie war zwar um einiges gesprächiger, als ich sie kannte, aber sie schien von irgendeiner starken Empfindung bewegt, aus der sich dies zweifellos erklären ließ. Was ich mir nicht erklären konnte, war, daß sie ihre Empfindung gegenüber einer Person wie Jellaby zur Schau trug. So war zum Beispiel das erste, was ich sie sagen hörte: »Es ist ganz allein meine Schuld.« Und ihre Stimme zitterte vor Reue.

»Aber das stimmt doch nicht«, sagte Jellaby.

»Doch. Und ich weiß, ich sollte einen doppelten Anteil der Last tragen, und statt dessen drücke ich mich davor.«

Last? Welche Last konnte die zarte Dame wohl tragen müssen, die nicht so manche männliche Schulter, einschließlich der meinen, mit Freuden getragen hätte? Ich wollte gerade meinen Kopf um die Ecke der Säule strecken, um ihr das zu versichern, da fing sie erneut an zu sprechen:

»Ich versuchte es ja – anfangs«, sagte sie. »Aber ich – ich *kann* einfach nicht. Und so wälze ich sie denn auf Di ab.«

Di, meine Freunde, ist Mrs. Menzies-Legh, getauft auf den prophetisch heidnischen Namen Diana.

»Höchst vernünftig«, fand ich und dachte dabei an Dis Drahtigkeit.

»Sie ist sehr zu bewundern«, sagte Jellaby.

»Ja«, pflichtete ich ihm im stillen bei, »ungeheuer.«

»Sie ist ein Engel«, sagte ihre (natürlich, wie ich vermute) parteiische Schwester, und zweifellos färbte die Umgebung, in der sie sich gerade befand, auf ihre Empfindungen ab. Aber ich konnte mich einer gewissen Belustigung über dieses Beispiel liebenswerter Blindheit nicht erwehren.

»Es ist so ungeheuer lieb von ihr, daß sie ihn uns vom

Leib hält«, fuhr Frau von Eckthum fort. »Sie macht es so einfühlsam. So selbstlos. Wie muß man sich wohl mit einem solchen Ehemann fühlen?«

»Ah«, dachte ich, und nun ging mir ein Licht auf, »sie unterhalten sich über unseren Freund John. Natürlich kann ihn seine bezaubernde Schwägerin nicht ausstehen. Und das sollte man auch nicht von ihr verlangen. Ihren Mann ausstehen zu können, ist einzig und allein die Sache einer Ehefrau.«

»Wie mag das wohl sein?« wiederholte Frau von Eckthum mit der Stimme eines Menschen, der sich vergebens etwas unsagbar Schlimmes vorzustellen versucht.

»Ich kann es mir nicht vorstellen«, sagte Jellaby; niederträchtig, fand ich, denn nach außen hin tat er sehr freundschaftlich mit John.

»Natürlich amüsiert es sie – in gewisser Weise«, fuhr Frau von Eckthum fort, »aber diese Art von Amüsement verliert doch schnell ihren Reiz, nicht wahr?«

»Außerordentlich schnell«, sagte Jellaby.

»Ehe es überhaupt angefangen hat«, dachte ich und rief mir das fahle, feierliche Gesicht des Mannes ins Gedächtnis. Aber andererseits braucht sich eine Ehefrau nicht zu amüsieren.

»Und er tut ihr wirklich leid«, sagte Frau von Eckthum.

»Tatsächlich?« dachte ich, belustigt von der gönnerhaften Haltung, die sich darin verbarg.

»Sie sagt«, fuhr ihre sanfte Schwester fort, »daß ihr seine Isolation weh tut, ob er sich nun derselben bewußt ist oder nicht.«

Nun, es kümmerte mich nicht, ob Mrs. Menzies-Legh

irgend etwas weh tat, und so hatte ich hierzu keine feste Meinung.

»Sie möchte ihn nicht merken lassen, daß wir ihm aus dem Weg gehen – sie fürchtet, es könnte ihn verletzen. Meinen Sie, er würde sich verletzt fühlen?«

»Nein«, sagte Jellaby. »Reines Leder.«

Ich stimmte zu, wenn auch abermals überrascht über Jellabys Niedertracht.

»Ich weiß nicht«, fuhr Frau von Eckthum fort, »ich vermute, es ist, weil ich so verdorben bin – aber ich weiß wirklich nicht, wie ich ihn ertragen soll, und in solchen Dosierungen.«

»Er ist zweifellos«, sagte Jellaby, »ein sehr bedauerlicher Tropf.«

»Was«, fragte ich mich, »ist ein Tropf?« Aber nichtsdestoweniger fand Jellabys Empfindung meinen Beifall, denn er traf den Nagel auf den Kopf, wenn auch seine Niedertracht wirklich verblüffend war.

»Es muß an Dis lebhafter Phantasie liegen«, fuhr ihre Schwester nachdenklich fort. »Sie sieht, was er vielleicht hätte sein können, was er wahrscheinlich hätte werden sollen –«

»Und was er immer noch sein würde«, warf Jellaby ein, »wenn er sich nur von seiner netten Frau ein bißchen beeinflussen ließe.«

»Aber darin«, dachte ich, »hat John recht. Wir wollen gerecht sein und ihm seine guten Seiten lassen. Von einer Frau sollte man sich niemals, unter keinen Umständen, beeinflussen –«

Da, wie von der Tarantel gestochen durch diesen Gesichtspunkt, durch die weibliche Vorstellung (Sozialisten haben den Verstand von Frauen), daß ein Mann durch Mrs. Menzies-Leghs Manipulationen wieder zu dem gemacht werden könne, wozu er ursprünglich bestimmt war, als er frisch geschaffen (wie Dichter und Pfarrer sagen würden) aus den Händen seines Schöpfers hervorging – da, sage ich, spielte mir mein Humor einen üblen Streich (denn ich hätte gern noch mehr gehört), und ich merkte, wie ich in ein lautes Kichern ausbrach.

»Was ist das?« stieß Jellaby hervor und sprang auf.

Gleich sah er, was es war, denn sofort streckte ich meinen Kopf um die Säule.

Beide starrten mich seltsam entgeistert an.

»Meinen Sie bitte nicht«, sagte ich und lächelte beruhigend, »daß ich ein Gespenst bin.«

Sie starrten mich wortlos an.

»Sie machen ein Gesicht, als sei ich eines.«

Sie starrten mich immer noch an.

»Da ich hier saß, konnte ich nicht umhin, ihr Gespräch mitzuhören.«

Sie starrten mich so sprachlos an, als hätte man sie dabei erwischt, wie sie jemanden umbrachten.

»Ich bin wirklich kein Geist«, sagte ich und stand auf. »Schauen Sie doch – sehe ich denn so aus?«

Und ich zündete ein Streichholz an und leuchtete damit vor meinem Gesicht hin und her. Aber sein Licht zeigte mir zugleich auf dem Gesicht Frau von Eckthums einen Hauch vom bezauberndsten und lebhaftesten Karmesin, das es vom Haaransatz bis zum Hals verfärbte. Sie sah damit so wunderschön aus, sie, die sonst immer so blaß war, daß ich gleich noch eines anzündete und sie mit unverhohlener Bewunderung anschaute.

»Verzeihen Sie«, sagte ich und hielt es ihr sehr dicht an die Augen, die, auf die meinen gerichtet, immer noch von abergläubischem Schrecken erfüllt schienen, »verzeihen Sie mir, aber ich muß sie wie ein Mann und Richter ansehen.«

Jellaby jedoch, unverzeihlich ungezogen wie stets, schlug mir das Streichholz aus der Hand und trat es aus. »Hören Sie mal, Baron«, sagte er ungewöhnlich erzürnt, »es tut mir sehr leid – so leid, aber Sie brauchen einem schließlich kein Streichholz ins Gesicht zu halten.«

»Warum leid, Jellaby?« fragte ich sanft, denn ich wollte hier keine Szene haben. »Das Streichholz macht mir nichts aus. Ich habe noch mehr.«

»Leid natürlich, daß Sie gehört haben –«

»Jedes Wort, Jellaby«, sagte ich.

»Wirklich, es tut mir schrecklich leid – ich kann Ihnen gar nicht sagen, wie leid –«

»Sie können sich darauf verlassen«, sagte ich, »daß ich verschwiegen sein werde.«

Er starrte mich an mit einem Gesicht dümmlicher Überraschung.

»Verschwiegen?« sagte er.

»Verschwiegen, Jellaby. Und es mag Ihnen ein Trost sein«, fuhr ich fort, »daß ich Ihnen von Herzen beipflichte.«

Jellaby blieb der Mund offenstehen.

»Jedem Ihrer Worte.«

Jellaby blieb der Mund offenstehen.

»Selbst dem Wort Tropf, das ich zwar nicht verstand, das aber, wie ich aus Ihren vorausgehenden Bemerkungen entnahm, eine sehr treffende Bezeichnung ist.«

Jellaby blieb der Mund immer noch offenstehen.

Ich wartete einen Moment, dann, da ich merkte, daß er ihn nicht schließen wollte und ich durch mein plötzliches Auftauchen vor ihnen an diesem gespenstischen Ort ihre Nerven anscheinend wirklich nachhaltig strapaziert hatte, hielt ich es für das beste, das Thema zu wechseln, wobei ich mir fest vornahm, zu anderer Zeit darauf zurückzukommen.

So nahm ich meinen Hut und meinen Stock von dem Stuhl, den ich verlassen hatte – Jellaby lugte um die Säule auf dieses Möbel, und sein offenstehender Mund verriet immer noch unerklärliches Entsetzen –, verbeugte mich und bot Frau von Eckthum meinen Arm.

»Es ist spät«, sagte ich mit sanfter Höflichkeit, »und ich sehe, daß sich uns ein Mesner mit den Schlüsseln nähert. Wenn wir nicht zum Lager zurückkehren, wird sich Ihre Schwester wahrscheinlich auf Engelsschwingen aufmachen«, – sie schrak zusammen –, »um nach uns zu suchen. Erlauben Sie mir, meine Teuere, daß ich Sie zu ihr zurückbringe. Nein, nein, Sie brauchen keine Angst zu haben – ich kann ein Geheimnis wirklich bewahren.«

Ihre Augen auf meine gerichtet, und das mit jenem merkwürdigen Ausdruck zu Tode Erschrockener, stand sie langsam auf und legte ihre Hand in meinen Arm, den ich ihr bot.

Mit fürsorglicher Zärtlichkeit führte ich sie weg.

Jellaby folgte, glaube ich, in einiger Entfernung.

XX

Das Leben ist ein merkwürdig Ding und voller Überraschungen. Noch am Vortag meint man zu wissen, was heute geschehen wird, und an diesem merkt man, daß dem nicht so war. Man mag die Kerze des gesunden Menschenverstandes anzünden und, so gut es geht, damit in die Zukunft leuchten, falls man überhaupt etwas sieht, stellt sich heraus, daß es im Grunde etwas anderes gewesen ist. Um uns ist alles Lug und Trug, Sinnestäuschung und Wandel. Selbst wenn sich die natürliche Welt ganz so verhält, wie wir es auf Grund der Erfahrung erwarten können, tut die nicht-natürliche Welt, worunter ich die Menschen verstehe (und ich behaupte, es ist ein zutreffender Ausdruck), nichts dergleichen. Meine durch Erfahrung gereifte Schlußfolgerung daraus, sorgfältig abgewogen und unangreifbar abgeklärt, besagt, daß alles Studieren, alles Denken, alle Erfahrung, alle Philosophie zu der Erkenntnis führen: daß man sich nichts erklären kann. Unterbrechen Sie, meine Freunde, mich hier mit einer zweifelnden Zwischenfrage? Meine Antwort darauf lautet – warten Sie.

Am Morgen nach den eben geschilderten Vorfällen verschlief ich, und als ich mich gegen zehn Uhr erhob, um nach etwas zu suchen, was, wie ich hoffte, immer noch ein Frühstück sein würde, stellte ich fest, daß der Tisch sauber gedeckt, das Feuer entfacht, der Kaffee warmgehalten worden war, Schinken in Scheiben auf einem Teller lag, drei Eier darauf warteten, zu einer wartenden Pfanne befördert zu werden, und kein einziger Wohnwagenfahrer zu sehen war außer Menzies-Legh.

Er natürlich tat mir nun leid. Denn wenn man einen verräterischen Freund hat und eine Schwägerin, die man sehr mag, die einen aber im tiefsten Herzen haßt, wenn man der Täuschung erliegt, daß der eine treu und die andere liebenswert sei, wird man ein geeignetes Objekt für Mitleid; und da niemand zugleich Mitleid haben und hassen kann, war ich nicht annähernd so verärgert, wie ich es sonst gewesen wäre, als ich merkte, daß mir mein verdrossen dreinblickender Freund Gesellschaft leisten sollte. Verärgert, sagte ich? Nun, ich war überhaupt nicht verärgert. Denn wenn er mir auch leid tun mochte, so war ich doch auch amüsiert, und mehr noch, das Wissen, daß ich nun ein kleines Geheimnis mit Frau von Eckthum teilte, hatte zur Folge, daß ich noch besser gelaunt war als sonst.

Er saß da und rauchte; und als ich frisch, ausgeruht und fröhlich um die Ecke der »Elsa« bog, wünschte er mir nicht nur sogleich einen guten Morgen, sondern fragte außerdem, ob ich nicht finde, daß es ein wunderschöner Tag sei; dann stand er auf, ging zur Feuerstelle hinüber, schlug die Eier in die Pfanne und holte die Kaffeekanne.

Das war sehr überraschend. Ich sage Ihnen, meine Freunde, die Stimmungen von Wohnwagenurlaubern sind so mannigfaltig und unberechenbar wie die Sandkörner am Meeresstrand. Wenn Sie das bezweifeln, machen Sie selbst einen Urlaub mit dem Wohnwagen. Aber Sie können es nicht mehr ernsthaft bezweifeln, nachdem sie sich diesen Bericht angehört haben. Habe ich Ihnen nicht im Verlauf desselben erzählt, wie meine Reisegefährten in der einen Stunde himmelhochjauchzend und in der nächsten zu Tode betrübt waren, wie sie an manchen Tagen beim Frühstück fröhlich bis zur Verrücktheit, ausgelassen und kindisch waren und ihr Schweigen an anderen deprimierte, wie sie am Morgen Gedichte aufsagten und Blindekuh spielten und sich am Nachmittag wortlos durch den Schlamm schleppten, wie sie manchmal viel zuviel redeten und dann, wenn ich hätte reden wollen, sich überhaupt nicht unterhalten wollten, wie sie plötzlich höflich und aufmerksam sein konnten und dann wieder ebenso plötzlich vergaßen, daß ich möglicherweise etwas brauchen könnte, wie die Nässe am einen Tag ihre Heiterkeit keineswegs dämpfte, während der strahlendste Sonnenschein sie am nächsten nicht hervorzulocken vermochte? Aber keine ihrer Launen überraschte mich derart wie jene, in der sich Menzies-Legh auf dem Feld über Canterbury befand.

Er war ja von Natur aus ein richtiger Miesepeter. Zwar hatte es am Anfang Lichtblicke gegeben, aber sie verschwanden bald. Zwar war er auch bei Frog's Hole Farm, als er mittels Teegläsern Wahrheiten demonstrierte, für ein Weilchen freundlich gewesen – nur jedoch, um sofort danach und um so tiefer in Trübsinn und schlechte Laune zu verfallen. Trübsinn und schlechte Laune waren sein Normalzustand; und nun zu erleben, wie er mich so unverkennbar dienstbeflissen, so rührig und zuvorkommend bediente, war wirklich erstaunlich. Ich war jedenfalls erstaunt. Aber dank meiner Erziehung vermochte ich mich so zu benehmen, als sei das die normalste Sache von der Welt, und ich ließ mir von ihm Zucker geben und gestattete ihm, das Brot für mich zu schneiden, und machte dabei ein so gleichgültiges Gesicht wie einer, der nirgendwo etwas Ungewöhnliches oder Interessantes entdecken kann, was ich die Miene eines perfekten Ehrenmannes nenne. Als sich schließlich Proben all der verfügbaren Köstlichkeiten um meinen Teller scharten und ich mit dem Essen begonnen hatte, setzte er sich wieder hin, stützte den Ellenbogen auf den Tisch und richtete den Blick auf die Stadt, die in der Hitze und dem Dunst unten bereits schmachtete, und zündete sich wieder seine Pfeife an.

Ein Zug dampfte aus dem Bahnhof und auf den Schienen unterhalb unseres Feldes dahin, gemächlich kleine weiße Dampfwölkchen in den heißen, unbeweglichen Äther paffend.

»Dort fährt Jellabys Zug«, sagte Menzies-Legh.

»Jellabys was?« sagte ich und köpfte ein Ei.

»Zug«, sagte er.

»Was hat er denn mit Zügen zu schaffen?« fragte ich, und da mich das alles im Grunde nicht interessierte, dachte ich bei mir, daß Jellaby außer Sozialist vielleicht ja auch noch Eisenbahndirektor sei und sich, wie andere Leute ein Haustier, einen eigenen Zug halte.

»Er sitzt da drinnen«, sagte Menzies-Legh.

Ich schaute von meinem Ei hoch und auf Menzies-Leghs Profil.

»Wo?« sagte ich.

»Im Zug«, sagte er. »Muß weg.«

»Was – Jellaby weg? Zuerst Lord Sidge und jetzt Jellaby?«

Natürlich war ich überrascht, denn ich hatte nichts davon gehört. Auch fand ich die Art, wie einer nach dem anderen verschwand, ohne sich zu verabschieden, gelinde gesagt rücksichtslos – wahrscheinlich mehr als das.

»Ja«, sagte Menzies-Legh. »Es tut uns – es tut uns sehr leid.«

Irgendwelche Betrübnis wegen Jellaby konnte ich jedoch nicht aufrichtig teilen, und so bemerkte ich lediglich, daß die Reisegesellschaft ständig zusammenschrumpfe.

»Ja«, sagte Menzies-Legh, »das finden wir auch.«
»Aber warum hat Jellaby –?«
»Nun, Sie wissen ja, ein Mann, der in der Öffentlichkeit steht. Parlament. Und all das.«
»Tritt denn Ihr Parlament so kurzfristig zusammen?«
»O ja, ziemlich kurzfristig. Man muß sich ja vorbereiten. Seine fünf Sinne zusammennehmen und derartiges.«
»O ja. Jellaby sollte das nicht bis zur letzten Minute hinausschieben. Aber er hätte sich«, fügte ich mit leichtem Stirnrunzeln hinzu, »von mir verabschieden können, so wie es in zivilisierter Gesellschaft üblich ist. Manieren sind eben Manieren, man kann sagen, was man will.«
»Er war in großer Eile«, sagte Menzies-Legh.

Es entstand eine Pause, während der Menzies-Legh rauchte und ich frühstückte. Ein paarmal räusperte er sich, als wolle er gleich etwas sagen, aber wenn ich aufsah, bereit zuzuhören, nahm er wieder seine Pfeife in den Mund und starrte weiter auf die Stadt drunten in der Sonne.

»Wo sind denn die Damen?« erkundigte ich mich, als mein ärgster Hunger gestillt war und ich Muße hatte, mich umzusehen.

Menzies-Legh brachte seine Beine, die übereinandergeschlagen gewesen waren, in eine andere Position.

»Sie sind mit Jellaby zum Bahnhof gegangen, um ihm nachzuwinken«, sagte er.

»Tatsächlich. Alle?«

»Ich glaube.«

Für einen ausgedehnten Abschied von meiner Frau und den anderen Mitgliedern der Reisegesellschaft hatte Jellaby also Zeit gehabt, wenn er auch keine gefunden hatte, mir Lebewohl zu sagen, wie es die Höflichkeit geboten hätte.

»Er ist nicht das, was wir in unserer Heimat einen Ehrenmann nennen würden«, sagte ich nach einer Pause, während der ich mein drittes Ei auslöffelte und bedauerte, daß es kein weiteres mehr gab.

»Wer?« fragte Menzies-Legh.

»Jellaby. Zweifellos würde der Begriff Tropf auf ihn ebensogut passen wie auf andere Leute.«

Menzies-Legh wandte mir sein bläßliches Gesicht zu.

»Er ist ein guter Freund von mir«, sagte er und runzelte mit gewohnt finsterem Blick die Augenbrauen.

Auf diese Bemerkung hin konnte ich mir ein Lächeln und ein Kopfschütteln nicht verkneifen, da mir alles, was ich am Vorabend gehört hatte, noch sehr frisch im Gedächtnis war.

»Mein verehrtester Herr«, sagte ich, »seien Sie vorsichtig mit Ihren guten Freunden. Seien Sie nicht zu vertrauensselig. Man mag ja an die Freundschaft glauben, aber man sollte die Vernunft nicht außer acht lassen.«

»Er ist ein sehr guter Freund von mir«, wiederholte Menzies-Legh, wobei er seine Stimme erhob.

»Dann hätte ich gern«, sagte ich, »daß Sie mir erklären, was ein Tropf ist.«

Unter seinen dunklen Augenbrauen hervor schoß er mir einen finsteren Blick zu und sagte dann gelassener – »Ich bin schließlich kein Dialektwörterbuch. Wir sollten uns ernsthaft unterhalten.«

»Gewiß«, sagte ich und griff nach der Marmelade.

Er räusperte sich. »Ich habe gestern abend eine Menge Briefe und Telegramme bekommen«, sagte er.

»Wie haben Sie denn das geschafft?« fragte ich.

»Sie warteten hier beim Postamt auf mich. Ich hatte telegraphiert, daß man sie mir nachschicke. Und ich fürchte – es tut mir leid, aber es ist nicht zu ändern –, wir werden wegmüssen.«

»Wie weg?« sagte ich, denn einige vertraulichere Redewendungen des Englischen beherrschte ich noch nicht.

»Weg«, sagte er. »Aufbrechen. Den Ort hier verlassen.«

»Oh?« sagte ich. »Nun, das ist ja nichts Neues. Diese Tour, mein verehrtester Herr, ist mit Sicherheit der Inbegriff dessen, was Sie Aufbruch nennen. Wohin gehen wir als nächstes? Ich hoffe, zu einem Ort, wo es Bäume gibt.«

»Sie haben mich nicht verstanden, Baron. Wir gehen nirgendwohin als nächstes, soweit es die Wohnwagen betrifft. Meine Frau und ich sind gezwungen, nach Hause zu fahren.«

Ich war natürlich überrascht. »Wir schrumpfen wirklich mit ungeheurer Geschwindigkeit.«

Bei dem Gedanken, Mrs. Menzies-Legh und ihren John samt Jellaby gewissermaßen auf einen Schlag loszuwerden und, von diesen gemeineren Elementen befreit, die Reise fortzusetzen, wobei die zarte Dame gänzlich in unserer Obhut wäre, konnte ich mir ein Lächeln der Genugtuung dann doch nicht verkneifen.

Nun schaute Menzies-Legh seinerseits überrascht drein. »Ich bin froh«, sagte er, »daß es Ihnen nichts ausmacht.«

»Mein verehrtester Herr«, sagte ich höflich, »selbstverständlich macht es mir etwas aus, und wir werden Sie vermissen und auch Ihre – re – re –«, es war schwer, so auf die Schnelle ein Adjektiv zu finden, aber da mir Frau von Eckthums gestriges Loblied auf ihre Schwester einfiel, schob ich schnell das dort angedeutete Adjektiv ein, »engelsgleiche Frau –«

Er schaute mich verblüfft an – undankbar, fand ich, bedenkt man die Mühe, die es mich gekostet hatte.

»Aber«, fuhr ich fort, »Sie können sich darauf verlassen, daß wir uns nach Kräften um Ihre Schwägerin kümmern und sie Ihnen am ersten September sicher und wohlbehalten wieder aushändigen werden. An diesem Tag läuft nämlich mein Vertrag mit dem Eigentümer der ›Elsa‹ aus.«

»Ich fürchte«, sagte er, »ich habe mich nicht klar genug ausgedrückt. Wir reisen alle ab, Betti eingeschlossen, und auch Jumps und Jane. Es tut mir sehr leid«, unterbrach er, als mir der Mund offen stehenblieb, »wirklich sehr leid, daß die Sache so unerwartet ausgegangen ist, aber es ist uns absolut unmöglich, die Reise fortzusetzen. Ausgeschlossen.«

Und er preßte die Lippen zusammen, so daß sein Mund nur noch ein dünner Strich war, der seinem Gesicht einen abweisenden und entschiedenen Ausdruck verlieh.

Was, meine Freunde, sagen Sie nun dazu? Was halten Sie von diesem Beispiel der Überraschungen, die das Leben für einen bereithält? Und was halten Sie, nebenbei bemerkt, von der menschlichen Natur? Insbesondere, wenn diese sich auf eine Wohnwagentour begibt? Und mehr noch: von menschlicher Natur, die auch noch englischen Ursprungs ist? Nicht ohne Grund bezeichnen unsere Nachbarn die verfluchte Insel als *perfide Albion*. Zwar bin ich mir über das *Albion* nicht ganz im klaren, aber sehr wohl über das *perfide*.

»Wollen Sie mir damit zu verstehen geben«, sagte ich, lehnte mich über den Tisch und zwang ihn, mir in die Augen zu sehen, »daß Ihre Schwägerin mit Ihnen gehen *möchte?*«

»Das möchte Sie«, sagte er.

»Dann, Sir –«, begann ich, und in mir kämpften Verblüffung und Empörung miteinander.

»Ich sage Ihnen doch, Baron«, fiel er mir ins Wort, »es tut uns sehr leid, daß die Sache so ausgegangen ist. Meine Frau ist aufrichtig bekümmert. Aber auch sie sieht ein, daß es unmöglich – daß unvorhergesehene Komplikationen unsere Heimkehr erfordern.«

»Sir –«, begann ich aufs neue.

»Mein lieber Baron«, fiel er mir abermals ins Wort, »es braucht Sie nicht zu stören. Der alte James wird bei Ihnen bleiben, wenn Sie und die Baronin weitermachen möchten.«

»Sir, ich habe für einen Monat bezahlt und erst eine Woche gehabt.«

»Nun, machen Sie doch ruhig weiter und bringen Sie Ihren Monat zu Ende. Kein Mensch hindert Sie daran.«

»Aber ich habe mich zu einer solchen Reise überreden lassen, weil ich meinte, daß es eine Reisegesellschaft – daß wir alle zusammensein sollten – vier Wochen zusammen –«

»Mein lieber Freund«, sagte er (noch nie hatte man mich so angeredet), »Sie reden, als handele es sich um eine Geschäftsvereinbarung, ein Kaufen und Verkaufen, als wären wir durch einen Vertrag gebunden, nach einer Abmachung –«

»Ihre Schwägerin hat mich dazu verleitet«, stieß ich hervor und verlieh meinen Worten Nachdruck, indem ich mit meinem Zeigefinger auf den Tisch trommelte, »mit der festen Zusage, daß es eine Reisegesellschaft sein sollte – und sie – mit – von – der Partie sein würde.«

»Pooh, mein lieber Baron – Bettis feste Zusagen. Sie ist verliebt, und wenn eine Frau in diesem Zustand ist, kann man –«

»Was?« sagte ich und war momentan so verblüfft, daß ich meine Selbstbeherrschung verlor.

»Na?« sagte er und sah mich ganz erstaunt an. »Warum denn nicht? Sie ist jung. Oder halten Sie es für unanständig, daß Witwen –«

»Unanständig? Natürlich, Sir – natürlich. Wie lange –?«

»Oh, es fing schon vor der Tour an. Und räumliche Nähe, wenn man sich täglich sieht – nun ja«, er verstummte plötzlich, »es bedarf keiner weiteren Worte.«

Aber Sie, meine Freunde, was sagen denn Sie dazu? Was halten Sie von dieser zweiten Überraschung, die das Leben für mich auf Lager hatte? Ich war innerlich gespalten, ob ich Ihnen diese überhaupt erzählen sollte, aber als gesetzestreuer, ruhiger und unparteiischer Mensch, der ich nun einmal bin und als den Sie mich mittlerweile kennengelernt haben müssen, konnte ein solches, wenn auch erfreuliches Ereignis mein Verhalten in keiner Weise beeinflussen oder ändern. Strenggenommen hätte Menzies-Legh eigentlich Tadel verdient für seine Indiskretion; jedoch war das vermutlich das, was Jellaby den Tropf in ihm nannte, und ich begriff, daß, was immer auch Tröpfe genau sein mochten, sie doch ihren Nutzen hatten. Ich wiederhole, ich versuche gar nicht zu leugnen, daß es ein erfreuliches Ereignis war, und obwohl ich mir bewußt bin, daß man sie in Storchwerder nie mochte (vor allem, wie ich fest glaube, weil sie die Leute dort nie zu ihren Essen einlud), bin ich doch überzeugt, daß keiner von Ihnen, meine Freunde, und ich sage Ihnen das direkt ins Gesicht, in diesem Augenblick nicht liebend gern an meiner Stelle gewesen wäre. Ich vergaß nicht, daß ich ein Ehemann war, aber man kann schließlich Ehemann sein und dennoch Mann bleiben. Ich denke, ich verhielt mich ganz untadelig. Nur einen Moment lang setzte meine ansonsten völlige Selbstbeherrschung ein klein wenig aus. Sofort wurde ich wieder gelassen. Edelgard; Pflicht; meine gesellschaftliche Stellung; meine Grundsätze; ich bedachte alles. Auch fiel mir ein (aber das konnte ich Menzies-Legh nicht gut sagen), daß so etwas schon mal in Familien passierte, besonders, wenn man das Verhalten seiner Frau während der Reise bedachte. Ich konnte es ihm nicht sagen, aber ich fühlte mich in jeder Hinsicht geschmeichelt. Alles, was ich tun konnte und auch tat, war, ihm zu sagen: »Merkwürdige, merkwürdige Welt« und von meinem Stuhl aufzustehen, denn es hielt mich nicht mehr darauf.

»Was haben Sie denn nun vor?« fragte Menzies-Legh, nachdem er mir zugeschaut hatte, wie ich ein paarmal hastig in der Sonne auf und ab lief.

»Haltung zu bewahren«, sagte ich und blieb vor ihm stehen, »wie ein Offizier und Ehrenmann.«

Er machte ein erstauntes Gesicht. Dann stand er auf und sagte mit einer Spur von Ungeduld – ein höchst unberechenbarer Mensch, was das Temperament betrifft –: »Ja, ja – ohne Zweifel. Aber was soll ich denn nun dem alten James sagen wegen Ihres Wohnwagens? Machen Sie nun weiter oder nicht? Wenn nicht, wird er ihn für Sie zurückkutschieren. Ich muß es leider bald wissen. Ich habe nicht viel Zeit. Ich muß heute noch weg.«

»Was? Heute?«

»Ich muß. Es tut mir sehr leid. Die Pflicht, Sie wissen ja –«

»Und die ›Ailsa‹?«

»Oh, das ist alles geregelt. Ich habe gestern abend einen der Stallknechte telegraphisch angefordert. Er wird in ein paar Stunden hier sein und sie sicher nach Panthers zurückbringen.«

»Und die ›Ilsa‹?«

»Die nimmt er auch mit.«

»Nein, mein lieber Herr«, sagte ich entschieden. »Sie überlassen uns die ›Ilsa‹ – sie und ihren Inhalt.«

»Wie bitte?« sagte er.

»Sie und ihren Inhalt – den menschlichen und den sonstigen.«

»Unsinn, Baron. Was um Himmels willen würden Sie mit Jane und Jumps machen? Sie fahren mit mir im Zug in die Stadt. Und meine Frau und Betti – o ja, im übrigen gab mir meine Frau Anweisungen, Ihnen zu sagen, wie überaus leid es ihr tue, daß sie sich nicht von Ihnen verabschieden kann. Ich versichere Ihnen, sie ist wirklich sehr bekümmert, aber sie und Betti fahren mit dem Auto nach London und meinten, so früh wie möglich aufbrechen zu sollen –«

»Aber – mit dem Auto? Sie haben doch gesagt, daß sie zum Bahnhof –«

»Das taten sie auch. Sie brachten Jellaby hin, und dann wurden sie von einem Auto abgeholt, das ich gestern abend in der Stadt für sie bestellt habe, und fuhren direkt von dort –«

Ich hörte nichts mehr. Er sprach weiter, aber ich hörte nichts mehr. Die vielen Überraschungen hatten ihr Werk getan, und ich konnte einfach nichts mehr hören. Ich glaube, er wiederholte sein Bedauern noch mehrmals und bot mir erneut seinen Rat an, aber das, was er sagte, war mir so gleichgültig, wie einem, der keinen Durst hat, das Plätschern eines Bächleins gleichgültig ist. Zunächst stiegen Zorn, heftiger Groll und Enttäuschung in mir auf, denn warum, fragte ich mich, hat sie mir nicht Lebewohl gesagt? Während Menzies-Legh Bedauern äußerte und Ratschläge gab, in der Annahme, ich höre ihm zu, lief ich auf dem heißen Stoppelfeld auf und ab, die Hände tief in den Hosentaschen vergraben und ich selbst tief in widerstreitende Empfindungen verstrickt, und fragte mich, warum sie mir nicht Lebewohl gesagt hatte. Nach und nach gelangte ich dann zur Einsicht, daß hier nichts anderes als Takt vorlag, Zartgefühl, das richtige Empfinden der wahrhaft weiblichen Frau, und ich begann, sie nun um so mehr zu bewundern, weil sie es nicht gesagt hatte.

Allmählich gewann ich meine Fassung wieder. Mein Verstand kam mir wieder zu Hilfe. Ich konnte denken, planen, entscheiden. Und ehe Edelgard mit den beiden Kindern zurückkam, nur noch erhitzte Reste dessen, was noch vor kurzem eine ganze Reisegesellschaft gewesen war, hatte ich bereits mit der Schnelligkeit des klaren Kopfes eines praktischen und vernünftigen Mannes den Entschluß gefaßt, die »Elsa« aufzugeben, mein Geld zu verlieren und nach Hause zu fahren. Die eigenen vier Wände sind letztlich doch der beste Ort, wenn das Leben ins Wanken gerät; und die eigenen vier Wände waren in diesem Falle ganz in der Nähe des Eckthumschen Besitzes – ich brauchte mir nur ein Fahrzeug zu borgen oder im äußersten Falle auch eine *Droschke* zu mieten, und schon war ich dort. Früher oder später mußte auch die entzückende Dame dort sein, und ich würde sie zumindest von Zeit zu Zeit sehen, wohingegen sie in England bei ihren englischen Verwandten vollständig und hoffnungslos von mir abgeschnitten war.

So kam es, meine Freunde, daß ich Frau von Eckthum nicht wiedersah. So kam es, daß unser Wohnwagenurlaub ein vorzeitiges Ende fand.

Sie können sich wohl denken, welche Überlegungen ein philosophischer Kopf anstellte, als die dezimierte Reisegesellschaft in der Hitze und dem grellen Licht des Sommermorgens das hastig zusammenpackte, was sie eine Woche zuvor inmitten pfeifender Winde und Hagelschauer auf dem Platz bei Panthers ausgepackt hatte. Mißbilligend hatte die Natur damals unserem heiteren Treiben zugesehen, doch ohne uns schrecken zu können. Nun lächelte die Natur auf die kläglichen Reste unserer

Reisegesellschaft, doch auch das konnte uns nichts anhaben. Eine kurze Woche; und was war geschehen? Besser sollte ich wohl fragen, was war nicht geschehen?

In meine Gedanken versunken lief ich auf dem Stoppelfeld auf und ab, während Edelgard, der Menzies-Legh (diensteifrig, fand ich, aber es kümmerte mich zuwenig, um etwas dagegen zu haben) half, unsere Habseligkeiten in Taschen verstaute. Sie hatte keine Fragen gestellt. Hätte sie es getan, so hätte ich ihr keine Antwort gegeben, da ich, wie Sie sich vorstellen können, nicht gerade in der Stimmung war, mich mit Ehefrauen abzuplagen. Als sie von der Verabschiedung Jellabys zurückkehrte, sagte ich ihr lediglich, daß ich entschlossen sei, noch heute abend die Fähre zu nehmen, und bat sie, unsere Sachen zusammenzupacken. Sie sagte nichts, sondern machte sich sogleich ans Packen. Sie wollte nicht einmal wissen, warum wir uns nicht zuerst London ansähen, wie wir ursprünglich geplant hatten. London? Wem lag jetzt noch an London? Ich war nicht in der Stimmung, in der sich ein Mann mit London abgibt. Was diese Stadt angeht, so läßt sich meine damalige Stimmung am besten mit dem einsilbigen Wort »Phu« beschreiben.

Ich will mich nicht mit dem Packen aufhalten oder schildern, wie hingebungsvoll sich Edelgard, als sie fertig war, von den beiden Grünschnäbeln verabschiedete (mit Umarmungen, denken Sie nur), wie inbrünstig sie Menzies-Leghs Hände (beide!) schüttelte und damit eine Einladung nach Storchwerder verband – ich habe es mit eigenen Ohren gehört –, und wie sie in einer entfernten Ecke dem alten James etwas aufdrängte, was verdächtig nach einem Teil ihres Taschengeldes aussah; oder wie sie dann an meiner Seite zum Bahnhof aufbrach, erfüllt von dem, was wir *Abschiedsstimmung* nennen, wobei der alte James mit unserem Gepäck vorausging, während sich die anderen zum letzten Mal um den Lagerplatz kümmerten; oder mit welchem Übermaß anscheinend innigen Bedauerns sie sich aus dem Zugfenster beugte, als wir gleich darauf unterhalb des Feldes vorbeifuhren, und mit ihrem Taschentuch winkte. Solcher Gefühlswildwuchs entlockte mir nur ein Achselzucken, hatte ich doch mit meinen eigenen Gedanken genug zu tun.

Ich hob jedoch den Blick, und dort auf dem Stoppelfeld, umgeben von allem möglichen Kram, standen die drei vertrauten braunen Fahrzeuge und glänzten in der Sonne. Menzies-Legh und die Grünschnäbel standen bis zu den Knien in Stroh und Töpfen und Taschen und anderem elenden Ballast und sahen zu, wie wir abfuhren.

Merkwürdig, wie fremd mir das alles war, wie wenig Verbindung es nun mit mir hatte, da die bunten Seifenblasen (wenn ich im Zusammenhang mit Frau von Eckthum von Seifenblasen sprechen darf) geplatzt und nur die Seife zurückgeblieben war. Ich konnte mir nicht helfen, ich war froh, als ich in höflicher Erwiderung der verrückten Winkerei der Grünschnäbel meinen Hut lüftete, froh, endlich aus dem ganzen Schlamassel raus zu sein.

Mit ernster Miene erwiderte Menzies-Legh meinen Gruß: unser Zug bog um eine Kurve; und Lager und Wohnwagenfahrer verschwanden sogleich und für immer in der unwiderruflichen Vergangenheit.

XXI

So also endete unsere Wohnwagentour.

Ich konnte es kaum glauben, daß ich am Tag zuvor um dieselbe Zeit unter den Hopfenstangen von Frog's Hole Farm gelegen und gedacht hatte, den größeren Teil der Tour noch vor mir zu haben; ich konnte kaum glauben, daß wir, Edelgard und ich, nun wieder hier waren, *tête-à-tête* in einem Eisenbahnwagen und vor uns eine Zukunft von, wenn ich ein Wort prägen darf, *tête-à-têteness*, soweit die Vorstellungskraft reichte. Und nicht nur ganz normale *tête-à-têteness*, sondern eine, die noch dadurch erschwert wurde, daß sozusagen einer der beiden *têtes* entschieden rebellisch und unweiblich geworden war. Wie lange mochte es wohl dauern, fragte ich mich und sah zu ihr hin, wie sie da mir gegenüber in der Ecke saß, bis ich sie wieder zur Vernunft bringen würde, woran sie, bevor wir nach England kamen, immer so große Freude gehabt hatte?

Ich warf ihr einen flüchtigen Blick zu und merkte, daß sie mich ansah; und kaum hatte sie meinen Blick aufgefangen, da beugte sie sich vor und sagte:

»Otto, was hast du bloß getan?«

Das waren die ersten Worte, die sie an diesem Tag zu mir sprach, und da ich natürlich nicht wußte, was sie damit meinte, bat ich sie, sich nicht so unverständlich auszudrücken, die höfliche Umschreibung für ›sie solle nicht so blödsinnig daherreden‹.

»Warum«, sagte sie, ohne diese Ermahnung zu beachten, »ist die Reisegesellschaft auseinandergegangen? Was hast du getan?«

Hat man je solche Fragen gehört? Aber mir fiel ein, daß sie ja keine Ahnung haben konnte, wie die Dinge wirklich standen, und daher ärgerte ich mich nicht so sehr wie sonst über diese für Ehefrauen typische Haltung, wenn irgend etwas schiefzugehen schien, alles sofort dem Ehemann anzulasten.

Gutgelaunt wandte ich deshalb die Tante-Bockhügel-Therapie bei ihr an und wollte es damit sein Bewenden haben lassen, wenn sie mich nur gelassen hätte. Sie indessen wollte lieber Streit. Ohne den geringsten Versuch zu machen, das Bockhügel-Gesicht zu ändern, sagte sie: »Mein lieber Otto – die arme Tante Bockhügel. Wollen wir sie nicht endlich in Frieden lassen? Aber sag mir, was du *getan* hast.«

Hierauf wurde ich ärgerlich, denn daß sie sich nun Überlegenheit und das Recht zu kritisieren und zu tadeln anmaßte, das ging denn doch weiter, als es sich ein vernünftiger Mann bieten lassen kann. Was ich während unserer Reise nach London sagte, will ich hier nicht wiederholen; es ist bereits gesagt worden und wird noch oft genug gesagt werden, solange Ehemänner mit Ehefrauen geschlagen sind. Aber wie steht es mit der Verantwortung, die auf den Ehefrauen ruht? Ich dachte an die fröhliche Laune, in der ich mich nach dem Aufstehen befunden hatte, und verspürte nicht wenig Groll über die Art, wie meine Frau versuchte, sie zu vertreiben. Man gebe mir Gelegenheit, und ich bin der liebenswürdigste Mann, den man sich vorstellen kann; aber was soll ich tun, wenn man sie mir nimmt?

Und so, meine Freunde, mit einem Zank gewissermaßen, endete unser Aufenthalt auf britischem Boden. Ich lege meine Feder nieder, und sobald ich an all diese Erlebnisse dort denke, gerate ich ins Grübeln. Schon längst haben wir uns wieder in unseren Storchwerder Alltag eingelebt, wobei nun eine Emilie anstelle einer Clothilde in der Küche waltet. Längst haben wir unsere Besuche abgestattet, um unserem großen Bekanntenkreis anzuzeigen, daß wir zurück sind. Wir haben wieder unsere Pflichten aufgenommen, wir führen unser geregeltes Leben von früher; und wie aus den Wochen Monate werden und der Einfluß von Storchwerder immer schwerer auf meiner Frau lastet, zeigt sie allmählich auch wieder eine wachsende Neigung, den Platz einzunehmen, der ihr zukommt. Ich hätte mir keine Sorgen zu machen brauchen; ich hätte mir nicht den Kopf zerbrechen müssen, wie ich sie wieder zur Vernunft bringen würde. Das hat Storchwerder schon besorgt. Der Atmosphäre und dem gesellschaftlichen Umgang dort kann man sich nicht entziehen. Sie sind, voll Dankbarkeit spreche ich es aus, zu stark für Edelgard. Nach ein paar anfänglichen Verrenkungen begann sie, mir meine Mahlzeiten zu kochen und so pflichtgetreu wie vorher für mein Wohlbefinden zu sorgen, und andere Wirkungen werden sich zweifellos noch einstellen. Gegenwärtig ist sie schweigsamer als vor der Reise und lacht nicht so bereitwillig, wie sie es immer tat, wenn ich mal zum Scherzen aufgelegt bin; zuweilen tritt eine britische Mikrobe auf, die der Wachsamkeit jener wohltätigen kleinen Wesen entgangen ist, die, wie die Wissenschaft uns sagt, in unserem Blut auf der Lauer liegen, um fremde Eindringlinge zu verschlingen, und diese britische Mikrobe veranlaßt sie zu kritischen Bemerkungen, was immer ich auch sage und tue, etwa nach

Art von Mrs. Menzies-Legh, aber ich schüchtere sie mit finsteren Blicken ein oder bringe die Tante Bockhügel zur Anwendung, und in noch ein paar weiteren Monaten wird alles, so hoffe ich zuversichtlich, wieder genau so sein, wie es immer war. Ich selbst bin ganz der Alte – ein geradliniger, freimütiger, patriotischer Ehrenmann und Christ, der nicht vom Pfad der Pflicht abweicht und weder nach rechts noch nach links schaut (selbst wenn ich es täte, würde ich Frau von Eckthum nicht zu sehen kriegen, denn sie ist immer noch in England), und nutze meine bescheidenen Fähigkeiten, den Ruhm meines Landes und meines Kaisers zu mehren.

Und nun, da ich den Bericht beendet habe, bleibt mir nichts mehr zu tun, als einen Rotstift zu kaufen und mein Manuskript mit Markierungen zu versehen. Ich fürchte, es werden viele werden. Unglücklicherweise kann man nicht aufrichtig sein, ohne zugleich indiskret zu werden. Aber ich vertraue darauf, daß das, was übrigbleibt, von meinen Zuhörern mit der Nachsicht behandelt wird, die einem Mann gebührt, der nichts als die Wahrheit erzählen oder, mit anderen Worten (und was genau dasselbe ist), nichts unter den Teppich kehren wollte.

POST SCRIPTUM

Etwas Schreckliches ist geschehen.

Vor einer Woche war ich fertig geworden und hatte die Einladungen für meinen Vortrag bereits bei der Post, die Wohnung war schon vorsorglich gesäubert und Bier und belegte Brote standen gewissermaßen schon fast griffbereit, da sah ich mich gezwungen, mein Manuskript noch einmal aus der verschlossenen Schublade zu nehmen, die sie Edelgards Augen verbirgt, um einen höchst unerfreulichen Vorfall zu vermerken.

Meine Frau bekam heute morgen einen Brief von Mrs. Menzies-Legh, in dem diese sie davon in Kenntnis setzte, daß Frau von Eckthum im Begriffe sei, Jellaby zu heiraten.

Keine Worte vermögen den Schock zu beschreiben, den mir das versetzt hat. Keine Worte vermögen mein Entsetzen über eine solche Verbindung zum Ausdruck zu bringen. Sich selbst überlassen, hilflos in den Klauen ihrer englischen Verwandtschaft, haben sich die eigentlichen Tugenden des zarten Geschöpfes – ihre Nachgiebigkeit, ihre zarte Weiblichkeit – in die Werkzeuge verwandelt, die die Katastrophe heraufbeschwören mußten. Sie wurde beeinflußt, überredet, ein Opfer. Sechs Monate ist es her, seit sie mit Haut und Haaren in die Hände der Menzies-Legh geriet, sechs Monate zweifellos stetigen Widerstandes, der wahrscheinlich damit endete, daß ihre Gesundheit Schaden nahm und sie nachgab. Allein schon der Gedanke daran ist kaum zu ertragen. Ein Brite. Ein Sozialist. Ein Mann in Flanell. Keine Familie. Kein Geld. Und die schrecklichsten Ansichten. Mein Schock und mein Entsetzen sind so groß, so tief, daß ich die Einladungen abgesagt habe und dies für immer wegschließen will, gewiß für einige Wochen; denn wie könnte ich wohl die Geschichte unserer zauberhaften Idylle vorlesen, wenn jeder das tragische Nachspiel kennt?

Und meine Frau, als sie den Brief beim Frühstück las, schlug die Hände zusammen und rief: »Ist es nicht herrlich – o Otto, freust du dich nicht?«

Zu dieser Ausgabe

insel taschenbuch 1763: Elizabeth von Arnim, Die Reisegesellschaft. Titel der englischen Originalausgabe: The Caravaners. Erstveröffentlichung: London 1909. Der vorliegende Text folgt der Ausgabe: Elizabeth von Arnim, Die Reisegesellschaft. Aus dem Englischen von Angelika Beck. Insel Verlag Frankfurt am Main und Leipzig 1994. Umschlagabbildung: John Singer Sargent, The Fountain. Öl auf Leinwand, 1907. Ausschnitt. The Art Institute of Chicago. Friends of American Art Gift.

Elizabeth von Arnim
im Insel Verlag

Alle meine Hunde. Aus dem Englischen von Karin von Schab. it 1502

Einsamer Sommer. Roman. Aus dem Englischen von Leonore Schwartz. Leinen

Elizabeth auf Rügen. Roman. Aus dem Englischen von Anna Marie von Welck. Leinen

Elizabeth und ihr Garten. Roman. Aus dem Englischen von Adelheid Dormagen. Leinen, it 1293 und Großdruck: it 2338

Liebe. Roman. Aus dem Englischen von Angelika Beck. it 1591

Die Reisegesellschaft. Roman. Aus dem Englischen von Angelika Beck. Leinen

Vater. Roman. Aus dem Englischen von Anna Marie von Welck. it 1544

Verzauberter April. Roman. Aus dem Englischen von Adelheid Dormagen. Leinen; mit Fotos aus dem gleichnamigen Film. it 1538

Englische und amerikanische Literatur im insel taschenbuch

Elizabeth von Arnim: Alle meine Hunde. Aus dem Englischen von Karin von Schab. it 1502
– Elizabeth und ihr Garten. Aus dem Englischen von Adelheid Dormagen. it 1293 und Großdruck. it 2338
– Liebe. Roman. Aus dem Englischen von Angelika Beck. it 1591
– Vater. Roman. Aus dem Englischen von Anna Marie von Welck. Neuübersetzung. it 1544
– Verzauberter April. Roman. Aus dem Englischen von Adelheid Dormagen. Mit Fotos aus dem gleichnamigen Film. it 1538
Jane Austen: Die Abtei von Northanger. Aus dem Englischen von Margarete Rauchenberger. Mit Illustrationen von Hugh Thomson. it 931
– Anne Elliot. Aus dem Englischen von Margarete Rauchenberger. Mit Illustrationen von Hugh Thomson. it 1062
– Emma. Aus dem Englischen von Charlotte Gräfin von Klinckowstroem. Mit Illustrationen von Hugh Thomson. it 511
– Lady Susan. Ein Roman in Briefen. Aus dem Englischen von Angelika Beck. Mit zwei Romanfragmenten: Die Watsons. Sanditon. Aus dem Englischen von Elizabeth Gilbert. it 1192
– Lady Susan. Ein Roman in Briefen. Aus dem Englischen von Angelika Beck. Großdruck. it 2331
– Mansfield Park. Aus dem Englischen von Angelika Beck. Mit Illustrationen von Hugh Thomson. it 1503
– Stolz und Vorurteil. Aus dem Englischen von Margarete Rauchenberger. Mit Illustrationen von Hugh Thomson und mit einem Essay von Norbert Kohl. it 787
Francis Bacon: Essays. Herausgegeben und mit einem Nachwort versehen von Helmut Winter. it 1514
Harriet Beecher-Stowe: Onkel Toms Hütte. In der Bearbeitung einer alten Übersetzung. Herausgegeben und mit einem Nachwort versehen von Wieland Herzfelde. Mit 27 Holzschnitten von George Cruikshank aus der englischen Ausgabe von 1852. it 272
Ambrose Bierce: Aus dem Wörterbuch des Teufels. Auswahl, Übersetzung und Nachwort von Dieter E. Zimmer. it 440
– Mein Lieblingsmord. Erzählungen. Mit einem Nachwort von Edouard Roditi. Aus dem Amerikanischen von Gisela Günther. it 39
– Das Spukhaus und andere Gespenstergeschichten. Deutsch von Gisela Günther, Anneliese Strauß und K. B. Leder. it 1411
Anne Brontë: Agnes Grey. Aus dem Englischen von Elisabeth von Arx. it 1093

Englische und amerikanische Literatur
im insel taschenbuch

Anne Brontë: Die Herrin von Wildfell Hall. Roman. Aus dem Englischen von Angelika Beck. it 1547

Charlotte Brontë: Erzählungen aus Angria. Aus dem Englischen von Michael Walter und Jörg Drews. it 1285

– Jane Eyre. Eine Autobiographie. Aus dem Englischen von Helmut Kossodo. Mit einem Essay und einer Bibliographie herausgegeben von Norbert Kohl. it 813

– Der Professor. Aus dem Englischen von Gottfried Röckelein. it 1354

– Shirley. Aus dem Englischen von Johannes Reiher und Horst Wolf. it 1145

– Über die Liebe. Herausgegeben von Elsemarie Maletzke. Übertragen von Eva Groepler und Hans J. Schütz. it 1249

– Villette. Roman. Aus dem Englischen von Christiane Agricola. it 1447

Emily Brontë: Die Sturmhöhe. Aus dem Englischen von Grete Rambach. it 141

Edward George Bulwer-Lytton: Die letzten Tage von Pompeji. Aus dem Englischen von Friedrich Notter. it 801

Lewis Carroll: Alice hinter den Spiegeln. Mit einundfünfzig Illustrationen von John Tenniel. Übersetzt von Christian Enzensberger. it 97

– Alice im Wunderland. Mit zweiundvierzig Illustrationen von John Tenniel. Übersetzt und mit einem Nachwort von Christian Enzensberger. it 42

– Briefe an kleine Mädchen. Aus dem Englischen übersetzt und herausgegeben von Klaus Reichert. Mit Fotografien des Autors. it 1554

– Geschichten mit Knoten. Eine Sammlung mathematischer Rätsel. Herausgegeben und übersetzt von Walter E. Richartz. Mit Illustrationen von Arthur B. Frost. it 302

Geoffrey Chaucer: Die Canterbury-Erzählungen. Vollständige Ausgabe. Aus dem Englischen übertragen und herausgegeben von Martin Lehnert. Mit Illustrationen von Edward Burne-Jones. it 1006

Gilbert Keith Chesterton: Alle Pater-Brown-Geschichten. 2 Bände in Kassette. it 1263/1149

– Pater-Brown- Geschichten. 24 Detektivgeschichten. Mit einem Nachwort von Norbert Miller. it 1149

– Die schönsten Pater-Brown-Geschichten. Großdruck. it 2332

Daniel Defoe: Glück und Unglück der berühmten Moll Flanders, die, im Zuchthaus Newgate geboren, nach vollendeter Kindheit noch sechzig wertvolle Jahre durchlebte, zwölf Jahre Dirne war, fünfmal heiratete, darunter ihren Bruder, zwölf Jahre lang stahl, acht Jahre deportierte Verbrecherin in Virginien war, schließlich reich wurde,

Englische und amerikanische Literatur
im insel taschenbuch

ehrbar lebte und reuig verstarb. Beschrieben nach ihren eigenen Erinnerungen. Deutsch von Martha Erler. Mit Illustrationen von William Hogarth und einem Essay von Norbert Kohl. it 707
– Robinson Crusoe. Mit Illustrationen von Ludwig Richter. In der Übersetzung von Hannelore Novak. it 41

Charles Dickens: Bleak House. Aus dem Englischen von Richard Zoozmann. Mit Illustrationen von Phiz. it 1110
– David Copperfield. Mit Illustrationen von Phiz. it 468
– Detektivgeschichten. Aus dem Englischen von Franz Franzius. it 821
– Eine Geschichte aus zwei Städten. Mit Illustrationen von Phiz. it 1033
– Große Erwartungen. Aus dem Englischen von Margit Meyer. Mit Illustrationen von F. W. Pailthorpe. it 667
– Harte Zeiten. Aus dem Englischen von Paul Heichen. Mit Illustrationen von F. Walker und Maurice Greiffenhagen. it 955
– Nikolaus Nickleby. Mit Illustrationen von Phiz. it 1304
– Oliver Twist. Aus dem Englischen von Reinhard Kilbel. Mit einem Nachwort von Rudolf Marx und 24 Illustrationen von George Cruikshank. it 242
– Die Pickwickier. Mit Illustrationen von Robert Seymour, Robert William Buss und Phiz. it 896
– Der Raritätenladen. Aus dem Englischen von Leo Feld. Mit Holzschnitten von George Cattermole, H. K. Browne, George Cruikshank und Daniel Maclise. it 716
– Weihnachtserzählungen. Mit Illustrationen von Leech, Stanfiels, Stone u.a. it 358

Charles A. Eastman: Indianergeschichten aus alter Zeit. Deutsch von Elisabeth Friederichs. Mit einem Nachwort herausgegeben von Dietrich Leube. Illustrationen und Anmerkungen von Frederick Weygold. it 861

Henry Fielding: Tom Jones. Die Geschichte eines Findelkindes. 2 Bde. Mit Illustrationen von Gravelot und Moreau le jeune. Herausgegeben und mit einem Nachwort von Norbert Kohl. it 504

Ben Hecht: Tausendundein Nachmittage in New York. Aus dem Amerikanischen von Helga Herborth. Mit Illustrationen von George Grosz. it 1323

Rudyard Kipling: Mit der Nachtpost. Unheimliche Geschichten. Aus dem Englischen von Friedrich Polakovics. it 1368
– Unheimliche Geschichten. Aus dem Englischen von Friedrich Polakovics. it 1286

D.H. Lawrence: Erotische Geschichten. Aus dem Englischen von Heide Steiner. it 1385

Englische und amerikanische Literatur
im insel taschenbuch

Matthew Gregory Lewis: Der Mönch. Aus dem Englischen von Friedrich Polakovics. Mit einem Essay und einer Bibliographie von Norbert Kohl. it 907

Jane Lidderdale / Mary Nicholson: Liebe Miss Weaver. Ein Leben für Joyce. Aus dem Englischen von Angela Praesent und Anneliese Strauss. it 1436

Lord Byron. Ein Lesebuch mit Texten, Bildern und Dokumenten. Herausgegeben von Gert Ueding. it 1051

Katherine Mansfield: Der Mann ohne Temperament und andere Erzählungen. Aus dem Englischen von Heide Steiner. Großdruck. it 2325

– Seligkeit und andere Erzählungen. Aus dem Englischen von Heide Steiner. it 1334

Charles Robert Maturin: Melmoth der Wanderer. Roman. Aus dem Englischen von Friedrich Polakovics. Mit einem Nachwort von Dieter Sturm. it 1279

Herman Melville: Israel Potter. Seine fünfzig Jahre im Exil. Aus dem Amerikanischen von Uwe Johnson. it 1315

– Moby Dick. 2 Bde. Aus dem Amerikanischen von Alice und Hans Seiffert. Mit Zeichnungen von Rockwell Kent und einem Nachwort von Rudolf Sühnel. it 233

Samuel Pepys: Das geheime Tagebuch. Herausgegeben von Anselm Schlösser und übertragen von Jutta Schlösser. Mit Abbildungen. it 637

Sylvia Plath: Das Bett-Buch. Aus dem Englischen von Eva Demski. Mit farbigen Illustrationen von Rotraud Susanne Berner. it 1474

Edgar Allan Poe: Der Bericht des A. Gordon Pym. Erzählungen. Übertragen von Barbara Cramer-Nauhaus, Erika Gröger und Heide Steiner. it 1449

– Der entwendete Brief und andere Erzählungen. Ausgewählt von Franz-Heinrich Hackel. Aus dem Amerikanischen von Werner Beyer u.a. Mit Holzschnitten von Fritz Eichenberg. Großdruck. it 2309

– Das Geheimnis der Marie Rogêt und andere Erzählungen. Aus dem Amerikanischen von Werner Beyer, Felix Friedrich und anderen. it 783

– Grube und Pendel. Und andere Erzählungen. Mit einem Nachwort von Franz Rottensteiner und Illustrationen von Harry Clarke. Aus dem Amerikanischen von Günther Steinig. ›Grube und Pendel‹ wurde von Elisabeth Seidel übersetzt. it 362

– Die Maske des roten Todes und andere Erzählungen. Aus dem Amerikanischen von Heide Steiner. it 1530

Englische und amerikanische Literatur im insel taschenbuch

Edgar Allan Poe: Die Morde in der Rue Morgue und andere Erzählungen. Aus dem Amerikanischen von Barbara Cramer-Nauhaus. it 1529
- Sämtliche Erzählungen. Vier Bände in Kassette. Herausgegeben von Günter Gensch.
- Das Tagebuch des Julius Rodman und andere Erzählungen. Aus dem Amerikanischen von Erika Gröger, Ruprecht Willnow und Andrea Sachs. it 1531
- Der Teufel im Glockenturm und andere Erzählungen. Aus dem Amerikanischen von Barbara Cramer-Nauhaus. it 1528
- Der Untergang des Hauses Usher. Meistererzählungen. Aus dem Amerikanischen von Barbara Cramer-Nauhaus, Erika Gröger und Heide Steiner. it 1373

Reynolds Price: Ein ganzer Mann. Roman. Aus dem Amerikanischen von Maria Carlsson. it 1378

Walter Scott: Ivanhoe. Roman. Deutsch von Leonhard Tafel. Textrevision und Nachwort von Paul Ernst. it 751

Charles Sealsfield: Das Kajütenbuch oder Nationale Charakteristiken. Herausgegeben von Alexander Ritter. it 1163

William Shakespeare: Hamlet. Prinz von Dänemark. Aus dem Englischen von August Wilhelm von Schlegel. Durchgesehen von Levin L. Schücking. Mit Illustrationen von Eugène Delacroix. Herausgegeben und mit einem Essay versehen von Norbert Kohl. it 364
- Richard III. Aus dem Englischen von Thomas Brasch. it 1109
- Romeo und Julia. Deutsch von Thomas Brasch. it 1383
- Die Tragödie des Macbeth. Aus dem Englischen von Thomas Brasch. it 1440
- Was ihr wollt. Aus dem Englischen von Thomas Brasch. it 1205
- Wie es euch gefällt. Übersetzt und bearbeitet von Thomas Brasch. it 1509

Mary W. Shelley: Frankenstein oder Der moderne Prometheus. Mit einem Essay von Norbert Kohl. it 1030

Muriel Spark: Mary Shelley. Eine Biographie. Deutsch von Angelika Beck. Mit zahlreichen Abbildungen. it 1258

Laurence Sterne: Leben und Meinungen von Tristram Shandy Gentleman. In der Übersetzung von Adolf Friedrich Seubert. Durchgesehen und revidiert von Hans J. Schütz. Mit einem Essay und einer Bibliographie von Norbert Kohl. Illustrationen von George Cruikshank. it 621

Robert Louis Stevenson: Die Schatzinsel. Aus dem Englischen von Karl Lerbs. Mit Illustrationen von Georges Roux. it 65